讲给孩子的

中華文學五千年

作品选·下

侯会 著

生活·讀書·新知 三联书店

图书在版编目（CIP）数据

阅读的礼物. 讲给孩子的中华文学五千年. 作品选. 下 / 侯会著. -- 北京 : 生活·读书·新知三联书店, 2025. 1. -- ISBN 978-7-108-07908-4

Ⅰ. I109-49

中国国家版本馆CIP数据核字第2024UH6306号

责任编辑　王海燕　王　丹
装帧设计　赵　欣
责任校对　张国荣　陈　格
责任印制　卢　岳
出版发行　生活·讀書·新知三联书店
（北京市东城区美术馆东街 22 号 100010）
网　　址　www.sdxjpc.com
经　　销　新华书店
印　　刷　河北鹏润印刷有限公司
版　　次　2025 年 1 月北京第 1 版
2025 年 1 月北京第 1 次印刷
开　　本　635 毫米 × 965 毫米　1/16　印张 22
字　　数　300 千字
印　　数　0,001－5,000 册
定　　价　468.00 元（全十册）
（印装查询：01064002715；邮购查询：01084010542）

目录

唐代文学

杜牧 / 3
温庭筠 / 10
李商隐 / 12
裴铏 / 15
罗隐 / 23
陈陶 / 24
陆龟蒙 / 25
韦庄 / 26
聂夷中 / 28
司空图 / 29
韩偓 / 30
杜荀鹤 / 31
李璟 / 32
李煜 / 33

宋代文学

王禹偁 / 39
林逋 / 43
柳永 / 44
范仲淹 / 48
晏殊 / 53
梅尧臣 / 54
欧阳修 / 55
苏舜钦 / 63
苏洵 / 64
曾巩 / 69
司马光 / 72
王安石 / 75
晏几道 / 82
苏轼 / 83
苏辙 / 100
黄庭坚 / 104
秦观 / 107
贺铸 / 109
陈师道 / 110
张耒 / 111
周邦彦 / 112
曾幾 / 114
李清照 / 115
陈与义 / 120
岳飞 / 122
陆游 / 123
范成大 / 132
杨万里 / 135
张孝祥 / 139
辛弃疾 / 142
陈亮 / 153
刘过 / 155
姜夔 / 157
林升 / 160
赵师秀 / 161
刘克庄 / 162
叶绍翁 / 164
吴文英 / 165
翁卷 / 166
严羽 / 167
蒋捷 / 169
刘辰翁 / 170
文天祥 / 171
林景熙 / 177
张炎 / 178

金元文学

元好问 / 181
关汉卿 / 183
白朴 / 187
马致远 / 190
刘因 / 193
赵孟頫 / 194
王实甫 / 195
贯云石 / 198
郑光祖 / 200
张养浩 / 201
张可久 / 203
邓玉宾 / 204
虞集 / 205
萨都剌 / 206
乔吉 / 207
王冕 / 209
无名氏 / 210

明代文学

宋濂 / 213
刘基 / 217
罗贯中 / 220
施耐庵 / 221
高启 / 222
于谦 / 224
王磐 / 225
李梦阳 / 226
何景明 / 227
陈铎 / 228
吴承恩 / 229
归有光 / 230
李攀龙 / 238
宗臣 / 239
徐渭 / 244
王世贞 / 245
李贽 / 246
汤显祖 / 251
袁宏道 / 254
冯梦龙 / 257
凌濛初 / 258
张岱 / 259
张溥 / 262
张煌言 / 266
夏完淳 / 267

清代文学

吴伟业 / 271
黄宗羲 / 272
顾炎武 / 275
侯方域 / 277
陈维崧 / 281
朱彝尊 / 282
屈大均 / 283
王士祯 / 284
蒲松龄 / 285
洪昇 / 302
孔尚任 / 304
纳兰性德 / 307
方苞 / 309
郑燮 / 311
吴敬梓 / 313
曹雪芹 / 314
袁枚 / 315
姚鼐 / 322

近代文学

林则徐 / 329
龚自珍 / 330
薛福成 / 334
黄遵宪 / 337
康有为 / 339
丘逢甲 / 340
谭嗣同 / 341
梁启超 / 343
王国维 / 344
秋瑾 / 345
柳亚子 / 346

唐代文学

杜 牧

杜牧（803—约852），字牧之。唐京兆万年（今陕西西安）人，又称“杜紫薇”“杜樊川”。大和间进士，当过几任刺史，官至中书舍人。诗文代表作有《山行》《赤壁》《过华清宫绝句》《泊秦淮》《将赴吴兴登乐游原一绝》《寄扬州韩绰判官》《九日齐山登高》及《阿房宫赋》《送薛处士序》等。著有《樊川文集》。

赤壁[1]

折戟沉沙铁未销，自将磨洗认前朝[2]。东风不与周郎便，铜雀春深锁二乔[3]。

过华清宫绝句（选一）[4]

长安回望绣成堆，山顶千门次第开[5]。一骑红尘[6]妃子笑，无人知是荔枝来！

---

1 ★长江沿岸有两处赤壁：一处在今湖北赤壁市西北的长江南岸，是三国赤壁大战的故址；另一处是黄州（今湖北黄冈）城外的赤鼻矶。杜牧此诗写于黄州刺史任上，他误认赤鼻矶为三国赤壁大战的故址，因此有“东风不与周郎便”之句。

2 “折戟”二句：折断了的兵器沉没在河沙中还没有完全锈损，擦洗之后，还能认出是前朝遗物。

3 “东风”二句：是说若非刮起东风助东吴火攻，周瑜的妻子就要被曹操掳去了。周郎，三国时东吴统帅周瑜。二乔，东吴两位美女，大乔嫁给孙策，小乔嫁给周瑜。相传曹操建铜雀台，想把二乔掳去藏于台中。

4 ★杜牧有《过华清宫绝句》三首，讥讽唐玄宗荒淫误国，导致安史之乱。本篇是第一首。

5 绣成堆：形容骊山上宫殿花木如同锦绣堆垛。次第：依次。

6 一骑（jì）红尘：指飞骑驰过时扬起尘土。

清明[1]

清明时节雨纷纷，路上行人欲断魂。借问酒家何处有？牧童遥指杏花村[2]。

山行[3]

远上寒山石径斜，白云生处有人家。停车坐[4]爱枫林晚，霜叶红于二月花。

江南春绝句[5]

千里莺啼绿映红，水村山郭酒旗[6]风。南朝四百八十寺[7]，多少楼台烟雨中。

泊秦淮[8]

烟笼寒水月笼沙，夜泊秦淮近酒家。商女不知亡国恨，隔江犹唱《后庭花》[9]。

---

1 ★本篇为清明即景诗。清明是农历节气名，一般在农历三月初，常遇风雨天气。民间多于此日扫墓踏青。

2 杏花村：清明是杏花盛开之时，这里指掩映在杏花林中的村庄，有人家处一般都有酒家。

3 ★本篇咏山间秋景。

4 坐：因为。

5 ★本篇吟咏江南春色，短短四句，却能涵括千里，历来为人称道。

6 酒旗：俗称酒望子，是酒家的标帜。

7 四百八十寺：四百八十是虚数，极言寺庙之多。

8 ★秦淮是流经今南京地区的河流名，古时两岸遍布酒楼妓馆，历来为士夫文人的流连之所。

9 商女：卖唱的歌女。《后庭花》：南朝陈亡国之君陈后主所作《玉树后庭花》。

将赴吴兴登乐游原一绝[1]

清时有味是无能，闲爱孤云静爱僧[2]。欲把一麾江海去，乐游原上望昭陵[3]。

寄扬州韩绰判官[4]

青山隐隐水迢迢[5]，秋尽江南草未凋。二十四桥明月夜，玉人何处教吹箫[6]？

九日齐山登高[7]

江涵秋影雁初飞，与客携壶上翠微[8]。尘世难逢开口笑，菊花须插满头归。但将酩酊酬佳节，不用登临恨落晖[9]。古往今来只如此，牛山何必独霑衣[10]？

---

1 ▲吴兴即湖州，今属浙江。杜牧将任湖州刺史，临行前登长安乐游原，赋此篇。乐游原是唐长安城西南的一处高地，建有乐游庙，在那里可以望见唐太宗的陵墓昭陵。

2 “清时”二句：是说政治清明时（贤才都得到任用），如果不出仕做官，却寄情山水，结交僧侣，便是无能的表现。清时，政治清明时。有味，这里指追求闲适的生活趣味。

3 “欲把”二句：是说自己要去当官了，临行前登乐游原眺望昭陵。这里有缅怀唐太宗伟业，准备一展宏图的意思。把，持。麾（huī），指挥军队的旌旗。这里指做官的符信。江海，湖州在江南海边，故称。

4 ★杜牧曾在淮南节度使幕府任职，在扬州生活了两年。本篇是他离开后写给扬州同僚韩绰的。

5 迢（tiáo）迢：遥远貌。

6 二十四桥：唐时扬州繁盛，有二十四座桥梁。一说二十四桥只是一座桥的专名，曾有二十四位美人在桥上吹箫，故名。“玉人”句：美人在何处吹箫？这里既是用典，也是诗人对扬州惬意生活的回忆。玉人，美人。教，使，让。

7 ★九日这里是指九月九日重阳节。齐山在今安徽贵池。本篇应是杜牧在唐武宗会昌年间任池州刺史时所作。

8 涵：包容。这里有映照的意思。翠微：指青翠的山峦。

9 酩酊（mǐngdǐng）：大醉貌。恨落晖：因日落而怅恨。

10 只：本，本来。“牛山”句：是说不必像齐景公登牛山时那样哭泣。牛山，山名，在今山东淄博。据《晏子春秋·内篇谏上》，齐景公登牛山，感慨人生短暂，痛哭流泪。霑衣，打湿衣裳。霑，同“沾”。

阿房宫赋[1]

六王毕，四海一[2]。蜀山兀[3]，阿房出。覆压三百余里，隔离天日[4]。骊山北构而西折，直走咸阳[5]。二川溶溶[6]，流入宫墙。五步一楼，十步一阁；廊腰缦回，檐牙高啄[7]；各抱地势，钩心斗角[8]。盘盘焉，囷囷焉[9]；蜂房水涡，矗不知其几千万落[10]。长桥卧波，未云何龙[11]？复道行空，不霁何虹[12]？高低冥迷[13]，不知西东。歌台暖响，春光融融；舞殿冷袖，风雨凄凄[14]。一日之内，一宫之间，而气候不齐。

---

1 ★阿房（ēpáng）宫是秦始皇所建宫殿，故址在今陕西西安西郊的阿房村一带。宫殿规模宏大，壮丽无比，后为项羽烧毁。杜牧本篇为赋体，写于宝历元年（825）。当时唐敬宗在位，大兴土木，本文有讥刺劝诫之意。

2 六王：指战国时韩、赵、魏、楚、燕、齐六国之王。毕：完结，灭亡。四海一：天下一统。

3 蜀山兀：蜀地山上的树木因土木工程的需要被砍光了，变得光秃秃的。兀，这里形容光秃秃的样子。

4 “覆压”二句：宫殿连绵不断，占压了三百多里地面，楼阁高耸，遮天蔽日。覆压，掩盖。

5 “骊山”二句：是说宫殿从骊山北面建起，向西一直通往咸阳。

6 二川：指渭河和泾河。溶溶：水势盛大貌。

7 “廊腰”二句：是说走廊曲折，如同绸带萦回；屋檐高挑，像是禽鸟昂首啄食。廊腰，走廊用来连接高大建筑，故称。缦，无花纹的丝织品。回，回环。檐牙，指屋檐四角上翘如弯牙的部分。高啄，鸟儿翘首啄食。

8 “各抱”二句：是说楼阁依据不同地势而建，它们既彼此连通，又呈相互争斗之势。钩心，中心区相连。斗角，檐角相对，呈争斗之势。

9 盘盘焉，囷（qūn）囷焉：形容建筑物盘结屈曲之状。

10 “蜂房”二句：远看建筑群，如蜂房，像漩涡，高高耸立，不知有几千几万座。矗，高耸。落，处所。这里引申为“座”的意思。

11 “长桥”二句：拿龙比喻长桥。未云何龙，没有云哪儿来的龙。《周易·乾卦》有“云从龙”的话，所以人们认为有龙就应该有云。

12 “复道”二句：拿虹比喻复道。复道，在空中架木而成的栈道。不霁（jì）何虹，不是雨过天晴时刻哪儿来的彩虹。霁，雨雪初晴。

13 冥迷：分辨不清。

14 “歌台”四句：台上的歌声令人心生暖意，带来春天的和煦之气；殿内的舞袖带来寒意，令人顿生风雨凄凉之感。融融，和暖。

妃嫔媵嫱，王子皇孙，辞楼下殿，辇来于秦[1]。朝歌夜弦，为秦宫人。明星荧荧，开妆镜也；绿云扰扰，梳晓鬟也；渭流涨腻，弃脂水也；烟斜雾横，焚椒兰也[2]。雷霆乍惊，宫车过也；辘辘远听，杳不知其所之也[3]。一肌一容，尽态极妍，缦立远视，而望幸焉[4]。有不见者，三十六年。

燕赵之收藏，韩魏之经营，齐楚之精英，几世几年，剽掠其人，倚叠如山[5]。一旦不能有，输来其间[6]。鼎铛玉石，金块珠砾，弃掷逦迤[7]，秦人视之，亦不甚惜。

嗟乎！一人之心，千万人之心也。秦爱纷奢[8]，人亦念其家。奈何取之尽锱铢[9]，用之如泥沙？使负栋之柱，多于南亩之农夫；架梁之椽，多于机上之工女；钉头磷磷，多于在庾之粟粒；瓦缝参差，多于周身之帛缕；直栏横槛，多于九土之城郭；管弦呕哑，多于市人之言语[10]。使天下之人，不敢

---

1 “妃嫔”四句：是说六国被灭后，其君王的妃嫔及子女都被掳来秦国，充斥阿房宫，成为宫女仆役。妃嫔（pín）媵（yìng）嫱（qiáng），指等级不同的帝王配偶。妃、嫱等级高，嫔等级低，媵等级更低，相当于奴仆。辇，君王及妃嫔们乘的车。

2 “明星”八句：用比喻、夸张等手法形容阿房宫中的奢侈生活。荧荧，光亮闪烁貌。绿云，这里比喻女子长而黑的头发。扰扰，纷乱貌。涨腻，涨起一层油污。椒、兰，均为香料。

3 辘辘：车行声。杳：响声消失。之：往。

4 一肌一容：一段肌肤，一个笑容。缦立：伫立，久立。幸：这里指得到君王宠爱。

5 收藏：与下文的“经营”“精英”，都是指六国各自搜刮的金珠财宝。剽掠：抢掠。其人：他们的百姓。倚叠：堆积。

6 不能有：不能保有。输来其间：运到这里（指阿房宫）。

7 “鼎铛”三句：把宝鼎看作铁锅，把美玉当成石头，把金子看作土块，把珍珠看成石子，扔得到处都是。铛（chēng），锅子。砾，小石子。逦迤（lǐyǐ），这里形容到处都是的样子。

8 纷奢：豪华奢侈。纷，盛，多。

9 锱（zī）铢：古代重量单位。六铢为一锱，一铢约等于两克多。比喻极其微小的数量。

10 负：承托。栋：房梁。椽（chuán）：搭在梁上的短木棍，称椽子。磷磷：（钉头）突出貌。庾（yǔ）：露天的谷仓。九土：九州。呕哑（ōuyā）：形容乐声嘈杂。

言而敢怒。独夫之心，日益骄固[1]。戍卒叫，函谷举，楚人一炬，可怜焦土[2]！

呜呼！灭六国者六国也，非秦也；族秦[3]者秦也，非天下也。嗟乎！使六国各爱其人，则足以拒秦；使秦复爱六国之人，则递三世可至万世而为君，谁得而族灭也？秦人不暇自哀，而后人哀之；后人哀之而不鉴之[4]，亦使后人而复哀后人也。

译文 六国灭亡，四海统一。蜀山因林木伐光变得光秃秃的，阿房宫于是拔地而起。连绵的宫室覆盖了三百余里土地，高耸的楼台遮天蔽日。宫殿从骊山北面修起，折向西方，直抵咸阳。渭河和泾河浩浩荡荡流入宫墙。宫中五步一楼，十步一阁，走廊萦绕如绸带，屋檐高挑似鸟啄。楼台殿阁各依地形，内室勾连，檐角相斗。远望则见无数建筑盘结屈曲，像蜂房，如漩涡，矗立高耸，不知有几千座几万座！长桥横卧水上，没有云，哪儿来的龙？复道架在空中，不是雨后初晴，哪儿来的彩虹？高低迷离，东西不辨。高台传来暖心的歌声，令人感到春光融融；殿中舞女的长袖带来寒意，令人有风雨凄凄之感。一天之内，一宫之间，居然有四季变化。

六国君王的妃嫔宫女、王孙贵胄，也都被轰出宫殿，车载入秦，沦为秦宫的宫人，早晚弦歌娱人。明星闪闪，那是她们纷纷打开梳妆镜呢；绿云纷纷，那是她们早起梳头呢；渭河涨起一层油脂，那是她

1　独夫：贪暴而失去民心的君主。这里指秦始皇。骄固：傲慢顽固。

2　戍卒叫：指陈涉等下层兵士揭竿而起。戍卒，戍边的兵卒。函谷举：指刘邦攻破函谷关。“楚人”二句：指项羽放火将阿房宫烧为一片焦土。

3　族秦：秦的整个王族被诛灭。这里指灭掉秦国。

4　鉴之：以之为镜，引以为戒。鉴，镜子。

们泼掉洗脸水的缘故；烟雾缭绕，那是她们在焚烧椒、兰等名贵香料。震雷突响，令人心惊，那是宫车经过，听辘辘车声渐远，不知去向哪里，直至杳无声息。宫女们的一段肌肤、一个笑靥，都美到极致。她们久立远眺，期盼皇帝的到来，可是有的三十六年也未能见皇帝一面。

燕、赵、韩、魏、齐、楚所搜罗的金珠财宝，都是六国几代君主掠夺搜刮本国百姓所得，堆积如山。一旦国家覆灭，不能保有，全都被运到阿房宫。（由于宝物太多，也就不稀罕）宝鼎被看作铁锅，美玉被视为石头，黄金好像土块，珍珠如同石子。一路遗撒，接连不断，就是秦国百姓见了，也不觉得有什么可惜。

唉！一个人的心愿，也是千万人的心愿。秦国君王喜欢奢华的生活，百姓也无不顾念自己的家。为什么要掠夺得一点儿不剩，用起来又如同对待泥沙？致使承托栋梁的柱子，比田里的农夫还多；架在梁上的椽子，比织机上的织女还多；建筑上的磷磷钉头，比粮仓里的粟米还多；屋顶上错落的瓦缝，比身上衣服的布帛丝缕还多；楼榭的栏杆门槛，比九州的城墙还多；嘈杂的乐曲声，比市井中人们的说话声还多。（如此穷奢极侈）却令天下的人敢怒而不敢言。独夫秦始皇的心志更是一天比一天骄横顽固！（结果是）守边戍卒振臂一呼，函谷关很快被义军攻陷；楚人项羽的一把火，可叹让阿房宫变成一片焦土！

唉！灭掉六国的，是六国自己，而不是秦国；灭掉秦国的是秦国人自己，而不是天下人。唉！假使六国国君各自爱护本国的百姓，也就有足够的力量抵御秦国。同样，如果秦国国君又能爱护六国的百姓，也完全可以将帝位传到三世乃至万世，永做国君，又有谁能灭掉秦国呢？秦国人没来得及为自己哀叹就灭亡了，只好让后人为之哀叹。后人如果只是哀叹却不引以为戒，那就只好让更后面的人来哀叹他们了。

温庭筠

温庭筠（约812—866），本名岐，字飞卿。唐太原（今山西太原西南）人。有才名，然而一生不得志，仅做过县尉和国子助教。诗词代表作有《商山早行》、《菩萨蛮》（小山重叠金明灭）、《梦江南》（梳洗罢）等。有《温飞卿诗集》。《金奁集》录有其词63首。

商山早行[1]

晨起动征铎，客行悲故乡[2]。鸡声茅店月，人迹板桥霜[3]。槲叶落山路，枳花明驿墙[4]。因思杜陵梦，凫雁满回塘[5]。

菩萨蛮[6]

小山重叠金明灭，鬓云欲度香腮雪[7]。懒起画蛾眉，弄妆[8]梳洗迟。　照花前后镜，花面交相映[9]。新帖绣罗襦，

1 ★商山在今陕西丹凤县商镇。温庭筠此篇写行旅之人的辛苦与悲愁。

2 “晨起”二句：清晨，远行车马的铃铛响起，旅人起身登程，因不得不离乡奔走而伤感。征铎（duó），车马的铃铛。

3 “鸡声”二句：写早行者眼中的两个场景：旅店雄鸡报晓时，天上还挂着月亮；桥板上的夜霜还没化，已经印上早行者的脚印。

4 槲（hú）、枳（zhǐ）：两种树木名。明：明艳，鲜艳。这里是使明艳的意思。

5 “因思”二句：回想长安，恍如梦境，水边满是大雁、野鸭。杜陵，长安附近地名，这里代指长安。诗人曾定居鄠县（今陕西鄠邑），为京畿之地。凫（fú），野鸭。回塘，环曲的池塘。

6 ★本篇写贵族女性的生活与情思。

7 “小山”二句：写晨阳照在居室的折叠屏风上，上面的山水画光彩闪烁；女子初醒，鬓发低垂在脸旁。鬓云，如乌云的鬓发。度，这里有垂的意思。香腮雪，犹言雪白的香腮。

8 弄妆：整理妆容。

9 “照花”二句：指用前后两面镜子来观察梳妆效果，只见花饰和面庞相互映衬，效果甚佳。

双双金鹧鸪[1]。

梦江南[2]

梳洗罢，独倚望江楼。过尽千帆皆不是，斜晖脉脉水悠悠[3]。肠断白蘋洲[4]。

1 “新帖”二句：女子欲绣罗衣，金鹧鸪是所绣的图案。这里暗叹人的孤单，不如鹧鸪能成双成对。帖，镶嵌，是一种刺绣方法。襦（rú），短衣。

2 ★“梦江南”是词牌名。词中展示了闺中少妇盼望丈夫归来的场景。

3 “过尽”二句：写女子江楼眺望，见千帆来去，都不是丈夫的归舟。脉脉，犹默默。悠悠，连绵不尽貌。

4 白蘋洲：白蘋丛生的汀洲。白蘋，即水鳖，夏秋开白花的水生植物。

李商隐

李商隐（约813—约858），字义山，号玉谿（xī）生、樊南生。唐代人，原籍怀州河内（今河南沁阳），迁郑州荥阳（今属河南）。开成间进士，因入泾原节度使幕府，而陷入牛（僧孺）、李（德裕）党争的旋涡，终生不得志。代表诗作有《夜雨寄北》《隋宫》《锦瑟》《无题》《乐游原》《贾生》《安定城楼》《马嵬》《嫦娥》等。有《玉谿生诗》《樊南文集》。

贾生[1]

宣室求贤访逐臣，贾生才调更无伦[2]。可怜夜半虚前席，不问苍生问鬼神[3]。

隋宫[4]

乘兴南游不戒严，九重谁省谏书函[5]？春风举国裁宫锦，半作障泥半作帆[6]。

---

1 ★贾生即西汉人贾谊。本篇感叹贾生命运不佳，其实也是作者自叹生不逢时，抨击在位者有眼无珠。

2 宣室：汉代未央宫的正室，汉文帝曾在这里接见贾谊，做彻夜之谈。逐臣：贾谊曾被贬往长沙，做长沙王太傅，因称“逐臣”。才调：才气。无伦：无比。

3 “可怜”二句：意谓可惜文帝格外关心的，不是安民之计，而是鬼神虚无等事。虚前席，徒然将座席往前移。虚，徒然。前席，（因听得入神而）向前移动座席。苍生，百姓。

4 ★本篇咏史，讥刺隋炀帝骄奢亡国，也有借古讽今之意。隋宫，隋朝的行宫。

5 不戒严：隋炀帝完成一统大业，志得意满，出行时不加警戒。九重：指朝廷。省（xǐng）：醒悟，懂得。谏书函：上书劝谏。

6 举国：全国。障泥：马鞯，垫在马鞍下，垂于两边，以挡泥土。

夜雨寄北[1]

君问归期未有期，巴山[2]夜雨涨秋池。何当共剪西窗烛，却话巴山夜雨时[3]。

无题[4]

相见时难别亦难，东风无力百花残[5]。春蚕到死丝方尽，蜡炬成灰泪始干[6]。晓镜但愁云鬓改，夜吟应觉月光寒[7]。蓬山此去无多路，青鸟殷勤为探看[8]。

无题[9]

昨夜星辰昨夜风，画楼西畔桂堂东[10]。身无彩凤双飞翼，心有灵犀一点通[11]。隔座送钩春酒暖，分曹射覆蜡灯红[12]。嗟余

1 ★本篇是李商隐滞留巴蜀时寄给妻子王氏的诗，满含深情，明白如话。
2 巴山：泛指川东一带。
3 何当：何时。却：再。
4 ★李商隐有《无题》诗多首，大多为爱情或友情题材的。本篇写男女两情相悦又难得晤面，渴望神鸟相助，传达情愫。"春蚕"一联成为吟咏爱情的千古警句，有时也引申歌颂奉献。
5 "相见"二句：诗人因情人难见，感到春光也为之失色。
6 "春蚕"二句：写春蚕丝尽，蜡炬成灰，用来喻指感情深挚，生死不渝。丝方尽，谐音为"（情）思方尽"。泪，指蜡烛燃烧时淌下的蜡滴。
7 "晓镜"二句：前句想象情人清晨对镜，只愁风姿减损；后句写诗人吟咏爱情，夜不能寐。
8 蓬山：蓬莱仙山。这里喻情人居处。青鸟：神鸟名，传说为西王母的使者，后代指男女间的信使。
9 ★本篇《无题》诗仍是吟咏爱情的。男女在酒席上相见，人多眼杂，不能畅所欲言，但"心有灵犀"，仍觉欣慰。只是时间短暂，备感无奈。
10 "昨夜"二句：这是回述两人见面的时间、天气、地点，语带深情。
11 "身无"二句：是说两人不能比翼双飞，但心灵是相通的。灵犀，犀牛角。传说犀牛角内有一白纹贯通两头，因以比喻两人心心相通。
12 "隔座"二句：写两人在聚会中参与游艺活动。送钩、射覆都是游戏名，前者是手中藏钩令人猜，后者是将物覆盖于器皿下令人猜。分曹，分队。

听鼓应官去，走马兰台类转蓬[1]。

锦瑟[2]

锦瑟无端五十弦，一弦一柱思华年[3]。庄生晓梦迷蝴蝶，望帝春心托杜鹃[4]。沧海月明珠有泪，蓝田日暖玉生烟[5]。此情可待成追忆，只是当时已惘然[6]。

嫦娥[7]

云母屏风烛影深，长河渐落晓星沉[8]。嫦娥应悔偷灵药，碧海青天夜夜心[9]。

乐游原[10]

向晚意不适，驱车登古原[11]。夕阳无限好，只是近黄昏。

---

1 “嗟余”二句：这是感叹自己官身繁忙，不能久聚。应官，应付官事（如值班等）。兰台，秘书省的别称，作者曾在这里任职。

2 ★此诗篇名来自首句的头两个字，仍相当于“无题”。诗的表述颇为朦胧，人们的理解也多种多样，有爱情、悼亡、感伤身世等说法。

3 “锦瑟”二句：瑟有五十根弦，诗人由此联想到自己已年届五十，感到心惊。锦瑟，瑟是一种乐器，锦瑟指装饰华美的瑟。无端，无故，这里表示心惊。

4 “庄生”二句：庄子梦见自己变成蝴蝶，醒后对自己到底是人是蝶产生怀疑；蜀王杜宇死后魂魄化为啼血杜鹃。望帝，古蜀王杜宇。

5 “沧海”二句：南海中有鲛人，其泪珠可变珍珠；陕西蓝田出美玉，日照之下，其玉可升腾为烟霭。

6 可待：就要。当时：那时，即追忆之时。惘然：模糊不清貌。

7 ★嫦娥，又作姮（héng）娥，是月中仙女。相传她是羿的妻子，羿从西王母处求得不死灵药，嫦娥偷吃后成仙，奔入月宫。作者从世俗角度着眼，写嫦娥成仙后的孤独寂寞，别开生面。

8 “云母”二句：写闺中夜不能寐的寂寞情景。云母，一种半透明的片状矿石，常用来装饰屏风等器物。长河，指银河。晓星沉，喻示一夜未眠，已到破晓星落之时。

9 “嫦娥”二句：是说嫦娥奔月后，因孤寂无聊而后悔。碧海、青天，均指天。

10 ★本篇写游览乐游原的所见及感想。乐游原，参见李白《忆秦娥》及杜牧《将赴吴兴登乐游原一绝》相关注释。

11 向晚：傍晚。古原：即乐游原。

裴 铏

裴铏（生卒年不详，860年前后在世），咸通（860—874）、乾符（874—879）间曾为静海军节度使高骈掌书记，又以御史大夫任成都节度副使。撰有传奇小说《昆仑奴》《裴航》《聂隐娘》等。有小说集《传奇》三卷，已佚。

昆仑奴[1]

唐大历中，有崔生者，其父为显僚，与盖代之勋臣一品者熟[2]。生是时为千牛，其父使往省一品疾[3]。生少年，容貌如玉，性禀孤介[4]，举止安详，发言清雅。一品命妓轴帘[5]，召生入室。生拜传父命，一品忻[6]然爱慕，命坐与语。时三妓人艳皆绝代。居前以金瓯贮含桃而擘之，沃以甘酪而进[7]。一品遂命衣红绡妓[8]者擎一瓯与生食。生少年，赧[9]妓辈，终不食；

1 ★本篇录自《太平广记》卷第一百九十四“豪侠二”。昆仑奴指唐代由阿拉伯商人贩卖至中国的黑人奴仆，一部分来自南洋，另一部分来自非洲东海岸。本篇为爱情题材，因昆仑奴的介入，增添了侠义色彩。

2 大历（766—779）：唐代宗年号。显僚：官位显贵的大官僚。盖代：盖世无双。一品：古代官分九品，一品为最高品级。

3 生：即指崔生。千牛：即“千牛备身”“千牛卫”的简称，是警卫宫殿的武官。省（xǐng）：省视，探视。

4 孤介：方正，不随流俗。

5 妓：家妓，侍女。轴帘：卷起帘子。

6 忻：同“欣”，心喜。

7 瓯：一种盛饮食的器物。含桃：樱桃的别称。擘（bò）：分开。沃以甘酪（lào）：用甜美的奶汁浇在上面。沃，浇。

8 衣红绡妓：穿着红绸衣的侍女。绡，用生丝织的薄绸子。

9 赧（nǎn）：难为情，脸红。

一品命红绡妓以匙而进之，生不得已而食，妓哂[1]之。遂告辞而去。一品曰："郎君闲暇，必须一相访，无间[2]老夫也。"命红绡送出院。时生回顾，妓立三指，又反三掌者[3]；然后指胸前小镜子，云："记取！"余更无言。

生归，达一品意[4]。返学院，神迷意夺，语减容沮，恍然凝思，日不暇食[5]；但吟诗曰："误到蓬山顶上游，明珰玉女动星眸[6]。朱扉半掩深宫月，应照琼芝雪艳愁[7]。"左右莫能究其意[8]。时家中有昆仑奴磨勒，顾瞻郎君曰[9]："心中有何事，如此抱恨不已？何不报老奴？[10]"生曰："汝辈何知，而问我襟怀间事[11]！"磨勒曰："但言，当为郎君释解[12]，远近必能成之。"生骇其言异，遂具告知。磨勒曰："此小事耳，何不早言之，而自苦耶？"生又白其隐语[13]。勒曰："有何难会[14]？立

1 哂（shěn）：微笑。

2 无间（jiàn）：不要疏远。

3 "妓立三指"二句：是说红绡妓竖起三根手指，又把手掌来回反转三次。

4 达一品意：这里指向父亲转达一品勋臣的问候。

5 "返学院"五句：是说崔生返回书房，（因思念红绡妓而）失魂落魄，少言寡语，表情哀伤，恍惚发呆，茶饭不思。学院，书房。

6 "误到"二句：是说在仙境中遇到美丽的女性（指红绡妓）。蓬山，蓬莱仙山。珰（dāng），玉制的耳饰。星眸（móu）：星星般明亮闪烁的眼睛。

7 "朱扉"二句：是想象着月光映照下的美女也因幽居而苦闷。琼芝，美玉、芝兰，喻人物美丽、高雅。雪艳，洁白艳丽，形容女性之美。

8 左右：周围的侍者。究：明白。

9 磨勒：昆仑奴的名字。顾瞻：看。

10 抱恨：这里指心怀难以解决之事。报：告诉。

11 襟怀间事：内心隐秘之事。

12 释解：解决。

13 隐语：谜语，谜题。

14 难会：难理解。

三指者，一品宅中有十院歌姬，此乃第三院耳。反掌三者，数十五指，以应十五日之数。胸前小镜子，十五夜月圆如镜，令郎来耶！”生大喜不自胜，谓磨勒曰：“何计而能导达我郁结[1]？”磨勒笑曰：“后夜乃十五夜，请深青绢两疋，为郎君制束身之衣[2]。一品宅有猛犬守歌妓院门，非常人不得辄入，入必噬杀之[3]。其警如神，其猛如虎，即曹州孟海之犬也[4]。世间非老奴，不能毙此犬耳；今夕当为郎君挝[5]杀之。”遂宴犒以酒肉。

至三更，携链椎[6]而往。食顷[7]而回，曰：“犬已毙讫，固无障塞耳[8]。”是夜三更，与生衣青衣，遂负而逾十重垣[9]，乃入歌妓院内，止第三门。绣户不扃，金釭微明，惟闻妓长叹而坐，若有所俟[10]。翠环初坠，红脸才舒，玉恨无妍，珠愁转莹[11]。但吟诗曰：“深洞莺啼恨阮郎，偷来花下解珠珰[12]。碧云

---

1 导达：疏导，解开。郁结：心中愁闷。
2 后夜：这里指第二天夜晚。疋：同“匹”。束身之衣：行动方便的紧身衣。
3 辄入：擅入。噬（shì）杀：咬死。
4 曹州：今山东菏泽。孟海：今菏泽定陶孟海镇。
5 挝（zhuā）：击打。
6 链椎（chuí）：带铁链的铁锤。
7 食顷：一顿饭的工夫。形容很短的时间。
8 讫（qì）：终了，完结。障塞（sāi）：障碍，阻挡。
9 是夜：这里指十五日夜晚。负而逾十重垣（yuán）：背着（崔生）越过十道高墙。重垣，多重墙垣。后文中的“峻垣”指高耸的墙。
10 扃（jiōng）：原指门闩，引申为关闭。金釭（gāng）：这里指华美的灯。俟（sì）：等待。
11 “翠环”二句：刚摘下耳环，洗去脸上的脂粉。“玉恨”二句：这里是形容红绡妓的素颜之美。在她面前，玉也自恨不美，珠子的光芒也显得微弱。转，改变。莹，光亮透明。
12 “深洞”二句：这里是红绡妓含蓄地表达喜欢崔生，却又不得自由，只能暗自思量。深洞，幽深的内室。阮郎，传说中的东汉人阮肇，曾与刘晨入天台山采药迷路，遇仙女，流连半载，归后发现子孙已过七代。珠珰，珠玉做的耳饰。

飘断音书绝，空倚玉箫愁凤凰[1]。”侍卫皆寝，邻近阒然，生遂缓搴帘而入[2]。良久，验是生，姬跃下榻，执生手曰：“知郎君颖悟，必能默识，所以手语耳[3]。又不知郎君有何神术，而能至此？”生具告磨勒之谋，负荷而至。姬曰：“磨勒何在？”曰：“帘外耳。”遂召入，以金瓯酌酒而饮之。

姬白生曰：“某家本富，居在朔方[4]。主人拥旄[5]，逼为姬仆，不能自死，尚且偷生。脸虽铅华[6]，心颇郁结。纵玉箸举馔，金炉泛香，云屏而每进绮罗，绣被而常眠珠翠，皆非所愿，如在桎梏[7]。贤爪牙既有神术，何妨为脱狴牢[8]？所愿既申，虽死不悔。请为仆隶，愿侍光容[9]。又不知郎君高意如何？”生愀然[10]不语。磨勒曰：“娘子既坚确[11]如是，此亦小事耳。”姬甚喜。磨勒请先为姬负其囊橐[12]妆奁，如此三复焉，

---

1 “碧云”二句：是说无法与崔生通音信，并像传说中的箫史、弄玉一样在凤凰台上吹箫引凤，飞升成仙。倚，（与乐曲）相和。

2 阒（qù）然：寂静无声的样子。搴（qiān）帘：撩开帘子。搴，同“褰”。

3 颖悟：聪明，有悟性。手语：打手势。

4 朔方：北方。

5 拥旄（máo）：统领军队，统率一方。参见岑参《轮台歌奉送封大夫出师西征》相关注释。

6 铅华：搽脸用的胭粉。

7 “纵玉箸”六句：形容奢华的生活。用玉制的筷子进食，金炉燃着名香，在云母屏风后面更换绸缎衣服，盖着锦绣被子，睡在珠翠装饰的床上，但这些不是我所乐意的，因而有身在牢狱之感。桎梏（zhìgù），脚镣和手铐。

8 贤爪牙：犹如说“您的助手”。狴（bì）牢：监牢。狴，即狴犴（àn），传说中的神兽，旧时的狱门用狴犴图案装饰，因此又代指监狱，也叫狴牢。

9 “请为”二句：表面意思是愿做奴仆，服侍崔生，实则表达愿为夫妻之意。光容，对人仪容的敬称。

10 愀（qiǎo）然：忧愁貌。

11 坚确：坚定，确定。

12 囊橐（tuó）：指行李财物。

然后曰："恐迟明[1]。"遂负生与姬而飞出峻垣十余重。一品家之守御，无有警者。遂归学院而匿[2]之。及旦，一品家方觉，又见犬已毙。一品大骇曰："我家门垣，从来邃[3]密，扃锁甚严。势似飞腾，寂无形迹，此必侠士而挈[4]之；无更声闻[5]，徒为患祸耳。"

姬隐崔生家二岁，因花时，驾小车而游曲江，为一品家人潜志认[6]，遂白一品。一品异之，召崔生而诘[7]之事。惧而不敢隐，遂细言端由：皆因奴磨勒负荷而去。一品曰："是姬大罪过！但郎君驱使逾年[8]，即不能问是非。某须为天下人除害。"命甲士五十人，严持兵仗，围崔生院，使擒磨勒。磨勒遂持匕首，飞出高垣。瞥若翅翎，疾同鹰隼，攒矢如雨[9]，莫能中之。顷刻之间，不知所向。然崔家大惊愕。后一品悔惧，每夕多以家童持剑戟自卫，如此周岁[10]方止。

后十余年，崔家有人见磨勒卖药于洛阳市，容颜如旧耳。

译文 唐大历年间，有个姓崔的年轻人，父亲是高官，与一位功劳盖世的一品勋臣交往密切。崔生那时在宫中做禁卫官，父亲派

1 迟明：黎明，天快亮时。
2 匿（nì）：藏。
3 邃（suì）密：幽深严密。
4 挈（qiè）：提举，携带。
5 声闻：声张。
6 花时：花开时节。家人：旧时对仆人的称呼。潜志认：暗中认出。
7 诘（jié）：追问，查究。
8 驱使逾年：指（与崔生）生活一年以上。
9 瞥若翅翎：一闪而过，如同飞鸟。瞥，本指目光斜着一扫，也指极快地出现一下。攒（cuán）矢：指众箭齐射。
10 周岁：一年。

他去探视生病的一品勋臣。崔生很年轻，容貌俊美，个性方正严谨，行事沉稳妥帖，出言雅驯得体。一品勋臣命侍女卷起帘子，请崔生进入内室。崔生恭敬地转达了父亲的问候，一品勋臣很高兴，他很喜欢这小伙，让他坐下聊天。当时室内有三名侍女，都是绝代佳人。站在前面的拿金盆盛着樱桃，把它们剖开，浇上甜乳汁，送到面前。一品勋臣于是命穿红绡衣的侍女端着金盆给崔生吃，崔生年轻，在女性面前害羞，不肯吃，一品勋臣就让红衣女用汤匙舀了送到他嘴边，崔生不得已，只好吃了。红衣女对他启齿一笑。崔生告别，一品勋臣说："郎君闲暇了，一定要来看我，不要疏远了我这老头子。"又命红衣女送崔生出院子。崔生回头看时，见她竖起三根手指，又把手掌翻转了三次，然后指指胸前挂的小镜子，说："切记！"再没有别的话。

崔生回家后，向爹爹转达了一品勋臣的问候。回到书房，失魂落魄，少言寡语，面色哀怨，恍惚发呆，整天茶饭不思，只是念着一首诗："误闯蓬莱山中游，盛装美女目如星。月光偏照朱门内，佳人如玉怨无穷。"周围侍奉的人听了，都不解其意。当时崔家有个昆仑奴名叫磨勒，看着崔生说："你有什么心事，这样愁眉不展？何不对我说说？"崔生说："你晓得什么，也想探问我心中的隐秘！"磨勒说："你只管说，我会替你解决，无论远忧近愁，没有解决不了的。"崔生听了这话很是诧异，便把所遇之事一五一十告诉他。磨勒说："这不过小事一桩，干吗不早说，偏要自己难为自己？"崔生又把红衣女的谜语说出，磨勒说："这有什么难猜的？竖起三根手指，是告诉你一品勋臣有十院歌姬，她是第三院的。手掌反转三次，数目是十五个指头，即指十五日。胸前的小镜子，是暗示你十五日的圆月如同镜子，让你那天去找她。”崔生听了，高兴得不得了，对磨勒说：“你有什么办法能帮我解开心中愁闷呢？”磨勒笑着说：“明天夜晚就是十五之夜，请预备两匹深青色的绸缎，为您缝制紧身衣裤。一品勋臣宅中有恶犬看守着歌姬的院落，不速之客不能随便进入，进去一定会被咬死。那狗警觉如神，凶猛如虎，是曹州孟海镇特有的品种，这世上除了我，没人能弄死它。今晚我会为您去杀了它。”崔生于是摆出酒肉犒赏磨勒。

到了三更天，磨勒带着链锤出去了，一顿饭工夫回来，说：“狗已经死了，障碍完全扫清了。”到了十五日夜里三更，磨勒和崔生穿上青色衣服，磨勒背着崔生翻越十道高墙，到了歌姬住所，在第三院门前停下来。只见门没有关，透出灯烛的微光来，只听红衣女坐在那里长叹，好像在等谁。耳环刚摘，面上的脂粉已洗掉，素颜肤色赛过珠玉。只听她吟诗道：“洞房深处恨情郎，情郎不来卸浓妆。碧云飘断书难寄，如何吹箫引凤凰？”此时院中的卫士都已就寝，四下一派寂静。崔生缓缓地掀起门帘进去，红衣女看了许久，看清是崔生，从床榻跳下，拉着崔生的手说：“我就知道郎君聪明，一定能猜透哑谜，所以我用手势来交流。但不知你用什么样的神术进到这里来的？”崔生一五一十告诉她，说这全是磨勒的安排，也是他背着自己进来的。红衣女问：“磨勒在哪儿？”崔生说：“在帘外呢。”红衣女于是把磨勒叫进来，用金杯斟酒请他喝。

红衣女对崔生讲述：“我家本来也是富人，住在北方。现在的主人是地方驻军统帅，逼我做了侍妾，我没勇气自尽，只能苟且偷生。脸上虽然抹着脂粉，心里却是抑郁纠结的。尽管玉箸美食，金炉飘香，云屏更衣，绣被安寝，但这些不是我所乐意的，因而有身在牢狱之感。你的仆人既然有如此神通，干吗不让他帮我脱离这牢狱呢？我的愿望如能实现，死了也不后悔。我愿做你的奴仆，终身服侍你，不知你意下如何？”崔生感到为难，默不作答。磨勒在旁说：“娘子既然主意已定，这不过小事一桩。”红衣女听了十分高兴。磨勒提出先把红衣女的妆奁细软背出去，背了三趟才搬完。然后说：“怕是天快亮了。”于是背着崔生和红衣女轻松跨越十几道高墙。一品勋臣家的守卫们竟无一人醒来。崔生回家，把红衣女藏到书房。天亮后，一品勋臣家中才发觉红衣女不见了，又见猛犬也被打死。一品勋臣大惊，说：“我家门墙向来幽深，封锁严密。看这情形，像是飞进来的，全没留下痕迹。这必然有侠客助力，大家不要再声张了，小心招祸！”

红衣女在崔家藏了两年（觉得风声已过），赶上花开时节，乘了小车去曲江边游春，被一品勋臣的仆人暗中认出，于是报告给大臣。一品勋臣感到意外，便召崔生来问个究竟。崔生很害怕，不敢隐瞒，从头到尾细说一遍，并强调说，都是由昆仑奴磨勒背负去的。一品勋臣说：“这个侍妾犯了大罪，不过她跟了你一两年，是非我也就不过问了。但我得为天下人除掉磨勒这个祸害！”一品马上派了五十名全副武装的人，拿了兵器围住崔生的院落，要他们活捉磨勒。只见磨勒手持匕首，飞出高墙，瞬间像是长了翅膀，快如苍鹰，士兵朝他齐射乱箭，竟一箭也没射中。转瞬之间，磨勒已不知去向。崔家上下也被惊呆了。一品勋臣听说后又悔又怕，每晚睡觉，派了许多心腹仆人拿着长短兵器守护着，这样闹了一年才松懈下来。

又过了十几年，崔家有人见到磨勒在洛阳市场上卖药，看面容，跟从前没啥变化。

罗　隐

罗隐（833—910），原名横，字昭谏，号江东生。唐末杭州新城（今浙江富阳）人，一说杭州余杭（今属浙江）人。诗文有《感弄猴人赐朱绂》《雪》及《谗书》等。清人辑有《罗昭谏集》。

感弄猴人赐朱绂[1]

十二三年就试期，五湖烟月奈相违[2]。何如买取胡孙弄，一笑君王便著绯[3]！

雪[4]

尽道丰年瑞，丰年事若何[5]？长安有贫者，为瑞不宜多[6]！

1 ★本篇针对"弄猴人赐朱绂"的荒唐事发出感慨。弄猴人，驯养猴子的杂技艺人，俗称"耍猴的"。朱绂（fú），古代礼服上的红色蔽膝，后常作为官服的代称。《全唐诗》卷六六五此诗题目下有注："《幕府燕闲录》云：'唐昭宗播迁，随驾伎艺人止有弄猴者，猴颇驯，能随班起居，昭宗赐以绯袍，号孙供奉。故罗隐有诗云云。朱梁篡位，取此猴，令殿下起居，猴望殿陛，见全忠，径趣（趋）其所，跳跃奋击。遂令杀之。'"

2 "十二三"二句：诗人感伤自己因参加科举考试白白耽误了十二三年，辜负了隐居闲游之乐。奈相违，无奈错过。

3 "何如"二句：还不如买个猴子耍一耍，君王一高兴，我就可以穿上红袍当官了。胡孙，猴子的别称。弄，耍弄。著绯，穿上红色官服。绯，红色，这里代指官服。

4 ★民间俗谚有"瑞雪兆丰年"之说，本篇咏雪，却是从"贫者"角度来谈，体现了仁者情怀。

5 "尽道"二句：都说下雪是丰收的好兆头，但是否真能丰收，还不好说。丰年瑞，预兆丰年的祥瑞。

6 "长安"二句：意谓长安的穷人很多（下雪会冻死人），这种"祥瑞"还是不要太多。

陈 陶

陈陶（约812—约885），字嵩伯，唐建州（今福建南平建瓯）人。举进士不第，自称“三教布衣”。代表诗作有《陇西行》《赠容南韦中丞》等。后人辑有《陈嵩伯诗集》。

陇西行（选一）[1]

誓扫匈奴不顾身，五千貂锦丧胡尘[2]。可怜无定河边骨，犹是春闺梦里人[3]。

---

1 ★陈陶有《陇西行》四首，本篇是第二首。咏汉代史事，后二句脍炙人口，为反战警句。

2 “誓扫”二句：借西汉李陵率兵五千败于匈奴事，写战争之残酷。貂锦，汉羽林军身穿貂裘锦衣，借指将士。胡尘，这里指匈奴挑起的战争。

3 无定河：黄河中游支流，在陕西北部。骨：尸骨。春闺：这里指出征将士的妻子。

陆龟蒙

陆龟蒙（？—约881），字鲁望，自号天随子，又号江湖散人、甫里先生。唐姑苏（今江苏苏州）人。举进士不第，归隐后生活困窘。诗文代表作有《新沙》《杂讽九首》及《野庙碑》等。有《甫里先生文集》。

新沙[1]

渤澥声中涨小堤，官家知后海鸥知[2]。蓬莱有路教人到，应亦年年税紫芝[3]。

---

1 ★新沙意为海中新露出的沙洲。诗中讽刺官家的赋税盘剥无孔不入，到了荒诞的程度。

2 “渤澥（xiè）”二句：是说在渤海的潮声中新出现一块沙洲，（因为有地便可收地税）这块沙洲马上被官府发现，比海鸥知道得还早。渤澥，即渤海。声，这里指海潮声。堤，这里指沙洲。

3 “蓬莱”二句：是说如果有路可达蓬莱，那里出产的灵芝仙草也会被官府征税的。蓬莱，蓬莱仙山，传说中的海外三神山之一。紫芝，紫色灵芝，传说服食可以长生。

韦 庄

韦庄（约836—910），字端己，唐末长安杜陵（今陕西西安）人，是韦应物四世孙。唐昭宗乾宁间进士，后入蜀为王建掌书记，又在前蜀政权做过宰相。诗词代表作有《台城》《秦妇吟》《菩萨蛮》等。有《浣花集》。

台城[1]

江雨霏霏江草齐，六朝如梦鸟空啼[2]。无情[3]最是台城柳，依旧烟笼十里堤。

菩萨蛮（选二）

其一[4]

人人尽说江南好，游人只合[5]江南老。春水碧如天，画船听雨眠。　　垆边人似月，皓腕凝双雪[6]。未老莫还乡，还乡须断肠。

1 ★本篇为怀古题材。台城即南朝的皇宫禁城，在京师建康（今南京）玄武湖畔。

2 霏霏：雨盛貌。六朝：孙吴、东晋、宋、齐、梁、陈先后建都于建康，合称六朝。

3 无情：建康六代为都，历尽沧桑变化，台城柳却依然如故，因而以“无情”来形容。

4 ★韦庄有《菩萨蛮》五首，本篇是第一首。写江南景美人美，令游子乐不思蜀，不愿还乡。

5 合：应该。

6 垆边人：指卖酒女郎。垆，酒店安放酒瓮的土台子。“皓腕”句：是说女郎的一双手白如雪。

其二[1]

洛阳城里春光好，洛阳才子[2]他乡老。柳暗魏王堤，此时心转迷[3]。　　桃花春水渌，水上鸳鸯浴。凝恨对残晖，忆君君不知。[4]

1 ★本篇为《菩萨蛮》第五首。写乡愁及闺怨。

2 洛阳才子：作者自指。

3 “柳暗”二句：是说游子想到洛阳魏王堤的柳色，心中为乡思所扰。柳暗，柳荫浓密。魏王堤，唐时洛阳名胜，洛水流入洛阳城，溢而成池，因赐给魏王李泰而得名魏王池，池有堤以隔洛水，名魏王堤。

4 “桃花”四句：这里以女子口吻写对游子的思念。在桃花盛开的春天，见到成双戏水的鸳鸯，联想到自己的孤单。终日思念心上人，不知心上人是否知晓。渌（lù）：水清。

聂夷中

聂夷中（837—？），字坦之，唐河东（今山西永济）人，一说河南（今河南洛阳）人。诗有《咏田家》《公子行》等。

咏田家[1]

二月卖新丝，五月粜[2]新谷。医得眼前疮，剜却心头肉！我愿君王心，化作光明烛。不照绮罗筵，只照逃亡屋[3]！

1 ★本篇又题《伤田家》，写唐末农民遭受官府盘剥的悲惨境况。聂夷中另有《田家》二首，其一说："父耕原上田，子劚（zhú，挖掘）山下荒。六月禾未秀（抽穗），官家已修仓。"可与此篇同读。

2 粜（tiào）：卖（粮）。

3 绮罗筵：贵族的奢华宴席。逃亡屋：百姓被赋税逼迫逃亡留下的空屋。

司空图

司空图（837—908），字表圣，自号知非子、耐辱居士。唐末河中虞乡（今山西永济）人。有《二十四诗品》《司空表圣文集》。

二十四诗品（选二）

典雅[1]

玉壶买春[2]，赏雨茅屋。坐中佳士，左右修竹。白云初晴，幽鸟相逐[3]。眠琴绿阴[4]，上有飞瀑。落花无言，人淡如菊[5]。书之岁华，其曰可读[6]。

旷达

生者百岁，相去几何。欢乐苦短，忧愁实多。[7]何如尊酒，日往烟萝[8]。花覆茅檐，疏雨相过[9]。倒酒既尽，杖藜行歌[10]。孰不有古，南山峨峨[11]。

---

1 ★司空图著有《二十四诗品》，把诗的风格分成二十四类，如“雄浑”“冲淡”“纤秾”“沉著”“高古”“典雅”等。本篇与下篇，分别是对“典雅”和“旷达”的描述。

2 玉壶买春：指以玉壶沽酒。春，指美酒。

3 相逐：相互追逐嬉戏。

4 眠琴绿阴：在绿荫下倚琴而眠。或说取李白“我醉欲眠卿且去，明朝有意抱琴来”（《山中与幽人对酌》）诗意。

5 人淡如菊：人恬淡高洁，有菊花的风范。

6 “书之”二句：意谓书写一年中的美好时刻，形成百读不厌的美文。书，书写。岁华，时光。这里意谓韶光，美好的时光。

7 “生者”四句：是说人生百年，光阴易逝，其间乐少愁多（所以要看开些）。

8 何如：哪如，倒不如。烟萝：草木茂密之景，也指幽居之所。

9 相过：相访，过访。

10 杖藜行歌：拄着藜杖，边走边唱。这是林下隐者的行为。

11 “孰不”二句：谁能不死？只有巍巍南山是永恒的。孰，谁。古，这里意为作古，死去。

韩 偓

韩偓（约842—923），字致尧，一作致光，小名冬郎，号玉山樵人。唐末京兆万年（今陕西西安）人。龙纪间进士，官至翰林承旨。诗有《惜花》《故都》《春尽》等。有《韩内翰别集》《香奁集》。

已凉[1]

碧阑干外绣帘垂，猩色屏风画折枝[2]。八尺龙须方锦褥[3]，已凉天气未寒时。

1 ★本篇描写秋日闺中景象，带有宫体诗（一种描写宫廷生活、辞藻靡丽的诗体）的味道。

2 阑干：栏杆。猩色：鲜红色。折枝：曲折的花枝。

3 “八尺”句：这里指龙须草编织的席子上铺方形锦褥。席子和锦褥不是一个节令的寝具，正与下面的“已凉天气未寒时”相应。

杜荀鹤

杜荀鹤（846—904），字彦之，号九华山人。唐末池州石埭（今安徽石台）人。诗有《山中寡妇》《再经胡城县》等。有《唐风集》。

山中寡妇[1]

夫因兵死守蓬茅，麻苎衣衫鬓发焦[2]。桑柘废来犹纳税，田园荒后尚征苗[3]。时挑野菜和根煮，旋斫生柴带叶烧[4]。任是深山更深处，也应无计避征徭[5]。

再经胡城县[6]

去岁曾经此县城，县民无口不冤声。今来县宰加朱绂，便是生灵[7]血染成！

1 ★本篇是诗歌版的“苛政猛于虎”，写官府残酷盘剥农民，连逃到山中的寡妇都不放过。

2 “夫因”句：丈夫当兵阵亡，遗下寡妻，困守茅屋。蓬茅，茅屋。苎（zhù）：苎麻，纤维可纺织制衣。

3 桑柘：两种植物，叶子都可以喂蚕。征苗：征收青苗税。

4 挑：这里指挖取。旋（xuàn）：现，临时。斫（zhuó）：砍。

5 避征徭：躲避征讨赋税。徭，劳役。这里指赋税。

6 ★本篇仍是对官府残酷盘剥百姓的批判，锋芒直指地方官。胡城县是唐时县名，故址在今安徽阜阳西北。

7 生灵：百姓。

李 璟

李璟（916—961），初名景通，改名瑶，后名璟，字伯玉。五代徐州（今属江苏）人，为南唐中主。代表词作有《浣溪沙》（手卷真珠上玉钩）（菡萏香销翠叶残）等。《南唐二主词》录其词。

浣溪沙（二首）[1]

其一[2]

手卷真珠上玉钩，依前春恨锁重楼[3]。风里落花谁是主？思悠悠。　　青鸟不传云外信，丁香空结雨中愁[4]。回首绿波三楚[5]暮，接天流。

其二[6]

菡萏[7]香销翠叶残，西风愁起绿波间。还与容光[8]共憔悴，不堪看！　　细雨梦回鸡塞远[9]，小楼吹彻玉笙寒。多少泪珠何限[10]恨，倚阑干。

---

1 ★“浣溪沙”，“沙”又作“纱”，唐教坊曲名，后用为词牌。正体为上下片各七言三句。此是“浣溪沙”的别体，又叫“摊破浣溪沙”。所谓“摊破浣溪沙”，是指每片第三句破七字为十字，成七、三节奏。

2 ★本篇写闺中女性落花无主、青春虚度的哀怨。

3 真珠：这里指珠帘。玉钩：玉制帘钩。依前：依然，仍旧。

4 青鸟：神话中的爱情信使。“丁香”句：雨中的丁香花蕾更显无奈的忧愁。按，丁香的花蕾状如衣襟上的盘花纽扣，因有“丁香结”之名，常用来比喻难解的忧思。

5 三楚：指楚地，这里泛指江南。

6 ★本篇借女性口吻写闺愁离恨。

7 菡萏（hàndàn）：荷花的花苞，也是荷花的别称。

8 容光：容貌风采。一作韶光。

9 鸡塞：鸡鹿塞，是汉朝的边塞，故址在今内蒙古磴口县西北。这里泛指远方边塞。“梦回鸡塞”是思念丈夫之语。

10 何限：无限，无边。

李 煜

李煜（937—978），字重光，号锺隐，初名从嘉，五代徐州（今属江苏）人。南唐后主，亡国后被掳至汴京（今河南开封），封违命侯，后被毒死。代表词作有《清平乐》（别来春半）、《乌夜啼》（无言独上西楼）（林花谢了春红）、《破阵子》（四十年来家国）、《虞美人》（春花秋月何时了）、《浪淘沙令》（帘外雨潺潺）、《浣溪沙》（红日已高三丈透）等。《南唐二主词》录其词。

清平乐[1]

别来春半[2]，触目柔肠断。砌[3]下落梅如雪乱，拂了一身还满。　　雁来音信无凭，路遥归梦难成[4]。离恨恰如春草，更行更远还生[5]。

乌夜啼（二首）[6]

其一

无言独上西楼，月如钩，寂寞梧桐深院锁清秋。　　剪不

---

1 ★“清平乐（yuè）”，词牌名，又名“醉东风”“忆萝月”。有人认为本篇是李煜怀念弟弟的作品，弟弟此刻被留在宋朝做人质。

2 春半：春天已过半。

3 砌：台阶。

4 “雁来”二句：传书的大雁没有带来书信，路太远，还乡的梦想不能实现。无凭，无所倚仗。

5 “离恨”二句：以无边春草喻无边的离愁。

6 ★“乌夜啼”，原为六朝乐府旧题，唐时为教坊曲，后用为词牌，一名“相见欢”。

断，理还乱，是离愁[1]。别是一般[2]滋味在心头。

其二

林花谢了春红，太匆匆。无奈朝来寒雨晚来风。　　胭脂泪，留人醉，几时重[3]？自是人生长恨水长东！

破阵子[4]

四十年来家国，三千里地山河[5]。凤阁龙楼连霄汉，玉树琼枝作烟萝，几曾识干戈[6]？　　一旦归为臣虏，沈腰潘鬓[7]消磨。最是仓皇辞庙日，教坊犹奏别离歌，垂泪对宫娥[8]。

浪淘沙令[9]

帘外雨潺潺，春意阑珊[10]。罗衾不耐五更寒，梦里不知身

1　离愁：这里指去国之愁。

2　一般：一种，一番。

3　胭脂：一种化妆用的红色颜料。这里借指美人。几时重：何时重逢。

4　★“破阵子”，唐教坊曲名，后用作词牌名，又名“十拍子”。本篇应写于南唐亡国之后。

5　四十：南唐自立国至亡国，共经历三十九年，四十是约数。三千里：这里是虚数，指国土之广。

6　烟萝：形容树木茂密，烟雾笼罩，萝蔓缠绕。干戈：代指战争。

7　沈腰潘鬓：沈约因病而腰瘦，潘岳中年时鬓发已白。这里借典故形容自己身心憔悴之态。

8　“最是”三句：最让人受不了的是，（被掳北上之际）仓皇拜辞宗庙，教坊还在一旁演奏离别的乐曲，此时只有对着身边的宫娥流泪了。辞庙，辞别宗庙，离开祖国。教坊，宫中掌管妓乐的部门。

9　★“浪淘沙”，唐教坊曲名，后用为词牌。原为七言绝句体，李煜创为长短句，因又名“浪淘沙令”。又有别名“卖花声”。本篇应作于李煜被掳到北方之后，因有“梦里不知身是客”句。

10　阑珊：衰残，将尽。

是客，一晌贪欢[1]。　　独自莫凭栏，无限关山，别时容易见时难[2]。流水落花春去也，天上人间[3]！

虞美人[4]

春花秋月何时了[5]，往事知多少？小楼昨夜又东风，故国不堪回首月明中[6]。　　雕栏玉砌应犹在，只是朱颜改[7]。问君能有几多愁？恰似一江春水向东流。[8]

望江南（二首）[9]

其一

多少恨，昨夜梦魂中：还似旧时游上苑[10]，车如流水马如龙，花月正春风。

其二

多少泪，断脸复横颐[11]。心事莫将和泪说，凤笙休向泪时

1　罗衾（qīn）：绸缎被。一晌：片刻。

2　“别时”句：这里指告别故国，再无重见的可能。

3　天上人间：意谓隔离如天上地下。也可理解为今日处境与当年身为帝王时有天壤之别。

4　★“虞美人”，唐教坊曲名，相传来自项羽《垓下歌》“虞兮虞兮”之曲。后用作词牌名。本篇也应是词人身系北方所作。

5　何时了（liǎo）：何时了结。

6　故国：指南唐。不堪回首：不忍回想。

7　雕栏玉砌：雕花栏杆、玉石台阶，泛指华丽的宫殿。犹在：还在。朱颜：红润的脸色。此处泛指人事。

8　“问君”二句：以东流江水比喻无边愁绪。

9　★“望江南”，词牌名，又名“忆江南”“江南好”“谢秋娘”。本篇是作者后期词作，有的选本并为一首，实当为二首。

10　上苑：古代专供帝王游猎的苑囿。

11　断脸复横颐（yí）：指泪水在脸上纵横交流。颐，脸颊，腮。

吹[1]，肠断更无疑。

浪淘沙[2]

往事只堪哀，对景难排[3]。秋风庭院藓侵阶，一任珠帘闲不卷[4]，终日谁来？　　金锁已沉埋，壮气蒿莱[5]。晚凉天净月华开，想得玉楼瑶殿影，空照秦淮[6]。

---

1 和泪：带着泪，流着泪。凤笙：笙为乐器，有十二到十八根簧管，并排形状如凤，故称。

2 ★本篇也是词人后期词作，写失国后的囚徒生活及失落心情。

3 排：排遣。

4 藓侵阶：（因无人经过）苔藓已长到台阶上。一任：任凭，听凭。

5 “金锁”二句：此处用楚威王典故，见刘禹锡诗《西塞山怀古》注释。这里说金陵王气因埋金而消散于草野，是指南唐覆灭。壮气，豪壮之气，即王气。蒿莱，草野。

6 月华：月光，月色。玉楼瑶殿：指南唐的宫殿。秦淮：秦淮河，流经金陵。

宋代文学

王禹偁

王禹偁（954—1001），字元之，北宋济州巨野（今属山东）人。太平兴国间进士，历官左司谏、知制诰、翰林学士。因直言敢谏而多次被贬官。诗文代表作有《村行》《畬田词》《对雪》及《黄州新建小竹楼记》《待漏院记》等。有《小畜集》。

村行[1]

马穿山径菊初黄，信马悠悠野兴长。万壑有声含晚籁[2]，数峰无语立斜阳。棠梨[3]叶落胭脂色，荞麦花开白雪香。何事吟余忽惆怅，村桥原树似吾乡[4]。

畬田词（选一）[5]

北山种了种南山，相助刀耕岂有偏[6]。愿得人间皆似我，也应四海少荒田。

---

1 ★本篇为七律，写作者骑马经过山野的所见所感。

2 籁（lài）：从孔窍里发出的声音。这里指大自然的声音。

3 棠梨：又称杜梨，一种落叶乔木。

4 “何事”二句：是什么让我吟罢忽然有些感伤？原来是这里的村桥树木跟我家乡的相似，引发我的乡情。原树，川原的树木。

5 ★本篇是王禹偁在商州（今陕西商洛）做官时所作。商州南部地区多深山穷谷，农民种地采用刀耕火种的形式，即砍倒山上的树木，晾干后用火烧，以增肥力，然后耕种，称为“畬（shē）”，其田称为“畬田”。耕种时邻里相助，击鼓歌唱，所唱即“畬田词”或“畬田调”。作者依调作歌，鼓励百姓努力垦荒，歌颂其互助精神。原诗五首，本篇是第四首。

6 偏：私心。

黄州新建小竹楼记[1]

黄冈之地多竹，大者如椽[2]。竹工破之，刳去其节，用代陶瓦，比屋皆然[3]，以其价廉而工省也。

子城西北隅，雉堞圮毁，蓁莽荒秽[4]。因作小楼二间，与月波楼[5]通。远吞山光，平挹江濑，幽阒辽夐，不可具状[6]。夏宜急雨，有瀑布声；冬宜密雪，有碎玉声。宜鼓琴，琴调虚畅[7]；宜咏诗，诗韵清绝[8]；宜围棋，子声丁丁[9]然；宜投壶，矢声铮铮然[10]。皆竹楼之所助[11]也。

公退之暇，披鹤氅，戴华阳巾，手执《周易》一卷，焚香默坐，销遣世虑[12]。江山之外，第见[13]风帆沙鸟，烟云竹树而已。待其酒力醒，茶烟歇，送夕阳，迎素月，亦谪居之胜概

---

1 ★宋真宗咸平二年（999），作者被贬为黄州刺史时建了一座竹楼，并撰此文，表达寄情山水之意。

2 黄冈：黄州治所所在地，今属湖北。椽（chuán）：即椽子，是架在檩上承托屋瓦的长木条。

3 刳（kū）：削剔，挖空。比屋皆然：家家房屋都以竹代瓦。比，挨着。

4 子城：城门外的套城，也称“瓮城”“月城”。雉堞（dié）：城上的矮墙。圮（pǐ）毁：倒塌毁坏。蓁（zhēn）莽：丛生杂乱的草木。荒秽：荒芜。

5 月波楼：黄州城楼之一。

6 远吞：远望。挹（yì）：汲取，舀。濑：急流。幽阒（qù）：寂静。辽夐（xiòng）：辽远。具状：具体描述。

7 虚畅：清虚和畅。

8 清绝：极清雅。

9 丁（zhēng）丁：形容棋子敲在棋盘上的声音。

10 投壶：古代宴会上的娱乐活动，即把箭投入壶中，投中多者取胜，败者罚酒。铮铮：形容金玉等物的撞击声。

11 助：助成，得力于。

12 公退：办完公事，退下休息。鹤氅（chǎng）：用鸟羽制的外套。华阳巾：道士所戴的一种头巾。销遣世虑：排遣世间的忧虑烦恼。

13 第见：只见，但见。

也[1]。彼齐云、落星，高则高矣；井干、丽谯，华则华矣；止于贮妓女，藏歌舞，非骚人之事，吾所不取[2]。

吾闻竹工云："竹之为瓦，仅十稔；若重覆之[3]，得二十稔。"噫！吾以至道乙未岁，自翰林出滁上，丙申，移广陵[4]；丁酉，又入西掖；戊戌岁除日，有齐安之命，己亥闰三月到郡[5]。四年之间，奔走不暇，未知明年又在何处，岂惧竹楼之易朽乎！幸后之人与我同志，嗣而葺之，庶斯楼之不朽也[6]！咸平二年八月十五日记。

译文 黄冈这地方竹子多，大的如椽子粗细。竹匠把它剖为两半，挖去竹节，用来代替陶瓦。家家房屋都如此，是因价格便宜又省工。

在黄州瓮城的西北角上，城上的女墙已坏，灌木野草荒芜杂乱。我在这里建了两间小竹楼，与城楼月波楼相通。（人在竹楼中）远眺山色尽在望中，平视仿佛可以舀起江上湍急的流水。那种清幽静谧而又辽阔深邃的况味，无法用文字全部记述。（竹楼有种种好处）夏天适合听急雨，有瀑布声；冬天适合听大雪，有碎玉声；楼中又适宜弹琴，琴声清虚而和畅；也适宜吟诗，诗的韵味格外清雅；还适宜下

---

1 荼烟歇：煮茶的烟火熄灭。胜概：佳胜的状况。

2 齐云、落星、井干、丽谯：都是历代帝王所建的名楼。骚人：诗人，风雅之士。不取：不羡慕，不赞同。

3 稔（rěn）：年。谷子一熟叫作一稔，引申为一年。重覆之：用两重竹瓦。

4 至道乙未岁：即宋太宗至道元年（995）。自翰林出滁上：从翰林学士贬往滁州（今属安徽）。出，驱逐，逐出。丙申：至道二年（996）。广陵：即扬州。

5 丁酉：至道三年（997）。西掖：指中书省。戊戌：宋真宗咸平元年（998）。岁除日：即除夕。齐安：即黄州（今湖北黄冈）。己亥：咸平二年（999）。郡：指黄州郡治（政府所在地）。

6 同志：志趣相同（指喜欢竹楼）。嗣（sì）：继承。葺（qì）：修整。庶：表期待，相当于"但愿"。

棋，听棋子落盘，丁丁有声；又适合投壶，箭声铮铮悦耳。这一切，都是竹楼所助成的。

每当忙完公务，退下来休息时，我身披鹤氅，头裹华阳巾，手执一卷《周易》，在楼中焚香默坐，一切世俗杂念都烟消云散。远山近水之间，唯见风中帆扬，沙滩鸟飞，云烟笼罩，竹树密布而已。或是酒醒之后，茶的热气消散，此刻送走夕阳，迎来皓月，这也是谪居生活中的赏心乐事啊。像那些古代名楼，如“齐云”“落星”，高是够高了，如“井干”“丽谯”，华丽也够华丽，不过是用来蓄养歌舞艺妓的，并不是文人雅士所喜欢的事，我一点儿也不羡慕。

我听竹匠说：“竹制的瓦只能用十年，如果铺两层，能用二十年。”唉，我在至道元年由翰林学士被贬到滁州，至道二年又调到扬州，至道三年重新返回中书省，咸平元年除夕，又被贬到黄州，咸平二年闰三月来到郡中。四年当中，奔波不止，还不知道明年又在何处，哪里还怕竹楼容易朽坏呢？只盼着接任的人跟我志趣相同，接手不断地修缮它，这座竹楼也就有望不朽了。咸平二年八月十五日记。

林 逋

林逋（967—1028），字君复，后人称“和靖先生”。北宋钱塘（今浙江杭州）人。一生未仕，四十岁后归隐钱塘西湖孤山，二十年不入城市。诗歌代表作有《山园小梅》《小隐自题》等。有《林和靖先生诗集》。

山园小梅（选一）[1]

众芳摇落独暄妍，占尽风情向小园[2]。疏影横斜[3]水清浅，暗香浮动月黄昏。霜禽欲下先偷眼，粉蝶如知合断魂[4]。幸有微吟可相狎，不须檀板共金尊[5]。

1 ★林逋有《山园小梅》二首，本篇是第一首。林逋隐居西湖孤山上，种梅养鹤，自称以梅为妻，以鹤为子，人称“梅妻鹤子”。本篇咏孤山梅花。

2 摇落：指草木衰败，落叶飘零。暄妍：鲜丽貌。向：在。

3 横斜：形容梅枝映在水中的影子纵横错落。

4 “霜禽”二句：上句说白鹭要来赏梅，（因梅之美丽而）不敢正视；下句是虚写，生活在春夏的蝴蝶如能见到梅花，也会因梅的美而失魂落魄。霜禽，白色的鸟，如白鹭、白鸥等。合，应。

5 “幸有”二句：是说梅花高洁，只亲近诗人的雅词妙句，拒绝一切俗人的艳歌俗酒。狎，亲近。檀板，拍板，这里指歌唱。金尊，酒杯，这里指饮酒。

柳　永

柳永（约987—约1053），原名三变，字耆卿。因排行第七，人又称“柳七”。北宋崇安（今福建武夷山）人。景祐间进士，官至屯田员外郎，因又称“柳屯田”。代表词作有《雨霖铃》（寒蝉凄切）、《八声甘州》（对潇潇暮雨洒江天）、《鹤冲天》（黄金榜上）、《望海潮》（东南形胜）、《蝶恋花》（伫倚危楼风细细）、《定风波》（自春来惨绿愁红）等。有《乐章集》。

鹤冲天[1]

黄金榜上，偶失龙头望[2]。明代暂遗贤，如何向[3]？未遂风云便，争不恣狂荡[4]。何须论得丧？才子词人，自是白衣卿相。[5]　烟花巷陌，依约丹青屏障[6]。幸有意中人[7]，堪寻访。且恁偎红依翠[8]，风流事、平生畅。青春都一饷[9]。忍把浮名，换了浅斟低唱[10]。

1　★“鹤冲天”，词牌名。相传本篇是柳永参加进士考试落榜后所填，词中既有自我宽慰，也有牢骚不满，对科举制表达了轻蔑的态度。

2　“黄金”二句：是说金榜无名，失去了出人头地的希望。龙头，指状元。

3　明代：政治修明的时代。遗贤：指遗落的贤才。如何向：向哪里去。

4　“未遂”二句：没有实现激昂青云的理想，为何还不任情放纵呢？争不，怎不。

5　得丧：得失。白衣卿相：原指进士，后引申为有才华者虽不做官，却有着卿相般的尊贵。

6　烟花巷陌：指歌女们的居所。依约：隐约。丹青屏障：画着图画的屏风。

7　意中人：指与词人要好的歌女。

8　恁（nèn）：这样。偎红依翠：指与歌女厮混在一起。

9　一饷（xiǎng）：一会儿，短暂的时光。

10　“忍把”二句：甘愿拿中举的虚名，换取这饮酒听歌的惬意生活。忍，愿意，舍得。

雨霖铃[1]

寒蝉凄切，对长亭[2]晚，骤雨初歇。都门帐饮无绪，留恋处，兰舟催发[3]。执手相看泪眼，竟无语凝噎[4]。念去去，千里烟波，暮霭沉沉楚天阔[5]。　　多情自古伤离别，更那堪，冷落清秋节[6]！今宵酒醒何处？杨柳岸，晓风残月。[7]此去经年，应是良辰好景虚设。便纵有千种风情，更与何人说？[8]

八声甘州[9]

对潇潇暮雨洒江天，一番洗清秋[10]。渐霜风凄紧，关河冷落[11]，残照当楼。是处红衰翠减，苒苒物华休[12]。惟有长江水，无语东流。　　不忍登高临远，望故乡渺邈，归思难收。叹年来踪迹，何事苦淹留[13]？想佳人、妆楼颙望，误几回、天

---

1 ★“雨霖铃”，一作“雨淋铃”。原为唐教坊曲名，后用为词牌名。本篇写别情，情意真切。既有现实场景的描绘，又有对今后孤寂生活的预想，是柳永名作之一。

2 长亭：设在大路边供人歇息的亭舍，也是送别之地。

3 都门帐饮：在京城郊外设帐幕宴饮送行。兰舟：木兰舟，船的美称。

4 凝噎：喉咙像是塞住了，说不出话来。形容悲伤哽咽。

5 去去：这里形容路程之远。楚天：南方的天空。

6 那堪：即哪堪，不堪，难以禁受。清秋节：秋日季节。

7 “今宵”三句：这是设想今夜明晨酒醒后所见的异地风景。

8 “此去”四句：是说这一去，年复一年，即使有良辰美景，对我来说都等同虚设；因为即便有万种柔情，没有知音，又向谁倾诉？经年，年复一年。风情，柔情蜜意。

9 ★“八声甘州”原为唐代边塞曲，后用为词牌。甘州即今甘肃张掖。全词八韵，因称“八声”。本篇写漂泊在外者对故乡和亲人的怀念。

10 潇潇：雨势急骤貌。一番洗清秋：经过一番风雨洗涤，秋天显得格外凄清。

11 霜风：寒风。关河：山河。

12 是处：到处。红衰翠减：指花木零落。苒（rǎn）苒物华休：景物逐渐凋残。苒苒，慢慢，渐渐。

13 淹留：久留。

际识归舟[1]。争知我、倚阑干处，正恁凝愁[2]！

望海潮[3]

东南形胜，江吴都会，钱塘自古繁华[4]。烟柳画桥，风帘翠幕，参差[5]十万人家。云树绕堤沙，怒涛卷霜雪，天堑无涯[6]。市列珠玑，户盈罗绮，竞豪奢[7]。　重湖叠巘清嘉，有三秋桂子，十里荷花[8]。羌管弄晴，菱歌泛夜，嬉嬉钓叟莲娃[9]。千骑拥高牙，乘醉听箫鼓，吟赏烟霞[10]。异日图将好景，归去凤池夸[11]。

---

1 “想佳人”二句：想象着妻子（或女友）在家乡楼头远望，常将别人的船误认是我的归舟。这里化用古人诗句“天际识归舟，云中辨江树”（谢朓《之宣城郡出新林浦向板桥》）和“过尽千帆皆不是”（温庭筠《望江南》）。颙（yóng）望，抬头望，凝望。

2 争知：怎知。恁：这般。凝愁：愁结不解。

3 ★“望海潮”，词牌名，为柳永首创。此词敷写北宋钱塘（今浙江杭州）的市肆繁华、风景如画。相传金主完颜亮读了“三秋桂子，十里荷花”的描写，顿生侵略之心。（见宋罗大经《鹤林玉露》）

4 形胜：指地理位置优越，山川壮美。江吴：杭州古属吴国，位于钱塘江北岸，五代吴越建都于此，故称“江吴都会”。一作“三吴”，指吴兴、吴郡、会稽。

5 参差：这里形容人家屋舍楼阁高低不齐貌。

6 “怒涛”句：这里形容钱塘潮。霜雪，指浪白如霜雪。天堑：天然的堑壕，这里指钱塘江。无涯：无边。

7 市列珠玑：市场上陈列着贵重的商品。玑，不圆的珍珠。户盈罗绮：家家户户穿绸挂缎。

8 重湖：西湖又分外湖、里湖。叠巘（yǎn）：重叠的峰峦。清嘉：秀丽。三秋：指农历九月。桂子：桂花。

9 “羌管”三句：指湖上钓鱼、采菱者（即“钓叟莲娃”）吹笛唱歌。羌管，一种笛子。菱歌，采菱歌。嬉嬉，戏耍笑乐的样子。

10 “千骑”三句：相传此词是写给当时的两浙转运使的，这几句是称颂对方的话，说转运使独树牙旗，统率千军，饮酒吟诗，听乐赏景，十分潇洒。高牙，高大的牙旗，是统帅的标志。

11 “异日”二句：改天把这钱塘美景画下来，拿到朝廷上向他人夸示。图，描画。凤池，中书省的代称，这里指朝廷。

蝶恋花[1]

伫倚危楼风细细，望极春愁，黯黯生天际[2]。草色烟光残照里，无言谁会凭阑意[3]？　拟把疏狂图一醉，对酒当歌，强乐还无味[4]。衣带渐宽终不悔，为伊消得人憔悴[5]。

---

1 ★“蝶恋花”，词牌名，本名“鹊踏枝”，又名“凤栖梧”。本篇写爱情，应是词人入仕之前所作。

2 “伫倚”三句：久久倚靠着高楼的栏杆，在轻风中远眺天边，春愁黯然而生。伫（zhù），久立。危楼，高楼。黯（àn）黯，沮丧忧愁貌。

3 会：理会，理解。阑：同“栏”。

4 拟把：打算。疏狂：狂放不羁。对酒当歌：语出曹操《短歌行》。强（qiǎng）乐：勉强欢笑。

5 “衣带”二句：衣带渐觉宽松（是因人消瘦的缘故），但我并不后悔；为了她，变得再憔悴也是值得的。语本《古诗十九首》“相去日已远，衣带日已缓”。伊，她。消得，值得。

范仲淹

范仲淹（989—1052），字希文，北宋吴县（今江苏苏州）人。大中祥符间进士，曾守卫西北边疆，遏止西夏侵扰。官至枢密副使、参知政事，谥“文正”，世称“范文正公”。诗文代表作有《渔家傲·秋思》《苏幕遮·怀旧》及《岳阳楼记》等。有《范文正公集》。

渔家傲·秋思[1]

塞下秋来风景异，衡阳雁去无留意[2]。四面边声连角[3]起，千嶂里，长烟落日孤城闭。　　浊酒一杯家万里，燕然未勒归无计[4]。羌管[5]悠悠霜满地，人不寐，将军白发征夫泪。

苏幕遮·怀旧[6]

碧云天，黄叶地，秋色连波，波上寒烟翠[7]。山映斜阳天接水，芳草无情，更在斜阳外[8]。　　黯乡魂，追旅思[9]。夜夜

---

1 ★“渔家傲”，词牌名，为范仲淹首创，又名“吴门柳”“游仙咏”等。本篇以小词写边塞题材，意境开阔，苍凉悲壮。

2 塞下：指西北的边疆。“衡阳”句：大雁飞向南方的衡阳，毫不留恋西北边塞。衡阳，今属湖南。传说大雁至此不再南飞，故称“衡阳雁”。

3 边声：边地的悲凉之声，如马鸣、风号之类。角：指军中号角。

4 “燕然”句：是说没彻底打败敌人，无法还乡。燕然，山名，参看王维《使至塞上》相关注释。归无计，没法归去。

5 羌管：羌笛，一种少数民族乐器。

6 ★“苏幕遮”，原为西域传入的唐代教坊曲，后用作词牌名。又名“古调歌”“云雾敛”“鬓云松”等。本篇是常见的羁旅思乡题材，情景交融，意境优美。

7 碧云：蓝天（碧空）上的云。寒烟：因天凉而水上生成的雾霭。

8 “芳草”二句：说芳草无情，蔓延到夕阳照耀之外的地方（那是家乡的方向，勾起人的乡愁）。

9 黯乡魂：因思乡而黯然销魂。追旅思：为羁旅愁思所缠绕。追，追随，这里有缠绕的意思。

除非，好梦留人睡[1]。明月楼高休独倚，酒入愁肠，化作相思泪。

岳阳楼记[2]

庆历四年春，滕子京谪守巴陵郡[3]。越明年，政通人和，百废具兴[4]。乃重修岳阳楼，增其旧制[5]，刻唐贤今人诗赋于其上。属[6]予作文以记之。

予观夫巴陵胜状[7]，在洞庭一湖。衔远山，吞长江，浩浩汤汤，横无际涯[8]；朝晖夕阴，气象万千，此则岳阳楼之大观也，前人之述备矣[9]。然则北通巫峡，南极潇湘，迁客骚人[10]，多会于此，览物之情，得无异乎[11]？

若夫淫雨霏霏，连月不开，阴风怒号，浊浪排空[12]，日星

1 “夜夜”二句：“除非”二字与下句连续，意思是每夜都为乡思而苦恼，除非偶尔做个返乡的好梦。

2 ★岳阳楼在今湖南岳阳，是岳阳古城西门的堞楼，下临洞庭湖，始建于东汉，唐代始称岳阳楼。范仲淹的朋友滕子京于庆历四年（1044）被贬职到岳州（今湖南岳阳）做官，重修岳阳楼，委托范仲淹写了这篇文章。文中借景抒情，抒发抱负；并于散文中掺入骈文的写法。

3 谪守巴陵郡：降职做岳州太守。巴陵郡，即岳州。

4 “政通”二句：政治通达，人民和乐；各种荒废的事业都得到恢复。具，同“俱”。

5 增其旧制：扩大了它原有的规模。

6 属（zhǔ）：同“嘱”，嘱托。

7 夫（fú）：相当于“那”。胜状：胜景，美景。

8 衔：衔接。吞：吞吐，吐纳。浩浩汤（shāng）汤：水势盛大貌。横无际涯：形容水面宽阔，无边无际。

9 晖：阳光，这里指晴朗。大观：壮阔的景象。备：完备，详尽。

10 巫峡：长江三峡之一。极：至。潇湘：潇水和湘水，与洞庭湖相连。迁客：被贬谪流迁的人。骚人：诗人。

11 得无异乎：能没有差异吗。

12 淫雨：连绵不断的雨。淫，过多的。霏霏：雨雪繁密貌。阴风：阴冷的风。排空：冲向天空。

隐曜，山岳潜形[1]；商旅不行，樯倾楫摧[2]，薄暮冥冥[3]，虎啸猿啼。登斯楼也，则有去国怀乡，忧谗畏讥[4]，满目萧然，感极而悲者矣。

至若春和景明，波澜不惊[5]；上下天光，一碧万顷；沙鸥翔集，锦鳞游泳[6]；岸芷汀兰，郁郁青青[7]。而或长烟一空[8]，皓月千里；浮光跃金，静影沉璧[9]；渔歌互答，此乐何极[10]！登斯楼也，则有心旷神怡，宠辱偕忘[11]，把酒临风，其喜洋洋者矣。

嗟夫！予尝求古仁人之心，或异二者之为[12]，何哉？不以物喜，不以己悲[13]，居庙堂之高则忧其民，处江湖之远则忧其

1 隐曜（yào）：隐藏光辉。曜，日光，光辉。潜形：隐没形体。潜，潜藏，隐没。

2 商旅：商人及旅客。樯（qiáng）倾楫（jí）摧：桅杆倒下，船桨断折。樯，桅杆。楫，船桨。

3 薄暮：傍晚。薄，迫近。冥（míng）冥：昏暗的样子。

4 去国怀乡：离开国都，怀念家乡。去，离开。国，京城。忧谗畏讥：担心、畏惧他人的谗言及指责。

5 春和景明：春风和煦，阳光明媚。景，日光。波澜：波涛，大波浪。

6 “上下”四句：指湖水映着天空，上下一派碧蓝，辽阔无边。顷，百亩为一顷。沙鸥翔集，沙洲上的鸥鸟时飞时歇。集，原指鸟停在树上，引申为停留，停歇。锦鳞，美丽的鱼。

7 岸芷汀兰：水岸及洲渚的香草。郁郁：形容香气浓郁。青（jīng）青：同“菁菁”，花叶繁盛貌。

8 长烟一空：大片烟云一扫而空。长，大片。空，消散。

9 浮光跃金：波动的光闪着金色。这是描写月下的水波。静影沉璧：静静的月影如同沉入水中的玉璧。这是描写风平浪静时的水中月影。璧，圆片状中间有孔的玉器。

10 何极：哪有穷尽。

11 心旷神怡：心胸开阔，神情愉悦。宠辱偕（xié）忘：荣宠和屈辱一并忘却。偕，一起。

12 古仁人：古圣先贤。或异二者之为：或许跟这两种人的行为感受有所不同。二者，指前述受外界影响或悲或喜的两类人。

13 “不以”二句：意谓思想感情不因环境的好坏及个人的得失而有所改变。两句互文，即不以物、己而喜，不以物、己而悲。

君[1]。是进亦忧，退亦忧[2]。然则何时而乐耶？其必曰“先天下之忧而忧，后天下之乐而乐[3]”乎！噫！微斯人，吾谁与归[4]？时六年九月十五日。

译文 庆历四年的春天，滕子京被贬为岳州知州。到第二年，（经滕子京的治理，岳州）政治通达，百姓和乐，一切废弛的事业都得以复兴。于是重修岳阳楼，扩大其原有的规模，把唐代及本朝名家的诗赋刻在上面。嘱托我写一篇文章来记述这一盛举。

我看巴陵郡的胜景，全集中在洞庭湖。洞庭湖远接山峦，吞吐长江，水势浩浩荡荡，无边无际。早晚阴晴不定，气象千变万化。这是登岳阳楼所见的壮阔景象，前人的记述已经很详备了。然而洞庭湖北通上游的巫峡，南达潇水、湘水，贬职外放的官员和来往的文士大多在这里相遇，他们登楼览景的观感与情绪，能没有差异吗？

像那阴雨连绵之时，连月不晴，寒风怒号，浑浊的浪头拍向天空；太阳和星星都失去光芒，山岳也隐没了身形；行商旅客受阻，船桅倾倒，船桨断折。迫近黄昏时，天昏地暗，唯闻虎啸猿啼。此刻登上岳阳楼，往往会联想到被贬离京、有家难回、受人讥谤等种种倒霉事，只觉得满眼苍凉，感慨至深而悲从中来。

至于到了春风和煦、阳光明媚之时，湖面风平浪静，天色湖光交相辉映，碧波万顷。沙洲上的鸥鸟，时飞时落，美丽的鱼儿往来嬉

1 “居庙堂”二句：在朝做官，不忘关怀百姓，在野隐居（或被贬到远方），不忘为朝廷担忧。

2 是：这样，如此。进、退：分别指做官和退隐。

3 “先天下”二句：在天下人忧虑之前忧虑，在天下人快乐之后快乐。

4 “微斯人”二句：要是没有这种人，我同谁是同道呢？微，如果没有。谁与归，即“与谁归”。归，归向，同道。一说，与同“欤”，是表疑问的助词。

游。水岸洲渚的花草，香浓叶茂。有时漫天烟雾一时散尽，一轮皓月照耀千里。月光之下，波浪跃动着金光；波平浪静时，月影又如沉在水中的玉璧。远处渔歌有唱有答，真是乐趣无穷啊！此刻登楼，顿觉心胸开阔、精神愉悦，光荣和屈辱全都忘却，端着酒杯迎着和风，喜气洋洋，由衷而发。

唉！我曾探究古圣先贤的思想情感，或许不同于这两种表现。为什么呢？是因为他们不因外界环境的好坏以及自己的得失荣辱而或喜或悲。在朝廷做官时，则不忘为百姓操心；退隐江湖时，又不忘为君王担忧。这样他们出仕也忧虑，退隐也忧虑。然而什么时候才会快乐呢？这些古圣先贤一定会说："在天下人忧虑之前忧虑，在天下人快乐之后快乐。"唉！如果没有这种人，我又与谁同道呢？庆历六年九月十五日撰写。

晏 殊

晏殊（991—1055），字同叔，北宋临川（今江西抚州）人。少年时以神童召试，赐同进士出身。官至同中书门下平章事（相当于宰相），谥“元献”。代表词作有《浣溪沙》（一曲新词酒一杯）、《蝶恋花》（槛菊愁烟兰泣露）等。有《珠玉词》。

浣溪沙[1]

一曲新词酒一杯，去年天气旧亭台。夕阳西下几时回？　　无可奈何花落去，似曾相识燕归来。小园香径独徘徊[2]。

蝶恋花[3]

槛菊愁烟兰泣露，罗幕轻寒[4]，燕子双飞去。明月不谙[5]离恨苦，斜光到晓穿朱户。　　昨夜西风凋[6]碧树，独上高楼，望尽天涯路。欲寄彩笺兼尺素[7]，山长水阔知何处？

1 ★本篇以填词饮酒为题材，表达伤春惜时之意。“无可奈何”一联脍炙人口，最为有名。

2 香径：小径上满是落花，故有香气。徘徊：来回往复，流连不舍。

3 ★本篇写女子怀念远方的爱人。下片“昨夜”三句，因近人王国维的引用，成为名句。

4 “槛菊”句：栏杆边的菊花笼着烟霭，如同含愁，兰花挂着露珠，像是哭泣。罗幕：丝罗制成的帷幕。

5 谙（ān）：知晓，熟悉。

6 凋：凋零。

7 欲寄：想要寄信（给心上人）。彩笺：彩色纸笺，可供题咏、写信。尺素：指书信。

梅尧臣

梅尧臣（1002—1060），字圣俞，世称梅宛陵、宛陵先生。北宋宣城（今属安徽）人。曾为知县，召试，赐同进士出身。官国子监直讲，迁尚书都官员外郎。代表诗作有《陶者》《鲁山山行》《岸贫》《田家语》等。有《宛陵先生文集》。

陶者[1]

陶尽门前土，屋上无片瓦。十指不沾泥，鳞鳞[2]居大厦。

鲁山山行[3]

适与野情惬[4]，千山高复低。好峰随处改[5]，幽径独行迷。霜落熊升树，林空鹿饮溪。人家在何许？云外一声鸡。[6]

---

1 ★陶者即烧造陶瓦的工匠。本篇近乎乐府诗。

2 鳞鳞：形容屋瓦排列如鱼鳞的样子。

3 ★鲁山，一名露山，在今河南鲁山县东北，梅尧臣曾在邻县襄城做知县。全诗紧扣“行”字，写旅途所见，充满动态。

4 惬（qiè）：满足，畅快。

5 “好峰”句：（人在行进中，视物的角度不断变化）美好的山峰模样也在不断变化。

6 “人家”二句：人家在哪里？听到云外传来的一声鸡鸣（知道人家在云雾迷茫的山上）。何许，何处、哪里。

欧阳修

欧阳修（1007—1072），字永叔，自号醉翁，又号六一居士。北宋吉州庐陵（今江西吉安）人。天圣间进士，官至翰林学士、枢密副使、参知政事。谥文忠。是北宋一代文学宗师。诗文代表作有《戏答元珍》、《食糟民》、《采桑子》（群芳过后西湖好）、《朝中措·平山堂》、《踏莎行》（候馆梅残）、《蝶恋花》（庭院深深深几许）及《醉翁亭记》《五代史伶官传序》《与高司谏书》《朋党论》《泷冈阡表》等。有《欧阳文忠公集》及《新五代史》。

戏答元珍[1]

春风疑不到天涯，二月山城未见花[2]。残雪压枝犹有橘，冻雷惊笋欲抽芽[3]。夜闻归雁生乡思，病入新年感物华[4]。曾是洛阳花下客，野芳虽晚不须嗟[5]。

采桑子[6]

群芳过后西湖好，狼藉残红，飞絮濛濛，垂柳阑干尽日

---

1 ★宋仁宗景祐三年（1036），欧阳修降职做硖（xiá）州夷陵（今湖北宜昌）县令。次年，他的朋友丁宝臣（字元珍）写诗赠他，他以此诗作答。

2 “春风”二句：此时诗人被贬官到夷陵，路远山高，气候寒冷，故有此说。

3 冻雷：初春犹有残雪，故此时打雷称冻雷。笋：竹笋。

4 物华：自然景物，这里指景物的变化。

5 洛阳花下客：诗人此前在洛阳做官，而洛阳花园最盛，尤以牡丹甲天下，故称。野芳：这里指夷陵的花木。不须嗟：不必叹息。此句暗指春天早晚会来临，也表达了对未来的信心。

6 ★“采桑子”，词牌名，源自唐教坊曲《杨下采桑》。又名“伴登临”“丑奴儿”“罗敷艳歌”“罗敷媚”等。本篇为欧阳修晚年退居颍州（治所在今安徽阜阳）所作，写赋闲生活。

风[1]。　笙歌散尽游人去，始觉春空，垂下帘栊[2]，双燕归来细雨中。

蝶恋花[3]

庭院深深深几许？杨柳堆烟，帘幕无重数。[4]玉勒雕鞍游冶处，楼高不见章台路[5]。　雨横风狂三月暮，门掩黄昏，无计留春住。泪眼问花花不语，乱红[6]飞过秋千去。

醉翁亭记[7]

环滁皆山也。其西南诸峰，林壑尤美，望之蔚然而深秀者，琅琊也[8]。山行六七里，渐闻水声潺潺，而泻出于两峰之间者，酿泉也。峰回路转，有亭翼然临于泉上者[9]，醉翁亭也。作亭者谁？山之僧智仙也。名之者谁？太守自谓[10]也。

---

1 西湖：指颍州西湖，在今阜阳西北。狼藉：形容落花散落貌。残红：落花。飞絮濛濛：柳絮乱飞。濛濛，纷乱貌。阑干：交错散乱貌。尽日：整日。

2 笙歌：有笙管伴奏的乐歌。帘栊（lóng）：本指窗帘和窗户，后泛指门窗的帘子。

3 ★本篇写豪门女子的哀伤。丈夫“玉勒雕鞍”，拈花惹草，女子遭受冷落，命运与横遭风雨摧残的落花一样。

4 几许：几多，多少。许，估量之词。堆烟：暮春杨柳浓密，远望如烟雾堆垛。

5 玉勒雕鞍：奢华的马具，这里代指装饰豪奢的骏马。游冶：特指流连妓院，追欢买笑。章台路：汉代长安街名，多妓院，可算是那时的“红灯区”。

6 乱红：凌乱的落花。

7 ★宋仁宗庆历五年（1045），作者在朝廷做谏官，因上疏替改革派官员鸣不平，被贬为滁州（今属安徽）知州。到任后为政宽简，民心大悦。公余则纵情山水，并为文记游。本篇中“与民同乐”的思想，值得关注。

8 蔚然：草木茂盛的样子。深秀：幽深秀美。琅琊：山名，在滁州西南十里。

9 峰回路转：山势回环，路也随之转弯。翼然：形容亭顶四角翘起，如同鸟儿张开翅膀。

10 自谓：用自己的名号（“醉翁”）来称谓。

太守与客来饮于此，饮少辄醉[1]，而年又最高，故自号曰醉翁也。醉翁之意不在酒，在乎山水之间也。山水之乐，得之心而寓之酒也[2]。

若夫日出而林霏开，云归而岩穴暝，晦明变化者[3]，山间之朝暮也。野芳发而幽香，佳木秀而繁阴，风霜高洁，水落而石出者，山间之四时也[4]。朝而往，暮而归，四时之景不同，而乐亦无穷也。

至于负者歌于途，行者休于树，前者呼，后者应，伛偻提携[5]，往来而不绝者，滁人游也。临溪而渔，溪深而鱼肥；酿泉为酒，泉香而酒洌[6]；山肴野蔌，杂然而前陈者[7]，太守宴也。宴酣之乐，非丝非竹；射者中，弈者胜，觥筹交错[8]，起坐而喧哗者，众宾欢也。苍颜白发，颓然[9]乎其间者，太守醉也。

---

1 饮少辄醉：喝一点儿就醉了。辄，就。

2 “山水之乐”二句：游山玩水的乐趣，领会于心里，寄托于酒中。

3 林霏：树林中的雾气。“云归”句：（傍晚）云雾归于山中，山谷变得昏暗。暝，昏暗。晦明变化：明暗变化。晦，暗。

4 “野芳发”五句：描述山中四季的美景。“野芳”句写春景，“佳木”句写夏景，“风霜”句写秋景，“水落”句写冬景。野芳，野花。佳木，美树。秀，发荣滋长。繁阴，浓密的树荫。风霜高洁，犹言风高霜洁，即天高气爽，霜色洁白。四时，四季。

5 负者：背物者。伛偻（yǔlǚ）：弯腰驼背，这里指老年人。提携：领着拉着，这里指小孩儿。

6 临溪而渔：到水边钓鱼。渔，钓鱼，打鱼。酿泉为酒：用酿泉的水酿酒。这里的“酿”用作动词，酿造。洌（liè）：清。

7 山肴：野味。野蔌（sù）：野菜。蔌，菜蔬。陈：陈列。

8 宴酣之乐：宴会饮酒的乐趣。非丝非竹：不是丝竹音乐。射者中：投壶的投中了。“投壶”可参见王禹偁《黄州新建小竹楼记》相关注释。弈：下棋。觥（gōng）筹交错：酒杯和酒筹相错杂。觥，酒杯。筹，酒筹，用来计算饮酒数量的竹签。

9 颓然：精神不振貌，这里形容醉态。

已而[1]夕阳在山，人影散乱，太守归而宾客从也。树林阴翳[2]，鸣声上下，游人去而禽鸟乐也。然而禽鸟知山林之乐，而不知人之乐；人知从太守游而乐，而不知太守之乐其乐也[3]。醉能同其乐，醒能述以文者，太守也。太守谓谁？庐陵[4]欧阳修也。

译文 环绕滁州都是山。州西南的几座山峰，林木山谷格外美丽。一眼望去，树木茂密幽深而秀丽的，是琅琊山。沿着山路走六七里，渐渐听到潺潺水声，见有流水从两山之间倾泻而出，那便是酿泉。山势回环，山路也随着转弯，有座亭子像飞鸟展翅的样子，下临泉水，那就是醉翁亭了。建亭的是谁？是山中僧人叫智仙的。为它命名的是谁？是太守用自己的别号命的名。太守和宾客们来到这儿饮酒，饮不多就醉了；年纪又最大，因而自号“醉翁”。醉翁的乐趣不在饮酒上，而在于欣赏山水风景。欣赏山水风景的乐趣，只能领会于心中，寄托于酒杯。

至于早上太阳升起，林间的雾气散开，晚上烟云归山，山谷变得昏暗，这早晚明暗的变化，便是山中的朝暮景色。（春天）野花开放，散发出幽香；（夏日）树木生长，绿叶成荫；（秋季）天高气爽，霜色洁白；（冬天）水位下降，溪石尽出：这是山中四季的妙景。清晨前往，黄昏归来，四季的风光不同，其中的乐趣也是无穷无尽的。

---

1 已而：不久。

2 阴翳（yì）：枝叶茂密成荫。翳，遮蔽。

3 而不知太守之乐其乐也：却不知太守正是因众人快乐而快乐。

4 庐陵：今江西吉安。

至于路上的负重者一路唱着山歌，远行者在树下小憩，前面招呼，后面应答；有老人，有小孩，来来往往川流不息，那是滁人在游玩。在溪边钓鱼，鱼因溪水深而肥美。用酿泉之水酿酒，酒因泉水甘甜而清洌。野味野菜随意地陈列在面前，那是太守开宴了。宴饮的乐趣，不在于有丝竹音乐；投壶的投中了，下棋的下赢了，酒杯酒筹交互错杂；或起或坐喧哗热闹，那才是宾客的乐趣所在。座中那位容颜苍老，白发满头，萎靡抬不起头的，是喝醉了的太守。

不久，太阳将要落山，一片人影散乱，那是宾客们随着太守回城了。树林里浓荫密布，四处传来鸟儿叫声，那是游人离开后鸟儿在独享着山林的乐趣。然而鸟儿只知道山林间的乐趣，却不了解人们悠游的乐趣；人们只知道跟随太守悠游快乐，却不理解太守正是为游人的快乐而快乐啊。醉了能跟大家一同享乐，醒来能够用文字记述乐事的，便是太守。太守是谁？是庐陵人欧阳修啊。

五代史伶官传序[1]

呜呼！盛衰之理，虽曰天命，岂非人事哉[2]！原庄宗之所以得天下，与其所以失之者[3]，可以知之矣。

世言晋王之将终也，以三矢赐庄宗而告之曰[4]：“梁，吾仇

1 ★欧阳修撰《新五代史》，单设《伶官传》。伶官是古代宫廷中的御用演员。该传记述了后唐庄宗宠信伶人导致国破身亡的史实。在《伶官传》的序言中，欧阳修总结出“忧劳可以兴国，逸豫可以亡身”的规律，向统治者提出警告。

2 天命：老天注定。人事：指人的政治作为。

3 原：推原，推究。庄宗：后唐庄宗李存勖（xù）。所以……者：指导致结果的原因。

4 世言：世上传言。晋王：即沙陀族军阀李克用，他是李存勖之父，因镇压黄巢起义有功，被封晋王。矢：箭。

也[1]；燕王，吾所立，契丹与吾约为兄弟，而皆背晋以归梁[2]。此三者，吾遗恨也。与尔三矢，尔其无忘乃父之志[3]！”庄宗受而藏之于庙[4]。其后用兵，则遣从事以一少牢告庙，请其矢，盛以锦囊，负而前驱，及凯旋而纳之[5]。

方其系燕父子以组，函梁君臣之首，入于太庙，还矢先王，而告以成功[6]。其意气之盛，可谓壮哉！及仇雠已灭，天下已定，一夫夜呼，乱者四应[7]；苍皇东出，未及见贼而士卒离散，君臣相顾，不知所归，至于誓天断发，泣下沾襟，何其衰也[8]！岂得之难而失之易欤？抑本其成败之迹，而皆自

1 梁，吾仇也：后梁太祖朱温原为黄巢部将，后投降朝廷，被赐名全忠，封梁王。他最终结束了唐朝统治，建立后梁。他曾一度围剿李克用，双方结仇。

2 燕王，吾所立：北方军阀刘仁恭曾借李克用的力量夺取幽州，后又背叛李克用，归附后梁，后梁封刘仁恭的儿子刘守光为燕王。“契丹”二句：李克用曾与契丹首领耶律阿保机结盟为兄弟，共同对付朱温，后阿保机背盟，与朱温通好。归，归附。

3 尔：你。乃父：你的父亲。这里指晋王李克用自己。

4 庙：宗庙。

5 从事：有关官吏。少牢：等级较高的祭品，即一猪一羊。牢，祭祀用的牲畜。告庙：在宗庙中向祖宗禀告。负而前驱：背着（箭）在前面开路。纳：交回宗庙。

6 “方其”五句：李存勖于公元912年攻破幽州，生擒刘仁恭父子，将其押送到太原宗庙。又于公元923年攻破后梁首都东京（今河南开封），获得后梁末帝朱友贞君臣的头颅，装在匣中，送到太原。将箭归还宗庙，并告慰先王。方，当。系……以组，用绳索绑缚。系，捆。组，丝带，绶带。这里指绳索。函，盒子。这里指用盒子装。

7 仇雠（chóu）：仇敌。“雠”与“仇”同义。一夫夜呼，乱者四应：这是指公元926年，屯驻在贝州（今河北清河）的军人皇甫晖造反，攻入邺都（今河北临漳）；邢州、沧州（分别为今河北邢台、沧州）也纷纷响应。

8 “苍皇”七句：皇甫晖作乱，李存勖派李克用养子李嗣源率军镇压，结果李嗣源与叛军合流，占据汴州（今河南开封）。李存勖由洛阳仓促东进征讨，但大势已去，士兵四散，折回至洛阳石桥与身边诸将饮酒悲泣。众将哭泣，割发发誓，但已无济于事。李存勖最终被流矢射死。苍皇，慌忙貌。相顾，相看。不知所归，不知到哪儿去。

于人欤[1]?《书》曰:“满招损,谦得益[2]。”忧劳可以兴国,逸豫[3]可以亡身,自然之理也。

故方其盛也,举天下之豪杰莫能与之争[4];及其衰也,数十伶人困之,而身死国灭,为天下笑[5]。夫祸患常积于忽微,而智勇多困于所溺[6],岂独伶人也哉!作《伶官传》。

译文 唉!国家兴盛与衰亡的规律,虽说取决于老天的安排,难道不是由人的行为决定的吗?推究庄宗李存勖得天下、失天下的原因,便可以知道了。

世上传言,晋王李克用临终时,把三支箭赐给庄宗,并告诉他:“梁人是我的仇人;燕王是我所扶持的,契丹人曾和我结盟为兄弟,如今全都背叛我们而归附梁人。这三件事,是我的遗恨。给你三支箭,你别忘记你爹的未了心愿!”庄宗接受了箭,把它们收藏在宗庙里。此后每当出征打仗时,就派一名属官用一猪一羊的祭品向先人祝告,把箭请出来,装在锦囊里,背着在前面开路。等得胜归来,再把箭放回宗庙收藏。

当庄宗活捉了燕国父子,将他们用绳索绑回,又将梁朝君臣的人头装在盒子里带回太原,献于太庙,把箭仍放回先王灵前,向他报

---

1 “抑本其”二句:也许探究其成功失败的轨迹,都是源自人的作为呢。抑,或许。本,推原。欤,表疑问的助词。

2 “满招损”二句:语出《尚书·大禹谟》,原文为“满招损,谦受益”。

3 逸豫:安乐。这里指李存勖宠信伶官、迷恋优人表演等事。

4 举:全,所有的。莫:没有人。

5 “及其”四句:李存勖宠信伶官,自己还耽于演戏,粉墨登场,自取艺名“李天下”。伶官作威作福,甚至获得官职。李存勖最终败亡,便因伶官出身的武官郭从谦发动叛乱所致。国灭,这里指李存勖丢失帝位,继任者李嗣源并未改国号。

6 忽微:极细小的事物。所溺:指所沉溺迷恋的人或事物。

告成功的消息，那时的庄宗意气昂扬，真可说壮气凌云！等到大仇已报，天下安定，谁知一介匹夫夜间一声呼喊，叛乱者四方响应，庄宗匆忙带兵向东平叛，还没见到敌人，士兵们已经逃散。君臣面面相对，不知往哪儿去。至于割断头发对天发誓，眼泪打湿了衣裳，又是何等衰颓！难道是得天下难、丢江山易吗？或许推究他成败的轨迹，全都源自他的作为呢！《尚书》上说："自满会招来损毁，谦虚才能得到益处。"看来心怀忧惧、勤于政事才可以让国家兴盛，一味安逸享乐，则连自身也保不住，这才是天然的规律。

所以，当庄宗强盛时，普天下的豪杰没人能跟他抗争；等到他衰弱时，几十个唱戏的就能困住他，最终导致身死国灭，被天下人讥笑。看来，祸患常常从微小的过错中累积而成，聪明有勇力的人常被自己沉溺的人和事所打败——又岂止宠信伶人这件事呢！我撰写《伶官传》（以警示来者）。

苏舜钦

苏舜钦（1008—1048），字子美，自号沧浪翁，北宋开封（今属河南）人。因范仲淹推荐，召为大理评事、监进奏院。一度遭忌罢官，闲居苏州。诗文代表作有《淮中晚泊犊头》《暑中闲咏》《览照》《庆州败》及《沧浪亭记》等。有《苏学士文集》。

淮中晚泊犊头[1]

春阴垂野草青青，时有幽花一树明[2]。晚泊孤舟古祠下，满川[3]风雨看潮生！

览照[4]

铁面苍髯目有棱，世间儿女见须惊[5]。心曾许国终平虏，命未逢时合退耕[6]。不称好文亲翰墨，自嗟多病足风情[7]。一生肝胆如星斗，嗟尔顽铜岂见明[8]！

---

1 ★本篇写淮河行船及泊舟所见。淮，淮河。犊头，犊头镇，在今江苏淮阴。

2 春阴：春天的阴云。垂野：笼罩四野。幽：幽雅。

3 满川：满河川。

4 ★本篇写作者揽镜自照的观感。诗中有“心曾许国终平虏”等句，开宋人在诗中抒发英雄抱负之先河。

5 “铁面”二句：是说自己面色如铁，胡须花白，目光威严，小孩子见了是要害怕的。目有棱，指眼睛射出威严的光芒。棱，威严。

6 “心曾”二句：是说自己胸中的抱负是为国扫平外敌，但命运却安排自己退隐务农。这是指他因支持改革派而遭罢官。许国，将自己奉献给国家，报效国家。终平虏，（希望）最终能平定外敌。合，只该。

7 “不称（chèn）”二句：与“好（hào）文”之名不相称，却总离不开笔墨；自叹多病，却也满足地享受了林下生活的趣味。不称，不匹配。好文，喜好为文。翰墨，笔墨，也指文章。嗟，叹。足，满足。风情，意趣。

8 “一生”二句：是说我平生的肝胆如星斗般光明，可叹你这铜镜照不出来。星斗，北斗星。尔，你。顽铜，不成材的铜，这里指铜镜。岂见明，哪里照得出我心中的光明。

苏 洵

苏洵（1009—1066），字明允，号老泉。北宋眉州眉山（今属四川）人。是苏轼、苏辙的父亲。因欧阳修的举荐，任秘书省校书郎，后为霸州文安县（今属河北）主簿。散文代表作有《六国论》《管仲论》《上欧阳内翰第一书》等。有《嘉祐集》传世。

六国论[1]

六国破灭，非兵不利，战不善，弊在赂秦[2]。赂秦而力亏，破灭之道也。或曰："六国互丧，率赂秦耶[3]？"曰："不赂者以赂者丧，盖失强援，不能独完[4]。故曰弊在赂秦也。"

秦以攻取之外，小则获邑，大则得城[5]。较秦之所得，与战胜而得者，其实百倍[6]；诸侯之所亡[7]，与战败而亡者，其实亦百倍。则秦之所大欲，诸侯之所大患，固不在战矣[8]。思厥先祖父，暴霜露，斩荆棘，以有尺寸之地[9]。子孙视之不甚

---

1 ★本篇讨论六国为秦所灭的历史原因及教训，意在讽谏朝廷改变以钱帛换取和平的国策。六国，见贾谊《过秦论》相关注释。

2 兵：武器。战不善：仗打得不好。赂秦：贿赂秦国。这里指割地求和。

3 互丧：彼此丧亡。率赂秦耶：全都是因为赂秦吗。率，全，都。

4 "不赂者"三句：不贿赂秦国的，是因贿赂的丧亡。因为失去了强有力的援助，不能独自保全。盖，表原因。

5 "秦以"三句：秦国在武力攻取之外（靠各国贿赂所得的地盘），小的能得到小城镇，大的能得到大都市。

6 较：比较。秦之所得：这里指秦从各国贿赂所得的土地。其实：它的实际数目。

7 所亡：（因赂秦）所失去的（土地）。

8 大欲：最大的欲求。大患：最大的祸患。固：本来。

9 厥先祖父：他们（指六国君主）的前辈父祖。厥，其。先，用来称呼去世的长辈。祖父，父辈及以上先祖。暴（pù）：暴露于（霜露）。以有：因有。

惜，举以予人，如弃草芥[1]。今日割五城，明日割十城，然后得一夕安寝。起视四境，而秦兵又至矣。然则诸侯之地有限，暴秦之欲无厌，奉之弥繁[2]，侵之愈急。故不战而强弱胜负已判[3]矣。至于颠覆，理固宜然[4]。古人云："以地事秦，犹抱薪救火，薪不尽，火不灭[5]。"此言得之[6]。

齐人未尝赂秦，终继五国迁灭[7]，何哉？与嬴[8]而不助五国也。五国既丧，齐亦不免矣。燕赵之君，始有远略，能守其土，义不赂秦。是故燕虽小国而后亡，斯用兵之效[9]也。至丹以荆卿为计，始速祸焉[10]。赵尝五战于秦，二败而三胜。后秦击赵者再，李牧连却之。洎牧以谗诛，邯郸为郡，惜其用武而不终也[11]。且燕赵处秦革灭殆尽之际，可谓智力孤危，战败而亡，诚不得已[12]。向使三国各爱其地，齐人勿附于秦，刺

1 "举以"二句：拿来给人，好像丢弃小草。举，拿。芥，小草。

2 厌：满足。奉：给。弥：益，越加。

3 判：分，清楚。

4 颠覆：被推翻，灭亡。理固宜然：道理本应是这样的。

5 古人：这里指战国人苏代，下面的话是他对魏安釐（xī）王所说的。见《史记·魏世家》。以地事秦：以割地的方式来侍奉秦国。

6 此言得之：这话说得对。

7 迁灭：灭亡。

8 与嬴：结交秦国。与，相与，结交。嬴，秦王室的姓。

9 效：结果。

10 "至丹"二句：至于燕太子丹设计派荆轲去刺杀秦王，才招致亡国之祸。荆卿，即荆轲。速，招致。

11 "后秦"五句：后来秦国两次攻打赵国，赵国将军李牧连续打退秦军。到了李牧因谗言被杀，（赵国灭亡）赵都邯郸也成了秦国的一个郡，可惜赵国的武力抵抗没能坚持到底。再，两次。李牧，赵国良将，曾两次击败秦军，后赵王听信谗言，将他杀害。却，击退，击败。洎（jì），到了。邯郸，赵国首都，即今河北邯郸。

12 革灭殆尽：差不多灭光了。革灭，消灭。殆，几乎，差不多。智力：智谋和军力。孤危：因孤独无援而危殆。诚不得已：实在是不能不如此。

客不行，良将犹在，则胜负之数，存亡之理，当与秦相较，或未易量[1]。

呜呼！以赂秦之地封天下之谋臣，以事秦之心礼天下之奇才，并力西向，则吾恐秦人食之不得下咽也[2]。悲夫！有如此之势，而为秦人积威之所劫[3]，日削月割，以趋于亡。为国者无使为积威之所劫哉[4]！

夫六国与秦皆诸侯，其势弱于秦，而犹有可以不赂而胜之之势。苟以天下之大，而从六国破亡之故事，是又在六国下矣[5]。

译文 战国时六国灭亡，不是因为武器不锐利，仗打得不好，弊病在于拿土地贿赂秦国。割地赂秦，自身的力量亏损，这是自取灭亡之道。有人会问："六国相继灭亡，全是割地赂秦的缘故吗？"我回答："不割地赂秦的，因割地赂秦的而灭亡；因为（不割地赂秦的）失去强有力的援手，不能单独保全。所以说弊病全在割地赂秦！"

秦国除了靠武力攻打获取土地之外（还因诸侯的贿赂而获取土地），小的能得城镇，大的能得都市。拿秦国受贿所得的土地跟作战所得土地相比，前者的实际数量是后者的百倍。而诸侯因割让所失的

1 向使：假使。三国：指韩、魏、楚。刺客：指荆轲。良将：指李牧。胜负之数，存亡之理：胜败、存亡的命运。数、理，在这里都指运数。"当与"二句：倘或与秦国相比较，没准还不容易判断。当，倘若。量，衡量，判断。

2 封：封赏。礼：以礼相待，礼敬。并力西向：（六国）合力向西（对付秦国）。食之不得下咽：这里指愁得吃不下饭。

3 积威：长久积累的威势。劫：胁迫。

4 为国者：治理国家的人。无使：不要使（自己）。

5 "苟以"三句：如果凭借着整个天下，却要取法其下，走六国破灭的历史老路，这又连六国都不如了。苟，如果。从，跟随。故事，旧事，老路。是，这。

土地与因战败而失的土地相比，前者的实际数量也是后者的百倍。如此说来，秦国占人土地的无穷欲望，正是诸侯的无穷祸患，本来不在于战争。回想六国的父祖先辈，冒着霜露，披荆斩棘，这才获得一点儿土地。然而子孙们看着却很不珍惜，拿来送人，就如扔掉草芥一般。今天割让五城，明天割让十城，然后才能睡上一夜安稳觉。等起床看看边境，秦国的军队又打来了。如此这般，诸侯的土地有限，暴秦的欲望却没个满足，你给它的越多，它侵犯你就越急。所以不待用兵，强弱胜败的大势已经分明。至于最终亡国，也是理所必然。古人说："拿割地的方式来侍奉秦国，就像抱着干柴救火，柴不烧完，火是熄灭不了的。"这话说得在理。

那么齐国不曾以土地赂秦，最终也跟在其他五国之后灭亡了，这又是为何？是它与秦国交好却不肯帮助五国的缘故。所以五国灭亡了，齐国也就不能幸免。燕国和赵国的君主，起初有远大的谋略，能固守国土，秉持正义，不肯赂秦。因此之故，燕国虽是个小国，却亡国较晚，这正是武力抗击的效果。直到燕太子丹采用派荆轲刺杀秦王的策略，才招致了亡国之祸。赵国也曾五次与秦国交战，败了两场，胜了三场。此后秦国又两次攻打赵国，赵将李牧接连打退秦兵。直到赵王听信谗言杀掉李牧，赵国才灭亡，可惜赵国的武力抵抗没能坚持到底。况且燕国、赵国所处的形势是别国差不多都被秦消灭了，可谓谋无所用、势孤力薄，战败亡国，实在是别无选择。假使当初韩、魏、楚三国都各自珍惜国土，齐国不依附秦国，燕国不派刺客，赵国的良将李牧还在，那么看看双方胜败、存亡的运数，假如与秦国较量，谁胜谁负没准还说不定呢。

唉！假如六国把贿赂秦国的土地封赏给天下的谋臣，用侍奉秦国的心意去礼敬天下的谋士奇才，大家齐心合力向西对付秦国，我只怕秦人愁得连饭也难以下咽了。可悲啊！本来有这样的优势，却被秦国积累已久的淫威所胁迫，六国的土地一天天、一月月地割让消减，就这样走向灭亡。看来，治国者切不要让自己被敌人积久的淫威吓住啊！

六国和秦国都是诸侯，虽然在力量上弱于秦国，但还是不乏不行贿赂而能战胜秦国的形势。假如凭借着整个天下，却要取法其下，（以贿赂敌人的方式）重蹈六国灭亡的覆辙，这又是连六国都不如了！

曾　巩

曾巩（1019—1083），字子固，北宋建昌南丰（今属江西）人，人称南丰先生。嘉祐间进士，曾为通判、知州，官至中书舍人。散文代表作有《墨池记》《越州赵公救灾记》《寄欧阳舍人书》等。有《元丰类稿》。

墨池记[1]

临川之城东，有地隐然[2]而高，以临于溪，曰新城。新城之上，有池洼然而方以长，曰王羲之之墨池者，荀伯子《临川记》云也[3]。羲之尝慕张芝，临池学书，池水尽黑，此为其故迹，岂信然邪[4]？方羲之之不可强以仕，而尝极东方，出沧海[5]，以娱其意于山水之间。岂其徜徉肆恣，而又尝自休于此邪[6]？

1　★本篇是作者应抚州（治所在临川，今属江西）州学学官邀请所写。临川有墨池，相传是晋代书法家王羲之习字洗砚的池塘。作者在记述墨池的同时，也探讨了学习的规律，目的是鼓励州学秀才专心于学。

2　隐然：安稳貌。隐，同“稳”。

3　洼然：低下之状。方以长：即长方形。荀伯子：南朝宋人，撰有《临川记》。其书记载：“王羲之尝为临川内史，置宅于郡城东高坡，名曰新城。旁临回溪，特据层阜，其地爽垲，山川如画。今旧井及墨池犹存。”

4　张芝：东汉末年书法家，善草书，世称“草圣”。张芝有“临池学书，池水尽黑”的佳话，王羲之自认为草书不如张芝，还需勤学苦练。见《晋书·王羲之传》。信然：果真如此。

5　方：当……时。强以仕：勉强出仕做官。强，勉强。按，王羲之做会稽内史时，因与上司不和，于是辞官下野，寄情山水。极东方：游遍东方。极，穷尽。沧海：东海的别称。

6　“岂其”二句：莫非他在纵情游览的同时，又曾到这里停留（并练习书法）吗？这里实是对临川王羲之“遗迹”存疑的说法。徜徉肆恣（zì），尽情游览。徜徉，徘徊，漫游。肆恣，任意，尽情。

羲之之书晚乃善，则其所能，盖亦以精力自致者，非天成也[1]。然后世未有能及者，岂其学不如彼邪[2]？则学固[3]岂可以少哉！况欲深造道德者邪？

墨池之上，今为州学舍[4]。教授王君盛恐其不章也，书“晋王右军墨池”之六字于楹间以揭之，又告于巩曰[5]：“愿有记。”推王君之心，岂爱人之善，虽一能不以废，而因以及乎其迹邪[6]？其亦欲推其事，以勉学者邪[7]？夫人之有一能，而使后人尚之如此，况仁人庄士之遗风余思，被于来世者如何哉[8]！

庆历八年[9]九月十二日，曾巩记。

译文 临川郡城的东面，有一处安稳高起的地方，下临溪流，称作新城。新城上面有个洼下去的池子，长方形，据说是王羲之的墨池，这是荀伯子的《临川记》里说的。王羲之曾仰慕书法家张芝，相传张芝曾在池塘边练习书法，（因洗砚）池塘的水都变成黑色。而今

1 晚乃善：晚年才出色。以精力自致者：（他的能力）是靠着自己花费精力取得的。致，取得，达到。天成：天生的。

2 能及者：能赶上他的。岂：表推测，也许，莫非。学：这里指刻苦学习。

3 固：本来。这里作加强语气用。

4 州学舍：（抚州）州学的校舍。州学即设于州的地方官学，即州级官府所办的学校。考取入学资格的称“生员”，俗称“秀才”。

5 教授：学官名称。王君盛：犹言王盛先生。君表尊重，同“先生”。章：同“彰”，彰显。王右军：王羲之曾任右军将军，世称“王右军”。楹（yíng）间：指两柱子之间（上方）挂匾额的地方。楹，房屋前面的柱子。揭：高举，张挂。告：求告。

6 推：推究。善：优点。虽一能不以废：即便是一技之长也不肯让它埋没。迹：遗迹。

7 推其事：推奖他的事迹。推，推重，推崇。学者：学习的人，这里指州学的生员。

8 尚：推崇。仁人庄士：这里泛指道德学问出众的人。庄士，端庄有道之人。遗风余思：留存于后世的典范德行和深邃思想。余，遗留。思，思想。被：覆盖，影响。如何哉：又该怎样呢。

9 庆历八年：公元1048年。

说这里是王羲之的学书遗迹，难道果真如此吗？当羲之不愿勉强做官时，曾遍游东方，并出游东海，将欢娱之情寄托于山水之间，莫非他在尽情游览的同时，还曾在这里停留学书？

王羲之的书法到晚年才达到精妙之境，那么他的书法才能，大概也是自己花费大量精力获取的，而不是与生俱来的。然而后代竟没有人能赶上他，莫非是后人在勤苦学习方面不如他？那么看来苦学精神又怎么能少呢！（学书之人尚且如此）更何况要在道德上深造的人呢？

在墨池岸上，如今是州学的校舍，教授王盛先生担心墨池名声不显，特意写了“晋王右军墨池”六个字，高挂在屋前两柱之间，又请求我说：“希望您写一篇记述文章。”我推究王先生的用心，莫不是爱别人的优点，即便一技之长也不肯让它埋没，因此将此意用于王羲之的遗迹上呢？莫非又想推奖王羲之的事迹来勉励州学生员呢？一个人有一技之长，就能使后人如此尊重他；何况那些品德高尚、才学出众的人，遗留下来的美好风范和深刻思想，对于后世的影响又将会如何深广啊！

庆历八年九月十二日，曾巩记。

司马光

司马光（1019—1086），字君实，北宋陕州夏县（今属山西）人。宝元间进士，曾主持谏院，为翰林学士。卒赠太师、温国公，谥文正。散文代表作有《谏院题名记》《训俭示康》等，主编《资治通鉴》。有《温国文正司马公文集》。

前事不远，吾属之师[1]

戊子，上谓侍臣曰："朕观《隋炀帝集》，文辞奥博，亦知是尧、舜而非桀、纣[2]，然行事何其反也！"魏征[3]对曰："人君虽圣哲，犹当虚己以受人[4]，故智者献其谋，勇者竭其力。炀帝恃其俊才，骄矜自用，故口诵尧、舜之言而身为桀、纣之行，曾不自知[5]，以至覆亡也。"上曰："前事不远，吾属[6]之师也！"

译文 贞观二年六月戊子这天，唐太宗对侍臣们说："我读《隋炀帝集》，见文章深奥广博，也知道肯定尧、舜，否定桀、纣。可是他的所作所为，又是多么不一样啊！"魏征回答说："作为一国之君，

1 ★本篇节自《资治通鉴·唐纪八》（太宗贞观二年六月戊子），记录了唐太宗李世民和大臣魏征的一段对话。

2 上：唐太宗。隋炀帝：隋朝的亡国之君杨广。文辞奥博：指文章含义深远。是：肯定，以……为正确。尧、舜：古代传说中的圣君。非：否定，批判。桀、纣：夏朝和商朝的末代君主，为昏君的典型。

3 魏征：唐初政治家，曾为宰相。

4 圣哲：贤能有见识。虚己以受人：谦抑自己，接纳别人的意见。

5 恃：倚仗。俊才：出众的才智。骄矜自用：傲慢自大，自以为是。曾（zēng）：竟。

6 吾属：我们。

即便圣明聪慧，也还应该虚怀若谷，接纳别人的意见。如此一来，智者才能贡献他的智谋，勇者才能竭尽他的力量。隋炀帝这个人倚仗自己才能过人，骄傲矜夸，自以为是。所以嘴上讲的是尧、舜的言辞，实际做的却是桀、纣那样的恶行，自己竟然还不知觉，以至于最终灭亡。”太宗说：“这事离现在还不远，刚好是我们的反面教材。”

谏院题名记[1]

古者谏无官，自公卿大夫至于工商，无不得谏者。汉兴以来，始置官。

夫以天下之政，四海之众，得失利病，萃于一官使言之[2]，其为任亦重矣。居是官者，当志其大，舍其细；先其急，后其缓；专利国家而不为身谋[3]。彼汲汲于名者，犹汲汲于利也，其间相去何远哉[4]！

天禧初，真宗诏置谏官六员，责其职事[5]。庆历中，钱君始书其名于版[6]。光恐久而漫灭，嘉祐八年，刻著于石[7]。后之

1 ★谏院为宋代朝廷设立的舆论机构，由左、右谏议大夫掌管，职责是向皇帝进谏（也就是提出建议、进行规劝）。仁宗庆历年间，谏院将谏官的名字题写在厅壁上。至嘉祐八年（1063），司马光做右谏议大夫，又把谏官的名字改刻在碑石上。本篇记述此事，并阐发了其中的道理。

2 众：这里指百姓。利病：利弊。萃：聚，集中。

3 “居是”六句：任这个官职的，应注重大事，忽略细枝末节；把紧要的事务提到前面，可以缓办的留到后面；一心为国家求利，而不为自身打算。志，记。

4 “彼汲汲”三句：那些急切追求名声的人，跟急切追求财利的没啥两样，两者间的差距能有多大呢？汲汲，心情急切，努力追求。

5 天禧：宋真宗的年号。下文中的庆历、嘉祐都是宋仁宗年号。诏置：下诏设置。责其职事：规定他们的职责。

6 钱君：指钱姓的谏官。版：木板，这里指谏院的厅壁。

7 光：这是司马光自称。漫灭：漫漶磨灭。刻著：刻记，铭刻。

人将历指其名而议之曰："某也忠，某也诈，某也直，某也回[1]。"呜呼！可不惧[2]哉！

译文 古代向君王进谏规劝，不设专职，从公卿大夫到工匠、商贩，没有不能向君王提出规劝的。自汉朝以来，才开始设置专职的谏官。

国家政治如此重大，四海百姓如此众多，举凡相关的得失利弊，全都集中在谏官身上，让他们发表意见，这个职责担子真是太沉重了。担任这个官职，应能专注于大事，忽略细枝末节；把紧要的事提到前面来，可以缓办的留到后面。要一心为国家求利，而不为自身打算。那些急切追求名声的人，跟急切追求财利的没啥两样，两者间的差距能有多大呢？

天禧初年，宋真宗下诏设立六名谏官的职位，为他们制定了规谏的职责。到庆历年间，钱君开始把谏官的名字写在谏院的板壁上。我怕日子长了这些名字会磨灭，在嘉祐八年命人把（历届）谏官的名字刻在石头上。后人将一一指着他们的名字议论说："这个人忠诚，那个人奸诈；这个人正直，那个人邪曲。"哎，（我们这些做谏官的）能不心怀戒惧吗！

1 历指：一一指点。回：邪辟，品行不正。
2 惧：害怕，令人警戒。

王安石

王安石（1021—1086），字介甫，号半山，世称王荆公、王文公。北宋抚州临川（今属江西）人。庆历间进士，神宗朝为江宁知府，召为翰林学士兼侍讲，后提升为参知政事，前后两度为相。积极推行新法。晚年退居金陵（今江苏南京），封荆国公。卒谥文。诗文代表作有《泊船瓜洲》《书湖阴先生壁》《题西太一宫壁》《夜直》《河北民》《明妃曲》《读孟尝君传》《游褒禅山记》《伯夷》《伤仲永》《答司马谏议书》《上仁宗皇帝言事书》《同学一首别子固》《答吕吉甫书》等。有《王文公文集》。

书湖阴先生壁（选一）[1]

茅檐长扫净无苔，花木成畦手自栽[2]。一水护田将绿绕，两山排闼送青来[3]。

泊船瓜洲[4]

京口瓜洲一水间，钟山[5]只隔数重山。春风又绿[6]江南岸，明月何时照我还？

---

1 ★本篇是题在湖阴先生墙上的诗。湖阴先生，本名杨德逢，是作者隐居金陵时的邻居。原诗二首，这是第一首。

2 长：经常。畦：分成小块的田地。

3 “一水”二句：写眼前之景，一条溪流绕田而过，两座青葱的山峰近在眼前，仿佛要推门而入的样子。排，推。闼（tà），门。

4 ★瓜洲位于今江苏扬州最南端运河入长江处，与京口（今江苏镇江）隔江相望。

5 钟山：即紫金山，在今江苏南京。

6 绿：使变绿，这里是形容词用作动词。

元日[1]

爆竹声中一岁除，春风送暖入屠苏[2]。千门万户曈曈日，总把新桃换旧符[3]。

题西太一宫壁（选一）[4]

柳叶鸣蜩绿暗，荷花落日红酣[5]。三十六陂流水，白头想见江南[6]。

夜直[7]

金炉香尽漏声残，翦翦轻风阵阵寒[8]。春色恼人眠不得，月移花影上栏干。[9]

桂枝香·金陵怀古[10]

登临送目，正故国晚秋，天气初肃[11]。千里澄江似练，翠

1 ★元日：农历大年初一，今天称春节。
2 屠苏：屠苏酒。旧俗于除夕日以屠苏草泡酒，新年饮用。
3 曈曈：日出光亮貌。桃符：古人用桃木板写上门神的名字，挂在门上以求辟邪，年年更新。后世发展为春联。
4 ★本篇是一首六言诗，在古代诗歌中较少见。西太一宫位于汴州（今河南开封）城西南，太一亦作“太乙”。原题两首，这是第一首。
5 鸣蜩（tiáo）：鸣蝉。酣：这里有浓的意思。
6 三十六陂（bēi）：地名，在今江苏扬州。想见江南：是说眼前的夏景让诗人联想到江南水乡的景色。
7 ★本篇写作者在翰林学士院夜宿值班时的所见所感。夜直，值班守夜。
8 金炉：香炉。香尽：香已烧尽。漏声：漏壶的滴水声。漏壶是古人用来计时的工具。残：快滴完了，意思是天快亮了。翦（jiǎn）翦：形容风轻而稍带寒意。
9 “春色”二句：春天的景色引逗人不能入睡，（随着月的运行）月光把春花的影子移上花圃的栏杆。
10 ★本篇为怀古题材，上片描写金陵胜景，下片怀古，意在提醒人们汲取历史教训。
11 送目：远眺。故国：故都。这里指金陵，金陵曾六朝为都。肃：秋气肃杀。

峰如簇[1]。归帆去棹残阳里，背西风、酒旗斜矗[2]。彩舟云淡，星河鹭起，画图难足[3]。　念往昔、繁华竞逐[4]。叹门外楼头，悲恨相续[5]。千古凭高，对此谩嗟荣辱[6]。六朝旧事随流水，但寒烟芳草凝绿。至今商女，时时犹唱，《后庭》遗曲[7]。

读孟尝君传[8]

世皆称孟尝君能得士，士以故归之，而卒赖其力以脱于虎豹之秦[9]。嗟呼！孟尝君特鸡鸣狗盗之雄耳[10]，岂足以言得士？不然，擅齐之强，得一士焉，宜可以南面而制秦[11]，尚何取鸡鸣狗盗之力哉？夫鸡鸣狗盗之出其门，此士之所以不至也。

---

1 澄江似练：江水澄澈，远看如一匹白绸缎。这是借用谢朓“澄江静如练”诗句（《晚登三山还望京邑》）。簇：攒聚。

2 归帆去棹（zhào）：往来船只。斜矗：斜立。

3 “彩舟”三句：写长江远看如同天上银河，船只如在云端，白鹭起舞其中，画图都没有这么美。星河，银河。鹭起，写白鹭起舞的实景，又将金陵江面的白鹭洲巧妙写入词中。

4 繁华竞逐：（历代帝王权贵）争着过奢华淫靡的生活。竞逐，相互竞争追赶。

5 门外楼头：用典，指隋灭陈事。杜牧《台城曲》有“门外韩擒虎，楼头张丽华”句，是说隋将韩擒虎已率兵打到金陵朱雀门外，陈后主还和宠妃张丽华在结绮阁楼上醉生梦死。悲恨相续：指南朝各政权不能吸取前朝教训，相继覆亡。

6 谩嗟：空叹。谩，同“漫”，徒然。荣辱：兴盛的光荣和败亡的耻辱。

7 “至今”三句：化用杜牧《泊秦淮》“商女不知亡国恨，隔江犹唱《后庭花》”句意。感慨之余，表达了警示之意。

8 ★“孟尝君传”指司马迁《史记·孟尝君列传》。孟尝君即齐国贵族田文，为战国四公子之一，以能养士著称。本篇对此提出异议，是一篇著名的驳论文章。

9 得士：招致贤士。士以故归之：贤士因此投奔他。卒：终于。赖：依靠。虎豹之秦：凶残的秦国。

10 特：只是。鸡鸣狗盗之雄：孟尝君被困秦国时，靠着会学鸡叫及擅长偷盗的门客得以逃脱。雄，首领。

11 擅齐之强：凭借齐国的强大。擅，据有，凭借。南面而制秦：意为使秦国臣服。南面，面朝南。古人以坐北朝南为尊。

译文 普天下都称赞孟尝君能招贤纳士，贤士因此都来归附他，孟尝君最终靠着他们的力量从凶残的秦国逃脱。咳！（在我看来）孟尝君只不过是鸡鸣狗盗之辈的头头儿罢了，哪里够得上擅长招贤纳士的令名呢？不然的话，凭借着齐国的强大国力，只要得到一个真正的贤士，就可以制服秦国而称霸天下，又哪里用得上鸡鸣狗盗之辈的能耐呢？正因鸡鸣狗盗之辈充斥他的门下，真正的贤士才不来归附他。

游褒禅山记[1]

褒禅山亦谓之华山，唐浮图慧褒始舍于其址，而卒葬之[2]；以故其后名之曰“褒禅”。今所谓慧空禅院者，褒之庐冢[3]也。距其院东五里，所谓华山洞者，以其乃华山之阳名之也[4]。距洞百余步，有碑仆道，其文漫灭[5]，独其为文犹可识，曰“花山”。今言“华”如“华实”之“华”者，盖音谬[6]也。

其下平旷，有泉侧出，而记游者甚众，所谓前洞也。由山以上五六里，有穴窈然[7]。入之甚寒，问其深，则其好游者不能穷也[8]，谓之后洞。余与四人拥[9]火以入，入之愈深，其进

---

1 ★褒禅山在今安徽含山。本篇写于宋仁宗至和元年（1054），当时王安石在舒州（今安徽潜山）做官。文中记述了到褒禅山山洞探险的过程，并从中悟出一番道理。

2 浮图：这里指僧人，有时也指佛或塔。舍：建舍。卒：最终。与前面的“始”相呼应。

3 庐冢：墓旁庐舍。

4 华山之阳：华山的南坡。阳，山南坡为阳。按，“华山洞”疑当为“华阳洞”。

5 仆道：倒在路边。漫灭：模糊，磨灭。漫，模糊，不可辨识。灭，消失。

6 谬：谬误，错误。

7 窈（yǎo）然：深邃貌。

8 问：探求。穷：穷尽。

9 拥：拿着，持着。

愈难，而其见愈奇。有怠[1]而欲出者，曰："不出，火且尽。"遂与之俱出。

盖余所至，比好游者尚不能十一[2]，然视其左右，来而记之者已少。盖其又深，则其至又加少矣[3]。方是时，余之力尚足以入，火尚足以明也。既其出，则或咎其欲出者，而余亦悔其随之，而不得极夫游之乐也[4]。

于是余有叹焉[5]。古人之观于天地、山川、草木、虫鱼、鸟兽，往往有得，以其求思之深而无不在也[6]。夫夷以近[7]，则游者众；险以远，则至者少。而世之奇伟瑰怪非常之观[8]，常在于险远，而人之所罕至焉，故非有志者不能至也。

有志矣，不随以止也，然力不足者，亦不能至也。有志与力，而又不随以怠，至于幽暗昏惑而无物以相之[9]，亦不能至也。然力足以至焉，于人为可讥[10]，而在己为有悔；尽吾志也而不能至者，可以无悔矣，其孰能讥之乎[11]？此余之所得也。

余于仆碑，又以悲夫古书之不存，后世之谬其传而莫

1 怠：怠惰。
2 盖（盖余所至）：表推测之词。尚不能十一：还不到十分之一。
3 盖（盖其又深）：表原因。加：更加，愈发。
4 咎：责怪，埋怨。极夫游之乐：尽情享受游玩探险的乐趣。极，穷尽。
5 焉：于此。
6 有得：有收获，有心得。"以其"句：是因他们思虑深邃，好奇心无所不在。
7 夷：平坦。以：连词，并且。
8 奇伟瑰怪非常之观：神奇雄伟、瑰丽奇异、不同寻常的景观。
9 无物以相（xiàng）之：没东西来辅助。这里指没有火把等工具。相，帮助。
10 于人为可讥：站在他人角度看是应该受讥笑的。
11 尽吾志：尽了我的主观努力。孰：谁。

能名者，何可胜道也哉[1]！此所以学者不可以不深思而慎取[2]之也。

四人者：庐陵萧君圭君玉，长乐王回深父，余弟安国平父、安上纯父[3]。至和元年七月某日，临川王某记[4]。

译文 褒禅山也称作华山，唐代和尚慧褒开始在这儿筑室而居，最终埋在这儿。因此之故，后人便以“褒禅”来命名此山。今天所说的慧空禅院，就是慧褒和尚的护墓庐舍。禅院以东五里远，便是所说的华阳洞了，因它在华山阳面而命名。距山洞一百多步，有一块石碑仆倒在路边，上面的文字已经磨损模糊，只是从字上还可辨识出“花山”字样。今天读“华”字如“华实”之“华”，大概读音是错的。

碑下面的洞平坦而开阔，有清泉从旁边流出，洞壁上题记的游人很多，这就是所说的前洞。沿山路向上走五六里，又有个山洞，样子幽深，进去后感到寒气逼人，求问它的深度，就是喜欢游历探险的也没能走到头，这就是所说的后洞了。我与四个同伴打着火把进去，进得越深，前行就越困难，而见到的景观却越奇妙。有个人懈怠了要出来，说：“再不出去，火把就要烧完了。”于是大家跟着一块退了出来。

大致我们所到的地方，比起喜欢探险者所到之处，还不足十分

1 “后世”二句：后世以讹传讹、无人能弄明真相的事，又哪里说得过来。谬其传，以讹传讹。莫能名，没人能说清。胜，尽。

2 慎取：谨慎地采用。

3 庐陵：今江西吉安。萧君圭君玉：萧君圭，字君玉。长乐：今属福建。王回深父：王回，字深父。安国平父、安上纯父：王安国，字平父。王安上，字纯父。两人是王安石的弟弟。

4 至和：宋仁宗年号。王某：古人在起草文稿时，写到自己的名字，往往只以“某”（或前加姓）来代替，正式誊录时才填上名字。

之一。然而看看左右的石壁，来此题记的人已经很少。因为更深的地方，能到的人就更少。其实当折返时，我们的体力还足能深入，火把也足够照明。等出洞之后，就有人埋怨提议退出的人，我也后悔跟着他出来，没能尽情享受游玩探险的乐趣。

对于此事，我有所感慨。古人观察天地、山川、草木、虫鱼、鸟兽，往往有所收获，是因为他们思考深邃，好奇心无所不在。（今人则不是这样。）像这平坦近便之处，游览的人就多；险要偏远之处，游览的人就少。然而世界上神奇雄伟、瑰丽奇特、不同凡响的景观，常常在那险要僻远、人迹罕至的地方，因而不是志向坚定的人就不能到达。

有志向，不随着他人止步，但如果体力不够，也还是不能到达。有志向和体力，又不随着怠惰，但处在幽深昏暗、令人困惑又没有工具辅助的情况下，也仍然不能到达。然而体力可以到达（却没有到达），在他人是该受讥讽的，在自己则深感懊悔。尽了我的努力而没能到达，自己就可以无怨无悔了，又有谁能讥笑呢？这就是我此行的心得。

至于那块仆倒的石碑，我又感到可悲，古书亡佚不存，后世以讹传讹，没人能正名，这样的事又哪里数得过来！这又是求学者不能不深入思考并谨慎下结论的原因所在。

同行的四人，是庐陵萧君圭（字君玉）、长乐王回（字深父）、我的弟弟王安国（字平父）和王安上（字纯父）。至和元年七月某日，临川王安石记。

晏几道

晏几道（1038—1110），字叔原，号小山，北宋临川（今江西抚州）人，是晏殊幼子。曾任微官。词与父亲齐名，号称“二晏”。代表词作有《临江仙》（梦后楼台高锁）（斗草阶前初见）、《鹧鸪天》（彩袖殷勤捧玉钟）等。有《小山词》。

临江仙[1]

梦后楼台高锁，酒醒帘幕低垂。去年春恨却来时[2]，落花人独立，微雨燕双飞。　　记得小蘋初见，两重心字罗衣[3]。琵琶弦上说相思，当时明月在，曾照彩云归[4]。

1 ★“临江仙”，唐教坊曲名，后用为词牌，又名“庭院深深”“谢新恩”“采莲回”等。词中的“小蘋”是贵族家的歌女，名蘋云。词中追忆与蘋云的交往，含着淡淡的哀伤。

2 “去年”句：去年春天分手时的愁恨恰在此时又来到心头。却，又，再。

3 心字罗衣：用一种心字香熏过的罗衣。一说是用织有心字的绢罗缝制的衣衫。“心字”暗含心心相印之意。

4 “琵琶”句：通过琵琶的弹奏诉说相思。彩云，喻小蘋。古诗词多有以彩云喻美女的，如李白《宫中行乐词》有“只愁歌舞散，化作彩云飞”句。

苏 轼

苏轼（1037—1101），字子瞻，一字和仲，号东坡居士，北宋眉州眉山（今属四川）人。与父亲苏洵、弟弟苏辙号称“三苏”。嘉祐间进士，曾为杭州通判，密州、徐州、湖州知州。遭遇文字狱，被贬为黄州团练副使。哲宗朝迁翰林学士，出知杭州、颍州。后远谪惠州、儋州。卒谥文忠。诗词散文代表作有《六月二十七日望湖楼醉书五绝》、《饮湖上初晴后雨二首》、《题西林壁》、《惠崇春江晓景二首》、《和子由渑池怀旧》、《荔枝叹》、《江城子·密州出猎》、《水调歌头》（明月几时有）、《念奴娇·赤壁怀古》、《江城子·乙卯正月二十日夜记梦》、《定风波》（莫听穿林打叶声）、《浣溪沙》（山下兰芽短浸溪）、《卜算子·黄州定慧院寓居作》、《临江仙·夜归临皋》、《蝶恋花》（花褪残红青杏小）、《浣溪沙》（簌簌衣巾落枣花）及前后《赤壁赋》、《石钟山记》、《记承天寺夜游》、《教战守策》、《答谢民师推官书》等。有《苏文忠公诗编注集成》《东坡先生全集》等。

六月二十七日望湖楼醉书五绝（选一）[1]

黑云翻墨未遮山，白雨跳珠[2]乱入船。卷地风来忽吹散，望湖楼下水如天。

1 ★望湖楼在杭州西湖边昭庆寺前。这是苏轼在杭州做通判时所写。

2 跳珠：形容雨点乱溅。

饮湖上初晴后雨二首（选一）[1]

水光潋滟晴方好，山色空濛雨亦奇[2]。欲把西湖比西子，淡妆浓抹总相宜[3]。

题西林壁[4]

横看成岭侧成峰，远近高低各不同。不识庐山真面目，只缘[5]身在此山中。

惠崇春江晓景二首（选一）[6]

竹外[7]桃花三两枝，春江水暖鸭先知。蒌蒿满地芦芽短，正是河豚欲上时[8]。

和子由渑池怀旧[9]

人生到处知何似？应似飞鸿踏雪泥。泥上偶然留指爪，

---

1 ★本篇同是苏轼在杭州做通判时游西湖所作。原诗二首，这是第二首。

2 潋滟（liànyàn）：水波流动貌。空濛：这里形容山色模糊。

3 西子：春秋时越国美女西施。淡妆浓抹：指妇女化妆或淡或浓。

4 ★西林即西林寺，在庐山西麓。

5 只缘：只因。

6 ★本篇是题画诗。原诗二首，这是第一首。惠崇，宋初僧人，善画，曾画有《春江晓景》两幅，苏轼各题诗一首。“晓景”一作“晚景”。

7 竹外：竹林外。

8 蒌蒿：水边植物名，有青蒿、白蒿等种类。芦芽：芦苇的幼芽，即芦笋，可食。河豚：鱼的一种，肉味鲜美，然内脏有剧毒。上：河豚生活在沿海内河，到春天即逆江而上，在淡水中产籽，故称“上”。

9 ★本篇是一首和诗。苏轼的弟弟苏辙此前作《怀渑池寄子瞻兄》诗，记述当年与哥哥进京应举途经渑（miǎn）池（今属河南三门峡）的情景。苏轼此番再经渑池，写诗唱和。子由，苏辙表字。

鸿飞那复计东西？[1]老僧已死成新塔，坏壁无由见旧题[2]。往日崎岖还记否？路长人困蹇驴嘶。[3]

江城子·乙卯正月二十日夜记梦[4]

十年生死两茫茫[5]，不思量，自难忘。千里孤坟[6]，无处话凄凉。纵使相逢应不识，尘满面，鬓如霜[7]。　夜来幽梦忽还乡。小轩窗[8]，正梳妆。相顾无言，惟有泪千行。料得年年肠断处，明月夜，短松冈[9]。

江城子·密州出猎[10]

老夫聊发少年狂[11]。左牵黄，右擎苍[12]。锦帽貂裘[13]，千骑卷

---

1 “人生”四句：这是苏轼诗中有名的比喻，以雪泥上留下过路大雁的爪迹，喻往事偶然留痕；借此感叹人生忙碌，哪里还会留意那些过往呢？计，理会，留意。

2 “老僧”句：当年遇到的老僧已死，只留下一座新塔。塔，指僧人死后藏骨灰的小塔。“坏壁”句：墙壁损坏，当年两人的题诗已见不到。

3 “往日”二句是问苏辙：还记得当年山路崎岖吗？骑驴赶路，路远人乏。蹇（jiǎn）驴，跛脚弱驴。据诗中附注，当年兄弟俩路经崤山时，所乘马死，骑驴至渑池。

4 ★“江城子”，词牌名，又名“江神子”“水晶帘”。本篇是悼亡之作。宋英宗治平二年（1065），苏轼的妻子王弗卒于京师，于第二年归葬眉州眉山。神宗熙宁八年（1075），苏轼在密州做官，梦见妻子，因作本篇。乙卯，熙宁八年。

5 “十年”句：是说妻子已死十年，生者和死者隔绝难通。茫茫，深远空旷，看不清。

6 千里孤坟：指远隔千里的妻子坟茔。

7 “纵使”三句：是说自己十年间因劳碌而衰老，妻子纵使再见，恐怕也认不得了。

8 轩窗：窗子。

9 短松冈：这里指王弗墓地。古人多在墓地栽植松柏。

10 ★密州即今山东诸城，熙宁七年至九年（1074—1076）苏轼在密州任知州；本篇写出猎盛况，借此抒发报国之志。

11 老夫：作者自谓。聊发：暂发。

12 左牵黄，右擎苍：左边牵黄狗，右手架苍鹰。

13 锦帽貂裘：冬日打猎时的穿戴。

平冈。为报倾城随太守，亲射虎，看孙郎[1]。　　酒酣胸胆尚开张[2]。鬓微霜，又何妨。持节云中，何日遣冯唐[3]？会挽雕弓如满月，西北望，射天狼[4]！

水调歌头[5]

明月几时有，把酒问青天[6]。不知天上宫阙[7]，今夕是何年？我欲乘风归去，又恐琼楼玉宇，高处不胜寒。起舞弄清影，何似在人间[8]！　　转朱阁，低绮户，照无眠[9]。不应有恨，何事长向别时圆[10]？人有悲欢离合，月有阴晴圆缺，此

---

1 “为报”三句：意思是为了报答全城百姓随来观猎的盛情，自己将学孙权，亲自射虎。太守，作者自指。古称州府长官为太守，作者此时任知州，故称。孙郎，孙权，史称他曾骑马射虎。

2 “酒酣”句：酒喝到畅快时，胆气正豪。

3 “持节”二句：汉时魏尚为云中太守，守边有功，反遭不公平对待；后汉文帝听取劝谏，派冯唐拿着符节去赦免他。这是作者自比魏尚，希望得到朝廷重用。

4 “会挽”三句：是说（如果作者自己被委以重任）将整顿军备，迎击西北侵略者，捍卫国家。按，天狼即天狼星，出现于东南天空，古人认为天狼星变色，预示有敌人入侵。此外，天狼星附近又有弧矢星官，由九颗星构成，状如弯弓搭箭，西北向射向天狼星，形似对天狼星的防范。早在战国时，诗人已经以此为喻，表达反侵略的意向。如屈原《楚辞·九歌·东君》有“青云衣兮白霓裳，举长矢兮射天狼”之句。苏轼对此有所借鉴。会，会当，定会。

5 ★“水调歌头”，词牌名，源于唐代大曲，又作“元会曲”“台城游”。词有小序：“丙辰中秋，欢饮达旦。大醉，作此篇，兼怀子由。”丙辰为熙宁九年（1076），苏轼在密州。此时苏轼跟弟弟已经分别五年。

6 “明月”二句：是从李白诗句“青天有月来几时，我今停杯一问之”（《把酒问月·故人贾淳令予问之》）脱化而来。

7 天上宫阙：传说月中有广寒宫，是嫦娥所居。即下文中的“琼楼玉宇”。

8 “起舞”二句：月下起舞，清影随人，天上怎么比得上人间。

9 “转朱阁”三句：写月亮移过华美的楼阁、雕花的门窗，照着难以安眠的人。

10 “不应”二句：是说月亮不应有什么不如意的事，为什么总（和人作对）在人们离别时变圆呢？恨，遗憾，不满。

事古难全。但愿人长久，千里共婵娟[1]。

浣溪沙（选一）[2]

簌簌衣巾落枣花，村南村北响缫车，牛衣古柳卖黄瓜[3]。　酒困路长惟欲睡，日高人渴漫思茶，敲门试问野人家[4]。

定风波[5]

莫听穿林打叶声，何妨吟啸且徐行[6]。竹杖芒鞋轻胜马[7]，谁怕？一蓑烟雨任平生[8]。　料峭[9]春风吹酒醒，微冷，山头斜照却相迎。回首向来萧瑟处，归去，也无风雨也无晴[10]。

---

1 婵娟：美女嫦娥，代指月亮。

2 ★苏轼任徐州知州，春旱时曾到石潭祈雨，后果然降雨。初夏时，苏轼来此谢雨，归途中写了五首《浣溪沙》。词有序言："徐门石潭谢雨，道上作五首。潭在城东二十里，常与泗水增减，清浊相应。"本篇是第四首，写一路所见平静安宁的农村景象，也写出谢神活动后的疲惫与松弛。

3 簌（sù）簌：纷纷下落貌。缫（sāo）车：一种缫丝的工具。缫，同缲。牛衣：为牛编织的麻衣或草衣，人也可以穿。

4 漫：这里有很、非常之意。野人：村野之人，村民。

5 ★"定风波"，词牌名，又名"醉琼枝""定风流"。本篇是苏轼被贬黄州第三年（元丰五年，1082）所作。词有小序："三月七日，沙湖道中遇雨，雨具先去（拿着雨具的仆人先走了），同行皆狼狈，余独不觉。已而遂晴。故作此词。"

6 "莫听"二句：不管那穿林打叶的雨点声，何妨我一面吟诗长啸，一面缓缓前行。

7 "竹杖"句：拄着竹杖，脚踏草鞋，比骑马还轻快。芒鞋，草鞋。

8 "一蓑"句：身披蓑衣，顶风冒雨，这种生活我早就习惯了。

9 料峭：形容风寒。

10 向来：刚刚走过。萧瑟：这里指风雨声，也指风雨带来的狼狈。"也无"句：表面说回望来路，那里风雨已停，天还没放晴；实则是表达在人生"风雨"面前泰然处之的态度。

念奴娇·赤壁怀古[1]

大江东去，浪淘尽、千古风流人物[2]。故垒西边，人道是、三国周郎赤壁[3]。乱石穿空，惊涛拍岸，卷起千堆雪[4]。江山如画，一时多少豪杰！　　遥想公瑾当年，小乔初嫁了，雄姿英发[5]。羽扇纶巾，谈笑间，樯橹灰飞烟灭[6]。故国神游，多情应笑我，早生华发[7]。人生如梦，一尊还酹[8]江月。

浣溪沙[9]

山下兰芽短浸溪，松间沙路净无泥，萧萧暮雨子规啼[10]。　　谁道人生无再少？门前流水尚能西[11]！休将白发唱黄鸡[12]。

---

1 ★“念奴娇”，词牌名，又作“百字令”“酹江月”“大江东去”。本篇作于元丰五年（1082）七月。赤壁，这里指黄州赤鼻矶。关于赤壁，可参看唐人杜牧《赤壁》诗相关注释。在本篇中，作者即景抒情，写出对江山的热爱、对历代英雄人物的仰慕，兼写自己的感慨，是苏轼豪放词的重要代表作。

2 风流人物：杰出的英雄人物。

3 故垒：旧时营垒。周郎：三国时东吴统帅周瑜。下文的“公瑾”是周瑜的字。

4 穿空：插向天空。千堆雪：这里比喻滔天浪花。

5 小乔：三国时乔公之女，嫁给周瑜。英发：言论见解卓越不凡。

6 羽扇纶（guān）巾：羽毛扇、青丝巾。这是古代儒将的便装装束。樯橹：指曹军船舰。

7 故国神游：神游于故国的战场。故国，这里指古战场赤壁。“多情”两句：应笑我因多情而早生白发。

8 尊，同“樽”。酹（lèi）：洒酒以祭奠。

9 ★本篇作于元丰五年，前有小序：“游蕲（qí）水清泉寺，寺临兰溪，溪水西流。”蕲水，县名，即今湖北浠水县。清泉寺，在蕲水县城东。

10 “山下”句：山下初生的兰草幼芽浸在溪水中。萧萧：形容雨声。子规：鸟名，即杜鹃鸟，也叫布谷鸟。

11 “谁道”二句：谁说人老了就不会再年少？这门前的流水还能向西流呢。这是借兰溪水向西流的特例，反驳一种消极的人生态度。少（shào），年轻。

12 “休将”句：不要因年老就总是感叹时光易逝。白发，指年老。唱黄鸡，白居易《醉歌·示伎人商玲珑》有“黄鸡催晓丑时鸣，白日催年酉前没”之句，这里作为感叹光阴易逝的典故。

临江仙·夜归临皋[1]

夜饮东坡醒复醉，归来仿佛[2]三更。家童鼻息已雷鸣，敲门都不应，倚杖听江声[3]。　　长恨此身非我有，何时忘却营营[4]？夜阑风静縠纹平[5]。小舟从此逝，江海寄余生[6]。

蝶恋花[7]

花褪残红青杏小。燕子飞时，绿水人家绕。枝上柳绵[8]吹又少，天涯何处无芳草！　　墙里秋千墙外道。墙外行人，墙里佳人笑。笑渐不闻声渐悄，多情却被无情恼[9]。

赤壁赋[10]

壬戌之秋，七月既望，苏子与客泛舟游于赤壁之下[11]。清

---

1 ★本篇作于元丰五年，临皋在黄州城南的长江边，是苏轼在黄州的住处。此词写词人夜饮归来，不得入门，倚杖听江声时的人生感悟。

2 东坡：地名，在黄州城东，苏轼在此躬耕，并筑雪堂居住，取号“东坡居士”。仿佛：好像，大约。

3 鼻息：熟睡打鼾声。倚杖：拄杖。

4 此身非我有：是说官身不自由，自己不能支配自己。语出《庄子·知北游》：“汝身非汝有也，汝何得有夫道？”营营：指为琐事忙碌。

5 夜阑：夜半。縠（hú）纹：喻指细碎的水波纹。縠，有细皱纹的纱。

6 “小舟”二句：写词人渴望从此远离官场，隐居江湖。逝，去，离开。江海，指江湖隐居之地。寄余生，打发余生。寄，寄寓。

7 ★本篇有的选本题为“春景”。词中写暮春景象，兼写春天里的人。或谓这是作者在贬谪路上所作。据《林下词谈》载，苏轼被贬惠州时，曾命侍妾朝云唱此词，朝云因其中有“枝上柳绵吹又少，天涯何处无芳草”句，未开唱已“泪满衣襟”。

8 柳绵：柳絮。

9 “多情”句：是说墙外行人的多情，不被墙内佳人所知。也可理解为，苏轼对朝廷的一片忠心不被理解，徒生烦恼。

10 ★本篇作于元丰五年，是作者游黄州赤鼻矶后所写。作者写过两篇《赤壁赋》，此篇是前赋。文中写景兼论说，阐述了自己关于宇宙和人生的哲学思考，展示出旷达的襟怀。文中主客问答的形式，是赋体的常用手法。

11 壬戌：即宋神宗元丰五年。既望：指十六日。阴历每月十五日称“望”，“既望”就是十六日。苏子：苏轼自称。

风徐来，水波不兴。举酒属客，诵明月之诗[1]，歌窈窕之章。少焉，月出于东山之上，徘徊于斗牛之间[2]。白露横江，水光接天。纵一苇之所如，凌万顷之茫然[3]。浩浩乎如冯虚御风[4]，而不知其所止；飘飘乎如遗世独立，羽化而登仙[5]。

于是饮酒乐甚，扣舷[6]而歌之。歌曰："桂棹兮兰桨，击空明兮溯流光[7]。渺渺兮予怀，望美人兮天一方[8]。"客有吹洞箫者，倚歌而和之[9]。其声呜呜然，如怨如慕，如泣如诉，余音袅袅，不绝如缕[10]。舞幽壑之潜蛟，泣孤舟之嫠妇[11]。

苏子愀然，正襟危坐而问客曰[12]："何为其然也[13]？"客曰："'月明星稀，乌鹊南飞[14]。'此非曹孟德之诗乎？西望夏口，

---

1 举酒属（zhǔ）客：举杯劝客人饮酒。属，同"嘱"，劝请，劝饮。明月之诗：指《诗经·陈风·月出》。诗中第一章有"舒窈纠（jiǎo）兮"一语，下文因说"歌窈窕之章"。

2 少焉：不多一会儿。斗牛：星宿名，斗宿和牛宿。

3 "纵一苇"二句：听凭小船在茫茫江面上漂荡。纵，听凭，放任。一苇，指小船（像一片苇叶）。所如，所往。凌，超越。茫然，旷远貌。

4 冯（píng）虚御风：凌空乘风。冯，同"凭"。

5 遗世：脱离人间。羽化而登仙：飞升仙境，成为仙人。羽化，传说成仙的人能飞升，如同生了翅膀，故称。

6 扣舷：敲击船舷打拍子。

7 桂棹（zhào）、兰桨：对划船工具的美称。棹，船桨（长的称棹，短的称楫）。"击空明"句：（用桨）划破澄明的江水，在映着月光的江流中逆行。空明，指月光映照下的水。溯，逆流而上。流光，水面上流动的月光。

8 渺渺：悠远貌。予怀：我的心胸。美人：心中所思慕的人。

9 洞箫：即箫。倚歌：随着歌声。和（hè）：应和，伴奏。

10 "如怨"四句：像哀怨又像思慕，像哭泣又像诉说；尾音婉转悠长，不绝如丝缕。袅袅，形容声音婉转悠长。缕，丝缕。

11 "舞幽壑"二句：（乐声）让潜藏在深渊中的蛟龙起舞，引得孤舟上的寡妇悲伤哭泣。幽壑，这里指深渊。嫠（lí）妇，寡妇。

12 愀（qiǎo）然：忧愁貌。正襟危坐：整理衣襟，严肃端坐。危，端正。

13 何为其然也：（乐声）为什么这样（悲哀）呢？

14 "月明"二句：曹操《短歌行》有"月明星稀，乌鹊南飞"二句。

东望武昌，山川相缪[1]，郁乎苍苍，此非孟德之困于周郎者乎？方其破荆州，下江陵，顺流而东也，舳舻千里，旌旗蔽空，酾酒临江，横槊赋诗[2]，固一世之雄也，而今安在哉？况吾与子渔樵于江渚之上，侣鱼虾而友麋鹿[3]；驾一叶之扁舟，举匏樽以相属[4]；寄蜉蝣于天地，渺沧海之一粟[5]。哀吾生之须臾，羡长江之无穷；挟飞仙以遨游，抱明月而长终[6]；知不可乎骤得，托遗响于悲风[7]。"

苏子曰："客亦知夫水与月乎？逝者如斯，而未尝往也；盈虚者如彼，而卒莫消长也[8]。盖将自其变者而观之，则天地曾不能以一瞬[9]；自其不变者而观之，则物与我皆无尽也，而又何羡乎！且夫天地之间，物各有主，苟非吾之所有，虽一毫而莫取。惟江上之清风，与山间之明月，耳得之而为声，

---

1 夏口：城名，在今湖北武汉黄鹄山上。武昌：今湖北鄂州。相缪（liáo）：同"缭"，环绕。

2 破荆州，下江陵：指建安十三年（208），荆州刘琮降曹，曹军不战而占领荆州（今湖北襄阳一带）、江陵（今湖北荆州）。舳舻（zhúlú）：首尾相连的船。"酾（shī）酒"二句：面对大江酌酒，横持长矛赋诗。酾酒，斟酒。槊（shuò），长矛。

3 "侣鱼虾"句：以鱼虾、麋鹿为友。这里指被放逐到江湖间的渔樵生活。

4 匏（páo）樽：酒器。匏，葫芦，可做酒器。相属（zhǔ）：相互劝酒。

5 "寄蜉蝣"二句：人生短暂，如同朝生暮死的小虫寄托生命于天地之间；人本身渺小得如同大海中的一粒小米。蜉蝣，一种朝生暮死的小虫。沧海，大海。

6 挟：携同。长终：至于永远。

7 "知不可"二句：知道这是不能轻易达到的，因而在秋风中吹出这凄凉的调子。骤得，轻易得到。遗响，余音，这里指箫声。悲风，这里指秋风。

8 "逝者"四句：一切逝去的事物就像这江水一样，其实并没有逝去；自然界的盈虚变化又像那月亮，最终没有减少或增多。逝者如斯，出自《论语·子罕》："子在川上曰：'逝者如斯夫，不舍昼夜。'"斯，指水。盈，满。虚，空。卒，最终。消长（zhǎng），减少、增多。

9 盖：句首语气词。变者：主张万事万物是在不断变化的观念。曾（zēng）：竟。一瞬：一眨眼，形容时间极短。

目遇之而成色，取之无禁，用之不竭，是造物者之无尽藏也，而吾与子之所共适[1]。”

客喜而笑，洗盏更酌[2]。肴核既尽，杯盘狼籍，相与枕藉乎舟中，不知东方之既白[3]。

译文 元丰五年秋天七月十六日，苏轼与朋友在赤壁下乘小船游荡。清风缓缓吹来，水面波澜不起。苏轼举杯向朋友劝酒，吟诵着《诗经·月出》篇中“舒窈纠兮”的诗章。不一会儿，明月从东山升起，徘徊在斗宿、牛宿之间。白色的雾气横陈于江面，水光连着天际。听凭苇叶般的小船漂流，越过茫茫万顷的江面。在这浩荡的水天之间，像是要凌空而起，驾着清风，不知去往何处；飘飘然像是要脱离人间，登入仙境。

当此之时，酒喝得高兴，苏轼用手敲击着船帮唱起来。歌词是：“桂木的船棹兰木的桨，划破澄明的江水，在月光中溯流而上。多么悠远啊我的怀抱，望眼欲穿，寻觅那远在天边的女郎。”朋友中有个会吹洞箫的，随着歌声的调子应和伴奏。箫声呜呜的，像是哀怨又像是思慕，像是哭泣又像是倾诉。箫的尾声婉转不绝，如同绵长不断的丝缕。这乐声足以令深渊中的蛟龙起舞，又让孤舟中的寡妇落泪。

这时苏轼面色变得凄然，整衣端坐，问吹箫的朋友：“箫声为何如此哀怨？”朋友回答：“‘月明星稀，乌鹊南飞。’这不正是曹孟德

1 造物者：古人所谓创造万物的天，我们今天理解为客观世界、大自然。无尽藏（zàng）：佛家语，谓无尽的宝藏。适：这里有享用之意。

2 更酌：重新斟酒。

3 肴（yáo）核：菜肴果品。核，果实。狼籍：杂乱貌。同“狼藉”。相与枕藉（jiè）：互相枕靠着（睡觉）。既：已经。

诗中描写的景象吗？从这儿往西可以看到夏口，往东可以遥望武昌，山川连绵，一片苍茫，这不正是曹孟德被周瑜所困的地方吗？当曹军拿下荆州，夺取江陵，沿长江顺流东下，战船延绵千里，旌旗遮住了天空，曹孟德在江上手持长矛，把酒赋诗，固然算得上一代英雄了，而今又在哪里？（英雄人物尚且如此）何况我与你在江中岸上捕鱼打柴，跟鱼虾麋鹿做伴，眼下驾着这一叶小舟，举杯相互劝酒，就如同那朝生暮死的蜉蝣置身于万古天地之间，渺小得像是沧海中的一粒粟米。哀叹我们生命的短暂，羡慕长江流水永无穷尽。一心向往同仙人遨游宇宙，上天揽月，跟天地相始终；可明知这一切不是轻易能办到的，也只好把这份悲凉寄托在箫声里，传送到秋风中罢了。”

苏轼反问道：“您可知道这江水和月亮吗？那不断流逝的光阴，就像这江水，其实并没有真正流去；万事万物的盈虚之数又像那月亮，最终并没有减少或增加。若从变化的观念来看，天地万物竟没有一瞬的静止；若从不变的观念来看，万物与我们自己又都是无穷尽的，又有什么可羡慕的呢！况且天地间的事物各有归属，如果不该我们拥有，即便是一分一毫也不要占有。只有江上的清风和山间的明月，吹送到耳边便能听到声音，映入眼帘便能见到颜色，没人禁止你获取，用起来也永不枯竭。这是造物主赐予的无穷宝藏，是我和你所能共同享受的呢。”

朋友们听了，都高兴地笑起来。于是大家洗了杯盏重新斟酒，菜肴和果子都吃个净尽，杯盘杂乱，也不收拾，大家就那么相互靠着枕着倒头在舟中睡去，不知东方天色已微明。

石钟山记[1]

《水经》云："彭蠡之口有石钟山焉。"[2]郦元以为下临深潭，微风鼓浪，水石相搏，声如洪钟[3]。是说也，人常疑之。今以钟磬[4]置水中，虽大风浪，不能鸣也，而况石乎！至唐李渤始访其遗踪，得双石于潭上，扣而聆之，南声函胡，北音清越，枹止响腾，余韵徐歇[5]。自以为得之[6]矣。然是说也，余尤疑之。石之铿然[7]有声者，所在皆是也，而此独以钟名，何哉？

元丰七年六月丁丑，余自齐安舟行适临汝[8]，而长子迈将赴饶之德兴尉，送之至湖口，因得观所谓石钟者。寺僧使小童持斧，于乱石间择其一二扣之，硿硿焉[9]。余固笑而不信也。至莫夜[10]月明，独与迈乘小舟，至绝壁下。大石侧立千

---

1 ★本篇作于元丰七年（1084）。当时作者由黄州团练副使调往汝州（今属河南）任团练副使，他的长子苏迈刚好要到饶州德兴县（今江西德兴）做县尉。苏轼送儿子到江州湖口（今属江西九江），父子同游鄱阳湖东岸的石钟山。篇中记述探寻石钟山得名的经过，体现了作者一贯的求实作风。

2 《水经》：古代专记江水河道的地理书，相传为汉代桑钦或晋代郭璞所著，已佚。以下所引，当为郦道元《水经注》的佚文。彭蠡（lǐ）：湖名，即今鄱阳湖。

3 郦元：即郦道元的简称。鼓浪：催动波浪。相搏：相互搏击。洪钟：大钟。

4 磬（qìng）：古代用玉或石制成的打击乐器，状如曲尺。

5 李渤：唐代人，写过《辨石钟山记》。扣而聆之：敲击并且聆听它的声音。南声：南边那块石头的声音。下句"北音"是指北边石头的声音。函胡：声音厚重模糊。清越：声音清亮高扬。"枹（fú）止"二句：鼓槌停止敲击，声音还在传送，尾音慢慢消歇。枹，鼓槌。腾，传播。歇，止。

6 得之：找到了原因。之，指石钟山命名的原因。

7 铿（kēng）然：形容敲击金石所发出的声音。

8 六月丁丑：这里指农历六月初九。齐安：即黄州，今湖北黄冈。适：往。临汝：即汝州。

9 硿（kōng）硿焉：拟声词，形容敲击石头发出的声音。焉，表状态，相当于"然"。

10 莫夜：晚上。莫，同"暮"。

尺，如猛兽奇鬼，森然欲搏人[1]；而山上栖鹘，闻人声亦惊起，磔磔云霄间[2]；又有若老人欬且笑于山谷中者，或曰此鹳鹤也[3]。余方心动欲还，而大声发于水上，噌吰如钟鼓不绝[4]。舟人大恐。徐而察之，则山下皆石穴罅，不知其浅深，微波入焉，涵澹澎湃而为此也[5]。舟回至两山间，将入港口，有大石当中流[6]，可坐百人；空中而多窍，与风水相吞吐，有窾坎镗鞳之声，与向之噌吰者相应[7]，如乐作焉。因笑谓迈曰："汝识之乎[8]？噌吰者，周景王之无射[9]也；窾坎镗鞳者，魏庄子之歌钟[10]也。古之人不余欺[11]也！"

事不目见耳闻，而臆断[12]其有无，可乎？郦元之所见闻，殆[13]与余同，而言之不详；士大夫终不肯以小舟夜泊绝壁之

1 森然：阴森可怕的样子。搏：扑击。

2 栖鹘（hú）：入巢的飞隼。鹘，隼，一种猛禽。磔磔（zhé）：形容鸟鸣声。

3 欬（kài）：咳嗽。鹳（guàn）鹤：状似鹤的水鸟。

4 心动欲还（huán）：心惊想要回去。噌吰（chēnghóng）：拟声词，形容钟鼓声洪亮而深沉。

5 舟人：船夫。石穴罅（xià）：石洞和石缝。罅，裂缝。涵澹：水波荡漾貌。澎湃：形容波浪撞击。为此：形成这种声音。

6 两山：石钟山分为南北两座，分别称上石钟山和下石钟山。中流：指水流的中央。

7 空中：中间是空的。与风水相吞吐：指风和水（从孔窍中）进进出出。窾（kuǎn）坎：击物声。镗鞳（tāngtà）：钟鼓声。向：先前。

8 汝识之乎：你知道吗？识，知。

9 周景王之无射（yì）：周景王二十四年（前521）曾铸大钟，取名"无射"。见《国语·周语》。

10 魏庄子之歌钟：魏庄子即晋国大夫魏绛，郑人曾将歌钟等乐器献给晋侯，晋侯分赐魏庄子。见《左传·襄公十一年》。

11 不余欺：即"不欺余"，没欺骗我。

12 臆断：凭主观想法推断。

13 殆：大概。

下，故莫能知；而渔工水师[1]虽知而不能言。此世所以不传也。而陋者乃以斧斤考击而求之[2]，自以为得其实。余是以记之，盖叹郦元之简[3]，而笑李渤之陋也。

译文《水经》上说："鄱阳湖口有石钟山。"郦道元认为石钟山的命名，缘于石钟山下临着深潭，微风催动波浪，水和石头互相搏击，发出的声音如同敲击大钟。这个说法，人们常质疑它。如今我们把钟磬等乐器放到水中，即使有大风大浪，也不能使它鸣响，何况是石头呢！到了唐代，有个叫李渤的才开始到石钟山实地访求其得名的缘由，在深潭边找到两块山石，敲击并聆听，发现南边那块声音重浊模糊，北边那块声音清脆响亮，鼓槌停下来，声音还在回荡，余音半天才消歇。李渤自认为已经找到石钟山的命名原因。然而对这个说法，我还是怀疑。一敲就能发出声响的石头到处都有，却只有这里以钟命名，这是为什么？

元丰七年六月初九，我从齐安乘船前往临汝，长子苏迈正要去饶州德兴县做县尉。我送他到湖口，趁便得以观览所说的石钟山。庙里的和尚让小童拿着斧头在乱石中间选一两处敲打，石头发出硿硿的声响。我自然感到可笑，并不相信。到了晚上，月光明亮，我单独跟苏迈乘着小船来到峭壁下。巨大的岩石矗立于水边，高达千尺，形状如同猛兽、奇鬼，阴森森的，像要攻击人。山上已经入巢的鹰隼，听到人声受惊飞起，在云霄间发出磔磔的叫声。还有一种声音，如同老人在山谷中边咳边笑，有人说这是鹳鹤。我正心悸想要回去，忽然又有

1 渔工水师：渔夫和船工。
2 陋者：浅陋的人。斧斤：斧子。考：敲击。
3 是以：因此。盖：这里作连词用，表原因。

巨大的声响从水面上发出，声音噌吰响亮，像是不断在敲钟击鼓。船夫听了十分惊恐。我缓缓察看，原来山下都是石穴、石缝，不知深浅，微波涌入后，在石穴、石缝内荡漾撞击，变得汹涌，因而发出这巨大的声音。小船回到两山之间，将要入港口时，见到有大石头正居于水中央，上面可以坐上百人，大石的中间是空的，又有许多孔窍，风和水进进出出，发出窾坎镗鞳如敲击钟鼓的声音，同先前噌吰的声音相互应和，像是奏起音乐。于是我笑着对苏迈说："你知道这些是什么吗？那噌吰响亮的声音，是周景王的无射钟发出的；这窾坎镗鞳的声音，是魏庄子的歌钟发出的。看来古人没有欺骗我们啊！"

凡事不经亲见亲闻，只凭主观臆想就断定其有无，行不行呢？郦道元所见到听到的，大概跟我的见闻一致，只是他的记述过于简略。士大夫终究不肯乘坐小船半夜停在绝壁下面，因而没人能知道。渔夫艄公虽然知道，却又不能用文字记录。这就是命名原因没能传下来的原因所在。至于浅陋的人拿斧头敲打石头来寻找这原因，还自认为得到了真相（实在可笑）。我因此把我的见闻记下来，也是借以慨叹郦道元的记述简略，讥笑李渤的见识浅陋。

记承天寺夜游[1]

元丰六年十月十二日夜，解衣欲睡，月色入户，欣然起行。念无与为乐者，遂至承天寺寻张怀民[2]。怀民亦未寝，相

1 ★本篇为作者谪居黄州时所作，记述一次夜游的经历，以生动的笔墨，写月色的空明之美。篇末自称"闲人"，带有自嘲之意。承天寺在今湖北黄冈南。

2 张怀民：苏轼的朋友张梦得。当时寄居承天寺。

与[1]步于中庭。庭下如积水空明，水中藻荇交横[2]，盖竹柏影也。何夜无月？何处无竹柏？但少闲人如吾两人者耳[3]。

译文 元丰六年（1083）十月十二日夜间，我已脱衣上床，准备睡觉，见月光照入门中（十分可爱），便又高兴地起床出门。考虑到身边没有跟我一同玩赏的人，于是前往承天寺去寻访张怀民。怀民也还没睡，我们一同到庭院中散步。月光之下，庭院里像积满了水一样，清澈透明。水中有水藻、荇菜等纵横交错，那是竹子、柏树的影子。哪一夜没有月光？哪个地方没有竹柏？只是缺少像我们俩这样闲散淡泊的人罢了。

文说[4]

吾文如万斛[5]泉源，不择地皆可出。在平地滔滔汩汩[6]，虽一日千里无难。及其与山石曲折，随物赋形[7]，而不可知也。所可知者，常行于所当行，常止于不可不止，如是而已矣。其他，虽吾亦不能知也。

译文 我的文思如同日出万斛的泉源一样，不挑地方，可以随

---

1 相与：一起。

2 空明：清澈透明。藻荇（xìng）：水藻、荇菜。这里泛指水生植物。

3 但：只是。闲人：作者与张怀民都是谪居黄州的官员，有职无权，因称“闲人”。

4 ★本篇又题《自评文》，当是作者晚年之作。《宋史·苏轼传》说：“（苏轼）尝自谓：‘作文如行云流水，初无定质，但常行于所当行，止于所不可不止。’虽嬉笑怒骂之辞，皆可书而诵之。其体浑涵光芒，雄视百代，有文章以来，盖亦鲜矣。”又苏轼《答谢民师推官书》称赞谢民师的诗文，评价说“大略如行云流水，初无定质，但常行于所当行，常止于所不可不止，文理自然，姿态横生”，一般认为，这也是苏轼的“夫子自道”。

5 万斛（hú）：极言其多。斛，容量单位，宋代一石为二斛，一斛为五斗。

6 滔滔汩（gǔ）汩：水势很大的样子。滔滔，形容大水奔流。汩汩，形容水流的声音。

7 随物赋形：这里指随着地形的变化而变化。

时随地喷涌而出。若在平原，则滔滔奔涌，就是一天之中奔流千里也不难。至如遇上山地，水流则沿着山石曲折前进，随地形不同而成为不同形状，无法预料；可以料知的是，它常能畅行无碍，到不能不止的地方自然就停下来了，如此而已。至于其他，就是我自己也不了解了。

苏 辙

苏辙（1039—1112），字子由，北宋眉州眉山（今属四川）人。苏洵之子，苏轼之弟。十九岁成进士，官至尚书右丞、门下侍郎。晚年居颍川（今河南许昌），自号颍滨遗老。散文代表作有《黄州快哉亭记》《上枢密韩太尉书》等。有《栾城集》。

黄州快哉亭记[1]

江出西陵[2]，始得平地。其流奔放肆大，南合湘沅，北合汉沔，其势益张[3]。至于赤壁之下，波流浸灌[4]，与海相若。清河张君梦得，谪居齐安[5]；即其庐之西南为亭，以览观江流之胜，而余兄子瞻名之曰“快哉”[6]。

盖亭之所见，南北百里，东西一舍[7]。涛澜汹涌，风云开阖[8]。昼则舟楫出没于其前，夜则鱼龙悲啸于其下，变化倏

---

1 ★黄州快哉亭为张梦得（即与苏轼同游承天寺的张怀民）所建，由苏轼命名，苏辙作记，时间均在元丰六年（1083）。快，爽快，畅快。

2 江出西陵：长江由西陵峡流出。江，长江。西陵，西陵峡，长江三峡之一，在今湖北宜昌西北。

3 奔放肆大：水势奔腾，江面变大。肆，展开。湘沅：湘江、沅水（也称沅江）。二水在长江南岸，流入洞庭湖，再注入长江。汉沔（miǎn）：即汉水，中间一段又称沔水，在长江北岸。张：扩大。

4 赤壁：此指赤鼻矶。作者误认为是三国时赤壁之战的遗址，因而后文多所感叹。浸（jìn）灌：浸、灌，都有注的意思，这里形容水势浩大。

5 清河：今属河北邢台。齐安：见苏轼《石钟山记》注。

6 即：靠近，就着。胜：胜景，壮观。子瞻：苏轼的表字。

7 盖：用于句首的语气词。一舍（shè）：三十里。

8 开阖（hé）：开启闭合，指变化，变幻。

忽，动心骇目[1]，不可久视。今乃得玩之几席之上，举目而足[2]。西望武昌诸山，冈陵起伏，草木行列[3]。烟消日出，渔夫樵父之舍皆可指数[4]。此其所以为快哉者也。至于长洲之滨，故城之墟，曹孟德、孙仲谋之所睥睨，周瑜、陆逊之所骋骛，其流风遗迹，亦足以称快世俗[5]。

昔楚襄王从宋玉、景差于兰台之宫，有风飒然至者，王披襟当之，曰："快哉，此风！寡人所与庶人共者耶？"宋玉曰："此独大王之雄风耳，庶人安得共之！"[6]玉之言，盖[7]有讽焉。夫风无雌雄之异，而人有遇[8]不遇之变。楚王之所以为乐，与庶人之所以为忧，此则人之变也，而风何与焉[9]？士生于世，使其中不自得，将何往而非病[10]？使其中坦然，不以物伤性，将何适而非快[11]？

---

1 倏（shū）忽：迅疾。动心骇目：犹言"惊心骇目"。

2 "今乃"二句：是说而今可以在几案座席边悠闲观赏，抬眼看个够。玩，赏玩。几，几案，小桌。

3 草木行列：草木成行成列。

4 指数：指点历数。

5 长洲：江中长条形沙洲或江岸。故城之墟：这里指旧日州城的废墟遗址。曹孟德、孙仲谋：即曹操和孙权，是赤壁大战的双方首领。下文中的周瑜、陆逊是东吴军事统帅。睥睨（pìnì）：斜视貌，引申为傲视。骋骛（chěngwù）：驰骋。流风遗迹：流传下来的风范遗迹。称快世俗：令世俗之人称快。

6 "昔楚襄王"至"'……安得共之'"数句：宋玉有《风赋》，这里是复述《风赋》宋玉与楚襄王关于风的对话，引出"快哉"的话题。从，使跟从。宋玉、景差，楚襄王的侍臣。兰台，楚国宫殿名。飒然，形容风声。披襟，敞开衣襟。当，迎着。庶人，平民百姓。共，同享。

7 盖：大概。

8 遇：这里指受到帝王或贵人的赏识、重用。

9 何与（yù）焉：有何关系。与，相干。

10 其中：指人的内心。自得：自在，自适。病：愁苦，怨恨。

11 不以物伤性：不因外物而败坏自己的情怀。性，天性，这里指情怀。适：往。

今张君不以谪为患，窃会计之余功，而自放山水之间，此其中宜有以过人者[1]。将蓬户瓮牖无所不快，而况乎濯长江之清流，揖西山之白云，穷耳目之胜以自适也哉[2]！不然，连山绝壑，长林古木，振之以清风，照之以明月，此皆骚人思士之所以悲伤憔悴而不能胜者，乌睹其为快也哉[3]！

元丰六年十一月朔日，赵郡苏辙记[4]。

译文 长江流出西陵峡，才进入平原，江流奔腾扩张，又汇合了南来的湘水、沅水以及北来的汉水，水势益发盛大。流到赤壁之下，波浪灌注澎湃，如同大海一样。清河张梦得先生被贬后居住在齐安，于靠近屋舍的西南方建了一座亭子，用以观赏长江的胜景。我的兄长苏子瞻给这亭子取名为“快哉”。

人在亭中所见，南北可达百里，东西可达三十里。江上波涛汹涌，天上风云变幻。白天无数船只在亭前江面上出没，夜晚鱼龙水族在亭下江水中悲鸣；万物万象变化迅疾，惊心动魄，骇人眼目，不能长久注视。（这一切）而今能在案边座上观赏，抬眼看个够。往西可以看到武昌诸山，冈峦起伏，草木繁茂。赶上雾散日出之时，渔夫、樵夫的屋舍历历可数，这就是称亭子为“快哉”的缘故啊！至于在江

---

1 患：愁苦，患难。窃会（kuài）计之余功：指利用工作之余。窃，偷窃，这里有“利用”意。会计，指征收钱谷等行政工作。余功，余下的时间、精力。自放：自己纵情漫游。过人：超越常人。

2 将：即使。蓬户瓮牖（yǒu）：以蓬草编门，以破瓮作窗。指贫苦的生活境地。濯（zhuó）：洗涤。揖：拱手作揖。这里指面对。穷耳目之胜以自适：尽情游观山水胜景，自求安闲适意。穷，尽。自适，自求安适。

3 绝壑：极深的山谷。振：摇动，吹动。思士：愁思满怀之士。胜：承受，禁受。乌睹其为快也哉：哪里还看得出这一切是畅快的呢！乌，哪里。

4 朔日：阴历每月初一。赵郡：三苏先世为赵郡栾城（今属河北）人。

岸沙洲旁，还残存着旧日州城的废墟，曹操、孙权曾在此雄视一方，周瑜、陆逊曾在此驰骋征战，他们流传至今的风范事迹，也是足可让一般人称快的。

当初楚襄王由宋玉、景差陪着游兰台宫，一阵风吹来，飒飒作响。楚襄王敞开衣襟，迎着风说：“这风多么畅快啊！这是我和百姓所共享的吧？”宋玉说：“这只是大王的雄风罢了，百姓怎么能跟您共享呢？”宋玉的话，里面大概含着讽谏之意吧。风并没有雌雄的不同，而人的际遇，却有逢时、不逢时的变化。楚襄王之所以感到快乐，与百姓之所以感到愁苦，这都是人的境遇不同，跟风又有什么相干呢？读书人生于世上，假使心中不自在，那么到哪儿没有愁苦呢？假使心中坦荡，不因外部因素而败坏情怀，那么到哪儿会不快乐呢？

如今，张梦得先生不把贬官当作忧患，在钱谷公务之余，于山水自然中自我放松，这说明他的内心应有超越常人之处。（有了这种心态）即使过着蓬草为门、破罐当窗的日子，也没什么不快活的，更何况如今能在长江清流中洗涤，面对着西山白云拱手，穷尽耳目所能享受的胜景以自求安闲适意呢！如果不是这样，你看接连不断的高山深谷，没边没沿的森林古树，阵阵清风摇动着，凄清的月亮照着，这都是多愁善感的诗人士大夫为之悲伤憔悴所不能承受的，又哪里看得出是值得快乐的呢！

元丰六年十一月初一，赵郡苏辙记写。

黄庭坚

黄庭坚（1045—1105），字鲁直，号山谷道人，又号涪翁。北宋洪州分宁（今江西修水）人。治平间进士，曾任北京（今河北大名）国子监教授，知太和县（今江西泰和），召为校书郎、秘书丞兼国史编修官。后贬官涪州（今重庆涪陵），编管宜州（今属广西）。为苏轼弟子，创江西诗派。诗词代表作有《寄黄几复》、《雨中登岳阳楼望君山二首》、《登快阁》、《新喻道中寄元明用觞字韵》、《虞美人·宜州见梅作》、《清平乐》（春归何处）等。有《山谷集》。

登快阁[1]

痴儿了却公家事，快阁东西倚晚晴[2]。落木千山天远大，澄江一道月分明[3]。朱弦已为佳人绝，青眼聊因美酒横[4]。万里归船弄长笛，此心吾与白鸥盟[5]。

---

1 ★本篇作于元丰五年（1082），作者在吉州太和（今江西泰和）做知县。快阁，阁名，在太和县城东赣江边上。

2 痴儿：作者自称。了却：办完，做完。倚：指倚栏。

3 “落木”二句：写秋景。因千山树叶落尽，天空也显得空阔；江水在月光下分外明亮。澄江，清澈的江流。

4 “朱弦”句：知音已逝，自己不愿再弹琴。据《吕氏春秋·本味》，钟子期死后，伯牙“破琴绝弦”，不再弹琴。诗人这里表示世无知己，自己不愿再施展才能。朱弦绝，扯断琴弦。佳人，这里指知音。“青眼”句：是说自己只爱美酒，也暗示没有志同道合者。据《晋书·阮籍传》，阮籍善做青白眼，见了俗士便以白眼相对；见了朋友，才用青眼看。青眼，睁眼看人时黑眼珠在眼眶中间位置。横，睁，瞪。

5 “万里”二句：意谓自己将乘舟归隐，与白鸥结盟。白鸥盟，典出《列子·黄帝》，有退隐之意。

寄黄几复[1]

我居北海君南海，寄雁传书谢不能[2]。桃李春风一杯酒，江湖夜雨十年灯[3]。持家但有四立壁，治病不蕲三折肱[4]。想得读书头已白，隔溪猿哭瘴溪藤[5]。

雨中登岳阳楼望君山二首[6]

其一

投荒万死鬓毛斑，生出瞿塘滟滪关[7]。未到江南先一笑，岳阳楼上对君山。

---

1 ★本篇作于元丰八年（1085），黄庭坚在德州（今属山东）做官。黄几复是他的好友，此刻在四会（今属广东）做官。作者以诗抒怀，倾诉友情，寄寓感慨。

2 “我居”二句：是说与好友分居两地，通信不易。北海、南海，典出《左传·僖公四年》：“楚子使与师言曰：‘君处北海，寡人处南海，唯是风马牛不相及也。’”寄雁传书，用“鸿雁传书”典。谢，表歉意。

3 “桃李”二句：是说当年两人一道饮酒赋诗，春风得意；别后各在江湖，已十年不见，唯有在夜雨灯前相互思念。这里暗用唐人李商隐“何当共剪西窗烛，却话巴山夜雨时”句意。

4 “持家”句：形容黄几复家中一贫如洗，只有空空四壁。典出《史记·司马相如列传》：“文君夜亡奔相如，相如乃与驰归成都，家居徒四壁立。”“治病”句：《左传·定公十三年》有“三折肱（gōng）知为良医”（有久病成医之意）之说。此句意谓黄几复不必阅历丰富，已是善于治理的好官。蕲（qí），同“祈”，求。三折肱，多次折断手臂。

5 “想得”二句：感叹光阴易逝，又为对方身处南方恶劣环境而难过。瘴溪，有瘴疠之气的河流。这里指黄几复所处的南方。

6 ★黄庭坚自绍圣二年（1095）先后被贬到偏远的黔州（今重庆彭水）及戎州（今四川宜宾），谪居六年，于元符三年（1100）才被放还。这是他崇宁元年（1102）赴家乡途中路经岳州（今湖南岳阳），登临岳阳楼时所作。君山是位于洞庭湖中的山岛，也称洞庭山。

7 投荒：被流放到荒远的地方。生出：活着走出。瞿塘滟滪（yànyù）关：即长江三峡的瞿塘峡和滟滪堆。

其二

满川风雨独凭栏，绾结湘娥十二鬟[1]。可惜不当湖水面，银山堆里看青山[2]。

虞美人·宜州见梅作[3]

天涯也有江南信，梅破知春近[4]。夜阑风细得香迟，不道晓来开遍向南枝[5]。　　玉台弄粉花应妒，飘到眉心住[6]。平生个里愿杯深，去国十年老尽少年心[7]。

1 “绾（wǎn）结”句：这里把湖面上的岛屿比作湘娥的鬟髻。绾结，系结，打结。

2 “可惜”二句：诗人在岳阳楼上远望君山，想象如果到湖面上，在“银山”（白浪）中看“青山”（君山），一定更有诗意。

3 ★本篇作于宜州（今属广西）。宋徽宗崇宁二年（1103），黄庭坚因写《承天院塔记》，被人指为“幸灾谤国”，押送宜州编管（管制）。这是第二年冬末所作。

4 江南信：这里指春天的消息。梅破：梅花花苞绽放。

5 “夜阑”二句：夜深风轻，香气飘送得慢，没想到天亮时朝阳的枝条上花已开满。夜阑，夜深。

6 “玉台”二句：美女在梳妆台前施朱涂粉，引来梅花忌妒，飘到美人眉心，成为最美的妆扮。典出《太平御览》所引《杂五行书》，南朝宋武帝之女寿阳公主卧于含章殿屋檐下，有梅花飘落公主额头，拂之不去。后人效法，为“梅花妆”。玉台，镜台。

7 “平生”二句：是说平生心中喜饮酒，经十年贬谪，再也没有那样的少年豪兴了。个里，个中，指心中。去国，离开京城，这里指遭受贬谪。黄庭坚初次遭贬是在宋哲宗绍圣元年（1094），至此恰好十年。

秦 观

秦观（1049—1100），字少游，一字太虚，号邗（hán）沟居士、淮海居士，世称淮海先生。北宋扬州高邮（今属江苏）人。元丰间进士，历任太学博士、秘书省正字兼国史院编修官。先后被贬郴州（今属湖南）、雷州（今属广东）。他是苏轼的弟子，诗词代表作有《春日》及《满庭芳》（山抹微云）、《踏莎行·郴州旅舍》、《鹊桥仙》（纤云弄巧）、《如梦令》（遥夜沉沉如水）等。有《淮海集》《淮海居士长短句》。

满庭芳[1]

山抹微云，天黏衰草，画角声断谯门[2]。暂停征棹，聊共引离尊[3]。多少蓬莱旧事，空回首，烟霭纷纷[4]。斜阳外，寒鸦数点，流水绕孤村。　　销魂，当此际，香囊暗解，罗带轻分[5]。漫赢得青楼薄幸名存[6]。此去何时见也？襟袖上空惹啼痕。伤情处，高城望断，灯火已黄昏。

---

1 ★“满庭芳”，词牌名。又名“满庭花”“满庭霜”“潇湘雨”等。此篇为爱情题材，有柳永词的风格。

2 天黏衰草：枯草远连天际。黏，粘连。一本作“连”。“画角”句：城楼上画角已吹过。谯（qiáo）门，指谯楼，城上的望楼。

3 征棹（zhào）：远行的船。离尊：离别的酒杯。

4 “多少”三句：据《苕溪渔隐丛活》引《艺苑雌黄》载，秦观到会稽（今浙江绍兴）作客，住在蓬莱阁，曾爱恋一女子。烟霭纷纷，以烟雾迷茫喻往事纷扰，记忆模糊。

5 销魂：形容分手时失魂落魄的愁苦心态。香囊：为男子所佩，常被当作爱情信物。罗带轻分：松开腰间衣带以解下香囊。

6 “漫赢得”句：用杜牧《遣怀》诗“十年一觉扬州梦，赢得青楼薄幸名”句意。漫，空。青楼，妓院别称。薄幸，薄情。

鹊桥仙[1]

纤云弄巧，飞星传恨，银汉迢迢暗度[2]。金风玉露一相逢，便胜却、人间无数[3]。　柔情似水，佳期如梦，忍顾[4]鹊桥归路。两情若是久长时，又岂在、朝朝暮暮[5]。

踏莎行·郴州旅舍[6]

雾失楼台，月迷津渡，桃源望断无寻处[7]。可堪[8]孤馆闭春寒，杜鹃声里斜阳暮。　驿寄梅花，鱼传尺素，砌成此恨无重数[9]。郴江幸自绕郴山，为谁流下潇湘去[10]？

---

1 ★“鹊桥仙”，词牌名，又名“忆人人”“广寒秋”等。本篇咏七夕，传说此夜天上银河有喜鹊搭桥，让河两岸的牛郎、织女相会。

2 纤云弄巧：轻盈的云彩幻化出精巧的图案。飞星传恨：流星划过，似在传达分离之苦。银汉：银河。暗度：悄悄渡过。

3 “金风”二句：是说牛郎、织女在这秋风白露的时节相聚，忠贞美好的爱情感动了人间无数男女。金风，秋风。玉露，白露。胜却，胜过。

4 “忍顾”句：怎忍扭头看回去的鹊桥之路，即不忍分离。

5 “两情”二句：意思是说真正的爱情能经受时间的考验，不必日日厮守。朝朝暮暮，即每一个早上和夜晚。语出宋玉《高唐赋》：“朝朝暮暮，阳台之下。”

6 ★本篇是秦观于宋哲宗绍圣四年（1097）被贬至郴（chēn）州（今属湖南）时所作。词人因朝廷党争，被贬官远徙，内心痛苦，情绪低沉。

7 “雾失”三句：写春夜中的迷蒙景色及内心的迷茫。津渡，渡口。桃源，湖南本有桃源县，因其地为陶渊明《桃花源记》桃花源所在之地而置县，这里喻指理想中的乐土。

8 可堪：哪堪，受不了。

9 “驿寄”三句：谓友人寄信相抚慰，更加重自己的重重愁恨。驿寄梅花，用典，据《太平御览》引《荆州记》载，南朝宋陆凯与范晔交好，曾自江南寄梅花一枝给在长安的范晔，并有《赠花诗》：“折花逢驿使，寄与陇头人。江南无所有，聊赠一枝春。”鱼传尺素，用典，汉乐府《饮马长城窟行》有“客从远方来，遗我双鲤鱼。呼儿烹鲤鱼，中有尺素书”句。尺素，即书信。

10 “郴江”二句：郴江本是环绕郴山流的，为什么要流到潇湘去呢？这里有自伤沦落之意。幸自，本自，本来。

贺 铸

贺铸（1052—1125），字方回，自号庆湖遗老，俗称贺鬼头，又称贺梅子。北宋人，祖籍山阴（今浙江绍兴），长于卫州（今河南卫辉）。早岁做武官，后改文职，曾任泗州（今安徽泗县）通判。晚年居苏州，闭门校书。代表词作有《青玉案·横塘路》、《六州歌头》（少年侠气）等。有《东山词》《庆湖遗老集》。

捣练子·夜如年[1]

斜月下，北风前，万杵千砧捣欲穿[2]。不为捣衣勤不睡，破除今夜夜如年[3]。

青玉案·横塘路[4]

凌波不过横塘路，但目送，芳尘去[5]。锦瑟华年谁与度[6]？月桥花院，琐窗朱户，只有春知处[7]。　　飞云冉冉蘅皋[8]暮，彩笔新题断肠句。若问闲愁都几许[9]？一川烟草，满城风絮，梅子黄时雨[10]。

---

1 ★“捣练子”，词牌名，又作“深院月”，多写思妇怀念征夫的内容。

2 捣欲穿：不断地捣衣，要把石板捣穿。

3 “不为”二句：意谓不是因捣衣勤苦没工夫睡觉，而是有意拖延，好消磨这长长的不眠之夜。

4 ★“青玉案”，词牌名，又名“一年春”“西湖路”。这是一首抒写爱情的小词，词中女性应是作者偶然遇到的，不知姓名住处，却足以引起他的“闲愁”万种。

5 凌波：形容女子轻快优雅的步履。典出曹植《洛神赋》：“凌波微步，罗袜生尘。”横塘：地名，在苏州，贺铸有别墅在此。芳尘：指女子的行迹。

6 锦瑟华年：指青春年华。李商隐《锦瑟》诗有“锦瑟无端五十弦，一弦一柱思华年”句。谁与度：与谁共度。

7 “月桥”三句：这是想象中的女子住处。琐窗朱户，刻有连锁花纹的窗子、朱漆的门。

8 冉冉：渐进貌。蘅皋（gāo）：香草水滨。

9 闲愁：这里指爱情的愁思。都几许：总共有多少。

10 “一川”三句：这里是用无边无际的绿草、满天飘飞的柳絮和没完没了的黄梅雨，形容“闲愁”的无休无尽。

陈师道

陈师道（1053—1102），字履常，一字无己，自号后山居士。北宋彭城（今江苏徐州）人。受业于曾巩。历任徐州、颍州教授，太学博士，秘书省正字。诗属江西派，代表作有《春怀示邻里》《送内》《别三子》等。有《后山先生集》。

春怀示邻里[1]

断墙着雨蜗成字，老屋无僧燕作家[2]。剩欲出门追语笑，却嫌归鬓着尘沙[3]。风翻蛛网开三面，雷动蜂窠趁两衙[4]。屡失南邻春事约，只今容有未开花[5]？

---

1 ★本篇是陈师道写给邻里的诗，描写春日居家所见，并表示要应约到邻家看花赏春。春怀，春日的情怀。

2 “断墙”句：雨后墙头蜗牛爬过之处，所留黏液痕迹如篆字。断墙，倒塌的墙。燕作家：燕子筑巢。这是春天的景象。

3 “剩欲”二句：很想出门追随众人享受游春之乐，又怕风沙大，沾惹满头尘土。剩欲，很想。

4 “风翻”句：这里是说风吹得蜘蛛结不成网。网开三面，用典，相传商汤打猎时，把四面网撤去三面，好让禽兽逃脱，表达了好生之德。见《吕氏春秋·异用》。“雷动”句：是说诗人观察雷雨将至，蜂巢中众蜂聚集，如同官府排衙。窠（kē），巢。趁两衙，因排衙早晚各一次，故说“趁两衙”。趁，赶，随。

5 “屡失”二句：是说邻居几次约自己赏春，自己都失约了，如今还有没开的花吧？这是委婉表达赴约的愿望。容有，或有。

张　耒

张耒（1054—1114），字文潜，号柯山，北宋楚州淮阴（今属江苏淮安）人。诗有《感春》《田家》《夜坐》等。有《柯山集》。

夜坐[1]

庭户无人秋月明，夜霜欲落气先清。梧桐真不甘衰谢，数叶迎风尚有声。

1　★本篇借秋夜梧桐，写诗人面对逆境不甘沉沦的心态。

周邦彦

周邦彦（1056—1121），字美成，号清真居士，北宋钱塘（今浙江杭州）人。元丰初曾献《汴都赋》，任太学正。徽宗时提举大晟府。精通音律，对南宋词人影响很大。代表词作有《苏幕遮》（燎沉香）、《少年游》（并刀如水）、《蝶恋花·早行》、《六丑·蔷薇谢后作》等。有《片玉词》。

苏幕遮[1]

燎沉香，消溽暑[2]。鸟雀呼晴，侵晓[3]窥檐语。叶上初阳干宿雨，水面清圆，一一风荷举[4]。　故乡遥，何日去？家住吴门，久作长安旅[5]。五月渔郎相忆否？小楫轻舟，梦入芙蓉浦[6]。

少年游[7]

并刀如水，吴盐胜雪，纤手破新橙[8]。锦幄初温，兽烟不

1 ★词牌来历参见范仲淹《苏幕遮·怀旧》相关注释。本篇上片写夏日晨景，下片写乡思。
2 燎：烧。沉香：一种贵重香料。溽（rù）暑：潮湿的夏日天气。
3 侵晓：天刚亮。
4 宿雨：昨夜的雨。"水面"二句：临水荷叶圆圆如盖，风一来随风舞动。
5 "家住"二句：意谓生在钱塘，却长期宦游京城。吴门，苏州，这里代指词人的故乡钱塘。长安，这里代指汴京。
6 芙蓉浦：荷花池塘。
7 ★"少年游"，词牌名，又名"小阑干""玉腊梅枝"。本篇借叙事抒情，夹以对话，将小说笔法用于词。
8 并（bīng）刀：并州产的快刀。并，并州，今山西太原一带。如水：形容刀光清冷。吴盐胜雪：吴地所产之盐，格外洁白。破：剖开。

断，相对坐调笙[1]。 低声问："向谁行[2]宿？城上已三更。马滑霜浓，不如休去，直是[3]少人行。"

蝶恋花·早行[4]

月皎惊乌栖不定，更漏将残，轳辘牵金井[5]。唤起两眸清炯炯，泪花落枕红绵冷[6]。 执手[7]霜风吹鬓影。去意徊徨，别语愁难听[8]。楼上阑干横斗柄，露寒人远鸡相应[9]。

---

1 锦幄：华贵的帐幄。兽烟：兽形香炉里的香烟。调笙：吹笙。

2 谁行（háng）：谁那里，何处。

3 直是：正是。

4 ★本篇写惜别之情。

5 "月皎"三句：因月光格外皎洁，乌鸦受惊，难以安栖。女主人一夜无眠，索性起来打水。轳辘（lìlù），即辘轳，是水井上收放井绳的转轴。牵，牵引，这里指打水时牵引水桶。

6 "唤起"二句：远行人也一夜无眠，因此被"唤起"时，两眼"清炯炯"，并无睡意；只有枕头被泪水打湿。炯炯，明亮貌。

7 执手：手拉着手。

8 去意：离别之意。徊徨：彷徨无主貌。别语：告别的话。

9 阑干：指北斗。横斗柄：北斗七星中五至七这三颗星形如斗柄，从柄的横斜，可知季节的变化。鸡相应：鸡鸣一声接着一声。

曾 幾

曾幾（1084—1166），字吉甫、志甫，宋代赣州（今属江西）人。诗有《三衢道中》等。有《茶山集》。

三衢道中[1]

梅子黄时日日晴，小溪泛尽却山行[2]。绿阴不减来时路，添得黄鹂四五声。

1 ★三衢，即衢州，今属浙江，境内有三衢山，因而得名。

2 梅子黄时：指初夏，即农历五六月之间。泛：泛舟。

李清照

李清照（1084—约1155），号易安居士，宋代济州章丘（今属山东）人。学者李格非之女，嫁宰相之子赵明诚。南渡后，流落江南，晚景凄凉。诗词散文代表作有《夏日绝句》、《如梦令》（昨夜雨疏风骤）、《如梦令》（常记溪亭日暮）、《一剪梅》（红藕香残玉簟秋）、《声声慢》（寻寻觅觅）、《点绛唇》（蹴罢秋千）、《醉花阴》（薄雾浓云愁永昼）、《永遇乐·元宵》、《添字丑奴儿·芭蕉》、《武陵春》（风住尘香花已尽）及《金石录后序》、《词论》等。有《漱玉词》《李清照集》。

夏日绝句[1]

生当作人杰，死亦为鬼雄[2]。至今思项羽，不肯过江东[3]。

如梦令[4]

常记溪亭[5]日暮，沉醉不知归路。兴尽晚回舟，误入藕花[6]深处。争渡[7]，争渡，惊起一滩鸥鹭。

---

1 ★靖康二年（1127），金兵攻破开封，掳走徽、钦二帝，赵构及其臣属仓皇南渡。李清照逃往江南，路经乌江，思及历史，感念时局，写下此诗，暗含着对不战而逃的文臣武将的讥刺。

2 鬼雄：宁死不屈的英雄。典出屈原《九歌·国殇》："身既死兮神以灵，魂魄毅兮为鬼雄。"

3 项羽：秦末抗秦领袖，和刘邦争夺天下，兵败后羞于回江东，在乌江自刎而死。江东：指长江自九江至南京一段及以东的地区，也叫江左，项羽与叔叔项梁在此起兵。

4 ★"如梦令"，词牌名，传为五代后唐庄宗李存勖所制，又名"忆仙姿""宴桃源"。

5 溪亭：临水的亭台。

6 藕花：即荷花。

7 争渡：怎渡。一说，奋力划船。

如梦令[1]

昨夜雨疏风骤，浓睡不消残酒[2]。试问卷帘人[3]，却道“海棠依旧”。“知否？知否？应是绿肥红瘦！[4]”

点绛唇[5]

蹴罢秋千，起来慵整纤纤手[6]。露浓花瘦，薄汗[7]沾衣透。　见客人来，袜刬金钗溜[8]。和羞走，倚门回首，却把青梅嗅[9]。

醉花阴[10]

薄雾浓云愁永昼，瑞脑销金兽[11]。佳节又重阳，玉枕纱厨[12]，半夜凉初透。　东篱把酒黄昏后，有暗香盈袖[13]。莫道

---

1 ★本篇写景，却从对话中写出。

2 “浓睡”句：熟睡一宿，酒意还未消尽。

3 卷帘人：指正在卷帘的侍女。

4 “知否”三句是女主人纠正侍女的话：你知道吗？海棠并非“依旧”，而是叶多花少。

5 ★“点绛唇”，词牌名，又名“点樱桃”“沙头雨”。本篇写少女闺中生活小景：打罢秋千，见有客来，害羞溜走却又好奇回望。

6 蹴（cù）：踏，这里指打秋千。“起来”句：从秋千上下来，用纤纤素手懒洋洋地整理着（头发衣衫）。慵，慵懒。纤纤手，细长柔美的手。

7 薄汗：微汗。

8 “袜刬（chǎn）”句：（来不及穿鞋）只穿着袜子（跑走），头上金钗也滑脱了。刬，只，光着。

9 “和羞”三句：害羞逃走，（到门前却不进去）靠着门回头，一边嗅着青梅（实则好奇地观察来客）。

10 ★“醉花阴”，词牌名，又名“醉春风”。本篇写重阳思念亲人。

11 永昼：长长的白天。瑞脑：香名。金兽：铸成兽形的铜香炉。

12 玉枕纱厨：玉石枕，纱帐子。这还是夏天的卧具，所以才有“半夜凉初透”。厨，同“幮”，方顶的帐子。

13 东篱把酒：这里指喝酒赏菊。用陶渊明“采菊东篱下”之典。暗香：幽香。

不消魂，帘卷西风，人比黄花瘦[1]。

一剪梅[2]

红藕香残玉簟秋，轻解罗裳[3]，独上兰舟。云中谁寄锦书[4]来？雁字[5]回时，月满西楼。　　花自飘零水自流，一种相思，两处闲愁。此情无计可消除，才下眉头，却上心头[6]。

声声慢[7]

寻寻觅觅、冷冷清清、凄凄惨惨戚戚[8]。乍暖还寒时候，最难将息[9]。三杯两盏淡酒，怎敌他、晚来风急？雁过也，最伤心，却是旧时相识[10]。　　满地黄花堆积，憔悴损[11]，如今有谁堪摘？守着窗儿，独自怎生得黑？梧桐更兼细雨，到黄

1 消魂：这里指情绪忧伤。“人比”句：黄花（因西风而）凋残，人（因忧愁）比黄花还要瘦损得厉害。黄花，指菊花。

2 ★“一剪梅”，词牌名。此篇写离愁。

3 红藕：这里指荷花。玉簟（diàn）：玉一样光滑的竹席。罗裳：罗裙。兰舟：兰木做的船。

4 锦书：《晋书·列女传》载，窦滔妻苏氏曾把表达相思的文字、图案织进锦缎寄给丈夫。这里泛指书信。

5 雁字：大雁飞翔时排成“人”或“一”字，称雁字。古有鸿雁传书的典故。

6 “此情”三句：是说离愁难解，即便不表现在脸上，也仍存于心间。

7 ★“声声慢”，词牌名。又名“人在楼上”“胜胜慢”“凤求凰”等。本篇作于词人晚年，写流落江南的孤寂落寞之情。

8 “寻寻”句：以七组叠字开篇，叙写词人彷徨空虚、凄惨哀伤之情。

9 “乍暖”二句：忽暖忽冷的时候，很难调养。将息，调养。

10 “雁过也”三句：用鸿雁传书典故。旧时相识，意谓大雁曾替自己传递书信，因而是“旧相识”（然而亲人已故去，又能捎信给谁呢？）。

11 憔悴损：憔悴已极。

昏、点点滴滴。这次第，怎一个愁字了得[1]？

永遇乐·元宵[2]

落日熔金，暮云合璧，人在何处[3]？染柳烟浓，吹梅笛怨[4]，春意知几许。元宵佳节，融和天气，次第岂无风雨[5]？来相召、香车宝马，谢[6]他酒朋诗侣。　　中州盛日，闺门多暇，记得偏重三五[7]。铺翠冠儿，捻金雪柳，簇带争济楚[8]。如今憔悴，风鬟霜鬓，怕见夜间出去[9]。不如向、帘儿底下，听人笑语。

添字丑奴儿·芭蕉[10]

窗前谁种芭蕉树，阴满中庭。阴满中庭，叶叶心心，舒

1　这次第：这光景。“怎一个”句：一个“愁”字又如何概括得了。了得，了却，了结。

2　★“永遇乐”，词牌名。这是李清照南渡后的作品，时逢元宵佳节，词人抚今思昔，被一种孤独而不安的心绪所缠绕。

3　落日熔金：夕阳灿烂，如同正在熔化的金子。暮云合璧：傍晚的云彩聚拢，如同玉璧相合。合璧，指两片半圆形的玉璧合为一个。这里形容天上云霞相合的景象。人在何处：李清照此时远离故土，身在南方，因此有这样的感叹。

4　吹梅笛怨：笛子吹出哀怨的曲调。古代笛曲有《梅花落》。几许：多少。

5　“元宵”三句：元宵佳节天气虽好，谁知会不会有风雨袭来？融和，暖和，晴和。次第，转眼。这应是词人谢绝“酒朋诗侣”邀约的理由。

6　谢：推辞。

7　中州：河南古称中州，也指中原地区。这里指汴京。盛日：指未沦陷的太平时日。闺门多暇：闺中女子闲暇多。三五：即元宵节。

8　铺翠冠儿：用翠鸟羽毛装饰的发冠。捻金雪柳：一种妇女在节日佩戴的头饰，用丝绸或金纸扎成。簇带：插戴。济楚：整齐，美观。

9　风鬟霜鬓：头发散乱、两鬓如霜。怕见：不愿，懒得。

10　★“丑奴儿”，词牌名。又名“采桑子”。“添字”是指在原调上下片的结句各添二字。此首咏芭蕉，实则写词人流落江南的满怀愁绪。

卷有余情[1]。　伤心枕上三更雨，点滴霖霪[2]。点滴霖霪，愁损北人，不惯起来听[3]。

武陵春[4]

风住尘香[5]花已尽，日晚倦梳头。物是人非[6]事事休，欲语泪先流。　闻说双溪春尚好，也拟泛轻舟[7]。只恐双溪舴艋舟[8]，载不动许多愁。

1 “舒卷”句：指芭蕉叶或舒或卷，颇有情致。余情，一本作“余清”。
2 点滴霖霪（yín）：指雨点打在芭蕉叶上的声音点滴不断。霖霪，指雨滴，雨点。
3 “愁损”二句：芭蕉是南方植物，词人身为北方人，流落南方，听不惯雨打芭蕉之声，因此“愁损”。愁损，愁煞。
4 ★“武陵春”，词牌名，又名“武林春”“花想容”。本篇当为作者后期作品，感慨物是人非，抒发难以承载的忧愁。
5 尘香：落花使泥土染上香气。
6 物是人非：外物未变，人已不似往昔。
7 双溪：水名，在今浙江金华，唐宋时是游览胜地。拟：准备，打算。
8 舴艋（zéměng）舟：小船，两头尖，状如蚱蜢（与蝗虫同属蝗科）。

陈与义

陈与义（1090—1138），字去非，号简斋。宋代洛阳（今属河南）人。政和间进士，历任府学教授、太学博士，南宋时官至参知政事。诗属江西派，代表诗词作品有《伤春》《次韵尹潜感怀》《临江仙·夜登小阁忆洛中旧游》等。有《简斋集》。

伤春[1]

庙堂无策可平戎，坐使甘泉照夕烽[2]。初怪上都闻战马，岂知穷海看飞龙[3]。孤臣霜发三千丈，每岁烟花一万重[4]。稍喜长沙向延阁，疲兵敢犯犬羊锋[5]。

---

1 ★伤春，一般指因春花易落而引发的感伤情绪，本篇则是忧伤国事之作，作于建炎四年（1130）春天，此前不久金兵打过长江，宋高宗航海逃亡。

2 “庙堂”二句：是说朝廷没办法战胜金人，遂使战火烧到眼前。庙堂，指朝廷。戎，这里指金人。坐使，致使，遂使。甘泉，秦汉时的宫殿，这里代指南宋宫殿。夕烽，夜间报警的烽火。据《汉书·匈奴传》，汉文帝时，胡人骑兵入侵，在甘泉宫都能看到烽火。

3 “初怪”二句：是说开始还惊讶京城居然能听到战马的嘶声（指战争迫近），哪料局势坏到把皇帝逼到海上。上都，京城。这里应指北宋都城开封。穷海，僻远的海上。飞龙，指宋高宗赵构。

4 “孤臣”句：是说自己忧国忧民，头发都白了。孤臣，诗人自指。霜发三千丈，语出李白《秋浦歌》（其十五）：“白发三千丈，缘愁似个长。”“每岁”句：年年都有望不尽的春光美景。言外之意，空有大好春光，却无心欣赏。烟花一万重，语出杜甫《伤春》（其一）：“关塞三千里，烟花一万重。”烟花，烟岚笼罩的春花。

5 “稍喜”二句：意思是忧中有喜的是，长沙太守向子諲组织长沙军民敢和南下金军奋战。向延阁，指长沙太守向子諲。延阁原是汉代宫廷藏书处，后世改称秘阁，因向子諲曾任直秘阁，故称。疲兵，疲弱之兵。犬羊，对金人的鄙称。

临江仙·夜登小阁忆洛中旧游[1]

忆昔午桥[2]桥上饮，坐中多是豪英。长沟流月去无声，杏花疏影里，吹笛到天明[3]。　　二十余年如一梦，此身虽在堪惊[4]。闲登小阁看新晴。古今多少事，渔唱起三更[5]。

1 ★本篇应是作者晚年退居湖州（今属浙江）所作。洛中，即洛阳。旧游，老朋友。

2 午桥：桥名，在洛阳城南。

3 “长沟”句：指月光下的河水无声地流去。

4 “此身”句：自己虽然还在，但仍为光阴易逝而惊叹。此外，“堪惊”还包括二十年来的世事变化，包括北宋亡国。

5 “古今”二句：是说纷纭的古今历史，都成为渔歌的题材。起三更，意谓听午夜渔歌而惊起难眠。

岳 飞

岳飞（1103—1142），字鹏举，宋相州汤阴（今属河南）人。著名抗金将领。谥武穆。诗文代表作有《满江红·写怀》及《南京上高宗书略》等。有《岳武穆集》。

满江红·写怀[1]

怒发冲冠，凭栏处，潇潇雨歇[2]。抬望眼，仰天长啸，壮怀激烈。三十功名尘与土，八千里路云和月[3]。莫等闲、白了少年头[4]，空悲切。　　靖康耻[5]，犹未雪，臣子恨，何时灭。驾长车，踏破贺兰山缺[6]。壮志饥餐胡虏肉，笑谈渴饮匈奴血[7]。待从头、收拾旧山河，朝天阙[8]。

1 ★“满江红”，词牌名，又名“上江虹”“伤春曲”。本篇表达了岳飞誓扫顽敌、恢复中原的信心和紧迫感，是古诗词中著名的爱国篇章之一。

2 怒发冲冠：由于愤怒，头发倒竖，顶起帽子。这是夸张的说法。潇潇：形容雨势很急。

3 “三十”二句：年已三十，虽建立功名，却像尘土一样不足道；转战数千里，披星戴月，异常艰辛。三十、八千，都是虚数。

4 等闲：轻易，随便。少年头：这里指黑发。

5 靖康耻：指靖康二年（1127）京师陷落，宋徽宗、宋钦宗被掳的奇耻大辱。

6 “驾长车”二句：驾战车踏平贺兰山。贺兰山，在今宁夏、内蒙古境内，当时为金人占据。缺，这里指山口。

7 “壮志”二句：表示对敌人极度憎恨，要生吞敌人的血肉。胡虏、匈奴，这里都代指金人。

8 朝天阙：朝见皇帝。天阙，天子的宫阙。

陆　游

陆游（1125—1210），字务观，自号放翁，南宋越州山阴（今浙江绍兴）人。孝宗时赐进士出身，历任镇江、隆兴、夔州通判，先后参与王炎、范成大幕府，在福建、江西、浙江等地做官，光宗时为朝议大夫、礼部郎中。后因主张抗金而遭罢官。其诗词代表作有《书愤》《剑门道中遇微雨》《十一月四日风雨大作二首》《秋夜将晓出篱门迎凉有感二首》《游山西村》《临安春雨初霁》《沈园二首》《示儿》《大风登城》《春残》《关山月》《夜寒二首》《追忆征西幕中旧事四首》《初夏行平水道中》及《秋波媚·七月十六日晚登高兴亭望长安南山》、《诉衷情》（当年万里觅封侯）、《卜算子·咏梅》、《钗头凤》（红酥手）、《鹊桥仙》（华灯纵博）、《鹧鸪天》（家住苍烟落照间）等。有《剑南诗稿》《渭南文集》《老学庵笔记》等。

游山西村[1]

莫道农家腊酒浑，丰年留客足鸡豚[2]。山重水复疑无路，柳暗花明[3]又一村。箫鼓追随春社近，衣冠简朴古风存[4]。从今若许闲乘月，拄杖无时夜叩门[5]。

1　★乾道二年（1166），陆游罢归山阴（今浙江绍兴）镜湖三山村。本篇应作于第二年春天。写山村风景及社日景象。“山重水复”一联富于哲思。

2　腊酒：腊月酿制的米酒。足鸡豚：鸡豚丰足。这里指待客的菜肴很丰富。豚（tún），小猪。也泛指猪。

3　柳暗花明：柳色深绿，花开明艳，故说柳暗花明。

4　“箫鼓”二句：是说村民于社日吹箫打鼓，祭祀土地神，祈求丰年。春社，立春后第五个戊日为春社日，祭祀社神。衣冠简朴，指社日祭祀时要穿戴起古式的衣冠。

5　闲乘月：趁月色闲游。无时：不定时，随时。

剑门道中遇微雨[1]

衣上征尘杂酒痕，远游无处不消魂[2]。此身合是诗人未？细雨骑驴入剑门[3]。

关山月[4]

和戎诏下十五年[5]，将军不战空临边。朱门沉沉按歌舞，厩马肥死弓断弦[6]。戍楼刁斗[7]催落月，三十从军今白发。笛里谁知壮士心，沙头空照征人骨[8]。中原干戈古亦闻，岂有逆胡传子孙[9]？遗民[10]忍死望恢复，几处今宵垂泪痕！

书愤[11]

早岁那知世事艰，中原北望气如山[12]。楼船夜雪瓜洲渡，

1 ★乾道八年（1172），陆游由南郑（今陕西汉中）调回成都（今属四川），这是途中所作，因离开抗金前线，诗中满含失望。剑门，剑门关，在今四川剑阁县北。

2 征尘：出征作战留下的痕迹。消魂：这里指惆怅的心情。

3 “此身”二句：意思是我这辈子就该是个诗人吧，在细雨中骑着驴进入剑门关。古代多有“诗人骑驴”的典故，陆游因此这样说。合，应该。未，否。

4 ★“关山月”是汉乐府旧题。本篇约作于淳熙四年（1177），陆游罢官后闲居成都，心情激愤。

5 和戎诏：指隆兴二年（1164）宋孝宗下诏与金国议和。十五年，这里是约数。

6 按歌舞：演唱歌舞。按，弹奏。“厩（jiù）马”句：（停战日久）马棚中的战马因肥胖而死，武器也因长久不用而朽损。厩，马棚。

7 刁斗：军中白天当锅子、夜间用来打更的一种器具。

8 沙头：这里指战场。征人骨：出征战士的尸骨。

9 逆胡：对金人的蔑称。传子孙：指北方被金人长久占据，已不止一代。

10 遗民：这里指金人统治下的北方民众，被视为原宋政权遗留下来的百姓。

11 ★本篇是陆游淳熙十三年（1186）于山阴赋闲时所作。书愤，即抒写胸中愤懑。

12 “早岁”二句：感慨早年志在恢复中原，气壮如山，却不知世事艰难（暗指朝中主和派阻挠恢复大业）。

铁马秋风大散关[1]。塞上长城空自许[2]，镜中衰鬓已先斑。出师一表真名世，千载谁堪伯仲间[3]？

临安春雨初霁[4]

世味年来薄似纱，谁令骑马客京华[5]。小楼一夜听春雨，深巷明朝卖杏花[6]。矮纸斜行闲作草，晴窗细乳戏分茶[7]。素衣莫起风尘叹，犹及清明可到家[8]。

夜寒二首（选一）[9]

斗帐重茵香雾重，膏粱那可共功名[10]！三更骑报河冰合，

1 “楼船”二句：概括宋金之间的两场激战。上句写绍兴三十一年（1161）宋将刘锜在瓜洲阻击金人。下句写诗人于乾道八年（1172）在大散关与金人作战。楼船，高大有楼的战船。瓜洲，即瓜洲镇，在今江苏扬州最南端的长江边，当时是江防要地。大散关，在今陕西宝鸡西南。

2 长城：《南史・檀道济传》记载，南朝大将檀道济被宋文帝冤杀，临死前悲愤地说：“乃坏汝万里长城（你这是自毁长城呀）！”后人常以长城喻大将。自许：自我期许。

3 出师一表：指诸葛亮的《出师表》。“千载”句：意为千年来有谁能跟坚持北伐的诸葛亮相比？伯仲，指兄弟排行，比喻事物不相上下。

4 ★淳熙十三年（1186），诗人奉诏入京，被任命为严州（治所在今浙江建德）知州。他对官场已有厌倦之意，因写此诗。临安，南宋都城，即今杭州。霁（jì），雨雪初晴。诗中第二联写南方物候，极为传神。

5 世味：人情世态的况味。客：客居。

6 “小楼”二句：因有一夜春雨，肯定会催开杏花，作者因此判断明晨小巷中一定会传来卖花的吆喝声。

7 矮纸：短小的纸张。草：草书。细乳：沏茶时水面泛起的白色浮沫。分茶：宋时一种沏茶的方式。

8 “素衣”二句：晋人陆机《为顾彦先赠妇》诗有“京洛多风尘，素衣化为缁”句，意谓京城多污秽，白衣服也被染黑了。陆游借此表达归隐之意。

9 ★陆游有此同题诗二首，本篇是第二首。写对战斗生活的渴望。

10 “斗帐”二句：上覆锦帐，下衬茵褥，点着名香（这是富家子弟的奢华生活）；这些家伙哪能与人一块冲锋陷阵、同取功名啊！斗帐，帐子形如倒扣的斗，因称。重（chóng）茵，多重茵褥。膏粱，即膏粱子弟，纨绔子弟。那可，何可，哪能。共功名，指一同冲锋陷阵，建立功勋。按诗人此联应是有感而发。

铁马何人从我行[1]？

秋夜将晓出篱门迎凉有感二首[2]

其一

迢迢天汉西南落[3]，喔喔邻鸡一再鸣。壮志病来消欲尽，出门搔首怆平生[4]。

其二

三万里河东入海，五千仞岳上摩天[5]。遗民泪尽胡尘里，南望王师又一年[6]。

十一月四日风雨大作二首（选一）[7]

僵卧孤村不自哀，尚思为国戍轮台[8]。夜阑卧听风吹雨，铁马冰河入梦来[9]！

---

1 “三更”二句：是说半夜接到河面封冻的消息，谁能随我披甲跨马，过河杀敌？骑，这里指探骑，侦察骑兵。河冰合，指河面封冻。铁马，披着铁甲的战马。

2 ★这两首作于绍熙三年（1192），作者已六十八岁，退居山阴。江南溽热，立秋后热度不减，诗人夜不能寐，天将晓出门纳凉，因赋二首。诗中饱含对中原未复的家国之悲。

3 天汉：银河。西南落：落向西南，与诗题中的“将晓”相应。

4 怆平生：为一生的遭遇而悲怆。

5 三万里河：指黄河。五千仞岳：指西岳华山。摩天：挨着天。

6 胡尘：指金人统治。王师：指南宋军队。

7 ★诗人有此同题诗二首，本篇是第二首，作于绍熙三年。作者报效国家、恢复中原之心，老而不衰，形诸梦寐。

8 戍轮台：到轮台去戍卫。轮台本为古西域地名，此处借指宋代北方边境。

9 夜阑：夜将尽时。铁马冰河：跨战马，渡冰河。这曾是诗人在南郑（今陕西汉中）抗金前线作战的情景。

夜读范至能揽辔录言中原父老见使者多挥涕感其事作绝句[1]

公卿有党排宗泽，帷幄无人用岳飞[2]。遗老不应知此恨，亦逢汉节解沾衣[3]。

初夏行平水道中[4]

老去人间乐事稀，一年容易又春归[5]。市桥压担莼丝滑，村店堆盘豆荚肥[6]。傍水风林莺语语，满原烟草蝶飞飞[7]。郊行已觉侵微暑，小立桐阴换夹衣[8]。

沈园二首[9]

其一

城上斜阳画角哀，沈园无复旧池台[10]。伤心桥下春波绿，

1 ★诗题可断句为："夜读范至能《揽辔录》，言中原父老见使者多挥涕，感其事，作绝句。"范至能即范成大，曾出使金国，撰有日记《揽辔录》，其中写路经相州（今河南安阳）时，"遗黎（遗民）往往垂涕嗟啧，指使人（使者）云：'此中华佛国人也。'老妪跪拜者尤多"。陆游有感于此而赋此篇。

2 "公卿"二句：是说朝中主和派大臣结为朋党，排斥宗泽，军中又不肯任用有能力抗金的大将岳飞。有党，结成朋党。宗泽，两宋之际力主抗金的名将。帷幄，中枢军帐。

3 "遗老"二句：意谓过了半个世纪，中原百姓已不了解这些，但见到南宋使者，仍然感动流泪。遗老，这里指金人统治下的中原百姓。汉节，南宋使者所持符节，这里代指南宋使者。解，知道。沾衣，指流泪。

4 ★平水，地名，在今浙江绍兴东南四十里。本篇是陆游晚年在家乡山阴闲居时所作。

5 容易：轻易。春归：春天过去。

6 "市桥"二句：写路边小吃。市桥边有挑担卖莼（chún）菜羹的，而路边村店则将煮豆荚盛在盘子里售卖。莼丝，莼菜，又名马蹄菜、湖菜，是水生植物，嫩叶细卷，嫩茎如丝，可做羹汤，鲜美滑嫩，富含营养。

7 莺语语：黄莺鸣啭不止，如同人絮语不休。烟草：雾霭笼罩的草丛。蝶飞飞：众蝶飞舞貌。

8 侵微暑：指刚刚入夏，人们已感受到轻微的暑气。小立：停一会儿。

9 ★沈园故址在今浙江绍兴禹迹寺南。作者写此诗时已七十五岁。四十多年前，他曾与被迫分手的妻子唐琬在这里见过一面，不久唐琬抱恨而死，陆游一生难以忘怀。同题诗共二首。

10 "沈园无复"句：是说沈园的池沼台榭变化很大。

曾是惊鸿照影来[1]。

其二

梦断香消四十年，沈园柳老不吹绵[2]。此身行作稽山土，犹吊遗踪一泫然[3]！

示儿[4]

死去元知万事空，但悲不见九州同[5]。王师北定中原日，家祭无忘告乃翁[6]。

秋波媚·七月十六日晚登高兴亭望长安南山[7]

秋到边城角声哀，烽火照高台。悲歌击筑，凭高酹酒[8]，此兴悠哉！　　多情谁似南山月？特地暮云开。[9]灞桥烟柳，

---

1 “伤心桥”二句：是说桥下的流水令人伤心，因为水中曾照见唐琬的倩影。惊鸿，用曹植《洛神赋》“翩若惊鸿”的典故，这里喻指唐琬体态轻盈。

2 “梦断”句：四十多年前，诗人与唐氏见面不久，唐氏便抑郁而死。“梦断香消”当指此。“沈园柳老”句：写沈园变化很大，柳树已老，不再飞柳絮。绵，指柳絮。

3 “此身”句：我的身体将要化作会稽山的尘土，意指自己行将死去。稽山，即会稽山，在今浙江绍兴东南。吊：凭吊。泫（xuàn）然：形容流泪的样子。

4 ★本篇作于嘉定三年（1210），是陆游绝笔。恢复中原的愿望，诗人至死不忘。

5 元：原。九州同：指华夏统一。

6 无忘：勿忘。乃翁：你的父亲。指诗人自己。

7 ★“秋波媚”，词牌名，又名“眼儿媚”。乾道八年（1172），陆游正在南郑抗金前线任职。词中写军中生活，对胜利充满渴望。高兴亭，在南郑内城西北。南山，即终南山，主峰在长安城南。

8 筑：一种击弦乐器。酹（lèi）酒：洒酒祭奠。此处含有祷祝收复失地之意。

9 “多情”二句：这里指明月似乎有情，特意钻出云层，照亮南山及长安。特地，特意。

曲江池馆，应待人来[1]。

鹊桥仙[2]

华灯纵博，雕鞍驰射，谁记当年豪举[3]？酒徒一一取封侯，独去作、江边渔父[4]。　　轻舟八尺，低篷三扇，占断蘋洲烟雨[5]。镜湖元自属闲人，又何必、君恩赐与[6]。

诉衷情[7]

当年万里觅封侯[8]，匹马戍梁州。关河[9]梦断何处，尘暗旧貂裘！　　胡未灭，鬓先秋[10]，泪空流。此生谁料，心在天山，身老沧洲[11]。

---

1 "灞桥"三句：是说沦陷的长安正等着宋军来收复。灞桥、曲江，都是长安风景名胜。

2 ★本篇是作者晚年追忆南郑岁月所作。

3 "华灯"三句：在明亮的灯光下纵博豪赌，骑着骏马飞驰弯弓，谁还记得当年军旅生活的雄豪纵放？陆游在其他诗篇中也有类似描写，如"四十从戎驻南郑，酣宴军中夜连日……华灯纵博声满楼，宝钗艳舞光照席"（《九月一日夜读诗稿有感走笔作歌》）。博，赌博。

4 "酒徒"二句：指当年一同饮酒的人（因附和主和派而）一一升官，只有自己（坚持抗战主张而落得免官归里）独做江边钓客。

5 低篷：江南小船上低矮的船篷。人在篷内可避风雨。占断：占尽，独自享受。蘋洲：长着蘋草的小洲。

6 "镜湖"二句：镜湖本来就是属于隐居闲人的，又何必要求皇上赐予呢！镜湖，又名鉴湖，在今浙江绍兴南。唐人贺知章辞官还乡，皇帝赐给"镜湖剡川一曲"（见《新唐书·隐逸传》）。元自，原自，本自。

7 ★本篇应写于作者晚年，陆游回顾当年亲自参加战争的经历，流露了对现状的失望与悲观。

8 觅封侯：寻找立功封侯的机会。梁州：今陕西汉中一带，治所在南郑。这里指诗人曾到的南郑抗金前线。

9 关河：关塞河川，泛指边关险要之地。

10 鬓先秋：鬓发先自染了秋霜。指鬓白衰老。

11 天山：山名，在今新疆。这里泛指西北边疆。沧洲：指隐居之处。

鹧鸪天[1]

家住苍烟落照间，丝毫尘事不相关。斟残玉瀣行穿竹，卷罢《黄庭》卧看山[2]。　　贪啸傲，任衰残，不妨随处一开颜[3]。元知造物心肠别，老却英雄似等闲[4]。

钗头凤[5]

红酥手，黄縢酒[6]，满城春色宫墙柳。东风恶，欢情薄，一怀愁绪，几年离索，错错错[7]！　　春如旧，人空瘦，泪痕红浥鲛绡透[8]。桃花落，闲池阁，山盟虽在，锦书难托，莫莫莫[9]！

---

1 ★本篇写退隐闲居生活，应作于晚年。词的上片似乎在表达“丝毫尘事不相关”的潇洒态度；下片结尾两句，反映的才是本心：英雄迟暮，壮志未酬，心有不甘。

2 “家住”四句：写闲居生活的适意、悠闲及万事不关心的心态。落照，落日。尘事，俗事，时事。斟残，斟尽，倒尽。玉瀣（xiè），美酒名。行穿竹，在竹林间散步。卷罢《黄庭》，读《黄庭》读倦了，卷起放到一边。《黄庭》，即《黄庭经》，是道教经典。

3 贪啸傲：喜欢啸傲闲散、不受拘束的生活。任衰残：听任自己老去。开颜：高兴。

4 元知：原知，本来就知道。元，同“原”。造物：造物主，老天爷。心肠别：心思与众不同。老却英雄：令英雄（无所作为地）衰老。等闲：随便，不当一回事。

5 ★“钗头凤”，词牌名，又名“撷芳词”。本篇作于绍兴二十五年（1155）。陆游因游沈园，偶遇再婚的前妻唐琬，唐琬告知再婚丈夫，并向陆游奉酒一杯。陆游十分感慨，于是题词于壁。可与《沈园二首》参看。

6 红酥手：红润细腻的手。黄縢（téng）酒：美酒名。

7 离索：离散。错错错：表达极度悔恨的态度。

8 “泪痕”句：泪水沾着胭脂，湿透了手帕。浥，沾湿。鲛（jiāo）绡，丝绸手帕。

9 山盟：指男女间的爱情盟誓。锦书难托：书信难寄。锦书，指情书。莫莫莫：绝望悔恨之词。

卜算子·咏梅[1]

驿[2]外断桥边，寂寞开无主。已是黄昏独自愁，更著风和雨。　　无意苦争春，一任群芳妒[3]。零落成泥碾作尘，只有香如故[4]！

1 ★“卜算子”，词牌名，又名“百尺楼”“楚天遥”。本篇咏物言志，借梅花写出自己高洁的君子品格。

2 驿：指驿站，古代官设招待站。

3 “无意”二句：因梅花在百花中开得最早，作者因有此拟人写法，说梅花早开，无意与众花（“群芳”）竞争，因此不在乎众花的妒忌。“群芳”在这里暗喻小人。

4 “零落”二句：是说驿外梅花无人欣赏，随意飘落，花瓣混于泥土，被行人车马碾作尘埃，但其香气不灭。这里以梅花香气喻高尚道德。

范成大

范成大（1126—1193），字至能，号石湖居士，南宋平江吴县（今江苏苏州）人。绍兴间进士，曾奉诏出使金国，不辱使命而还。历任中书舍人、四川制置使、参知政事。晚年退居苏州石湖。他与尤袤、杨万里、陆游齐名，号称“中兴四大诗人”（或“南宋四大家”）。诗歌代表作有《州桥》《碧瓦》《夜坐有感》《催租行》《四时田园杂兴六十首》等。有《范石湖集》。

州桥[1]

州桥南北是天街，父老年年等驾回[2]。忍泪失声询使者：“几时真有六军[3]来？”

夜坐有感[4]

静夜家家闭户眠，满城风雨骤寒[5]天。号呼卖卜谁家子，想欠明朝籴米钱[6]。

1 ★州桥即汴京（今河南开封）皇宫南跨越汴河的天汉桥。范成大于乾道六年（1170）年出使金国，写有日记《揽辔录》一卷及七十二首诗，本篇是其中一首，写在州桥与遗民接触的事实。诗有小序：“南望朱雀门，北望宣德楼，皆旧御路也。”可与陆游《夜读范至能揽辔录……》一诗参看。

2 天街：都城的街道。这里指御道。驾：皇帝御驾。

3 六军：皇帝的禁卫军。这里代指宋朝官军。

4 ★诗人夜不能寐，坐听静夜中的各种声音，有感赋此篇，体现了心系民生的仁爱情怀。

5 骤寒：寒流袭来，突然变冷。

6 卖卜（bǔ）：给人算卦获取报酬。“想欠”句：想来是因缺少明天的买米钱。籴（dí），买。

四时田园杂兴六十首（选五）

其一[1]

土膏欲动雨频催，万草千花一饷开[2]。舍后荒畦犹绿秀，邻家鞭笋过墙来[3]。

其二[4]

种园得果仅偿劳，不奈儿童鸟雀搔[5]。已插棘针樊笋径，更铺渔网盖樱桃[6]。

其三[7]

蝴蝶双双入菜花，日长无客到田家。鸡飞过篱犬吠窦，知有行商来卖茶[8]。

1 ★作者有《四时田园杂兴六十首》，分为“春日”“晚春”“夏日”“秋日”“冬日”五组，各十二首。本篇为“春日”第二首。写田园春景。

2 土膏：肥沃的土壤。动：发动。一饷（xiǎng）：一时，片刻。

3 “舍后”二句：连屋后的荒地也绿色可餐，是因邻家的竹鞭从地底穿墙而过，冒出笋尖来。鞭笋，竹子的地下茎称竹鞭，竹鞭上横生的芽即鞭笋。

4 ★本篇为《四时田园杂兴六十首》“春日”第十首。写农家为了防范人、鸟对果园的侵害，想尽办法。

5 “种园”二句：种园子收获果实，仅能稍稍补偿付出的辛劳；实在经受不住鸟雀啄食，孩子偷摘。搔，抓，这里有偷取意。

6 “已插”二句是农民为了防止骚扰所做的举措：用带刺的荆棘插在竹笋周围当篱笆（防人），用渔网罩住樱桃树（防鸟雀）。棘针，荆棘的芒刺。樊，樊篱，篱笆。这里作动词，意为筑篱。

7 ★本篇为《四时田园杂兴六十首》“晚春”第三首。

8 窦：此处指狗洞。行商：行路卖货的商贩。

其四[1]

垂成穑事苦艰难，忌雨嫌风更怯寒[2]。笺诉天公休掠剩，半偿私债半输官[3]。

其五[4]

新筑场泥镜面平，家家打稻趁霜晴[5]。笑歌声里轻雷[6]动，一夜连枷响到明。

催租行[7]

输租得钞官更催，踉蹡里正敲门来[8]。手持文书杂嗔喜："我亦来营醉归耳！"[9]床头悭囊大如拳，扑破正有三百钱[10]。"不堪与君成一醉，聊复偿君草鞋费。"[11]

---

1 ★本篇为《四时田园杂兴六十首》"秋日"第五首。

2 "垂成"二句：是说将要收获时的庄稼最难维护，怕雨怕风，害怕寒流。穑（sè）事，庄稼活儿，这里指保护庄稼成果的措施。

3 "笺诉"二句：是说要向天公上书，求他不要把成熟的庄稼都夺走，这些东西一半要还私债，一半要交赋税。笺诉，写信求诉。休掠剩，不要把这剩余的收获掠去。输，输送，交纳。

4 ★本篇为《四时田园杂兴六十首》"秋日"第八首。写收获季节农民连夜打场（cháng）的场面，诗中洋溢着收获季节的喜悦与欢笑。

5 "新筑"二句：新整治的场院像镜子一样平，家家都赶在这下霜季节的晴天里给稻谷脱粒。打稻，将连穗割下的稻棵铺在场院平地上，用一种称连枷的农具不断击打，使稻粒脱下，以便收储。

6 轻雷：形容打稻声远听隐隐似雷。

7 ★本篇写乡间里正讨要贿赂的场景，字里行间体现着作者对农民的同情。

8 输租：缴租。钞：这里指官府发给的缴租凭证。更：又。踉蹡（liàngqiàng）：走路不稳貌，这里形容醉态。里正：即里长。管理乡里的小吏。

9 "手持"二句：是说里正拿着农民出示的缴租凭证，半恼半笑地说："我不过是来求个醉饱而归罢了！"文书，即前文所说的"钞"。嗔（chēn），生气。营，寻求。

10 悭（qiān）囊：存钱罐，又称扑满。扑破：打破。扑满须打破，才能将钱取出。

11 "不堪"二句是农民说的话：不够让您买酒喝个醉，只当是赔您的草鞋钱吧。不堪，不足。聊，姑且。草鞋费，犹言跑腿费。

杨万里

杨万里（1127—1206），字廷秀，号诚斋。南宋吉州吉水（今属江西）人。绍兴间进士，历官太常丞、尚书左司郎中、秘书监。为“中兴四大诗人”之一，诗歌自成一体，号“诚斋体”。诗词代表作有《小池》《闲居初夏午睡起二绝句》《晓出净慈寺送林子方二首》《初入淮河四绝句》《桂源铺》《过百家渡四绝句》《桑茶坑道中八首》《过松源晨炊漆公店六首》《插秧歌》《昭君怨·咏荷上雨》等。有《诚斋集》。

闲居初夏午睡起二绝句（选一）[1]

梅子留酸软齿牙，芭蕉分绿与窗纱[2]。日长睡起无情思，闲看儿童捉柳花[3]。

小池[4]

泉眼无声惜细流，树阴照水爱晴柔[5]。小荷才露尖尖角[6]，早有蜻蜓立上头。

---

1 ★杨万里此同题诗有二首，本篇是第一首，是杨万里闲居家乡时所写。午睡起，午睡起床。

2 软齿牙：使牙齿发软。“芭蕉”句：是说芭蕉叶把绿色映在窗纱上（使窗纱也变成绿色）。

3 无情思：无情无绪。柳花：柳絮。

4 ★本篇写花园中小池塘的瞬间即景，题材虽小，却如一幅静物画，令人印象深刻。这正是“诚斋体”诗歌的特点。

5 “泉眼”二句：泉眼仿佛吝惜泉水，只淌出细细的一股到池塘中；树荫遮着水面，使晴光变得很柔和。照，映。

6 尖尖角：荷叶初生时打着卷，故有尖角。

晓出净慈寺送林子方二首（选一）[1]

毕竟西湖六月中，风光不与四时同。接天莲叶无穷碧，映日荷花别样红[2]。

初入淮河四绝句（选一）[3]

船离洪泽岸头沙，人到淮河意不佳[4]。何必桑乾方是远，中流以北即天涯[5]！

过百家渡四绝句（选一）[6]

园花落尽路花开，白白红红各自媒[7]。莫问早行奇绝处，四方八面野香来[8]。

桑茶坑道中八首（选一）[9]

晴明风日雨干时，草满花堤水满溪。童子柳阴眠正着[10]，

---

1 ★诗人有此同题诗二首，本篇是第二首。净慈，即净慈禅寺，是杭州西湖南岸的佛寺。林子方，诗人的同僚和朋友。

2 别样红：红得与众不同。

3 ★淳熙十六年（1189），杨万里奉命北上迎接金使，行至淮河时作绝句四首，本篇是第一首。

4 洪泽：湖名，在今江苏西部淮河下游。“人到”句：唐代与北方少数民族交界处是在桑干河（今永定河上游，在河北、山西北部）。南宋把淮河以北割给金人，淮河就成了国界。因此诗人感到“意不佳”。

5 中流：指淮河的河心。天涯：天边，喻极远处，这里指外国。

6 ★本篇作于隆兴元年（1163），作者任零陵（今属湖南永州）县丞。百家渡，渡口名，在今永州零陵西湘江边。诗共四首，这是第二首。

7 园花：花园里的花。路花：路边野花。各自媒：指花竞相展示各自的美丽，招人注意。媒，招引。

8 “莫问”二句：不用问我早起赶路的不同寻常之处，四面八方的野花香扑面而来。莫问，不要问，无须问。

9 ★桑茶坑，地名，在今安徽泾县。本篇作于绍熙三年（1192），诗人正在江东转运副使任上。诗共八首，这是第七首。诗中写行路时所见的田野小景，别有情趣。

10 眠正着：睡得正香。

一牛吃过柳阴西。

过松源晨炊漆公店六首（选一）[1]

莫言下岭便无难，赚得行人错喜欢[2]。政入万山围子里，一山放出一山拦[3]。

桂源铺[4]

万山不许一溪奔，拦得溪声日夜喧[5]。到得前头山脚尽，堂堂溪水出前村[6]。

插秧歌[7]

田夫抛秧田妇接，小儿拔秧大儿插[8]。笠是兜鍪蓑是甲，雨从头上湿到胛[9]。唤渠朝餐歇半霎，低头折腰只不答[10]。“秧根

1 ★松源、漆公店，地名，在今江西弋阳山区。本篇作于绍熙三年（1192），是诗人谢病免官返回家乡途中所作。诗共六首，这是第五首。写山中行路的感想。

2 赚（zuàn）得：骗得。错喜欢：空喜欢。

3 “政入”二句：正像是进入万山的包围中，一座山把你放过，又有一座山拦在前面。政，同“正”。

4 ★桂源铺，地名，在今江西赣州。此诗以拟人手法写山溪，给人以哲理的启迪。

5 “万山”二句：写溪水在重重山岭间流淌，因受到阻拦而发出很大声响。

6 “堂堂”句：指溪水最终流出山地，来到毫无阻拦的平原，水势盛大地奔腾向前。堂堂，盛大豪迈貌。

7 ★孝宗淳熙六年（1179），作者从常州（今属江苏）回家乡吉水，本篇是路经衢州（今属浙江）时所作。诗中表达了对乡居生活的兴趣及对农夫的关切。

8 “田夫”二句：种稻先要撒种育秧，然后将育好的秧苗插入水田。这中间需要先将秧苗拔起（“小儿拔秧”），运到田边抛入水田（“田夫抛秧”），田中有人负责接（“田妇接”），有人负责插（“大儿插”）。

9 “笠是”二句：这里将防雨的笠和蓑衣比作盔和甲，虽有蓑笠，人还是被雨淋个半湿。兜鍪（móu），头盔。胛（jiǎ），肩胛，背上部靠近两膊的部分。

10 “唤渠”二句：招呼大儿吃早饭歇息片刻，大儿低头弯腰只是插秧，不作回答。渠：他。半霎：一小会儿。

未牢莳未匝，照管鹅儿与雏鸭[1]。”

昭君怨·咏荷上雨[2]

午梦扁舟花底，香满西湖烟水[3]。急雨打篷声，梦初惊[4]。　　却是池荷跳雨，散了真珠还聚。聚作水银窝，泻清波。[5]

1 “秧根”二句应是大儿的话：秧根还没长牢，水田还没插满，你们只管看好鹅与鸭，不要让它们啄食秧苗。莳（shí），栽。匝（zā），周、遍，这里指完结。雏鸭，幼鸭。

2 ★“昭君怨”，词牌名，又名“宴西园”“一痕沙”。全词吟咏雨中荷花，有声有色。

3 “午梦”二句：把小舟停在荷花下，人在舟中午睡；西湖水面满是荷花香气。烟水，笼罩着雾霭的水面。

4 “急雨”二句：一阵急雨，雨点打在船篷上，惊醒船中人的睡梦。

5 “却是”四句：雨打在荷叶上，如颗颗时聚时散的珍珠；聚拢时像一窝水银，荷叶一翻动，又全部泻入湖水中。真珠，即珍珠。水银，即汞（gǒng），常温常压下呈银白色液态。雨水聚在荷叶中央时，泛着银光，很像水银。

张孝祥

张孝祥（1132—1170），字安国，号于湖居士，南宋简州（今四川简阳）人，后卜居历阳乌江（今安徽和县）。绍兴二十四年（1154）状元，授中书舍人、直学士院。后任荆南知府、荆湖北路安抚使等职。诗词代表作有《六州歌头》（长淮望断）、《念奴娇·过洞庭》、《西江月·黄陵庙》等。有《于湖集》《于湖词》。

六州歌头[1]

长淮望断，关塞莽然平[2]。征尘暗，霜风劲，悄边声[3]。黯销凝[4]。追想当年事，殆天数，非人力[5]。洙泗上，弦歌地，亦膻腥[6]。隔水毡乡，落日牛羊下，区脱纵横[7]。看名王宵猎，骑火一川明，笳鼓悲鸣，遣人惊[8]。　念腰间箭，匣中剑，空

1 ★“六州歌头”，词牌名。本篇写于张孝祥建康（今江苏南京）留守任上。宋孝宗隆兴元年（1163），南宋军北伐失利，主和派抬头，与金国通使议和。本篇据说是在某次宴会上所作，主战派领袖张浚读后深为感动，罢席而去。（见《说郛》卷二十九引《朝野遗记》）

2 “长淮”二句：远望淮河，关塞埋于荒草。长淮，淮河。关塞，边关，边塞。莽然，草木茂盛貌。这是喻指宋金议和以淮河为界，边备废弛。

3 悄边声：边塞悄无声息。暗示放弃对敌抵抗。边声，参看范仲淹《渔家傲·秋思》相关注释。

4 黯销凝：伤感、凝神。黯，精神颓丧貌。销，销魂。凝，凝神。

5 “追想”三句：回想当年中原陷落，应是运数使然，不是人力能左右的。殆，大概。

6 “洙泗”三句：指北方为金人所有。洙、泗，是流经山东曲阜的两条河，孔子曾在此讲学，弦歌不断。亦膻腥，也沾上了牛羊肉的腥膻气，这里指为金人占领。

7 毡乡：游牧民族住毡帐，故称他们占据的地区为毡乡。区（ōu）脱：匈奴语，指建在边境用于屯戍、守望的土堡。

8 名王：这里指金人将帅。宵猎：夜间打猎或演武。骑火：骑兵打着火把。笳鼓：指军乐。遣人惊：使人惊恐。

埃蠹，竟何成[1]。时易失，心徒壮，岁将零，渺神京[2]。干羽方怀远，静烽燧，且休兵[3]。冠盖使，纷驰骛，若为情[4]？闻道中原遗老，常南望、翠葆霓旌。使行人到此，忠愤气填膺，有泪如倾。[5]

念奴娇·过洞庭[6]

洞庭青草，近中秋、更无一点风色[7]。玉鉴琼田[8]三万顷，着我扁舟一叶。素月分辉，明河共影，表里俱澄澈[9]。悠然心会[10]，妙处难与君说。　　应念岭表经年，孤光自照，肝胆皆冰雪[11]。

---

1 空埃蠹（dù）：白白被尘封虫蚀。蠹，被虫蛀。竟何成：指抗敌事业一事无成。

2 “时易失”四句：时机稍纵即逝，徒有壮志，光阴不等人，打回京城希望渺茫。岁将零，岁月零落，年岁将尽。渺，邈远。神京，京城，这里指北宋都城汴京（今河南开封）。

3 “干（gān）羽”三句：用礼乐文化来怀柔远方之人。这里暗示向金人屈膝求和。干羽，手持盾牌和野鸡尾毛的舞蹈。传说舜以干羽舞蹈来感化苗族，使之归顺。代指礼乐教化。干，盾牌。怀远，以怀柔手段对付远方之人。怀，安抚。静烽燧，指边境平静。烽燧，烽火，烽烟。

4 冠盖使：指求和的使者。驰骛（wù）：奔走。若为情：情何以堪。若为，怎堪。

5 “闻道”五句：听说中原遗民常常盼着南宋朝廷北伐；南宋使者来到汴京（与遗民交谈），不免满腔悲愤，泪洒如雨。翠葆霓旌，皇帝的仪仗。行人，指南宋使者。填膺（yīng），满怀。倾，倾洒。按，这里所咏，当是范成大《州桥》所记在州桥遇遗民事。

6 ★本篇作于孝宗乾道二年（1166）。张孝祥在词中描摹洞庭秋色之美，并对月抒怀，是咏洞庭的词作名篇。洞庭，即洞庭湖，在今湖南岳阳。

7 青草：湖名，是洞庭湖的一部分。风色：风。

8 玉鉴琼田：形容月光下的湖上景色。玉鉴，玉镜。琼田，莹洁如美玉的田土。

9 素月：银白色的月亮。明河：银河。表里：内外，上下。澄澈：透明。

10 悠然：闲适貌。心会：心中领会，心领神会。

11 “应念”三句：说自己心地光明磊落，冰清玉洁。岭表，岭外，即五岭以南，今两广及海南地区；作者曾任广南西路经略安抚使。经年，一年。孤光，指月光。

短发萧骚襟袖冷，稳泛沧溟空阔[1]。尽挹西江，细斟北斗，万象为宾客[2]。扣舷独啸，不知今夕何夕[3]！

1 短发萧骚：头发稀少。萧骚，稀疏。一作“萧疏”。泛：泛舟。沧溟：大海。这里形容大水如海貌。

2 “尽挹（yì）”三句：是说自己此刻要舀尽长江之水当酒，拿天上的北斗星当酒器来斟酒，而天地万物都是与我共饮的宾客。挹，舀。西江，这里指西来的长江。北斗，天上北斗七星像个勺子。《楚辞·九歌·东君》有以北斗斟酒的想象（“援北斗兮酌桂浆”）。万象，天地间万物。

3 不知今夕何夕：不知今夜是何夜！表示这是个美好的夜晚。语出《诗经·绸缪》：“今夕何夕，见此良人。”

辛弃疾

辛弃疾（1140—1207），字幼安，号稼轩，历城（今山东济南）人。早年率众抗金，后归南宋。历任建康府通判、江西提点刑狱、湖北转运副使、湖南安抚使、江西安抚使、福建安抚使，先后知滁州、潭州（今湖南长沙）、隆兴府（今江西南昌）、福州、绍兴府、镇江府，中间一度赋闲，居信州上饶（今属江西）二十年。一生坚持抗金，以词作寄托爱国之情。代表词作有《菩萨蛮·书江西造口壁》、《鹧鸪天》（壮岁旌旗拥万夫）、《丑奴儿·书博山道中壁》、《清平乐·独宿博山王氏庵》、《破阵子·为陈同甫赋壮词以寄之》、《清平乐·村居》、《西江月·夜行黄沙道中》、《永遇乐·京口北固亭怀古》、《南乡子·登京口北固亭有怀》、《青玉案·元夕》、《水龙吟·登建康赏心亭》、《贺新郎·别茂嘉十二弟》、《鹧鸪天·送人》、《丑奴儿近·博山道中效李易安体》、《八声甘州》（故将军饮罢夜归来）、《水调歌头·盟鸥》、《西江月·遣兴》、《清平乐·检校山园书所见》、《鹧鸪天·鹅湖归病起作》等。有《辛稼轩诗文钞存》《稼轩长短句》。

水龙吟·登建康赏心亭[1]

楚天千里清秋，水随天去秋无际。遥岑远目，献愁供恨，玉簪螺髻[2]。落日楼头，断鸿声里，江南游子[3]。把吴钩看

1　★“水龙吟”，词牌名，又名“小楼连苑”“丰年瑞”等。本篇是作者乾道五年（1169）在建康（今江苏南京）任通判时所作。赏心亭在建康下水门城上，下临秦淮河。词中流露作者英雄无用武之地的愤懑心情。

2　楚天：指南方的天空。遥岑（cén）：远山。远目：远望。献愁供恨：是说遥望山河，只能给人带来忧愁恼恨。玉簪螺髻（jì）：插着玉簪的海螺样发髻。这里以女子的发髻形容青山。

3　断鸿：失群的大雁。江南游子：客居江南的游子，是作者自指。

了，阑干拍遍，无人会，登临意[1]。　　休说鲈鱼堪脍，尽西风，季鹰归未[2]？求田问舍，怕应羞见，刘郎才气[3]。可惜流年，忧愁风雨，树犹如此[4]！倩何人唤取，红巾翠袖，揾英雄泪[5]！

菩萨蛮·书江西造口壁[6]

郁孤台下清江水，中间多少行人泪[7]！西北望长安[8]，可怜无数山。　　青山遮不住，毕竟东流去。江晚正愁余，山深闻鹧鸪[9]。

---

1 吴钩：吴地制造的弯刀。无人会，登临意：无人理解我登高望远的心情。会，理解。

2 “休说”三句：意谓别说家乡正是吃鲈鱼脍的好时候，秋天过了，季鹰还没回去呢。此处用典，晋人张翰字季鹰，在洛阳做官，秋风起时，想起家乡吴地的菰菜、莼羹、鲈鱼脍，于是辞官还乡。（见《晋书·张翰传》）此处表达作者去留不定的矛盾心情。脍，把鱼切成薄片。西风，秋风。未，否。

3 “求田”三句：意谓自己想要买田买地，营造安乐窝，又怕被刘备那样的豪杰之士所耻笑。这里用刘备批评许汜的典故。许汜抱怨说，陈登对他不礼貌，他去做客，陈登自己睡“大床”，让他睡“下床”。刘备听了，批评许汜说：你空有国士之名，如今天下大乱，你只知买地购房，却提不出什么高见（“求田问舍，言无可采”）。若换了我，我睡在百尺楼上，让你睡到地上去！（见《三国志·陈登传》）刘郎，指刘备。才气，这里意为有见识。

4 流年：光阴如流水。风雨：比喻动荡的局势。树犹如此：用东晋桓温叹柳的典故。桓温北征，路经金城（在今江苏句容），见以前种的柳树已经很粗壮，流泪叹息说：“木犹如此，人何以堪！”（见《世说新语·言语》）

5 倩（qìng）：请托。红巾翠袖：这里代指歌女。揾（wèn）：擦拭。

6 ★造口，地名，在今江西万安西南六十里处。此词作于淳熙二、三年（1175、1176）间，辛弃疾在江西做官。

7 郁孤台：在今江西赣州市区西北的贺兰山上。清江：指赣江。行人泪：奔走流亡之人的泪水。

8 长安：这里指代北宋都城汴京（今河南开封）。

9 愁余：令我忧愁。余，我。鹧鸪：鸟名。其鸣叫声如言“行不得也哥哥”，令人闻之凄恻。

鹧鸪天[1]

壮岁旌旗拥万夫，锦襜突骑渡江初[2]。燕兵夜娖银胡𫄧，汉箭朝飞金仆姑[3]。　追往事，叹今吾，春风不染白髭须[4]。却将万字平戎策，换得东家种树书[5]。

破阵子·为陈同甫赋壮词以寄之[6]

醉里挑灯看剑，梦回吹角连营。八百里分麾下炙，五十弦翻塞外声[7]，沙场秋点兵。　马作的卢飞快，弓如霹雳弦惊[8]。了却君王天下事，赢得生前身后名，可怜白发生[9]！

---

1 ★本篇有小序："有客慨然谈功名，因追念少年时事戏作。"这里的"少年时事"，指绍兴三十二年（1162）辛弃疾率义军南归之事。也就是词首两句的历史背景。

2 壮岁：少壮时。锦襜（chān）突骑（jì）：身穿锦衣的精锐骑兵。渡江：指作者率军南归。

3 "燕兵"二句：写率宋军与金人作战。燕兵，指金人。娖（chuò），整理。银胡𫄧（lù），镶银的箭筒。汉箭，指宋军的箭。金仆姑，箭名。

4 叹今吾：为今天的我而叹息。"春风"句：春风不能让我的白胡须变黑。这是哀叹青春不再。

5 却：竟。平戎策：平定金人的策略。作者早年曾献《美芹十论》。东家：指东邻。种树书：谈农艺的书。种树，种植。

6 ★陈同甫即陈亮，字同甫，是辛弃疾的好友。词中追忆当年的战争生活，颇为自豪。结尾表达了壮志难酬的悲愤之情。

7 "八百里"句：指有佳肴与部下分享。八百里，这里指牛。晋代王恺养了一头名贵的牛，叫"八百里驳"。（见《世说新语·汰侈》）麾（huī）下，部下。炙（zhì），烤肉。"五十弦"句：乐器奏出塞外军乐。五十弦，乐器瑟有五十根弦，这里泛指乐器。翻，演奏。

8 的（dì）卢：良马名。霹雳：响雷。

9 "了却"三句：完成君王交给的收复中原的重任，也替自己赢得现世和历史的荣名，可惜（这一切只是梦想，现实是）壮志未酬，鬓生白发。了却，了结，完成。

永遇乐·京口北固亭怀古[1]

千古江山，英雄无觅，孙仲谋[2]处。舞榭歌台，风流总被，雨打风吹去。斜阳草树，寻常巷陌，人道寄奴[3]曾住。想当年，金戈铁马，气吞万里如虎。　　元嘉草草，封狼居胥，赢得仓皇北顾[4]。四十三年，望中犹记，烽火扬州路[5]。可堪回首，佛狸祠下，一片神鸦社鼓[6]！凭谁问，廉颇老矣，尚能饭否？

南乡子·登京口北固亭有怀[7]

何处望神州？满眼风光北固楼。千古兴亡多少事，悠悠，不尽长江滚滚流[8]。　　年少万兜鍪，坐断东南战未休[9]。

---

1 ★本篇作于开禧元年（1205），辛弃疾在镇江知府任上。京口即今江苏镇江，北固亭建于京口北固山上，俯临大江。词中回顾了京口发生的历史事件，总结了抗金斗争的历史教训，表达了自己老当益壮的情怀。

2 孙仲谋：三国时吴帝孙权，曾在京口建都。

3 寄奴：南朝宋武帝刘裕小名，曾在京口居住。

4 “元嘉”三句：刘裕之子宋文帝刘义隆曾在元嘉年间北伐，雄心勃勃，想要建立汉将霍去病那样的功业；结果因备战草率，大败而回。草草，备战草率。狼居胥，山名，在今内蒙古西北部。汉将霍去病追击匈奴到此，曾封山（在山上筑坛祭天）而还。赢得，落得。仓皇北顾，回头看着北来的追兵，慌忙向南逃跑。

5 “四十三年”三句：追忆四十三年前，我还记得在扬州与金人作战的情景。

6 “可堪”三句：是说北岸异族庙宇香火旺盛，这情景令人不忍去看。可堪，怎堪。佛（bì）狸，北魏太武帝小名。神鸦社鼓，社日祭神，以祭品喂乌鸦，并击鼓奏乐。

7 ★“南乡子”，原为唐教坊曲名，后用作词牌名。本篇与前篇是同一时期作品，借古喻今，表达了对古代英雄的追慕。

8 “千古”三句：以江水喻历史，是古人常用的一个比喻。最早见于《论语·子罕》：“子在川上曰：‘逝者如斯夫，不舍昼夜。’”悠悠，遥远貌。滚滚，大水奔流貌。

9 “年少”二句：此谓曾建都京口的孙权，年纪轻轻即拥兵上万，占据东南。兜鍪，本指头盔，这里借指将士。坐断，占据。战未休，征战不止。

天下英雄谁敌手，曹刘，生子当如孙仲谋[1]。

清平乐·独宿博山王氏庵[2]

绕床饥鼠，蝙蝠翻灯舞。屋上松风吹急雨，破纸窗间自语。　平生塞北江南，归来华发苍颜[3]。布被秋宵梦觉[4]，眼前万里江山。

丑奴儿·书博山道中壁[5]

少年不识愁滋味，爱上层楼；爱上层楼，为赋新词强说愁。　而今识尽愁滋味，欲说还休；欲说还休，却道“天凉好个秋”[6]！

丑奴儿近·博山道中效李易安体[7]

千峰云起，骤雨一霎儿价[8]。更远树斜阳，风景怎生图

---

1 “天下”三句：《三国志》载，曹操曾说“今天下英雄，唯使君（刘备）与操耳”（《先主传》）；因见东吴水军雄壮，称赞说“生子当如孙仲谋，刘景升儿子若豚犬耳！”（《吴主传》）。敌手，对手。生子，生儿子。孙仲谋，即孙权，字仲谋。

2 ★博山在今江西广丰西南，辛弃疾闲居信州（今江西上饶）时，常往博山。本篇写途中在王氏草庵留宿，半夜醒来，感叹生平，爱国之情油然而生。

3 “平生”二句：是说自己曾在北方起兵抗金，南归后又在江南做官，苍颜白发时（此时词人四十三岁）免官归隐。华发苍颜，形容老态。

4 梦觉：梦醒。

5 ★本篇同为信州归隐时所作，写人生不同时段的心境变化，表达了词人内心的极度愁闷。

6 欲说还休：想说又住了口。却道：只说。

7 ★“丑奴儿近”，词牌名，又称“丑奴儿慢”“采桑子慢”。与前两首写于同一时期。李易安即女词人李清照，填词喜用口语，称“易安体”。

8 一霎儿价：一会儿工夫。李清照词《行香子·七夕》有“甚霎儿晴，霎儿雨，霎儿风”语。

画[1]？青旗[2]卖酒，山那畔别有人家。只消[3]山水光中，无事过这一夏。　　午醉醒时，松窗竹户，万千潇洒[4]。野鸟飞来，又是一般闲暇。却怪白鸥，觑着人欲下未下。旧盟都在，新来莫是，别有说话？[5]

贺新郎·别茂嘉十二弟[6]

绿树听鹈鴂，更那堪、鹧鸪声住，杜鹃声切[7]！啼到春归无寻处，苦恨芳菲都歇[8]。算未抵[9]人间离别。马上琵琶关塞黑，更长门翠辇辞金阙[10]。看燕燕，送归妾[11]。　　将军百战身名裂。向河梁、回头万里，故人长绝。[12]易水萧萧西风冷，

1 怎生图画：怎么画得出。李清照词《声声慢》有“独自怎生得黑”语。

2 青旗：指酒旗。

3 只消：只须。

4 万千：万分，极其。潇洒：从容，悠闲。

5 “却怪”五句：是说白鸥见到自己，欲下不下，很是奇怪。咱们曾订过盟约，你此番来，莫非要反悔吗？此处用《列子·黄帝》盟鸥之典，极写自己退隐之志的坚定。

6 ★“贺新郎”，词牌名，又名“金缕曲”“贺新凉”等。茂嘉即辛茂嘉，是作者的族弟，因事被贬官桂林（今属广西），作者填词送行，词中多用悲苦之典，以衬托分手时的愁苦心情。

7 鹈鴂（tíjué）、鹧鸪、杜鹃：这三种鸟的鸣叫声都很悲切。那堪：哪里受得了。声切：啼声悲切。

8 “啼到”二句：是说三种鸟要啼到春天结束，可叹那时香花全都凋谢。芳菲，香花。

9 “算未抵”句：算来都抵不上人间的离别之恨。

10 “马上”句：写王昭君在马上弹着琵琶去塞外和亲。“更长门”句：用汉武帝陈皇后失宠被打入长门宫典故。长门，长门宫。也指冷宫。翠辇（niǎn），用翠羽装饰的宫车。金阙，皇帝居住的宫殿。

11 “看燕燕”二句：《诗经·燕燕》有卫君流涕送妹妹远嫁的悲伤场面：“燕燕于飞，差池其羽。之子于归，远送于野。瞻望弗及，泣涕如雨。”

12 “将军”三句：用汉代李陵兵败投降的典故。相传李陵与苏武在匈奴告别时，写过“携手上河梁”（《李陵与苏武诗》）的诗句。长绝，永别。

满坐衣冠似雪，正壮士悲歌未彻[1]。啼鸟还知如许恨，料不啼清泪长啼血[2]。谁共我，醉明月？

鹧鸪天·送人[3]

唱彻《阳关》泪未干，功名余事且加餐[4]。浮天水送无穷树，带雨云埋一半山[5]。　　今古恨，几千般，只应离合是悲欢[6]？江头未是风波恶，别有人间行路难[7]。

水调歌头·盟鸥[8]

带湖吾甚爱，千丈翠奁开[9]。先生杖屦无事[10]，一日走千回。凡我同盟鸥鹭，今日既盟之后，来往莫相猜。白鹤在何处？尝试与偕来。[11]　　破青萍，排翠藻，立苍苔[12]。窥鱼笑汝痴计，

1 “易水”三句：用荆轲刺秦于易水悲歌的典故。悲歌未彻，悲歌没唱完。

2 如许恨：这许多恨事。长啼血：这里用杜鹃啼血的典故。

3 ★本篇主题是送人赴任，提醒对方世路难行，这多半也是作者自己的人生体验。

4 《阳关》：又称《阳关三叠》，是送别之曲。“功名”句：这是说做官求功名是次要的，重要的是努力加餐，保重身体。余事，不重要的事。一说，公务之余，要努力加餐。

5 “浮天”二句：拟想路上情景，接天的流水送着小船，一路经过无数岸上的林木及阴云笼罩的山脉。

6 “只应”句：难道人们只为分离、相聚而或悲或喜吗？

7 “江头”二句：意谓自然界的风浪不可怕，官场的风波才是最险恶的。

8 ★盟鸥即与鸥鸟结盟，有甘于退隐之意。典出《列子·黄帝》，见王维《积雨辋川庄作》相关注释。

9 带湖：故址在今江西上饶市区西北灵山下。作者在这里建造别墅，即带湖新居。翠奁：翠绿色的镜匣，这里用来形容水面如镜。

10 先生：作者自称。杖屦（jù）：持拐杖，穿麻鞋。屦，麻、葛等制成的鞋子。

11 “凡我”五句：活用“鸥盟”典故，意谓我与鸥、鹭、鹤等飞禽共同结盟，相互信任无猜忌。鹭，鹭鸶，水鸟名。偕来，一起来。

12 “破青萍”三句：描写鸥、鹭在水边窥伺捕鱼的情态。青萍、翠藻，水面的浮萍、藻类。

不解举吾杯[1]。废沼荒丘畴昔，明月清风此夜，人世几欢哀[2]？东岸绿阴少，杨柳更须栽[3]。

八声甘州[4]

故将军饮罢夜归来，长亭解雕鞍。恨灞陵醉尉，匆匆未识，桃李无言。[5]射虎山横一骑，裂石响惊弦[6]。落魄封侯事，岁晚田园[7]。　谁向桑麻杜曲？要短衣匹马，移住南山。[8]看风流慷慨，谈笑过残年[9]。汉开边，功名万里，甚当时健者也曾闲[10]？纱窗外、斜风细雨，一阵轻寒。

1 “窥鱼”二句：可笑你们心痴计拙，一心只想捕鱼，不懂我举杯畅饮的快乐。这是词人与鸥鹭对话。窥鱼，窥伺鱼的动向。

2 “废沼”三句：是说从前此地是荒废的山丘池塘，（经过修建）如今已是明月清风，景色优美；人生苦短，还是及时行乐吧。这里含着作者对新建别墅的喜爱自得之情。畴（chóu）昔，从前。

3 “东岸”二句：是说别墅还有美中不足，须进一步建设、完善。

4 ★词有小序：“夜读《李广传》，不能寐，因念晁楚老、杨民瞻约同居山间，戏用李广事赋以寄之。”意思是说，夜读《史记·李将军列传》，难以入睡，想到两位朋友晁楚老和杨民瞻曾约自己到山间同住，于是以游戏心态拿李广事填了这首词，寄送给他们作为回答。

5 “故将军”五句：《李将军列传》记述，李广居南山赋闲，一次夜间外出饮酒，归来过灞陵亭，亭尉喝醉了酒，阻拦李广。李广仆人称是“故李将军”，亭尉说：现任将军也不准夜行，何况“故将军”。李广只好停宿灞陵亭。长亭，秦汉乡间每十里设一亭，有亭长（亭尉）。解雕鞍，指下马。桃李无言，司马迁以“桃李不言，下自成蹊”的谚语，称赞李广为人沉默寡言，却能感召人。

6 “射虎”二句：相传李广射虎，箭入石中。

7 “落魄”二句：是说李广终生未封侯。这里有以李广自比意。落魄，失意。岁晚田园，是说自己晚年回归田园。

8 “谁向”三句：这里用杜甫诗意，说自己要学李广移居南山。杜甫有《曲江三章章五句》，第三章说：“自断此生休问天，杜曲幸有桑麻田，故将移往南山边。短衣匹马随李广，看射猛虎终残年。”杜曲，长安城南的风景区。南山，终南山。

9 “看风流”二句：说自己要潇洒自在、高高兴兴地度过晚年。残年，晚年。

10 “汉开边”三句：这里是问：汉朝开拓边疆，许多人因此建功封侯，可为什么像李广那样的英雄人物却不得封侯呢？甚（shén），为什么。健者，指李广。闲，赋闲。

清平乐·村居[1]

茅檐低小，溪上青青草。醉里吴音相媚好，白发谁家翁媪？[2]　　大儿锄豆溪东，中儿正织鸡笼。最喜小儿无赖，溪头卧剥莲蓬。[3]

西江月·夜行黄沙道中[4]

明月别枝[5]惊鹊，清风半夜鸣蝉。稻花香里说丰年，听取蛙声一片[6]。　　七八个星天外，两三点雨山前。旧时茅店社林边，路转溪头忽见[7]。

西江月·遣兴[8]

醉里且贪欢笑，要愁那得工夫。近来始觉古人书，信著全无是处[9]。　　昨夜松边醉倒，问松"我醉何如？"只疑松动要来扶，以手推松曰"去！"

---

1 ★本篇应是作者闲居信州时所作，写农家生活，生动如画。

2 "醉里"二句：不知谁家的老公公、老婆婆喝醉了，讲着柔媚动听的南方话在谈笑取乐。吴音，这里泛指南方方音。媪（ǎo），老妇人。

3 无赖：无聊，闲得慌。这里是反语，意为调皮、可爱。

4 ★"西江月"，词牌名，又作"江月令""白蘋香"。黄沙，即黄沙岭，在信州上饶之西。作者夜间行经黄沙岭，写沿路风光。

5 别枝：斜枝。

6 "稻花"二句：在稻花香中（与农民）谈论丰收年景，耳边蛙鸣声连成片。另说，稻田中蛙鸣一片，仿佛在热烈谈论丰收年景。

7 "旧时"二句：这二句是倒装句，是说过了溪头，再拐个弯，那熟悉的茅店忽然在土地祠的树林边出现。社，土地祠。

8 ★本篇题为"遣兴"，意为抒发一时兴致。词的上片多反语，下片写醉态，别有趣味。

9 "近来"二句：近来才觉得古书中的话不可信，一无是处。此处用《孟子》典："尽信书则不如无书。"（《尽心下》）

清平乐·检校山园书所见[1]

连云松竹，万事从今足。拄杖东家分社肉，白酒床头初熟[2]。　西风梨枣山园，儿童偷把[3]长竿。莫遣旁人惊去，老夫静处闲看[4]。

鹧鸪天·鹅湖归病起作[5]

枕簟溪堂冷欲秋，断云依水晚来收[6]。红莲相倚浑如[7]醉，白鸟无言定自愁。　书咄咄[8]，且休休。一丘一壑也风流[9]。不知筋力衰多少，但觉新来懒上楼[10]。

青玉案·元夕[11]

东风夜放花千树，更吹落，星如雨[12]。宝马雕车香满路，

---

1 ★检校山园，意为在山坡园林巡行察看。书，书写。这里写闲居中的乡村生活及种种乐趣。

2 社肉：祭祀社神所用的肉，祭后分给各家。"白酒"句：这里是说白酒刚刚酿成。床，酒床，一种酿酒工具，也叫糟床。

3 把：持，拿。

4 "莫遣"二句：是说别让人把偷偷打枣的孩子吓跑，作者要在隐蔽处闲看（以此为乐）。

5 ★鹅湖，山名，在今江西铅山县东北，山下有鹅湖寺，风景优美。这是作者到鹅湖游玩，归来患病，病愈后到山庄附近闲游所作。

6 "枕簟（diàn）"句：是说临溪堂室中，卧于枕席，感受到凉意，知道秋天到了。簟，竹席。断云：片云。收：聚拢。

7 浑如：很像。

8 咄（duō）咄：表示失意、惊诧的叹词。据载东晋殷浩被免官后，终日书空（用手指在空中书写）"咄咄怪事"四字。(《世说新语·黜免》) 休休：安闲自在貌。一说唐司空图隐居山中，建休休亭，认为自己无才无运，年纪又老，应当休息。(《新唐书·司空图传》)

9 风流：有风韵，有韵味。

10 筋力：体力。新来：近来。

11 ★元夕即正月十五，古称上元节。词中写作者元夕观灯，注意于一女子。有人认为词中另有寄托。近人梁启超评价此词为"自怜幽独，伤心人别有怀抱"(《艺蘅馆词选》丙卷)；王国维《人间词话》引末三句，比喻求学的一种境界。

12 花千树：形容灯火灿烂，如同千树花开。星如雨：形容满天焰火。唐人苏味道有咏元夕诗句"火树银花合，星桥铁锁开"(《正月十五夜》)。

凤箫声动，玉壶光转，一夜鱼龙舞[1]。　　蛾儿雪柳黄金缕，笑语盈盈暗香去[2]。众里寻他千百度，蓦然回首，那人却在、灯火阑珊处[3]。

1 凤箫：即箫，相传箫史教弄玉吹箫，引来凤凰，故称。玉壶：喻指月亮。鱼龙舞：舞弄鱼灯、龙灯。

2 蛾儿：剪丝绸或金纸为花、虫之形的头饰。雪柳黄金缕：以金丝为饰的花状头饰。二者都是宋代妇女元宵节插戴的饰物。盈盈：仪态美好貌。

3 蓦（mò）然：猛然，忽然。阑珊：零落，暗淡。

陈 亮

陈亮（1143—1194），字同甫，世称“龙川先生”。南宋婺州永康（今属浙江）人。绍熙间状元，孝宗时作《中兴五论》，一生主张抗金。光宗时授建康府判官，未及赴而卒。代表词作有《水调歌头·送章德茂大卿使虏》《念奴娇·登多景楼》等。有《龙川文集》《龙川词》。

水调歌头·送章德茂大卿使虏[1]

不见南师久，谩说北群空[2]。当场只手，毕竟还我万夫雄[3]。自笑堂堂汉使，得似洋洋河水，依旧只流东[4]。且复穹庐拜，会向藁街逢[5]。　尧之都，舜之壤，禹之封[6]。于中应有，一个半个耻臣戎[7]。万里腥膻如许，千古英灵安在，磅礴几时

---

1 ★章德茂即章森，时以大理少卿试户部尚书。大卿是宋代对中央各官署正职长官的称呼。淳熙十二年（1185），章森奉命出使金国，作者填词相送。

2 “不见”二句：长久不见宋军北伐，但不要说宋朝就没有人才了。谩说，休说。北群空，冀北的马群没有骏马。语出韩愈《送温处士赴河阳军序》：“伯乐一过冀北之野，而马群遂空。”

3 “当场”二句：这里称颂使者章森是独当一面、心雄万夫的英豪。只手，独力支撑的意思。

4 “自笑”三句：是说章森代表南宋，堂堂正正，如黄河之水浩浩东流。喻示其节操坚贞。得似，能像。洋洋，水盛大貌。河水，黄河之水。

5 “且复”二句：暂时向敌酋低头行礼，但不久就将在京城的藁街见到他们（被斩首）了。穹庐，游牧民族的帐篷。藁（gǎo）街，汉代长安外族使者的居住地，也是敌酋被斩首示众的地方。

6 “尧之都”三句：这里指中原地区本是尧、舜、禹的故都。壤，土地。封，疆域。

7 “于中”二句：这中间总会有一个半个耻于向金人称臣的仁人志士。耻臣戎，耻于臣服金人（的人）。戎，这里指金人。

通[1]？胡运何须问，赫日自当中[2]。

1 “万里”三句：是说万里江山就这样被敌人占据，我们祖先的英灵又在哪里？浩然之气何时才能贯通于天地之间？英灵，指祖先的英魂。磅礴（pángbó），这里指盛大、雄伟的气运。

2 “胡运”二句：金人（即将衰败）的国运还用问吗？且看（我大宋国运）红日当头。胡运，指金人的国运。赫日，红日，喻指南宋的国运。自当中，高高升起在天空中央。

刘 过

刘过（1154—1206），字改之，号龙洲道人。南宋吉州太和（今江西泰和）人。力主抗金，曾上书言事，不被任用，流落江湖，以词著称，词风与辛词相近。代表词作有《沁园春·寄稼轩承旨》《六州歌头·题岳鄂王庙》等。有《龙洲集》《龙洲词》。

沁园春·寄稼轩承旨[1]

斗酒彘肩，风雨渡江，岂不快哉[2]！被香山居士，约林和靖，与东坡老，驾勒吾回[3]。坡谓“西湖，正如西子，浓抹淡妆临镜台[4]”。二公者，皆掉头不顾，只管衔杯[5]。　　白云“天竺飞来，图画里、峥嵘楼观开[6]。爱东西双涧，纵横水绕；

1 ★“沁园春”，词牌名，又作“洞庭春色”。一本词前有小序：“寄辛承旨。时承旨招，不赴。”一作“风雪中欲诣稼轩，久寓湖上，未能一往，因赋此词以自解”。稼轩承旨、辛承旨，即辛弃疾。辛弃疾曾做枢密院都承旨，故称。湖，指西湖。时辛弃疾任绍兴知府，邀作者饮酒，作者写词相赠。词带有游戏性质，假说自己与白居易、林逋、苏轼三位已故文人同游西湖，无暇赴辛弃疾之约。

2 “斗酒”三句：写作者渴望过江往绍兴，赴辛弃疾之邀。斗酒彘（zhì）肩，一大杯酒，一只猪前肘。典出《史记·项羽本纪》：鸿门宴上，项王赐给樊哙“斗卮酒”（一大杯酒）与“彘肩”（猪前肘）。渡江，这里指由杭州渡钱塘江赴绍兴。

3 “被香山”四句：写自己被几位文士拦住，不得赴约。香山居士，白居易的别号。林和靖，林逋字和靖。东坡老，苏轼号东坡居士，曾自称东坡老。驾勒吾回，强拉着我回去。驾勒，驾驭，操纵。

4 “西湖”三句：这里是化用苏轼《饮湖上初晴后雨》“欲把西湖比西子，淡妆浓抹总相宜”诗句。临镜台，面对梳妆台。

5 二公：指白居易和林逋。掉头：转头。衔杯：指饮酒。

6 “天竺”二句：这是假拟白居易的话，他说还是天竺山、飞来峰好，那里风景如画，楼台高峻，水绕云堆。天竺、飞来，山名，均在西湖西。峥嵘，高峻貌，这里形容山中寺庙的楼台殿堂。

两峰南北，高下云堆[1]”。逋曰“不然，暗香浮动，争似孤山先探梅。须晴去，访稼轩未晚，且此徘徊”[2]。

1 “爱东西”四句：白居易诗句有“东涧水流西涧水，南山云起北山云”（《寄韬光禅师》），写东西双涧及南北二高峰。东西双涧，发源于天竺山，在飞来峰下汇合。两峰南北，西湖灵隐山有南高峰和北高峰。

2 “不然”六句：这里拟写林逋的话，他不同意苏轼、白居易的意见，认为应该到孤山赏梅（那里是林逋的隐居之地）；并说等天气晴好再赴辛弃疾之约。林逋《山园小梅》诗有“疏影横斜水清浅，暗香浮动月黄昏”句。徘徊，留恋，悠游。

姜 夔

姜夔（kuí）（约1155—1209），字尧章，号白石道人。南宋饶州鄱阳（今属江西）人。试进士不第，一生未仕，然诗词受杨万里、范成大、辛弃疾、朱熹等赏识。诗词代表作有《除夜自石湖归苕溪》、《湖上寓居杂咏》、《点绛唇·丁未冬过吴松作》、《扬州慢》（淮左名都）、《淡黄柳》（空城晓角）、《鹧鸪天》（巷陌风光纵赏时）等。有《白石道人诗集》《白石道人歌曲》等。

除夜自石湖归苕溪（选一）[1]

细草穿沙雪半销，吴宫烟冷水迢迢[2]。梅花竹里无人见，一夜吹香过石桥。

湖上寓居杂咏[3]

苑墙曲曲柳冥冥[4]，人静山空见一灯。荷叶似云香不断，小船摇曳入西陵[5]。

1 ★除夜，即除夕。石湖，湖名，在今江苏苏州市区南太湖之滨，是范成大的石湖别墅所在地。苕（tiáo）溪，吴兴的别称，即今浙江湖州，姜夔住在那里。这是作者年末辞别范成大回家时于路所作，共十首，这是第一首。

2 细草穿沙：小草从沙中钻出。吴宫：苏州有春秋时吴国宫殿的遗址。迢迢：遥远貌。

3 ★姜夔有此同题诗十四首，本篇是第九首。湖上，指杭州西湖边。作者四十岁后移居杭州。

4 苑墙：西湖岸上有许多别墅，这里指别墅花苑的围墙。冥冥：昏暗貌。

5 西陵：即西泠桥，在西湖孤山旁。

点绛唇·丁未冬过吴淞作[1]

燕雁无心，太湖西畔随云去[2]。数峰清苦，商略黄昏雨[3]。　第四桥边，拟共天随住[4]。今何许？凭栏怀古，残柳参差舞。[5]

扬州慢[6]

淮左名都，竹西佳处，解鞍少驻初程[7]。过春风十里，尽荠麦青青[8]。自胡马窥江去后，废池乔木，犹厌言兵[9]。渐黄昏，清角吹寒，都在空城。　杜郎俊赏[10]，算而今、重到须惊。

---

1 ★“点绛唇”，词牌名。又名“十八香”“沙头雨”等。丁未，这里指淳熙十四年（1187）。吴淞，即吴淞江，源出太湖，流经今江苏苏州吴江、吴中等地。本篇体现了姜夔词“清空”的特点。

2 “燕雁”二句：谓天上的候鸟无忧无虑随云飞去。作者于此有羡慕之意。

3 清苦：这里形容山峰荒凉凄冷的样子。商略：准备，酝酿。

4 第四桥：指吴江甘泉桥。“拟共”句：准备学天随子的样子隐居。天随，晚唐诗人陆龟蒙号天随子，晚年隐居松江甫里（在今苏州吴中）。

5 今何许：（天随子的旧居）如今在哪里。何许，何处。参差（cēncī）：（柳枝摇动）不齐貌。

6 ★“扬州慢”，姜夔自度之曲，因咏扬州得名。词前有序：“淳熙丙申（1176）至日，予过维扬。夜雪初霁，荠（jì）麦弥望。入其城则四顾萧条，寒水自碧，暮色渐起，戍角悲吟。予怀怆然，感慨今昔。因自度此曲。千岩老人以为有黍离之悲也。”至日，冬至这天。维扬，扬州。霁，雪后转晴。荠麦，荠菜、野麦。弥望，满眼。戍角，驻军的号角。怆然，悲怆貌。自度此曲，自己创制了这一词牌。千岩老人，作者的亲戚兼老师萧德藻。黍离之悲，指亡国之悲。《诗经》中有《黍离》一篇，主题是悼念国家的覆亡。

7 淮左名都：扬州在宋代是淮南东路（也称淮左）的治所，是有名的都会。竹西：扬州城北门外五里有竹西亭。初程：因词人初到扬州，故称。

8 “过春风”二句：是说当年春风十里的繁华扬州，如今遍地是荠菜、野麦。杜牧《赠别》诗有“春风十里扬州路”之句。春风，喻繁华景象。

9 “自胡马”三句：意谓宋高宗建炎、绍兴年间，金人曾两次南侵，扬州遭到破坏，百姓至今厌恶战争。胡马窥江，指金人入侵。废池乔木，废弃的池塘和高大的树木。

10 杜郎俊赏：唐人杜牧曾写诗赞美扬州。杜郎，指唐代诗人杜牧。

纵豆蔻词工，青楼梦好，难赋深情[1]。二十四桥[2]仍在，波心荡，冷月无声。念桥边红药，年年知为谁生！[3]

1 “纵豆蔻”三句：是说纵然有杜牧的才华，也难以表达此刻的沉重心情。杜牧《赠别》诗有“娉娉袅袅十三余，豆蔻梢头二月初”句；《遣怀》诗有“十年一觉扬州梦，赢得青楼薄幸名”句。

2 二十四桥：参见杜牧《寄扬州韩绰判官》诗相应注释。

3 “念桥边”二句：二十四桥又名红药桥，桥边遍布红芍药。红药，指红芍药。

林 升

林升（生卒年不详，约活跃于1170年前后），字云友，又字梦屏，南宋温州平阳荪湖里（今浙江苍南繁枝元店）人，生平不详。有诗《题临安邸》。

题临安邸[1]

山外青山楼外楼，西湖歌舞几时休？暖风熏得游人醉，直把杭州作汴州[2]！

1 ★这是诗人题写在临安客店墙壁上的一首诗，无情讽刺了耽于安乐、不思恢复的南宋君臣。临安，南宋升杭州为临安府，作为临时都城。邸，客店。

2 汴州：即北宋都城汴京（今河南开封）。

赵师秀

赵师秀（1170—1219），字紫芝，号灵秀，南宋永嘉（今属浙江温州）人。“永嘉四灵”之一，“江湖诗派”诗人。代表诗作有《约客》《数日》等。有《清苑斋集》。

约客

黄梅时节家家雨，青草池塘处处蛙。有约不来过夜半，闲敲棋子落灯花[1]。

1 落：挑落。灯花：灯芯燃烧时凝结成的花状物。

刘克庄

刘克庄（1187—1269），字潜夫，号后村居士，南宋莆田（今属福建）人。淳祐中赐同进士出身，历任秘书监、工部尚书兼侍读。诗属“江湖诗派”，代表作有《戊辰即事》《北来人》等。词风豪迈，代表作有《沁园春·梦孚若》《玉楼春·戏林推》等。著有《后村先生大全集》《后村长短句》。

戊辰即事[1]

诗人安得有青衫，今岁和戎百万缣[2]。从此西湖休插柳，剩栽桑树养吴蚕[3]。

沁园春·梦孚若[4]

何处相逢？登宝钗楼，访铜雀台[5]。唤厨人斫就，东溟鲸脍；圉人呈罢，西极龙媒[6]。天下英雄，使君与操，余子谁堪

---

1 ★戊辰为南宋嘉定元年（1208）。南宋因伐金失利，与金人订立屈辱合约，每年向金人输送大量金钱和丝织品。诗人写诗讽刺，说今后文人连青衫都穿不上了。

2 青衫：古时学子穿的服装。也指微贱者的服装。和戎：指与金人议和。戎，古时对西部少数民族的称呼。这里指金人。缣（jiān）：一种丝织品。

3 “从此”二句：是说将西湖的柳树都砍去改种桑树，用来养蚕生产丝绸（也不够向金人进贡的）。剩栽桑树，全都栽种桑树。剩，全，更。吴蚕，即蚕。吴地盛养蚕，故称蚕为吴蚕。

4 ★作者的好友方信孺，字孚若，此时已故去，作者在梦中与他相逢，写下这首词。

5 宝钗楼、铜雀台：故址分别在今陕西咸阳和河北临漳，是北方著名楼台。出现在梦中，表达了作者对中原的怀念。

6 “唤厨人”四句：是说筵席所食，都是奇珍异味。斫（zhuó），砍，切。东溟鲸脍，东海鲸鱼切成的鱼片。圉（yǔ）人，养马官。西极龙媒，西域的骏马。龙媒，骏马。

共酒杯[1]？车千两，载燕南赵北，剑客奇才[2]。　　饮酣画鼓如雷，谁信被晨鸡轻唤回[3]。叹年光过尽，功名未立，书生老去，机会方来。使李将军，遇高皇帝，万户侯何足道哉[4]！披衣起，但凄凉感旧[5]，慷慨生哀！

1 “天下”三句：以曹操、刘备比自己和孚若，其他人都不在话下。详见辛弃疾《南乡子·登京口北固亭有怀》相关注释。余子，其他人。谁堪，谁可。

2 两：同“辆”。“载燕南”二句：孚若爱才，好养客，故有此说。燕南赵北，指今河北一带。

3 画鼓：有纹饰的鼓。“谁信”句：意思是正在做梦，忽被鸡鸣唤醒。谁信，谁知，谁料。

4 “使李将军”三句：用李广难封侯典故。汉文帝曾对李广说：“惜乎，子不遇时！如令子当高帝（刘邦）时，万户侯岂足道哉！”（见《史记·李将军列传》）

5 感旧：怀念故友。慷慨：感慨，感叹。

叶绍翁

叶绍翁（1194—？），字嗣宗，南宋处州龙泉（今属浙江）人。曾为小官，后长期隐居杭州西湖。是江湖派诗人，代表诗作为《游园不值》《夜书所见》等。有《靖逸小集》《四朝闻见录》。

游园不值[1]

应怜屐齿印苍苔，小扣柴扉久不开[2]。春色满园关不住，一枝红杏出墙来。

1 ★不值，即未遇（主人）。

2 “应怜”二句：这里是倒装句，主人不肯开门的原因，应是爱惜园中苍苔，怕被人踩坏吧。怜，爱，爱惜。屐（jī）齿，木底鞋底部凸出像齿的部分。

吴文英

吴文英（约1212—约1272），字君特，号梦窗，晚号觉翁。南宋四明（今浙江宁波）人。终生未仕，仅做幕僚多年。代表词作有《望江南》（三月暮）、《风入松》（听风听雨过清明）、《唐多令·惜别》《八声甘州·陪庾幕诸公游灵岩》等。有《梦窗词》。

望江南[1]

三月暮，花落更情浓。人去秋千闲挂月，马停杨柳倦嘶风。堤畔画船空。　恹恹醉，长日小帘栊[2]。宿燕夜归银烛外，流莺声在绿荫中，无处觅残红[3]。

风入松[4]

听风听雨过清明，愁草《瘗花铭》[5]。楼前绿暗分携[6]路，一丝柳，一寸柔情。料峭春寒中酒，交加晓梦啼莺[7]。　西园日日扫林亭，依旧赏新晴。黄蜂频扑秋千索，有当时、纤手香凝[8]。惆怅双鸳不到，幽阶一夜苔生[9]。

---

1 ★“望江南”，词牌名，即“忆江南”。本篇写暮春景象，写出闺中的寂寞，带着几分伤春情调。

2 恹（yān）恹：精神不振的样子。长日小帘栊（lóng）：这里形容闺中寂寞，在渐渐变长的白昼中空对着窗帘。帘栊，窗帘和窗户，也代指闺中。

3 残红：残花。

4 ★“风入松”，词牌名。写与情人分手后的哀伤。一本有题作“春晚感怀”。

5 瘗（yì）花：葬花。南北朝庾信有《瘗花铭》，今已失传。瘗，埋藏，埋葬。

6 分携：分手，离别。

7 中（zhòng）酒：因酒成病。“交加”句：更有黄莺乱鸣，惊醒晓梦。交加，相加，再加上。

8 “黄蜂”二句：是说情人走后，秋千绳上还留有香气，引得黄蜂频扑。

9 “惆怅”二句：因情人不再踏入花园，台阶上长出青苔。双鸳，成对鸳鸯，喻指女子的一双绣鞋。这里代指情人。

翁 卷

翁卷（生卒年不详），字续古，一字灵舒，南宋末永嘉（今属浙江温州）人。“永嘉四灵”之一，“江湖诗派”诗人。代表诗作有《乡村四月》《野望》等。有《苇碧轩诗集》。

乡村四月[1]

绿遍山原白满川[2]，子规声里雨如烟。乡村四月闲人少，才了[3]蚕桑又插田。

1 ★这首七绝短短四句，写出水乡四月的风景、节候及人的活动，有声有色。

2 白满川：形容春水涨满、水映天光的景象。

3 才：刚刚。了（liǎo）：完成。

严　羽

严羽（生卒年不详，宋理宗、度宗时在世），字仪卿，一字丹丘，号沧浪逋客。南宋末邵武（今属福建）人，文学批评家。有《沧浪集》（内含《沧浪诗话》一卷）。

诗辩（节录）[1]

夫诗有别材，非关书也。诗有别趣，非关理也[2]。然非多读书，多穷理，则不能极其至。所谓不涉理路，不落言筌者[3]，上也。诗者，吟咏性情也。盛唐诸人惟在兴趣，羚羊挂角，无迹可求[4]。故其妙处透彻玲珑，不可凑泊[5]；如空中之音，相中之色，水中之月，镜中之象[6]；言有尽而意无穷[7]。

1　★本篇节自《沧浪诗话》，从中可见严羽“以禅喻诗”的特点。后世诗歌讲神韵、说性灵，都源于严羽的这段精妙论述。

2　夫：发语词。别材：也作“别才”，指诗人所特有的才能和素质（擅长形象思维）。别趣：特别的情趣。这里与“理”相对，指对美的领悟。理：指寻绎道理的抽象思维。

3　穷理：穷尽道理。不涉理路：不（在诗中）讲道理。不落言筌：不（在诗中）露出语言雕琢的痕迹。按，《庄子・外物》篇有“得鱼忘筌”的寓言，说渔人打到鱼就将捉鱼的工具（筌）扔在　边。庄子以此比喻真理与语言文字的关系，语言文字是承载思想的工具，人们获得真理，就抛弃了语言文字，所谓“得意忘言”。

4　“羚羊”二句：传说羚羊夜间睡觉时，用一对弯角把自己挂在树上，地面不留蹄迹，以保护自己。见宋人陆佃的《埤雅・释兽》。佛教禅宗语录借此印证禅宗“教外别传，不立文字，直指人心，见性成佛”的理论。严羽则又借此比喻一种超脱的文学意境。

5　透彻玲珑：指一种透亮空灵的境界。凑泊：这里指刻意雕琢、牵强附会，与“透彻玲珑”的意境正相反。

6　“如空中”四句：以佛教常用的比喻来形容空灵玄远的境界。空中之音，指无来源的乐声。相中之色，指一切虚幻的表象。其中“相”指一切事物的外观形状，“色”指外界事物留给人的印象；这一切都是虚无的，故有“色即是空”之说。水中之月，水中之月是天上之月的影子，因此也是虚无的。“镜中之象”理与此同。

7　“言有”句：是说（这类空灵玄远的诗歌）所表达的意蕴远超字面的表达，给人留下无穷余味。

译文 作诗需要一种特别的才能，跟读书多少无关。诗中有一种特别的趣味，跟一般读书明理的学习方式无关。然而如果不多读书，不多探究道理，也不能达到诗歌的最高境界。只有那些不探讨道理，不留下雕琢痕迹的诗歌，才称得上诗中上品。诗歌是用来抒发人的天生趣味的。盛唐人作诗只凭兴趣，吟咏的诗歌像是羚羊挂角不留蹄迹一样。这些诗的奇妙之处在于透亮空灵的境界，而不是刻意雕琢、牵强附会。这可以比作空中的无源乐声、事物的虚幻表象、水中所反映的月亮、镜子里照出的人影（全都空灵而玄远），语言表达看似完结，内中的余味却值得长久玩味。

蒋 捷

蒋捷（生卒年不详），字胜欲，号竹山，南宋阳羡（今江苏宜兴）人。咸淳间进士，宋亡后隐居不仕。代表词作有《贺新郎·兵后寓吴》《一剪梅·舟过吴江》等。今传《竹山词》。

一剪梅·舟过吴江[1]

一片春愁待酒浇。江上舟摇，楼上帘招[2]。秋娘渡与泰娘桥，风又飘飘，雨又萧萧[3]。　　何日归家洗客袍？银字笙调，心字香烧[4]。流光容易把人抛，红了樱桃，绿了芭蕉[5]。

虞美人·听雨[6]

少年听雨歌楼上，红烛昏罗帐[7]。壮年听雨客舟中，江阔云低，断雁[8]叫西风。　　而今听雨僧庐下，鬓已星星也[9]。悲欢离合总无情，一任阶前、点滴到天明[10]。

---

1 ★吴江，县名，今属江苏苏州。词写客居春愁，却也反映出蒋捷热爱生活、苦中作乐的人生态度。

2 楼上帘招：酒楼上的酒旗在招摇。帘招，原指酒旗，此处的“招”，有“招展、相招”之意。

3 秋娘渡、泰娘桥：都是吴江地名。萧萧：形容雨声。

4 银字笙：一种乐器，上面用银字标出音高，故称。调：调弄，演奏。心字香：一种香，是用香料末儿制成篆书的“心”字形。

5 “流光”三句：光阴易逝，眼看樱桃红、芭蕉绿，春天又要过去了。抛，撇下。

6 ★本篇应为蒋捷晚年词作，通过听雨的特定场景，写出人生不同阶段的精神面貌，也隐寓亡国之痛。

7 歌楼：指妓院等娱乐场所。罗帐：纱帐。

8 断雁：离群之雁，这里也喻词人自己。

9 僧庐：寺院僧房。星星：头发花白貌。

10 “悲欢”二句：表面说一生历尽悲欢离合，对外界变化已无动于衷，实则写出内心的极度悲哀与绝望。

刘辰翁

刘辰翁（1232—1297），字会孟，号须溪，宋末元初吉州庐陵（今江西吉安）人。宋末景定间进士，曾任临安府学教授、濂溪书院山长。宋亡后隐居山中。代表词作有《柳梢青·春感》、《永遇乐》（璧月初晴）等。著有《须溪集》。

柳梢青·春感[1]

铁马蒙毡，银花洒泪，春入愁城[2]。笛里番腔，街头戏鼓，不是歌声[3]。　那堪独坐青灯，想故国高台月明[4]。辇下风光，山中岁月，海上心情[5]。

---

1 ★“柳梢青”，词牌名，又名“陇头月”“早春怨”。本篇作于景炎二年（1277），是临安陷落的第二年，刘辰翁隐居庐陵山中，时逢元宵节，作诗感叹时局，对恢复犹抱有希望。

2 “铁马”三句：写正月蒙古铁蹄践踏下的临安城。铁马蒙毡，这里指蒙古骑兵骑着披甲的马，身披毡衣。银花，喻指正月十五的灯火。

3 番腔：这里指蒙古人的乐曲腔调。不是歌声：这里指曲调不入耳。

4 “想故国”句：回想起南宋时临安元宵节的热闹情景，天子在高台赏月，与民同乐。故国，故都，指临安。

5 “辇下”三句分说三个场景：宋亡后的临安城，作者隐居的山中，以及南宋大臣陆秀夫拥立宋朝幼主漂流于海上（给人带来希望）。辇下，辇毂之下，御辇之下，即指京城临安。海上，这里指临安陷落后，陆秀夫等人拥立幼帝赵昰（shì），继续在闽、广沿海一带抗元。

文天祥

文天祥（1236—1283），原名云孙，字天祥，又字宋瑞、履善，自号文山。南宋吉州庐陵（今江西吉安）人。宝祐四年（1256）状元。元兵渡江，以右丞相出使元营，被拘北上途中逃回。组织抗元武装，力图恢复。兵败被俘，囚于大都（今北京），誓死不屈，从容就义。死后在其衣带中发现绝命诗："孔曰成仁，孟曰取义；惟其义尽，所以仁至。读圣贤书，所学何事？而今而后，庶几无愧。"诗文代表作有《过零丁洋》《扬子江》《正气歌》《念奴娇·驿中别友人》及《指南录后序》等。有《文山先生全集》。

过零丁洋[1]

辛苦遭逢起一经，干戈寥落四周星[2]。山河破碎风飘絮，身世浮沉雨打萍[3]。惶恐滩[4]头说惶恐，零丁洋里叹零丁。人生自古谁无死，留取丹心照汗青[5]！

---

1 ★零丁洋在今广东珠江口外，文天祥被俘后由元兵押解路过这里（一说关押在这里的船上），赋诗明志。诗中回顾了自己为保宋抗元所做的努力，尾联表达了为国捐躯的必死之心，鼓舞了无数后来者。

2 "辛苦"句：意我的辛苦遭遇是从幼年读经书时就开始了。言外之意是，我始终照着圣贤的话去做呢！"干戈"句：意谓我孤军奋战，已经整四年了。寥落，稀少，零落。四周星，指四周年。

3 "山河"二句：以风中柳絮喻南宋政权风雨飘摇，用浮萍遭雨喻自己被元军俘虏。

4 惶恐滩：在今江西万安赣江中，文天祥曾率军从这里撤退。

5 汗青：指史册。

扬子江[1]

几日随风北海游，回从扬子大江头[2]。臣心一片磁针石，不指南方不肯休[3]。

正气歌[4]

予囚北庭，坐一土室[5]。室广八尺，深可四寻[6]。单扉低小，白间短窄，污下而幽暗[7]。当此夏日，诸气萃然[8]：雨潦[9]四集，浮动床几，时则为水气；涂泥半朝，蒸沤历澜[10]，时则为土气；乍晴暴热，风道四塞[11]，时则为日气；檐阴薪爨，助长炎虐[12]，时则为火气；仓腐寄顿，陈陈逼人[13]，时则为米气；骈肩杂遝，腥臊汗垢[14]，时则为人气；或圊溷，或毁尸，或腐鼠，

1 ★长江流经今扬州、镇江一段古称扬子江。宋恭帝德祐二年（1276）正月，文天祥被任命为右丞相，赴元营谈判，遭扣留。被押解北上时，乘隙逃脱，从扬州绕道至海上经长江口南下，到福州朝见刚即位的宋端宗赵昰，路上写下本篇。作者有诗集《指南录》，即以此诗末句命名。

2 “几日”二句：叙说作者逃脱的经过。作者从镇江逃脱，沿扬子江西行至真州（今仪征），再到扬州。回从，曲折地行走在（扬子江上）。

3 “臣心”二句：犹如向皇帝宣誓，我的心如同指南针，始终朝着南方（那里是朝廷所在地）。

4 ★文天祥于祥兴元年（1278）被元军俘虏，次年押解到元大都（今北京）。此诗作于两年后，即1281年。诗前有长序。

5 北庭：这里指元代朝廷所在地，即元大都。土室：土屋。

6 寻：长度单位，八尺（或说七尺）为一寻。

7 单扉：单扇门。白间：窗子。污下：低洼。

8 萃然：聚集貌。

9 雨潦：雨后积水。

10 涂泥半朝：半间屋子都是污泥。朝，宫室，房屋。蒸沤历澜：指气蒸水沤，污烂不堪。历澜，水汽蒸腾貌。

11 风道四塞：四面通风处都被堵塞。

12 薪爨（cuàn）：烧柴做饭。炎虐：炎热的恶势头。

13 “仓腐”二句：意谓仓中的储米腐烂，陈粮相积，霉气逼人。寄顿，积存。陈陈，本指陈粮，这里指陈粮发出的霉气。

14 “骈肩”二句：这里指犯人肩挨肩乱挤在一起，体臭汗味混杂。骈（pián）肩，肩挨着肩。杂遝（tà），纷乱堆集貌。

恶气杂出，时则为秽气[1]。

叠是数气，当之者鲜不为厉[2]。而予以孱弱，俯仰其间，于兹二年矣，审如是，殆有养致然[3]。然尔亦安知所养何哉[4]？孟子曰："吾善养吾浩然之气[5]。"彼气有七，吾气有一，以一敌七，吾何患焉[6]！况浩然者，乃天地之正气也。作《正气歌》一首[7]。

天地有正气，杂然赋流形[8]。下则为河岳[9]，上则为日星。
于人曰浩然，沛乎塞苍冥[10]。皇路当清夷，含和吐明庭[11]。
时穷节乃见，一一垂丹青[12]。在齐太史简，在晋董狐笔[13]。

---

1 圊溷（qīnghùn）：厕所。毁尸：残缺的尸体。秽气：臭气。

2 叠：累加。当：碰上。鲜不为厉：很少不生病。厉，传染病。

3 孱（chán）弱：瘦弱，衰弱。俯仰：这里意为生存，活动。于兹：至今。审如是：真能如此。殆：大概。有养：有修养。

4 然尔：然而。所养：修养的内容。

5 浩然之气：纯正、博大、刚毅之气。语出《孟子·公孙丑上》。

6 敌：对抗。患：怕，担忧。

7 以上为诗的序言。

8 "杂然"句：（天地间的正气）以不同形式体现在各种事物上。杂然，纷繁，多样。赋，给予，体现于。流形，各种事物。

9 河岳：河流山岳。

10 "于人"二句：体现在人身上，则是充塞了天地间的浩然正气。沛乎，盛大，充沛。苍冥，苍天。

11 "皇路"二句：国家政局清平，正气在朝堂上得以和谐地吐露发扬。皇路，国运，政事的运行。清夷，清明太平。明庭，圣明的朝廷。

12 "时穷"二句：到了时局危急时，才能见出正气之士的节操，他们的事迹被记载在史书里，传之后世。穷，危急紧迫。见，同"现"。垂，流传。丹青，指史册。

13 "在齐"句：春秋时，齐国大夫崔杼杀死国君，齐国太史直书史册："崔杼弑其君。"崔杼怒杀太史，太史的两个弟弟相继接任，全都秉笔直书，也都被杀死。太史的第三个弟弟仍旧这样写，崔杼无法，只好听之任之。（见《左传·襄公二十五年》）太史，史官。简，写字用的竹片，这里指史册。"在晋"句：春秋时，晋灵公要杀大夫赵盾，赵盾出逃，赵盾的族弟赵穿杀死晋灵公。赵盾返回朝廷后，太史董狐认为赵盾逃走没出国境，归来又没有"讨贼"，应负全责，因在史册上大书"赵盾弑其君"。（见《左传·宣公二年》）笔，史笔。

在秦张良椎，在汉苏武节[1]。为严将军头，为嵇侍中血[2]。为张睢阳齿，为颜常山舌[3]。或为辽东帽，清操厉冰雪[4]。或为《出师表》，鬼神泣壮烈[5]。或为渡江楫，慷慨吞胡羯[6]。或为击贼笏，逆竖头破裂[7]。是气所旁薄，凛烈万古存[8]。当其贯日月，生死安足论[9]？地维赖以立，天柱赖以尊[10]。

---

1 张良椎（chuí）：张良家族世代为韩臣。韩亡于秦，张良约请力士以大铁椎（即锤）伏击秦始皇，未能如愿。（见《史记·留侯世家》）苏武节：苏武奉汉武帝之命出使匈奴，被匈奴扣押，流放到北海牧羊。他汉节不离手，节旄落光，誓死不降。十九年后，终于重归汉朝。（见《汉书·李广苏建传》）节，古代使臣的符节，状如拐杖，饰以牦牛尾称作“旄”。

2 严将军头：东汉末，将军严颜为刘璋镇守巴郡（今重庆和四川东部一带），被张飞擒获，要他投降，他说：“我州但有断头将军，无有降将军也！”张飞被他感动，将其释放。（见《三国志·张飞传》）嵇侍中血：晋惠帝时，嵇绍任侍中。逢内乱，嵇绍用身体掩护惠帝，被叛军杀害，血溅惠帝袍服。事后有人要为惠帝洗袍服，惠帝说：“此嵇侍中血，勿去！”（见《晋书·嵇绍传》）

3 张睢阳齿：安史之乱时，张巡守睢阳（今河南商丘），上阵督战，大声呼喊，“嚼齿皆碎”。（见《新唐书·张巡传》）颜常山舌：安史之乱时，颜杲卿守常山（今河北正定），城破被俘，他大骂安禄山，被“贼钩断其舌”遇害。（见《新唐书·颜杲卿传》）

4 辽东帽：管宁是三国时魏人，学行皆高，为当时名士。他渡海隐居于辽东（今辽宁东南部），“常着皂帽”，穿布衣，不肯接受曹魏征召。（见《三国志·管宁传》）清操：高洁的操守。厉冰雪：像冰雪一样冷峻坚贞。

5 《出师表》：诸葛亮多次北伐，写有前后《出师表》，内有“鞠躬尽瘁，死而后已”的话。“鬼神”句：壮烈足以令鬼神哭泣。

6 渡江楫：东晋祖逖（tì）任豫州刺史，率众渡江北伐，在江水中流拍击船桨，发誓恢复中原，辞色壮烈，众皆感动。（见《晋书·祖逖传》）楫，船桨。“慷慨”句：慷慨之气压倒占据北方的少数民族。胡羯（jié），泛指北方少数民族。

7 击贼笏：唐德宗时，军阀朱泚（cǐ）造反，占据长安，拉拢司农卿段秀实，段秀实不肯屈从，当场骂贼，用笏猛击朱泚头部，因而遇害。（见《新唐书·段秀实传》）逆竖：憎称叛逆者，这里指朱泚。

8 是气：这种浩然之气。旁薄：充塞。凛烈：庄严可畏貌。

9 贯日月：贯通日月。安足论：何足论，不足挂齿。

10 地维：维系大地四角的绳子，也指大地四角。赖以立：靠（正气）而树立。与“赖以尊”意同。天柱：古人认为天由九根柱子支撑。

三纲实系命，道义为之根[1]。嗟予遘阳九，隶也实不力[2]。
楚囚缨其冠，传车送穷北[3]。鼎镬甘如饴[4]，求之不可得。
阴房阒鬼火，春院閟天黑[5]。牛骥同一皂，鸡栖凤凰食[6]。
一朝蒙雾露，分作沟中瘠[7]。如此再寒暑，百沴自辟易[8]。
嗟哉沮洳[9]场，为我安乐国。岂有他缪巧，阴阳不能贼[10]。
顾此耿耿在，仰视浮云白[11]。悠悠我心悲，苍天曷有极[12]！
哲人日已远，典刑在夙昔[13]。风檐展书读，古道照颜色[14]。

---

1 “三纲”二句：是说三纲维系着正气的命脉，道义是正气的根基。三纲，即君为臣纲，父为子纲，夫为妻纲。纲，拴网的大绳，这里喻指主宰。

2 “嗟予”二句：感叹我遭遇厄运，我也实在无能为力。嗟，感叹。遘（gòu），遭逢。阳九，指百年难遇的大难。隶，作者自称，犹言“仆”。

3 “楚囚”二句：说自己身为俘虏，被押送到北方。楚囚，指俘虏。参见庾信《哀江南赋序》相关注释。传车，驿车。穷北，荒远的北方。

4 “鼎镬（huò）”句：遭受鼎镬酷刑，也如吃蜜糖一样。鼎镬，锅一类容器，可用作煮人的刑具。饴（yí），以麦芽制成的糖。

5 “阴房”二句：阴暗的囚室，无声地闪着鬼火；春天的院落，被黑暗闭锁。阴房，阴暗的屋室。阒（qù），寂静。閟（bì），关闭，深闭。

6 “牛骥”二句：牛和骏马同槽，鸡和凤凰共食。比喻贤愚不分（全都关在一起）。皂，食槽。鸡栖，鸡窝。

7 “一朝”二句：一旦被雾露风寒侵袭，料想肯定要成为沟中枯骨了。蒙，受。分（fèn），料想。瘠，腐尸，枯骨。

8 “如此”二句：这样过了两年，各种致病恶气都自行退避。再寒暑，过了两年。沴（lì），恶气。辟（bì）易，退避。

9 沮洳（jùrù）场：低洼阴湿之地，这里指牢房。

10 “岂有”二句：哪里有什么别的智谋机巧，使寒热不能把我侵害。缪（miù）巧，智谋机巧。阴阳，寒热。贼，戕害。

11 “顾此”二句：只不过因这光明正大之气在，把人生富贵视为浮云。这是指出“阴阳不能贼”的原因。顾，表轻微的转折，不过。耿耿，光明貌。浮云，比喻通过不合道义的手段而得到的富贵。典出《论语·述而》：“不义而富且贵，于我如浮云。”

12 “悠悠”二句：我心中的悲哀，如苍天一样无尽无休。悠悠，形容漫长持久。曷（hé），怎么，哪里。

13 “哲人”二句：古代圣哲离我们越来越远，他们在过去为我们树立了典范。哲人，圣哲，即前面提到的古人。典刑，同“典型”，榜样，典范。夙（sù）昔，往昔，昨日。

14 “风檐”二句：在屋檐下展书阅读，古人的美德光辉映照着我们的面容。古道，传统的道德。颜色，容颜。

译文 我被囚禁在北方都城，关在一间土屋里。土屋宽八尺，纵深约三丈。有一扇单开的矮门，窗子也又矮又窄，屋内低湿阴暗。尤其在这夏日，各种气味都积聚在屋内。下雨时四面雨水都汇流到这里，床和几案都被浮起，此时形成的是水气。（水退后）半间屋子都是污泥，汽蒸水沤，烂污不堪，这时又形成土气。雨后乍晴，太阳暴晒，四面通风处都被堵塞，这时又形成日气。在屋檐下生火做饭，助长了炎威，此刻又形成火气。屋里还堆积着腐败的陈粮，散发出阵阵霉气，呛鼻难闻，这时又形成米气。屋中的囚徒肩挨肩地挤在一起，身上的体臭汗味混杂，这又形成人气。此外，还有厕所的、残损尸体的以及腐烂鼠尸的各种恶臭，混杂在一起，此时形成污秽之气！

这七种恶气叠加在一块，只要遇上，没有不得病的。然而以我这样孱弱的身体，活动在这样的环境里，如今已有二年（居然没有生病），之所以能如此，大概是靠着往日的修养做到的吧。然而人们又怎么知道我的修养是什么呢？就是孟子所说的："我善于养我的浩然之气啊！"土屋中的恶气有七种，我的内在之气只有一种，用我这一种正大之气去抵御那七种邪恶之气，我又有什么要怕的呢？更何况浩然之气乃是充塞于天地之间的正大之气（又有谁能压倒呢）。我于是写下这首《正气歌》（来赞美它）。

诗略

林景熙

林景熙（1242—1310），字德旸，号霁山，南宋末温州平阳（今属浙江）人。诗有《山窗新糊有故朝封事稿阅之有感》《枯树》等。有《霁山集》。

山窗新糊有故朝封事稿阅之有感[1]

偶伴孤云宿岭东，四山欲雪地炉红。何人一纸防秋疏，却与山窗障北风[2]。

1 ★诗题可断句为："山窗新糊，有故朝封事稿，阅之有感。"本篇记事感怀，因偶宿一室，见糊窗纸竟是一封前朝防边奏疏，感慨之余，写下此诗。故朝，指南宋。封事，一种机密奏章，为防止泄露，加以密封。

2 防秋疏：建议朝廷在秋季防备外敌入侵的奏疏。障：遮挡。

张 炎

张炎（1248—约1320），字叔夏，号玉田，晚号乐笑翁。宋末元初人，祖籍秦州成纪（今甘肃天水），后迁临安（今浙江杭州）。是“中兴名将”张俊的六世孙。宋亡后流落以终。代表词作有《南浦·春水》《高阳台·西湖春感》等。有《山中白云词》。

南浦·春水[1]

波暖绿粼粼，燕飞来，好是苏堤才晓[2]。鱼没浪痕圆，流红去，翻笑东风难扫[3]。荒桥断浦[4]，柳阴撑出扁舟小。回首池塘青欲遍，绝似梦中芳草[5]。　　和云流出空山，甚年年净洗，花香不了[6]？新渌乍生[7]时，孤村路，犹忆那回曾到。余情渺渺，茂林觞咏如今悄[8]。前度刘郎归去后，溪上碧桃多少[9]。

---

1 ★“南浦”，词牌名。本篇写杭州西湖的景色，句句扣住“春水”，作者由此得“张春水”之名。

2 粼粼：波光闪耀貌。好是：正是，恰是。苏堤：苏公堤，是苏轼在杭州做官时所修。昔西湖为内外两湖。

3 “鱼没（mò）”句：鱼没入水中，水面留下圆形波痕。“流红”二句：落花随水流去，反而笑东风未能将它扫尽。翻，反而。

4 断浦：隔绝不通的水湾。

5 “回首”二句：回头看见池塘边的青草，如谢灵运梦中见到的一般。《南史·谢惠连传》载，谢灵运在梦中得到“池塘生春草”（《登池上楼》）的佳句。绝似，特别像。

6 “和云”三句：（水）伴随云一同从山中流出，为何年年也洗不净花香？甚（shén），为什么。不了，没完没了。

7 新渌（lù）乍生：清澈的溪水初涨。渌，水清澈貌。

8 渺渺：悠远，微弱。茂林觞咏：指与朋友在优美的风景中饮酒赋诗。用王羲之《兰亭集序》典故：“此地有崇山峻岭，茂林修竹……一觞一咏，亦足以畅叙幽情。”悄（qiǎo）：无声息。

9 “前度”二句：这是设想故地重游之词。用刘禹锡《再游玄都观》典故：“百亩庭中半是苔，桃花净尽菜花开。种桃道士归何处？前度刘郎今又来。”刘郎，指刘禹锡，这里借指词人自己。

金元文学

元好问

元好问（1190—1257），字裕之，号遗山，人称元遗山。金太原秀容（今山西忻州）人。金兴定间进士，做过县令、行尚书省左司员外郎。金亡后隐居不仕，搜集金代诗歌，编为《中州集》。诗歌代表作有《癸巳五月三日北渡三首》《论诗三十首》《岐阳三首》《外家南寺》《雁门道中书所见》等。有《遗山先生文集》《遗山乐府》《中州集》《续夷坚志》。

癸巳五月三日北渡三首（选二）

其一[1]

道傍僵卧满累囚，过去旃车似水流[2]。红粉哭随回鹘马[3]，为谁一步一回头？

其二[4]

随营木佛贱于柴，大乐编钟满市排[5]。掳掠几何君莫问，

---

1 ★癸巳为公元1233年，本年金国都城汴京（今河南开封）陷落，蒙古军入城劫掠，作者随金朝官员被押送出京，于五月三日北渡黄河，目睹亡国惨状，写下三首诗。本篇是第一首。

2 傍（páng）：旁侧。累（léi）囚：被捆绑着的囚徒。累，同“缧”，捆绑。旃（zhān）车：即毡车，指蒙古人蒙着毡子的篷车。旃，同“毡”。

3 红粉：代指年轻妇女。回鹘（hú）马：一种少数民族地区出产的马。

4 ★本篇为《癸巳五月三日北渡三首》的第二首，写汴京遭掳掠的景象，极为真切，触目惊心。

5 “随营”二句：是说蒙古军人在寺院、宫廷中掠得文物，摆在集市上贱卖换钱。大乐编钟，指宫廷铸造的大型敲击乐器。大乐，帝王祭祀、朝贺等典礼上用的音乐。

大船浑载汴京来[1]。

外家南寺[2]

郁郁楸梧动晚烟，一庭风露觉秋偏[3]。眼中高岸移深谷，愁里残阳更乱蝉[4]。去国衣冠[5]有今日，外家梨栗记当年。白头来往人间遍，依旧僧窗借榻眠。

论诗三十首（选一）[6]

池塘春草谢家春，万古千秋五字新[7]。传语闭门陈正字，可怜无补费精神[8]。

1 几何：多少。“大船”句：意谓蒙古军队把整个汴京都搬空了。浑，全都，整个地。

2 ★外家，即作者外祖父、外祖母家。诗人母亲姓张，是祁县（今属山西晋中）人。南寺在外家附近，诗人自注：“在至孝社，予儿时读书处也。”作者于金亡后返乡隐居二十年，本篇是回归家乡所作。因眼前景物而追忆幼时，隐含着亡国之痛。

3 “郁郁”二句：苍郁的楸树和梧桐被笼罩在秋天傍晚袅袅的炊烟里，整个庭院风寒露重，让人感到秋意已深。偏，这里是说秋天已过半。

4 “眼中”二句：是说离乡年久，其间经历了犹如高岸变深谷的社会剧变，眼前的夕阳鸣蝉，愈发引人愁绪。高岸移深谷，《诗经·小雅·十月之交》有“高岸为谷，深谷为陵”之句，这里指金元易代的历史鼎革。移，改变。乱蝉，乱鸣聒（guō）耳的秋蝉。

5 去国衣冠：离开（失去）祖国的士大夫。这里是作者自指。衣冠，代指士大夫。

6 ★作者有《论诗三十首》，本篇是第二十九首。

7 “池塘”二句：晋代诗人谢灵运曾于梦中得句“池塘生春草，园柳变鸣禽”（《登池上楼》），受到后人称许，认为清新工稳，自然天成。

8 “传语”二句：传话给北宋江西派诗人陈师道，他那“闭门觅句”的作诗方式，实在无益于创作，白白浪费精力。陈正字，陈师道曾任秘书省正字。相传他一有诗歌灵感，就赶快回家，关上房门，躺在床上作诗。元好问在褒贬之间，亮明了自己在诗歌创作上的好恶立场。

关汉卿

关汉卿（约1220—约1300），号已斋叟。金末元初大都（今北京）人。曾为太医院户，晚年到过杭州。居“元曲四大家”之首。杂剧代表作有《窦娥冤》《救风尘》《拜月亭》《望江亭》《单刀会》《蝴蝶梦》等，另有散曲《一枝花·不伏老》《四块玉·别情》《四块玉·闲适》等。

〔南吕〕一枝花·不伏老（节录）[1]

〔尾〕我是个蒸不烂、煮不熟、捶不扁、炒不爆、响当当一粒铜豌豆，恁子弟每谁教你钻入他锄不断、斫不下、解不开、顿不脱、慢腾腾千层锦套头[2]？我玩的是梁园月，饮的是东京酒，赏的是洛阳花，攀的是章台柳[3]。我也会围棋、会蹴踘、会打围、会插科、会歌舞、会吹弹、会嚥作、会吟诗、会双陆[4]。你便是落了我牙、歪了我嘴、瘸了我腿、折了

1 ★“南吕”是宫调名，“一枝花”是曲牌名，“不伏老”是此曲标题。此曲形式是“套数”（也叫“散套”），即用同一宫调的若干支小令组合起来，吟咏同一个主题。这套《不伏老》是由同属南吕宫调的〔一枝花〕〔梁州〕〔隔尾〕〔尾〕四支小令组成。从曲中可以见到作者桀骜不驯的性格、挑战传统观念的勇气以及嬉笑怒骂的文字风格。这里节录套数中的〔尾〕。

2 铜豌豆：这里喻指性格坚强、有反叛精神的人。恁（nèn）：那，您。子弟：风流子弟。每：们。斫（zhuó）：用刀斧砍。锦套头：锦绣的圈套、陷阱。

3 梁园：又作“梁苑”，汉代梁孝王的花园。洛阳花：指牡丹。攀：攀折。章台柳：这里代指妓女。章台，汉代长安街坊名，为娼妓聚居区。

4 蹴鞠（cùjū）：古代一种踢球游戏。打围：打猎。插科：在戏曲表演中插入滑稽动作、诙谐语言的表演，也称“插科打诨”。嚥（yàn）作：唱歌。嚥，同“咽”。双陆：古代一种棋类赌博游戏。

我手，天赐与我这几般儿歹症候，尚兀自不肯休[1]！则除是阎王亲自唤，神鬼自来勾。三魂归地府，七魄丧冥幽。天哪！那其间才不向烟花路儿上走！[2]

〔南吕〕四块玉·别情[3]

自送别，心难舍，一点相思几时绝。凭阑袖拂杨花雪[4]。溪又斜，山又遮，人去也！

〔南吕〕四块玉·闲适[5]

南亩耕，东山卧[6]，世态人情经历多。闲将往事思量过：贤的是他，愚的是我，争甚么！

窦娥冤（节录）[7]

〔耍孩儿〕不是我窦娥罚下这等无头愿，委实的冤情不

1 歹症候：恶疾。兀自：犹，还。

2 “则除是”六句：意谓除非死掉，我才不走这条叛逆之路。

3 ★“四块玉”是曲牌名，属南吕宫调。此首以极简的笔墨，写女性人物对爱情的珍重，情深意长。

4 “凭阑”句：靠在栏杆上，用袖子拂去飘飞的柳絮。这里既是写实，又是暗用李煜《清平乐》句“砌下落梅如雪乱，拂了一身还满”，表示相思的无尽无休。阑，同“栏”。杨花雪，即雪片般的柳絮。

5 ★本篇写隐居生活的闲适快乐，表现了一种与世无争的态度。

6 南亩耕：汉末诸葛亮出仕之前曾躬耕南阳（在今河南南部、湖北北部一带），这里暗用其典。南亩，农田。东山卧：东晋谢安一度辞官隐居于东山（在今浙江上虞西南），这里暗用其典。

7 ★《窦娥冤》全称为《感天动地窦娥冤》，是关汉卿杂剧代表作之一，写民女窦娥受人诬陷被冤杀、最终得以昭雪的故事。这里节录第三折的四支曲子。窦娥在刑场上对天发下三桩誓愿，如果自己确实冤枉，一是鲜血无一点落地，全都飞上挂在旗枪的丈二白练（白绸子）上；二是三伏天天降大雪，掩盖自己的尸身；三是自己死后，楚州大旱三年。监斩官不相信，于是窦娥唱了这几支曲子。由〔耍孩儿〕〔二煞〕〔一煞〕〔煞尾〕组成，属正宫调。

浅[1]；若没些儿灵圣与世人传，也不见得湛湛青天[2]。我不要半星热血红尘洒，都只在八尺旗枪素练悬[3]。等他四下里皆瞧见，这就是咱苌弘化碧，望帝啼鹃[4]。

〔二煞〕你道是暑气暄[5]，不是那下雪天；岂不闻飞霜六月因邹衍[6]？若果有一腔怨气喷如火，定要感的六出冰花滚似绵，免着我尸骸现[7]；要什么素车白马，断送出古陌荒阡[8]！

〔一煞〕你道是天公不可期，人心不可怜，不知皇天也肯从人愿[9]。做甚么三年不见甘霖降？也只为东海曾经孝妇冤。[10]如今轮到你山阳县[11]。这都是官吏每无心正法[12]，使百姓有口难言！

〔煞尾〕浮云为我阴，悲风为我旋，三桩儿誓愿明题

1 罚：发。无头愿：不可能实现的誓愿。委实：确实。

2 灵圣：这里指灵异的征兆。湛湛：清明澄澈貌。

3 红尘：指地上。旗枪：装有枪头的旗杆。素练：即白练。

4 苌（cháng）弘化碧：苌弘为周朝忠臣，无辜被害，鲜血被人收藏，三年后化为碧玉。（见《庄子·外物》）望帝啼鹃：相传远古时蜀王杜宇号望帝，让国隐居，死后魂魄化为杜鹃鸟，啼声凄厉。（见《华阳国志·蜀志》）

5 暄：炎热。

6 飞霜六月因邹衍：邹衍是战国时燕国的忠臣，被人陷害入狱；传说他仰天大哭，感动了上苍，六月降霜。（见《文选》李善注引《淮南子》）

7 六出冰花：雪花为六瓣结晶体，因称。绵：丝绵。“免着”句：免得我尸体暴露。

8 素车白马：东汉时，张劭死，他的朋友范式乘“素车白马，号哭而来”吊丧。（见《后汉书·范式传》）这里指送丧。断送：送丧。古陌荒阡：这里指荒凉的墓地。

9 期：期盼，相信。皇天：老天，天公。

10 “做甚么”二句：相传汉代东海有个叫周青的寡妇，被小姑诬告，说她杀害婆婆。周青被斩时，指着身边竹竿说：若我无罪，血当沿着竹竿倒流。结果其言应验。她死后，东海大旱三年。后任官员为她昭雪，天才降雨。（见《搜神记·东海孝妇》）关汉卿《窦娥冤》便是在周青故事基础上创作的。

11 山阳县：即楚州，今江苏淮安。

12 每：们。正法：公正执法。

遍。　　（做哭科，云）婆婆也，直等待雪飞六月，亢旱[1]三年呵，（唱）那其间才把你个屈死的冤魂这窦娥显[2]！

单刀会（节录）[3]

〔双调〕〔新水令〕大江东去浪千叠，引着这数十人、驾着这小舟一叶。又不比九重龙凤阙[4]，可正是千丈虎狼穴。大丈夫心别[5]。我觑这单刀会似赛村社[6]。　　（云）好一派江景也呵。（唱）〔驻马听〕水涌山叠，年少周郎何处也，不觉的灰飞烟灭。可怜黄盖转伤嗟，破曹的樯橹一时绝。鏖兵的江水犹然热，好教我情惨切。[7]（带云）这也不是江水，（唱）二十年流不尽的英雄血！

1　亢旱：大旱。

2　"那其间"句：那时才能证明窦娥是受屈而死的，是冤枉的。

3　★《单刀会》全称《关大王独赴单刀会》，是关汉卿杂剧代表作之一，演三国故事。这一节引自第四折，是关羽前往东吴赴会时，船行江面所唱。由〔新水令〕〔驻马听〕组成，属双调。

4　九重龙凤阙：这里指东吴宫殿，与下面"千丈虎狼穴"对照，是说东吴的宫阙隐藏着杀机。

5　大丈夫心别：大丈夫情怀与众不同。

6　赛村社：农村社日的迎神赛会。

7　"水涌"七句：这里写关羽在江面上触景生情，想起当年的赤壁之战。曲词化用苏轼《念奴娇·赤壁怀古》的词句，在抒发豪气的同时，也强调了战争的惨烈。鏖（áo）兵，鏖战。

白　朴

白朴（1226—1306以后），字仁甫，一字太素，号兰谷先生。金末元初人。原籍隩州（今山西河曲），后移居真定（今河北正定）。终身未仕。是“元曲四大家”之一，杂剧代表作有《梧桐雨》《墙头马上》等，另有散曲《得胜乐》（独自走）、《寄生草·饮》等。有词集《天籁集》。

〔双调〕得胜乐[1]

独自走，踏成道，空走了千遭万遭[2]。“肯不肯疾些儿通报，休直到教担阁得天明了[3]！”

〔仙吕〕寄生草·饮[4]

长醉后方何碍，不醒时有甚思[5]？糟腌两个功名字，醅渰千古兴亡事，曲埋万丈虹蜺志[6]。不达时皆笑屈原非，但知音

1 ★“得胜乐”，曲牌名，属双调。曲中写一位勇敢女子向犹豫畏缩的情郎发出“最后通牒”。

2 “独自走”三句：写出女子在爱情上的主动与坚持，反衬出男子的薄情（常常爽约，让女子扑空）。

3 “肯不肯”二句：这是女子向情郎发出“最后通牒”，要他快点儿做决定（可能是一次幽会，也可能是私奔），否则天就亮了。疾些儿，快点儿。担阁，耽搁，耽误。

4 ★“寄生草”，曲牌名，属仙吕宫调。作者一说为范康。曲中称颂饮酒的好处，其实句句是反话。

5 方何碍：将有何妨碍。方，将。有甚思：有什么思虑。这里有一醉解千愁之意。

6 糟腌、醅渰（yān）、曲埋：都有用酒麻醉的意思。糟，酿酒的渣滓。醅，未经过滤的酒。渰，同“淹”。曲，酿酒用的酒母。虹蜺志：远大的志向。蜺，同“霓”。

尽说陶潜是[1]。

梧桐雨（节录）[2]

〔蛮姑儿〕懊恼，喑约[3]。惊我来的又不是楼头过雁，砌下寒蛩，檐前玉马，架上金鸡；是兀那窗儿外梧桐上雨潇潇[4]。一声声洒残叶，一点点滴寒梢，会把愁人定虐[5]。

〔滚绣球〕这雨呵，又不是救旱苗，润枯草，洒开花萼；谁望道秋雨如膏[6]？向青翠条，碧玉梢，碎声儿毕剥，增百十倍，歇和芭蕉[7]。子管里珠连玉散飘千颗，平白地瀽瓮翻盆下一宵，惹的人心焦[8]。

〔叨叨令〕一会价紧呵，似玉盘中万颗珍珠落；一会价响呵，似玳筵前几簇笙歌闹；一会价清呵，似翠岩头一派寒

---

1 “不达”二句：不知音者笑话屈原，认为他“众人皆醉我独醒”的态度是错的，知音者却都称赞陶潜（及时回归田园）做得对。按，这里是互文用法，即不知音者既否定屈原也否定陶潜，知音者既肯定陶潜也肯定屈原。不达，这里与“知音”相对。

2 ★《梧桐雨》全称《唐明皇秋夜梧桐雨》，是白朴的杂剧代表作之一。剧中演唐明皇与杨贵妃的爱情悲剧。这里节录了第四折的几支曲子，写唐明皇回到长安后，思念死去的杨贵妃，听着窗外雨打梧桐的声音，彻夜难眠。由〔蛮姑儿〕〔滚绣球〕〔叨叨令〕〔倘秀才〕组成，属正宫调。

3 喑（yīn）约：思量，忖度。

4 “惊我”五句：让我心惊的声音，不是楼头传来的雁叫声、阶下的蟋蟀声、屋檐下的玉马声、架上的雄鸡声，而是那窗外雨点打在梧桐叶上的唰唰声。砌，台阶。寒蛩（qióng），深秋的蟋蟀。玉马，挂在屋檐下的玉片。兀那，那。潇潇，形容雨声。

5 会：定当。定虐：打扰，扰害。

6 “谁望”句：谁指望这秋雨润泽。意思是此刻不需要雨水。膏，油脂。

7 向：在。青翠条、碧玉梢：泛指树木。毕剥：象声词。歇和（hè）：声音相和（或行动相配）。

8 子管里：只管。瀽（jiǎn）瓮翻盆：犹言瓢泼、倾盆。瀽，倾，倒。心焦：心烦，焦虑。

泉瀑；一会价猛呵，似绣旗下数面征鼙操[1]。兀的不恼杀人也么哥！兀的不恼杀人也么哥！[2]则被他诸般儿雨声相聒噪[3]。

〔倘秀才〕这雨一阵阵打梧桐叶凋[4]，一点点滴人心碎了。枉着金井银床紧围绕，只好把泼枝叶做柴烧，锯倒[5]。

1 价：助词。玳筵：即玳瑁筵，指豪华的筵席。寒泉瀑：清冷的泉水飞流而下。征鼙（pí）操：战鼓敲。

2 “兀的”句：这简直要恼煞人了。兀的，这。也么哥，句末感叹词。〔叨叨令〕曲倒数第二、三句规定用“……也么哥”的重复句式。

3 聒噪：吵闹，打扰。

4 凋：掉落，败落。

5 “枉着（zhuó）”三句：白白用金银井栏把它（梧桐树）围护着，此刻只想把树锯倒，连枝带叶当柴火烧掉。这里写唐明皇夜间被雨打梧桐的声音折磨，迁怒于树。枉着，白白让。金井银床：原指豪华讲究的井栏，这里指树的护栏。泼，这里作为詈词，有贬低的意思，相当于“贱”。

马致远

马致远（约1250—1321后），字千里，号东篱。元代大都（今北京）人。曾任江浙行省务官，晚年隐居。“元曲四大家”之一。代表作有散曲《天净沙·秋思》《耍孩儿·借马》及杂剧《汉宫秋》《荐福碑》《陈抟高卧》等。有《东篱乐府》。

〔越调〕天净沙·秋思[1]

枯藤老树昏鸦[2]，小桥流水人家，古道西风瘦马。夕阳西下，断肠人[3]在天涯。

〔南吕〕四块玉·叹世[4]

带[5]野花，携村酒，烦恼如何到心头。谁能跃马常食肉[6]？二顷田，一具牛，饱后休[7]。

---

1 ★“天净沙”，曲牌名，属越调，又名“塞上秋”。此篇写秋景，是从游子眼中看出。前三句用的是鼎足对。

2 昏鸦：黄昏时分的乌鸦。

3 断肠人：漂泊天涯、极度伤感之人。

4 ★叹世是元曲中常见题材，内容多写隐逸生活的惬意，实则反衬作者对黑暗现实的厌恶或才无所用的不满。

5 带，同“戴”。

6 跃马常食肉：这里指做官享受富贵生活。战国时，燕国人蔡泽自述其志：“吾持粱啮肥，跃马疾驱……食肉富贵，四十三年足矣。”（见《史记·范雎蔡泽列传》）

7 具：同“犋”。一犋本指能拉动一张犁铧的畜力，此处指一匹，一头。饱后休：吃饱了算，或理解为吃饱后休息。

汉宫秋（节录）[1]

〔梅花酒〕呀！俺向着这迥野[2]悲凉。草已添黄，兔早迎霜，犬褪得毛苍，人搠起缨枪，马负着行装，车运着糇粮，打猎起围场[3]。他他他、伤心辞汉主，我我我、携手上河梁。他部从入穷荒，我銮舆返咸阳[4]。返咸阳，过宫墙；过宫墙，绕回廊；绕回廊，近椒房[5]；近椒房，月昏黄；月昏黄，夜生凉；夜生凉，泣寒螀[6]；泣寒螀，绿纱窗；绿纱窗，不思量！

〔收江南〕呀！不思量除是铁心肠！铁心肠也愁泪滴千行。美人图今夜挂昭阳，我那里供养，便是我高烧银烛照红妆[7]。

荐福碑（节录）[8]

〔寄生草〕想前贤语[9]，总是虚。可不道书中车马多如簇，

1 ★《汉宫秋》全名《破幽梦孤雁汉宫秋》，是马致远的杂剧代表作之一。全剧演昭君出塞故事。这是第三折中的两支曲子。描绘汉元帝送走昭君，打道回宫，恋恋不舍的心情。由〔梅花酒〕〔收江南〕组成，属双调。

2 迥（jiǒng）野：广远的原野。

3 兔早迎霜：指野兔到秋冬时毛色变白。苍：灰白色。搠（shuò）：拿。糇（hóu）粮：干粮。打猎起围场：打猎的撤掉围场。起，除去。

4 部从：部属，随从。穷荒：荒漠，荒远之地。銮舆：皇帝乘坐的车子。

5 椒房：即椒房殿，汉皇后所居。以花椒子和泥涂墙，故名。也泛指后妃居室。

6 寒螀（jiāng）：寒蝉。

7 昭阳：汉代宫殿名。红妆：这里指昭君。

8 ★《荐福碑》全称《半夜雷轰荐福碑》，是马致远杂剧代表作之一。写书生张镐的传奇遭遇。这里节录第一折中张镐唱的两支曲子，前一支写理想中的书生生涯及其光辉前途，后一支写令人沮丧的社会现实。由〔寄生草〕〔幺篇〕组成，属仙吕宫。

9 前贤语：宋真宗赵恒撰有《励学篇》："富家不用买良田，书中自有千钟粟；安居不用架高堂，书中自有黄金屋；出门莫恨无人随，书中车马多如簇；娶妻莫恨无良媒，书中自有颜如玉。男儿欲遂平生志，五经勤向窗前读。"

可不道书中自有千钟粟，可不道书中有女颜如玉[1]。则见他白衣便得一个状元郎，那里是绿袍儿赚了书生处[2]？

〔幺篇〕这壁拦住贤路，那壁又挡住仕途[3]。如今这越聪明越受聪明苦，越痴呆越享了痴呆福，越糊突越有了糊突富！则这有银的陶令不休官，无钱的子张学干禄[4]。

1 可不道：这里用来加重肯定的语气。多如簇：形容（车马）很多的样子。簇，丛集。钟：这里是古代量制单位，一钟相当于1000升。

2 “则见”二句：意谓只见他一个平民很容易就当上状元，（实际上）哪里会有书生平白穿绿袍的事？分明是欺骗。白衣，指平民。绿袍儿，官服。赚（zuàn），骗。

3 这壁、那壁：这边、那边。贤路：招贤之路。仕途：做官之路。

4 糊突：糊涂。“则这”二句：意思是陶渊明辞官、子张求做官，都是因贫穷所迫。陶令，即晋人陶渊明，因耻于为五斗米折腰而辞官。子张学干禄，典出《论语·为政》，子张曾向孔子询问谋取官职的办法。子张，孔子的弟子，不曾做官。干禄，求禄位，求做官。

刘 因

刘因（1249—1293），字梦吉，号静修，元代雄州容城（今河北容城县）人。诗有《观梅有感》《白沟》《桃源行》等。有《静修集》。

观梅有感[1]

东风吹落战尘沙，梦想西湖处士家[2]。只恐江南春意减，此心原不为梅花[3]。

宋理宗南楼风月横披二首（选一）[4]

物理兴衰不可常[5]，每从气韵见文章。谁知万古中天月，只办南楼一夜凉[6]。

---

1 ★此篇是在南宋灭亡后作于北方，诗人悬想江南的残破景象，心情沉重。

2 "东风"二句：是说春天将到，战争结束，不觉想到江南的人和花。西湖处士，即隐居西湖的北宋诗人林逋，他以爱梅、咏梅著称。

3 "只恐"二句：是说元军铁蹄过处，江南肯定已残破不堪，我关心的不仅仅是那里的梅花。原，原本。

4 ★宋理宗即赵昀，公元1224—1264年在位。南楼风月横披，是指写有理宗自题诗《南楼风月》的横披。横披，一种横挂的长条形书画。诗共二首，这是第二首。此诗评判宋代皇帝的诗文，从对比中见褒贬。

5 物理：事物发展兴衰的规律。不可常：没有恒常不变的规律。

6 "谁知"二句：诗人自注说，宋代开国皇帝赵匡胤有咏月诗句"才到天中万国明"，而理宗赵昀的咏月诗句则是"并作南楼一夜凉"。这里暗指两位皇帝的胸襟气魄相差甚远。办，这里有成、变之意。

赵孟頫

赵孟頫（1254—1322），字子昂，号松雪道人、水精宫道人。元代湖州（今浙江吴兴）人。为宋宗室之后，仕于元，官至翰林学士承旨。善书画，精音律。诗歌、散曲代表作有《岳鄂王墓》、《后庭花》（清溪一叶舟）等。有《松雪斋集》。

岳鄂王墓[1]

鄂王坟上草离离，秋日荒凉石兽危[2]。南渡君臣轻社稷，中原父老望旌旗[3]。英雄已死嗟何及，天下中分遂不支[4]。莫向西湖歌此曲，水光山色不胜悲。

1 ★岳飞死后封鄂王，他的墓在杭州西湖边。赵孟頫虽然降元，内心仍怀有故国之思。

2 离离：繁盛纷披貌。危：高耸貌。

3 “南渡”二句：是说南宋君臣一味苟且偷安，不致力于恢复中原；而中原的宋朝遗民，眼巴巴盼着宋军打来。

4 英雄：指岳飞。“天下”句：连天下中分的局面也不能支撑。指南宋灭亡。

王实甫

王实甫（约1260—约1336），名德信，元代大都（今北京）人。是杰出的元曲作家，杂剧代表作有《西厢记》《破窑记》等。另有散曲若干，如《十二月过尧民歌·别情》等。

〔中吕〕十二月过尧民歌·别情[1]

自别后遥山隐隐，更那堪远水粼粼。见杨柳飞绵滚滚，对桃花醉脸醺醺[2]。透内阁香风阵阵，掩重门暮雨纷纷[3]。　怕黄昏忽地又黄昏，不销魂怎地不销魂[4]！新啼痕压旧啼痕，断肠人忆断肠人。今春，香肌瘦几分，搂带宽三寸[5]。

西厢记（节录）[6]

〔正宫端正好〕碧云天，黄花地，西风紧[7]，北雁南飞，晓

1 ★“十二月”“尧民歌”，都是曲牌名，属中吕宫。“过”是“带过曲”的标志，即由两三支同一宫调的小令组合而成，吟咏同一主题，规模小于套数。这首《别情》，假借女性口吻，写离愁别恨。

2 “见杨柳”二句：写春天柳绿桃红的景色，而柳絮象征着不尽的思念，桃花与醉后的脸色相映。

3 内阁：闺阁。重门：层层门户，也指深闺。

4 销魂：形容悲伤愁苦之状。

5 搂带：裙带。裙带宽，意味着人消瘦。

6 ★《西厢记》全称《崔莺莺待月西厢记》，是王实甫的杂剧代表作。全剧五本二十一折，这里的几支曲子，节自第四本第三折，是崔莺莺为张君瑞送别时所唱。由〔端正好〕〔滚绣球〕〔叨叨令〕〔一煞〕〔收尾〕组成，属正宫。

7 “碧云天”三句：写秋景，化用宋范仲淹《苏幕遮·怀旧》词句“碧云天，黄叶地，秋色连波，波上寒烟翠”。

来谁染霜林醉？总是离人泪。[1]

〔滚绣球〕恨相见得迟，怨归去得疾[2]。柳丝长玉骢难系，恨不倩疏林挂住斜晖[3]。马儿迍迍的行，车儿快快的随[4]。却告了相思回避，破题儿又早别离[5]。听得道一声去也，松了金钏；遥望见十里长亭，减了玉肌，此恨谁知[6]？

（红云）姐姐今日怎么不打扮？（旦云）你那知我的心里呵？

〔叨叨令〕见安排着车儿马儿，不由人熬熬煎煎[7]的气；有甚么心情花儿靥儿[8]，打扮得娇娇滴滴的媚；准备着被儿枕儿，则索[9]昏昏沉沉的睡；从今后衫儿袖儿，都搵[10]做重重叠叠的泪。兀的不闷杀人也么哥[11]！兀的不闷杀人也么哥！久已后书儿信儿，索与我凄凄惶惶[12]的寄。

…………

1 “晓来”二句：以秋晨经霜变红的林木，喻离别之人泪尽继之以血。

2 “怨归”句：这是莺莺抱怨见面时间短，眼看又要回去了。疾，快。

3 “柳丝”二句：写莺莺难舍的心情，希望柳丝系住张生的马，树林挂住落日。玉骢（cōng），骏马。倩（qìng），请。

4 “马儿”二句：依然写莺莺难舍的心情，希望张生的马走慢些，自己的车跟得快些，拉近两人距离。迍（zhūn）迍，行进缓慢貌。

5 “却告了”二句：刚到一块儿，又要分手。却告了相思回避，指老夫人（莺莺母）承认了两人的恋爱关系，两人刚刚结束相思而不能见面的状况。破题儿，起首，开始。

6 “听得”五句：这里用夸张的手法，写人物内心的凄苦感受。松了金钏，是隐喻人因难过而消瘦。参见柳永《蝶恋花》词“衣带渐宽终不悔”句注释。

7 熬熬煎煎：形容内心因气恼而受熬煎。

8 靥（yè）儿：面颊上的酒窝儿，这里指面颊上的一种妆饰。

9 则索：只能，不得不。

10 搵（wèn）：擦。

11 “兀的”句：即“这好不闷杀人”的意思。兀的，这。

12 索：须。凄凄惶惶：形容急迫，及时。

〔一煞〕青山隔送行，疏林不做美，淡烟暮霭相遮蔽[1]。夕阳古道无人语，禾黍秋风听马嘶。我为甚么懒上车儿内，来时甚急，去后何迟？〔收尾〕四围山色中，一鞭残照里[2]。遍人间烦恼填胸臆，量这些大小车儿、如何载得起[3]？

1 “青山”三句：是说青山、疏林以及淡烟暮霭遮住了离去者的身影，令相送的人烦恼。

2 “一鞭”句：指张生在落日残阳之下挥鞭远去。

3 胸臆：心胸，内心。这些大小：这么大点儿，极言其小。

贯云石

贯云石（1286—1324），本名小云石海涯，号酸斋，又号芦花道人。元代畏兀儿（今维吾尔族）人，祖籍西域北庭（今新疆吉木萨尔），出身贵族，有很高的汉文化修养，官至翰林侍读学士、中奉大夫。辞官后隐居于杭州一带。散曲代表作有《清江引》（弃微名去来心快哉）（竞功名有如车下坡）、《殿前欢》（畅幽哉）、《红绣鞋·欢情》等。后人把他和甜斋（徐再思）的散曲合编为《酸甜乐府》。

〔双调〕清江引（选二）

其一[1]

弃微名去来心快哉，一笑白云外[2]。知音三五人，痛饮何妨碍，醉袍袖舞嫌天地窄[3]。

其二[4]

竞功名有如车下坡，惊险谁参破[5]？昨日玉堂臣，今日遭残祸[6]。争如我避风波走在安乐窝[7]。

---

1 ★“清江引”，曲牌名，属双调。贯云石此题共三首，本篇是第一首。

2 去来：归去，归隐。来，语助词。白云外：指山林隐居之所。

3 “醉袍袖”句：此句写出作者的胸襟阔大，心志高远，不同于一般饮酒赏花的幽栖之人。

4 ★本篇是《清江引》的第二首，写官场的险恶。

5 竞功名：为功名去竞争、奔走，指做官。车下坡：车子下坡时很难掌控，弄不好有翻车的危险。参破：看破。

6 玉堂臣：泛指高级官员。玉堂，汉代宫殿名，后指翰林院。这里泛指中央衙署。残祸：灾祸，凶祸。

7 争如：怎如。安乐窝：这里指隐居之所。

〔双调〕殿前欢[1]

畅幽哉，春风无处不楼台[2]！一时怀抱俱无奈，总对天开[3]。就渊明归去来，怕鹤怨山禽怪，问甚功名在[4]！酸斋是我，我是酸斋[5]！

1 ★“殿前欢”，曲牌名，属双调。本曲在欢乐洒脱的词句后面，掩藏着作者内心的无奈。

2 畅幽哉：这是对自由的隐居生活的欢呼。“春风”句：意谓春风所到之处都是美景，不必是贵族的楼台亭榭。

3 “一时”二句：是说面对大自然，一切抑郁无奈都会消解。

4 就：接近，跟随。“怕鹤怨”二句：南朝齐孔稚珪撰《北山移文》，讥刺假隐士周颙追名逐利，被山间林泉、猿鹤所怨恨、责怪。作者以此解释自己不肯为官的原因，表明自己要做真隐士。

5 “酸斋”二句：这里有我行我素之意。

郑光祖

郑光祖（？—1324之前），字德辉，元代平阳（今山西临汾）人。曾做小吏。“元曲四大家”之一，杂剧代表作有《倩女离魂》《王粲登楼》等，另有散曲若干。

倩女离魂（节录）[1]

〔四煞〕都做了一春鱼雁无消息，不甫能一纸音书盼得[2]。我则道春心满纸墨淋漓，原来比休书多了个封皮[3]。气的我痛如泪血流难尽，争些魂逐东风吹不回[4]。秀才每心肠黑，一个个贫儿乍富，一个个饱病难医[5]。

〔三煞〕这秀才则好谒僧堂三顿斋，则好拨寒炉一夜灰，则好教偷灯光凿透邻家壁，则好教一场雨淹了中庭麦，则好教半夜雷轰了荐福碑[6]。不是我闲淘气[7]，便死呵死而无怨，待悔呵悔之何及。

1 ★《倩女离魂》全称《迷青琐倩女离魂》，系郑光祖的杂剧代表作。写王文举进京赴考，未婚妻倩女的魂魄离开身躯，追随王文举进京。剧本第三折，演王文举中了状元，写信向岳母报喜，说要跟“小姐”（实为倩女魂魄）一同归来。家中倩女见信，以为王文举另娶，十分气恼，唱了这两支曲子。由〔四煞〕〔三煞〕组成，属中吕宫。

2 鱼雁：这里指书信。不甫能：才能够，好不容易。

3 “我则道”二句：是说我原以为信中写的都是笔墨淋漓的情话，不承想竟是一封休书，只多了个信封。休书，古代男子抛弃妻子所写的文书。

4 “争些”句：意谓差一点儿气死。争些，差一点儿。

5 每：们。“一个个”二句：都是讽刺小人得志的话。饱病难医，因吃得太饱而患病，最难医治。

6 “这秀才”五句：所用典故都是记述穷秀才遭遇的，暗含对秀才忘本的指责。则好，只好，只配。谒僧堂三顿斋，用唐人王播常到庙中蹭斋饭的典故。拨寒炉一夜灰，宋人吕蒙正未发达时作有诗句“拨尽寒炉一夜灰”。偷灯光凿透邻家壁，用西汉匡衡“凿壁偷光”苦读的典故。一场雨淹了中庭麦，用汉代高凤专心读书、雨淹麦子的典故。半夜雷轰了荐福碑，用马致远杂剧《荐福碑》典故。

7 闲淘气：生闲气，自己找气。

张养浩

张养浩（1270—1329），字希孟，号云庄，元代济南人。曾拜监察御史，后官至礼部尚书，参议中书省事。散曲代表作有《山坡羊·潼关怀古》《沉醉东风·隐居叹》《朱履曲·警世》《一枝花·咏喜雨》等。著有《云庄休居自适小乐府》《归田类稿》。

〔中吕〕山坡羊·潼关怀古[1]

山峦如聚，波涛如怒，山河表里潼关路[2]。望西都，意踟蹰[3]。伤心秦汉经行处，宫阙万间都做了土[4]。兴，百姓苦；亡，百姓苦。

〔双调〕沉醉东风·隐居叹[5]

班定远飘零玉关，楚灵均憔悴江干[6]。李斯有黄犬悲，陆机有华亭叹[7]；张柬之老来遭难，把个苏子瞻长流了四五

---

1 ★“山坡羊”，曲牌名，属中吕宫。此曲末四句为传世警句。

2 “山河”句：是说潼关内依华山，外临黄河，形势险要。表里，内外。

3 西都：指长安。踟蹰（chíchú）：犹豫徘徊。这里指心潮起伏。

4 经行处：行程中经过之处。“宫阙”句：暗用项羽火烧阿房宫的典故。

5 ★“沉醉东风”，曲牌名，属双调。本篇历数历史上几位贤人的悲惨遭遇，用以坚定作者自己的隐居信念。

6 “班定远”句：东汉班超奉命开发西域，被任命为西域都护，封定远侯。晚年思乡，上疏求还，中有“但愿生入玉门关”之语。（见《后汉书·班梁列传》）飘零，漂泊流落。“楚灵均”句：战国时楚大夫屈原字灵均，忠而见谤，先后被流放汉北、江南，《史记·屈原贾生列传》说他“至于江滨，被（披）发行吟泽畔，颜色憔悴，形容枯槁”。江干，江岸。

7 “李斯”句：秦相李斯临刑时对儿子说：“吾欲与若（你）复牵黄犬俱出上蔡东门逐狡兔，岂可得乎？”表达了对追求功名的悔恨。（见《史记·李斯列传》）“陆机”句：西晋陆机是吴郡华亭人，他兵败被杀，临刑叹息：“华亭鹤唳（鹤鸣），岂可复闻乎！”（见《晋书·陆机传》）

番[1]。因此上功名意懒[2]。

〔中吕〕朱履曲·警世[3]

那的是为官荣贵[4]？止不过多吃些筵席，更不呵安插些旧相知，家庭中添些盖作，囊箧里攒些东西[5]。教好人每看做甚的[6]！

1 “张柬之”句：张柬之助唐中宗复位有功，后为武三思构陷，年八十被贬为新州司马，忧愤而死。（见《旧唐书·张柬之传》）“把个苏子瞻”句：苏轼因政见之争被一再贬谪，最远被流放到海南岛。长流，远途流放。

2 功名意懒：（看了前贤的遭遇）再不愿出山做官、求取功名。

3 ★“朱履曲”，曲牌名，属中吕宫。本篇对为官者表达了极大的轻蔑。

4 “那的是”句：当官的荣华富贵体现在哪儿。

5 更不：再，再有，另外。盖作：房子。“囊箧（qiè）”句：这里指攒些家私、财物。囊箧，口袋箱笼之类。

6 “教好人每”句：在正直的人们看来，这些“好处”又算得了什么。每，们。

张可久

张可久（1280—约1352），字小山；一说名伯远，字可久，号小山。元代庆元（今浙江宁波）人。曾任首领官、桐庐典史，晚年隐居杭州西湖。散曲代表作有《卖花声·怀古二首》《水仙子·怀古》《醉太平·无题》等。近人辑有《小山乐府》。

〔中吕〕卖花声·怀古二首（选一）[1]

美人自刎乌江岸，战火曾烧赤壁山，将军空老玉门关[2]。伤心秦汉，生民涂炭[3]，读书人一声长叹！

〔正宫〕醉太平·无题（选一）[4]

人皆嫌命窘[5]，谁不见钱亲？水晶环入面糊盆，才沾粘便滚[6]。文章糊了盛钱囤，门庭改做迷魂阵，清廉贬入睡馄饨，胡芦提倒稳[7]。

---

1 ★“卖花声”，曲牌名，属中吕宫。张可久此题共二首，这是第二首。此首以怀古之名，感叹民生的艰辛。

2 “美人”三句：三句用三个典故，概括秦汉的征伐史。一是秦末项羽兵败乌江、虞姬自刎，二是三国时赤壁鏖兵，三是东汉班超经营西域。

3 生民涂炭：指百姓陷于水火，死于非命。

4 ★“醉太平”，曲牌名，又作“醉思凡”，属正宫。张可久此题共三首，这是第二首。本篇痛陈社会风气的败坏。

5 窘：窘迫，不顺遂。

6 “水晶环”二句：意谓水晶饰物扔进面糊盆，立刻成为面糊团。这里影射清廉者入官场，也会变贪。滚，混同，混合。

7 “文章”四句：谓文章在金钱面前毫无价值，好人家也变得门风败坏，清正廉洁被斥为不明事理，不问是非装糊涂反倒稳妥。盛钱囤（dùn），钱库。迷魂阵，这里指妓院。睡馄饨，昏睡，这里指不明事理。胡芦提，亦作“葫芦提”，糊里糊涂。

邓玉宾

邓玉宾（1294年前后在世），名、里及生平均不详，仅知曾官同知。《全元散曲》收其小令四首、套数四套。

〔正宫〕叨叨令·道情（选一）[1]

一个空皮囊包裹着千重气，一个干骷髅顶戴着十分罪[2]。为儿女使尽些拖刀计，为家私费尽些担山力[3]。您省的也么哥，您省的也么哥[4]？这一个长生道理何人会[5]！

---

1 ★“叨叨令”，曲牌名，属正宫。道情，一种传统曲艺形式，以渔鼓、简板伴奏，演唱韵文。一开始是在道观内表演，主题多为劝醒世人。邓玉宾此题共四首，这是第二首。

2 皮囊：指人的躯体。干骷髅：这里指头。罪：这里指生活的辛苦。

3 “为儿女”句：意谓为儿女的幸福与前程使出浑身解数。拖刀计，本指战场上使刀的一种战术计谋，这里指费尽心机。家私，家财。担山力，极大的力气。

4 “您省”句：意谓您明白吗。

5 “这一个”句：意思是世人辛苦受罪、追求财富，皆因不明白道教追求长生的主张。长生道理，指道教追求个人长生不老的终极主张。

虞 集

虞集（1272—1348），字伯生，号道园，人称邵庵先生。元代临川崇仁（今属江西）人。曾任大都路儒学教授，官至翰林学士兼国子祭酒。与杨载、范梈、揭傒斯并称“元诗四大家”。诗歌代表作有《挽文文山丞相》《至正改元辛巳寒食日示弟及诸子侄》等。著作有《道园学古录》《道园遗稿》。

挽文文山丞相[1]

徒把金戈挽落晖，南冠无奈北风吹[2]。子房本为韩仇出，诸葛安知汉祚移[3]。云暗鼎湖龙去远，月明华表鹤归迟。[4]何须更上新亭望，大不如前洒泪时。[5]

---

1 ★文文山丞相即文天祥，号文山。本篇抒写了作者深沉的民族情感。

2 “徒把”二句：是说（文天祥）徒然要挽救南宋的灭亡之势，结果自己做了元人的囚徒。据《淮南子·览冥训》载，鲁阳公与韩构作战，一直打到太阳落山，鲁阳公挥戈，把太阳拉回三舍（一舍三十里）。南冠，指囚徒。参见庾信《哀江南赋序》相关注释。

3 “子房”二句：秦末汉初的张良字子房，为报秦灭韩之仇，曾雇人行刺秦始皇。诸葛亮一心辅佐刘备父子经营蜀汉，哪知汉朝气数已尽。这里以张良、诸葛亮比文天祥。汉祚（zuò），汉朝国运。

4 “云暗”二句：写宋末代皇帝已死，江山易主，物是人非。鼎湖龙去，据《史记·封禅书》载，黄帝在荆山铸鼎，鼎成后，有龙垂胡须迎黄帝，黄帝乘龙飞去，其地名鼎湖。华表鹤归，据《搜神后记》载，辽东人丁令威外出学道，后化鹤归来，落在城门华表上，感叹“城郭如故人民非”。这里以黄帝乘龙已去和丁令威化鹤归来的典故，表达对文天祥的怀念。

5 “何须”二句：是说东晋时汉族政权还拥有半壁江山，如今大不如那时。东晋初年，丞相王导在新亭（在今江苏南京）宴客，座中都是南渡士大夫，有个叫周顗的叹息道：“风景不殊，正自有山河之异。”众人都相顾流泪。（见《世说新语·言语》）

萨都剌

萨都剌（约1272—1355），字天锡，号直斋，本答失蛮氏，蒙古族。元代雁门（今山西代县）人。将门之后，泰定间进士，历任御史、闽海廉访知事等职。诗词代表作有《满江红·金陵怀古》《上京即事五首》《过居庸关》等。有《雁门集》《天锡词》。

上京即事五首（选一）[1]

紫塞[2]风高弓力强，王孙走马猎沙场。呼鹰腰箭[3]归来晚，马上倒悬双白狼。

满江红·金陵怀古[4]

六代豪华，春去也，更无消息[5]。空怅望，山川形胜，已非畴昔[6]。王谢堂前双燕子，乌衣巷口曾相识[7]。听夜深寂寞打孤城，春潮急[8]。　思往事，愁如织[9]。怀故国，空陈迹。但荒烟衰草，乱鸦斜日。玉树歌残秋露冷，胭脂井坏寒螀泣[10]。到如今，只有蒋山青，秦淮碧[11]！

---

1 ★上京，上都，故址在今内蒙古正蓝旗闪电河北岸。原诗五首，这是第四首。

2 紫塞：北方边塞。

3 腰箭：腰间挂着弓箭。腰在这里是动词。

4 ★本篇以“金陵怀古”为题，是萨都剌的代表词作之一。金陵，即今江苏南京。

5 六代：即六朝。更无消息：指前代繁华如同逝去的春光，毫无痕迹。

6 山川形胜：地势优越，山川壮美。畴昔：从前。

7 “王谢”二句：化用唐人刘禹锡《乌衣巷》及宋人晏殊《浣溪沙》的诗词意境。

8 “听夜深”二句：化用刘禹锡《石头城》诗境。

9 愁如织：愁思纷乱交织。

10 “玉树”句：唐人许浑《金陵怀古》有“玉树歌残王气终”诗句。玉树，指陈后主《玉树后庭花》。“胭脂井”句：史载隋兵攻破金陵，陈后主与爱妃投胭脂井中避难。寒螀（jiāng），寒蝉，秋蝉。

11 蒋山：即金陵钟山，又名紫金山。秦淮：河名，曾是金陵最繁华处。

乔 吉

乔吉（？—1345），一作乔吉甫，字梦符，号笙鹤翁、惺惺道人。元代太原人，流寓杭州。终生未仕。散曲代表作有《水仙子·寻梅》《山坡羊·冬日写怀》《满庭芳·渔父词》等。散曲集有明人所辑《文湖州集词》《乔梦符小令》等。另有杂剧《扬州梦》等。

〔双调〕水仙子·寻梅[1]

冬前冬后几村庄，溪北溪南两履霜，树头树底孤山[2]上。冷风来何处香？忽相逢缟袂绡裳[3]。酒醒寒惊梦，笛凄春断肠，淡月昏黄[4]。

〔中吕〕满庭芳·渔父词（选一）[5]

秋江暮景，胭脂林障，翡翠山屏[6]。几年罢却青云兴，直

1 ★“水仙子”，曲牌名，属双调。本篇以“寻梅”为题，突出了一个“寻”字。意境典雅，近乎于词。

2 孤山：在杭州西湖边，宋代林逋曾在此隐居种梅。

3 缟袂绡裳：白绢的衣袖，薄绸的裙裳。这里以倩装美女比喻梅花。

4 “酒醒”句：隋人赵师雄在罗浮，梦与素服女子共饮，被风寒袭醒，发现宿于梅花下。（见《龙城录·赵师雄醉憩梅花下》）笛凄，笛曲有《梅花落》，曲调哀怨凄切。淡月昏黄，用林逋《山园小梅》“疏影横斜水清浅，暗香浮动月黄昏”诗意。

5 ★“满庭芳”，曲牌名，属中吕宫。乔吉《渔父词》共二十首，本篇是第十六首，夸说隐居生活的惬意，融入诗词的优美意境。

6 “秋江”三句：写秋日江上晚景，林中秋叶红如胭脂，远处的青山如同翡翠画屏。林障，林木形成的屏障。山屏，群山壁立，如同屏风。

泛沧溟[1]。卧御榻弯的腿疼，坐羊皮惯得身轻[2]。风初定，丝纶慢整，牵动一潭星[3]。

1 青云兴：这里指做官的兴头。古人把做高官喻为青云直上。直泛沧溟：泛舟于沧溟，这里指归隐。沧溟，大海。

2 “卧御榻”句：意谓做官受约束。据《后汉书·严光传》载，汉代严光隐居泽中，光武帝刘秀招他入宫，与他同榻而眠，他把脚伸到刘秀肚子上。这里反用其意，是说与皇帝同坐，不敢伸直腿脚。“坐羊皮”句：是说隐居生活的适意，渔父坐在羊皮垫子上，一身轻松。惯，放纵，放任。

3 “风初定”三句：这里写夜钓的场景，化用宋人秦观《满庭芳》词句：“金钩细，丝纶慢卷，牵动一潭星。”丝纶（lún），钓丝。

王 冕

王冕（1287—1359），字元章，号煮石山农、梅花屋主等。元末诸暨（今属浙江）人。自幼家贫，牧牛自学，屡试不第，晚年归隐家乡九里山。工画能诗。诗歌代表作有《墨梅》《白梅》《伤亭户》等。有《竹斋集》。

白梅[1]

冰雪林中著此身，不同桃李混芳尘[2]。忽然一夜清香发，散作乾坤万里春。

墨梅[3]

我家洗砚池头树，个个花开淡墨痕。不要人夸好颜色，只留清气满乾坤。

1 ★王冕一生爱梅，隐居九里山中，在屋旁种梅千株。有咏梅诗百余首，本篇咏白梅。

2 “冰雪”二句：是说白梅含苞于冰雪梅林中，不与桃李同时开放。冰雪，这里既指冬末节令，也有以冰雪喻白梅之意。著（zhuó），依附，附着。

3 ★墨梅当指用墨色绘制的梅花，诗人浪漫地解释为用洗砚水浇灌所致。

无名氏

〔中吕〕朝天子·志感[1]

不读书最高，不识字最好，不晓事倒有人夸俏[2]。老天不肯辨清浊，好和歹没条道[3]。善的人欺，贫的人笑，读书人都累倒。立身则《小学》，修身则《大学》，智和能都不及鸭青钞[4]。

---

1 ★“朝天子”，曲牌名，属中吕宫。此曲题为“志感”（记录感受），所言多为反语，揭示了社会的不公。

2 俏：这里有机灵、出众的意思。

3 没条道：没个标准。

4 “立身”三句：是说读书人从小念了《小学》又念《大学》，学得知识本领，可人们看重的却只是钱。《小学》，朱熹及弟子刘子澄编辑的启蒙课本，辑录了符合封建道德的经书语录和历代贤士的言行事例。《大学》，儒家经典之一，原是《礼记》中的一篇，宋以后同《论语》《孟子》《中庸》合称“四书”。鸭青钞，即鸦青钞，元代使用的纸钞，因是鸦青色，故名。

明代文学

宋 濂

宋濂（1310—1381），字景濂，号潜溪，元末明初金华浦江（今属浙江）人。元末被召为翰林编修，不受。明初主修《元史》，官至翰林学士承旨、知制诰。散文代表作有《送东阳马生序》《王冕传》《秦士录》等。有《宋学士文集》。

送东阳马生序（节录）[1]

余幼时即嗜学，家贫，无从致书以观[2]。每假借于藏书之家，手自笔录[3]，计日以还。天大寒，砚冰坚，手指不可屈伸，弗之怠[4]。录毕，走送之，不敢稍逾约[5]。以是人多以书假余，余因得遍观群书。既加冠，益慕圣贤之道，又患无硕师名人与游，尝趋百里外，从乡之先达执经叩问[6]。先达德隆望尊，门人弟子填其室，未尝稍降辞色[7]。余立侍左右，援疑质理，俯身倾耳以请[8]；

1 ★本篇是宋濂写给东阳书生马君则的文章。东阳即今浙江东阳，与作者的家乡浦江同属金华府。序，文体名，又有书序、赠序之别。本篇为赠序。

2 嗜（shì）学：爱好读书。致书：得到书，这里指买书。

3 假借：借。下文中的“假”也是借的意思。手自笔录：亲手抄录。

4 弗之怠：即“弗怠之”，指抓紧抄书不敢懈怠。

5 走：跑。逾约：超过约定的日期。

6 既加冠：成年以后。古代男子二十岁举行加冠（束发戴帽）礼，表示已成年。圣贤之道：指孔孟之道，儒家道统。患：忧虑，担心。硕（shuò）师：学问渊博的老师。游：交游。趋：奔赴。乡之先达：当地有名望的前辈学者。执经叩问：拿着经书请教。

7 德隆望尊：道德高，名望大。填：充满。稍降辞色：指说话、表情都很严肃。降，这里意谓缓和。辞色，言辞和脸色。

8 援疑质理：提出疑难，询问义理。俯身倾耳：躬身侧耳，这里指恭敬聆听的样子。请：请教。

或遇其叱咄，色愈恭，礼愈至[1]，不敢出一言以复；俟[2]其欣悦，则又请焉。故余虽愚，卒获有所闻[3]。

当余之从师也，负箧曳屣[4]，行深山巨谷中。穷冬烈风，大雪深数尺，足肤皲裂而不知[5]。至舍，四支僵劲不能动，媵人持汤沃灌，以衾拥覆，久而乃和[6]。寓逆旅，主人日再食[7]，无鲜肥滋味之享。同舍生皆被绮绣，戴朱缨宝饰之帽，腰白玉之环，左佩刀，右备容臭，烨然若神人[8]；余则缊袍弊衣处其间，略无慕艳意[9]。以中有足乐者，不知口体之奉[10]不如人也。盖余之勤且艰若此。今虽耄老，未有所成，犹幸预君子之列，而承天子之宠光，缀公卿之后[11]；日侍坐备顾问，四海亦谬称其氏名[12]，况才之过于余者乎？

---

1 叱咄（chìduō）：训斥，呵责。色愈恭，礼愈至：（我的）面色就越发恭敬，礼数也越发周到。

2 俟（sì）：等到。

3 卒：最终。获：能够。

4 负箧（qiè）曳屣（yèxǐ）：背着箱子，拖着鞋子。箧，这里指书箱。屣，鞋子。

5 穷冬：隆冬。皲（jūn）裂：皮肤因寒冷而皲裂。

6 舍：住所，学舍。支：同“肢”。僵劲：僵硬。媵（yìng）人：原指陪嫁的女子，这里指女仆。持汤沃灌：拿热水浇洗，这里指饮用。汤，热水，开水。衾：被子。和：暖和。

7 逆旅：旅店。日再食（sì）：每日吃两顿饭。

8 被（pī）绮绣：穿着华美的绸衣。被，同“披”。朱缨宝饰之帽：有红穗子、缀着珠宝的帽子。腰白玉之环：腰间挂着白玉环的佩饰。腰，这里作动词。容臭（xiù）：香囊。臭，气味，香气。烨（yè）然：光彩照人貌。

9 缊（yùn）袍弊衣：旧絮棉袍，破衣裳。弊，同“敝”，破旧。略无：毫无。慕艳：羡慕。

10 口体之奉：吃的穿的。

11 耄（mào）老：年老。八九十岁的人称“耄”。“犹幸预”三句：还有幸进入君子行列，受天子的优待，跟随在公卿的后面。这里是“做官”的谦词。幸预，很幸运地参与。宠光，给予宠信和荣誉。缀，追随。

12 备顾问：以备（皇帝）咨询。谬称：不恰当地赞许，这是谦词。

今诸生学于太学，县官日有廪稍之供，父母岁有裘葛之遗，无冻馁之患矣[1]；坐大厦之下而诵《诗》《书》，无奔走之劳矣；有司业、博士[2]为之师，未有问而不告、求而不得者也；凡所宜有之书，皆集于此，不必若余之手录，假诸人[3]而后见也。其业有不精、德有不成者，非天质之卑[4]，则心不若余之专耳，岂他人之过哉？

译文 我从小就特别喜欢读书，可是家里穷，没办法买书来读，常常向藏书的人家求借，自己亲手抄录，算着日子还给人家。冬天寒冷异常，砚台里的墨汁都结了冰，手指冻僵，不能屈伸，就这样也不敢放松，抄完了马上跑着送还，一点儿也不敢超过约定的期限。正因如此，很多人都愿意把书借给我，我也因此能遍览群书。成年以后，我更加仰慕古圣先贤的道统，又苦于没有渊博的名师、高人可以交往。我曾奔赴百里以外，捧着经书向本乡有名望的前辈学者求教。前辈德高望重，门人弟子挤满屋子。老师的言辞和脸色始终很严肃。我在他身边陪侍站立，（找机会）提出疑难，询问义理，弯腰侧耳，恭敬地向他请教。有时遇上老师生气，大声呵斥，我的表情就越发恭敬，礼数也越发周到，不敢说一句话回复。等到老师态度和缓下来，就又上前请教。正因如此，我虽愚笨，最终还是能够获益不少。

当我外出求师时，身背书箱，拖着鞋子，行走在深山大谷之中。

---

1 诸生：这里指太学生。太学：由朝廷在京城设立的中央学府，也称国子监。县官：这里指朝廷。廪（lǐn）稍：政府提供的俸粮，称“廪”或“稍”。裘（qiú）：皮衣。葛：夏衣。遗（wèi）：赠予，接济。冻馁（něi）：冻饿。

2 司业：太学的次长官，相当于副校长。博士：太学的教官。

3 假诸人：即向别人借。假，借。

4 天质之卑：天资低下，不够聪明。

隆冬刮着大风，雪深数尺，脚上的皮肤受冻开裂都不自知。等到了学舍，四肢僵硬几乎不能动，仆婢拿热水让我喝，用被子裹着我，很久才暖和过来。寄居在客店里，店主人每天只供两顿饭，没有鲜香肥美的佳肴可供享受。学舍里的同窗都穿着华美的绸衣，戴着红缨和珠宝点缀的帽子，腰间悬着白玉环，左边挎着佩刀，右边吊着香囊，光彩照人、如同神仙。我却穿着破旧的絮袍待在他们中间，可我一点儿也不羡慕他们。这是因为我心中有足令我快乐的事（也就是读书之乐），所以不觉得吃的、穿的不如别人。我从前求学的辛勤艰苦就是这个样子。如今我虽已上了年纪，也没啥成就，所幸还能厕身君子的行列，受到皇上的信任荣宠，追随在公卿士大夫之后，每天陪侍皇上，以备咨询，天下人也还知道我的名字，（连我这样的人都能走到这一步）何况才能超过我的人呢？

如今的学生们在太学中学习，朝廷每天供给膳食零钱，父母每年都提供冬夏衣服，因而没有冻饿之忧。坐在高堂大厦下诵读《诗》《书》，不用（像我一样）受奔走劳碌之苦。身边又有司业、博士当老师，从不会有问而不告、求而不得的事。凡是所应具备的书籍，也都集中在这儿，不必像我那样手抄笔录，从人家那里借书读。（条件这么好）如果有学业不精通、品德没提高的，那么不是因他天赋、资质太低，就是用心不像我这样刻苦专一，难道还能把过错推给别人吗？

刘 基

刘基（1311—1375），字伯温，元末明初处州青田（今属浙江）人。元至顺间进士，明朝开国功臣之一，官至御史中丞兼太史令，封诚意伯。诗文代表作有《田家》《北上感怀》及《卖柑者言》等。有《诚意伯文集》。

卖柑者言[1]

杭有卖果者，善藏柑，涉寒暑不溃[2]。出之烨然，玉质而金色[3]。置于市，贾十倍，人争鬻之[4]。予贸得其一，剖之，如有烟扑口鼻，视其中，则干若败絮[5]。予怪而问之曰："若所市于人者，将以实笾豆[6]，奉祭祀，供宾客乎？将炫外以惑愚瞽也[7]？甚矣[8]哉为欺也！"

卖者笑曰："吾业是[9]有年矣，吾赖是以食吾躯[10]。吾售之，人取之，未尝有言，而独不足子所[11]乎？世之为欺者不寡矣，

1 ★本篇当作于元末，文章以寓言的形式，抨击了元朝的文臣武将，在帝制时代也有着普遍的讽刺意义。言，言谈，话语。
2 杭：今浙江杭州。涉：经历。溃：腐烂。
3 烨（yè）然：有光彩的样子。玉质而金色：质地如玉，颜色似金。
4 贾：同"价"，价格。鬻（yù）：卖。这里意谓买。
5 贸：买。败絮：破棉絮。
6 若：你。市：卖。实：充实，盛于。笾（biān）、豆：盛祭品的礼器。
7 炫：炫耀。瞽（gǔ）：眼睛，这里指盲人。
8 甚矣：过分。
9 业是：从事这个职业。
10 赖是：靠着这个。食（sì）：供养，养活。躯：身体。
11 不足子所：不能让你满足。子所，你那里。

而独我也乎？吾子未之思也。今夫佩虎符、坐皋比者，洸洸乎干城之具也，果能授孙吴之略耶[1]？峨大冠、拖长绅者，昂昂乎庙堂之器也，果能建伊皋之业耶？[2]盗起而不知御，民困而不知救，吏奸而不知禁，法斁而不知理，坐糜廪粟而不知耻。[3]观其坐高堂，骑大马，醉醇醴而饫肥鲜者，孰不巍巍乎可畏，赫赫乎可象也？[4]又何往[5]而不金玉其外、败絮其中也哉！今子是之不察[6]，而以察吾柑？”

予默默无以应。退而思其言，类东方生滑稽之流[7]。岂其愤世疾邪者耶[8]？而托[9]于柑以讽耶？

译文 杭州有个卖果子的，最会贮藏柑子，所藏的柑子经冬历夏也不会烂。拿出来光鲜好看，玉一样的质地，金一样的颜色。放到集市上，价格是普通柑子的十倍，人们都争相购买。我也购得一枚，刚

1 虎符：虎形的兵符，是古代调兵的凭证。皋比（gāopí）：虎皮，指将军的坐椅。洸（guāng）洸：威武勇敢貌。干城之具：捍卫国家的将才。干，盾牌，这里意为捍卫。具，才具，将才。授：施授，施展。孙吴之略：孙武和吴起（两位都是古代著名军事家）的谋略。

2 峨大冠：戴着高高的帽子。峨，高。拖长绅：拖着长长的腰带。绅，古代士大夫礼服束带上下垂的部分，是官员的佩饰。昂昂：气宇轩昂貌。庙堂之器：朝廷的重臣。伊皋：古代贤臣伊尹和皋陶，前者辅佐商汤，后者辅佐尧、舜、禹。

3 斁（dù）：败坏。坐糜廪粟：空耗国家俸禄。坐，徒然，空。糜，同“靡”，消耗，靡费。廪粟，国家发给的俸米。

4 醇醴：美酒。一本作醇醲。饫（yù）：饱食。孰：谁，哪一个。巍巍：高大貌。赫赫：显赫貌。象：效法。

5 何往：到哪里。

6 是之不察：即“不察是”。是，这些。

7 类：像。东方生：汉武帝时太中大夫东方朔，其人诙谐滑稽，善于讽谏。传见《史记·滑稽列传》。滑稽（gǔjī）：诙谐能言，善于讽谏。也指诙谐多讽、机智善辩的人。

8 岂：表推测，莫非，也许。愤世疾邪：对丑恶的人和事愤激痛恨。

9 托：假借。

一切开，就像是有股烟直呛口鼻，再看它的瓤子，干得像是破棉絮。我感到惊奇，问他说："你卖柑子给人家，是打算盛在笾豆里用来祭祀祖先或招待宾客呢？还是展示这漂亮的外表去欺骗傻子和盲人呢？你这样骗人可太过分了！"

卖柑人笑着说："我以此为业好多年了，我靠这个养活自己。我卖柑子，人家买柑子，别人没有说过什么，却单单不能让您满意吗？世上搞欺骗的多了，难道只有我一个人吗？您没认真想想这事。而今佩戴虎符、坐在虎皮椅上的人，勇武威风，很像是捍卫国家的将才，可他们果真能施展孙武、吴起的谋略吗？还有那些头戴高冠、腰拖长绅的人，气宇轩昂，自命为朝廷重臣，他们果真能建立伊尹、皋陶那样的伟业吗？盗贼蜂起却不知道镇压，百姓困苦却不知道救济，下吏奸诈却不知道禁止，法度败坏却不知道整顿，白白靡费国家俸禄却不知羞耻。看他们坐高堂，骑大马，痛饮美酒，饱食佳肴，哪一个不是高高在上令人生畏、光耀显赫值得效法？可又有哪一个不是外表如金玉、内里如败絮呢？您看不到这些，却只盯着我的柑子（这又是何苦呢）？"

我沉默无言，无法作答。回到家里细思卖柑人的话，觉得此人很像是东方朔那样诙谐善讽的人。莫非他是个愤世嫉俗的人吗？他是假托柑子来嘲讽世道吗？

罗贯中

罗贯中（约1330—约1400），名本，号湖海散人，元末明初太原人，长期在杭州生活。撰有章回小说《三国志通俗演义》《隋唐两朝志传》《残唐五代史演义传》《三遂平妖传》《粉妆楼全传》等，也是《水浒传》的作者之一。另有杂剧《宋太祖龙虎风云会》存世。

刘玄德三顾草庐[1]

始于第三十七回“却说玄德正安排礼物，欲往隆中谒诸葛亮”，止于第三十八回“又有古风一篇曰：……龙骧虎视安乾坤，万古千秋名不朽”。（原文略）

1 ★本篇节自《三国演义》第三十七回“司马徽再荐名士，刘玄德三顾草庐”、第三十八回“定三分隆中决策，战长江孙氏报仇”。演说刘备携关羽、张飞前后三次主动拜谒诸葛亮，敦请他出山相助的情节，展示了刘备求才若渴、礼贤下士的虔诚心志，以及诸葛亮自尊自重、择主而事的严肃态度。文中运用了铺垫蓄势、制造误会、正反衬托、环境渲染等手法，娓娓道来，起伏有致。《三国演义》初名《三国志通俗演义》，演说东汉末年国家分裂成魏、蜀、吴三个政治军事政权，经过数十年纷争，又统一于晋的历史，烘托出天下大势“合久必分、分久必合”的主题。原书二百四十节，后经明、清两代的整理加工，形成一百二十回的《三国演义》版本。其中影响最大的是清康熙间经毛宗岗修订评点的《三国志演义》本。

施耐庵

施耐庵（生卒年不详），一说活动于元末明初，一说为明嘉靖前后无名作家的化名，钱塘（今浙江杭州）人。与罗贯中合作，撰有小说《水浒传》。按，早期《水浒传》的署名，为“钱塘施耐庵的（dí）本，罗贯中编次”。

智取生辰纲[1]

始于第十六回“话休絮繁，却说北京大名府梁中书，收买了十万贯庆贺生辰礼物完备，选日差人起程”，止于第十七回“杨志叹了口气，一直下冈子去了”。（原文略）

1　★本篇节自《水浒传》第十六回“杨志押送金银担，吴用智取生辰纲”、第十七回“花和尚单打二龙山，青面兽双夺宝珠寺”。讲述杨志替大名府留守梁中书押送生辰纲进京，被晁盖、吴用等八位好汉在途中截夺的情节。故事一方面展现了民间豪杰的胆略、智慧，另一方面也为杨志的怀才不遇、沦为爪牙感到惋惜。此片段情节曲折生动，丝丝入扣，体现了很高的艺术水平。《水浒传》全称《忠义水浒传》，写宋江等一百零八人聚义水泊梁山、“替天行道”的全过程。小说有百回、百二十回和七十回等多个版本，明万历间杭州容与堂刻本是现存最早、内容最完备的百回本。

高 启

高启（1336—1374），字季迪，号槎轩、青丘子。元末明初长洲（今江苏苏州）人。明初召修《元史》，授翰林院编修。不久擢升为户部右侍郎，不受，引发朱元璋不满，后被腰斩。诗文代表作有《登金陵雨花台望大江》《青丘子歌》《牧牛词》及《书博鸡者事》等。有《高太史大全集》《凫藻集》《扣舷集》。

登金陵雨花台望大江[1]

大江来从万山中，山势尽与江流东。钟山如龙独西上，欲破巨浪乘长风[2]！江山相雄[3]不相让，形胜争夸天下壮。秦皇空此瘗黄金，佳气葱葱至今王[4]。我怀郁塞何由开，酒酣走上城南台[5]；坐觉苍茫万古意，远自荒烟落日之中来！石头城下涛声怒，武骑千群谁敢渡？黄旗入洛竟何祥，铁锁横江未为固[6]。

---

1 ★金陵（今江苏南京）是明代开国时的都城，雨花台即金陵城南门外聚宝山（在今雨花台区），其上可眺望大江。高启此篇作于明太祖洪武二年（1369）。

2 “钟山”二句：上一联说长江两岸的山都随着江流呈向东奔走之势，此联说唯独钟山山势向西，如巨龙乘风破浪。这里化用前人“愿乘长风破万里浪”语（见《南史·宗悫（què）传》）及李白《行路难》“长风破浪会有时”诗句。钟山，一名紫金山，在今南京中山门外。

3 江山相雄：是说长江向东，钟山向西，有对抗争雄之势。

4 “秦皇”二句：意谓相传秦始皇听说东南有王者之气，让人埋下黄金以镇压；然而王气至今依旧旺盛。《丹阳记》载：“秦始皇埋金玉杂宝以压天子气，故曰金陵。”一说埋金以镇压王气的是楚威王。瘗（yì），埋。葱葱，郁勃葱茏之貌。王（wàng），通“旺”。

5 郁塞：心中郁闷，无处宣泄。城南台：即雨花台。

6 “黄旗”句：三国时，吴主孙皓听信术士传言，要打黄旗、张青盖，举家到洛阳承受天命（当天子），结果遇雪而还。后来晋灭掉吴，孙皓果然全家被俘入洛，所以诗人说“竟何祥”（究竟是何征兆）。（见《三国志·孙皓传》）祥，吉凶的预兆。“铁锁”句：晋吴作战，吴人在江上横以铁锁，晋人造大火炬烧断铁锁。（见《晋书·王濬传》）

前三国，后六朝，草生宫阙何萧萧[1]。英雄来时务割据，几度战血流寒潮[2]。我生幸逢圣人起南国，祸乱初平事休息[3]。从今四海永为家[4]，不用长江限南北。

1 萧萧：荒凉貌。

2 “英雄”二句：历代英雄都抓住时机建都金陵，以图割据，结果纷纷失利，血流江潮。务，努力实施。

3 圣人起南国：这里指明朝开国皇帝朱元璋起于濠州（今安徽凤阳）。事休息：指明朝开国之初政宽赋轻，百姓得以喘息。

4 四海永为家：指四海一家，全国统一。化用刘禹锡《西塞山怀古》“今逢四海为家日”诗句。

于 谦

于谦（1398—1457），字廷益，号节庵，明代钱塘（今浙江杭州）人。永乐间进士，官至兵部尚书。瓦剌部落入侵，英宗被俘。他拥立景帝，守卫北京，立下大功。后英宗复位，以“谋逆”罪将他诬杀。后昭雪，谥“忠肃”。诗歌代表作有《石灰吟》《咏煤炭》《喜雨行》等。明人编有《于忠肃公集》。

石灰吟[1]

千锤万凿出深山，烈火焚烧若等闲[2]。粉骨碎身全不怕，要留清白在人间。

咏煤炭[3]

凿开混沌得乌金，藏蓄阳和意最深[4]。爝火燃回春浩浩，洪炉照破夜沉沉[5]。鼎彝元赖生成力，铁石犹存死后心[6]。但愿苍生[7]俱饱暖，不辞辛苦出山林。

---

1 ★本篇咏物寄志，诗人以石灰自喻，表达了宁为玉碎、不为瓦全的高尚节操。

2 “千锤”二句：石灰的原材料是矿物质石灰石、白云石等，从深山中开采出来，经过高温煅烧，成为雪白的石灰。这两句叙述了石灰开采、煅烧的过程。石灰烧成后易于粉碎，故下文称“粉骨碎身”。

3 ★本篇与《石灰吟》主旨相同，咏物以寄志，表达作者为“苍生”饱暖不惜燃烧自己的一片赤诚。

4 混沌：本指天地开辟前的原始状态，这里指大地。乌金：煤的美称。阳和：本指温暖的阳光，这里指煤中蕴藏的热能。意：情意。

5 “爝（jué）火”二句：煤炭燃烧，如春回大地，带来无边暖意；大火炉中的火光照亮了黑夜。爝火，炬火。浩浩，形容广大无边。洪炉，大火炉。沉沉，这里形容夜色浓重。

6 “鼎彝”句：铸造鼎彝等铜器要依靠煤的热力。鼎，古代炊具。彝，古代酒器。元，原。赖，依靠。生成力，煤炭燃烧熔炼的力量。“铁石”句：古人误认为铁石埋在地下形成煤。这句是说，铁石变成煤，仍要为人造福。

7 苍生：指百姓。

王　磐

王磐（约1470—1530），字鸿渐，号西楼，明代高邮（今属江苏）人。散曲有《落梅风·月牧》《朝天子·咏喇叭》等。有《王西楼先生乐府》。

朝天子·咏喇叭[1]

喇叭，锁呐[2]，曲儿小、腔儿大；官船来往乱如麻，全仗你抬声价[3]。军听了军愁，民听了民怕，那里去辨什么真共假？眼见的吹翻了这家，吹伤了那家，只吹的水尽鹅飞罢[4]。

古调蟾宫·元宵[5]

听元宵，往岁喧哗，歌也千家，舞也千家。听元宵，今岁嗟呀[6]，愁也千家，怨也千家。那里有闹红尘香车宝马？秖[7]不过送黄昏古木寒鸦。诗也消乏，酒也消乏[8]。冷落了春风，憔悴了梅花[9]。

1　★本篇为散曲，貌似咏物，实则借以讽刺明代正德年间宦官（太监）横行，给民间带来骚扰与灾难。

2　锁呐：唢呐，与喇叭都属于管乐器，是古代迎送长官奏乐时的主要乐器。

3　抬声价：这里指宦官借“曲儿小、腔儿大”的乐曲虚张声势，吓唬军民。

4　“眼见的”三句：是说宦官一来，百姓便要遭殃了。水净鹅飞，喻百姓被盘剥净尽。罢，完结，作罢。

5　★“古调蟾宫”，曲牌名。本篇以“元宵”为题，通过今昔对比，写出社会的衰败。

6　嗟呀：叹息。

7　秖：同“衹”，只。

8　“诗也”二句：（因民生凋敝）没心情作诗、饮酒。消乏，贫乏，倦怠。

9　“冷落”二句：这里指人们无心赏春看花。憔悴，面容黄瘦难看的样子，这里用来形容梅花黯然凋谢。

李梦阳

李梦阳(1473—1530),字天赐,又字献吉,号空同子。明代庆阳安化(今甘肃庆城)人。弘治间进士,历任户部郎中、江西提学副使。曾拼死与大宦官斗争。文学上主张复古,为"前七子"领袖人物。代表诗作有《秋望》《石将军战场歌》等。有《空同集》存世。

秋望[1]

黄河水绕汉宫墙[2],河上秋风雁几行。客子过壕追野马,将军韬箭射天狼[3]。黄尘古渡迷飞挽[4],白月横空冷战场。闻道朔方多勇略,只今谁是郭汾阳[5]。

---

1 ★本篇为边塞题材,以"秋望"为题,写作者对北方边防的关注与忧虑。

2 汉宫墙:一作"汉边墙",实指明朝在大同府(今山西大同)西北所筑的长城,用以阻挡塞外鞑靼(dádá)部族的侵袭。

3 "客子"二句:写戍边将士的活动,士兵越过护城河追猎野马,将军带上弓箭准备迎战外敌。客子,指离家戍边的士卒。壕,护城河。野马,一说指游尘。参见《庄子·逍遥游》相关注释。韬,装弓的袋子。这里用作动词,有带弓箭之意。天狼,天狼星。参见苏轼《江城子·密州出猎》相关注释。

4 飞挽:快速运送粮草,这里指快速运送粮草的船只。

5 朔方:唐代北方方镇名,这里代指镇守北方的将军。郭汾阳:即唐代名将郭子仪,他曾任朔方节度使,因功封汾阳郡王。

何景明

何景明（1483—1521），字仲默，号大复山人。明代信阳人。弘治间进士，官至陕西提学副使。与李梦阳共倡复古之说，也是“前七子”领袖人物。代表诗作有《答望之二首》《鲥鱼》《平埧城南村三首》等。存《大复集》。

答望之二首（选一）[1]

念汝书难达，登楼望欲迷。天寒一雁至，日暮万行啼[2]。饥馑饶群盗，征求及寡妻[3]。江湖更摇落，何处可安栖[4]。

1 ★本篇是作者以诗代书，写给亲人的感时之作。原诗共二首，这是第一首。诗中描述了天灾人祸的悲惨现实，抒发了忧国忧民之情。望之，诗人的外弟孟洋，字望之。

2 一雁至：这里指接到书信。万行：这里形容泪水多。

3 “饥馑”二句：因闹饥荒，导致“盗贼”成群的现状；官府强征赋税，连寡妇也不放过。饶，多。征求，官府征税、搜刮。

4 江湖：泛指四方各地。摇落：凋残，零落。安栖：安居，安稳地栖身。

陈　铎

陈铎（约1454—1507），字大声，号秋碧，明代下邳（今江苏睢宁西北）人。世袭指挥，能诗会画，精音乐，擅制曲。散曲代表作有《醉太平·挑担》《水仙子·瓦匠》《落梅风·风情》等。有散曲集《滑稽余韵》《月香亭稿》《秋碧轩稿》等。

醉太平·挑担[1]

麻绳是知己，匾担是相识，一年三百六十回，不曾闲一日。担头上讨了些儿利[2]，酒房中买了一场醉。肩头上去了几层皮，常少柴没米。

1　★作者有散曲集《滑稽余韵》，收小令一百三十六首，写各行各业的人物。本篇写挑夫生涯，语带同情。

2　匾担：即扁担。“担头上”句：是说靠给人挑担挣些卖力钱。

吴承恩

吴承恩（1500—1582），字汝忠，号射阳山人，明代山阳（今江苏淮安）人。嘉靖间贡生，曾任荆府纪善（湖北蕲州荆王府中的文学侍从），撰有章回小说《西游记》。另有《射阳先生存稿》。

大闹天宫[1]

始于第四回“那太白金星与美猴王同出了洞天深处，一齐驾云而起”，止于第七回“被佛祖翻掌一扑，把这猴王推出西天门外，将五指化作金木水火土五座联山，唤名‘五行山’，轻轻的把他压住”。（原文略）

---

1 ★本篇节自《西游记》第四回“官封弼马心何足，名注齐天意未宁”、第五回“乱蟠桃大圣偷丹，反天宫诸神捉怪”、第六回“观音赴会问原因，小圣施威降大圣”、第七回“八卦炉中逃大圣，五行山下定心猿”。这四回书讲述孙悟空大闹天宫的全过程——先是嫌弼马温官小而重返花果山，后被加以“齐天大圣”的虚衔，嗣后偷食蟠桃、御酒、金丹，反下天界，并大败天兵天将；终为二郎神所擒，在老君炉中炼出火眼金睛；于是大闹天宫，最后被如来佛压在五行山下。此段情节曲折生动，描写酣畅，全面展示了孙悟空高傲自尊、艺高胆大、富于反抗精神的性格，这一形象在中国文学人物中极为独特，写作手法也体现了话本文学的鲜明特点。《西游记》全书一百回，写唐僧在弟子悟空、八戒、沙僧的保护下历经八十一难赴天竺取经的故事。明万历间金陵世德堂刊本是现存最早的百回本。

归有光

归有光（1507—1571），字熙甫，号震川，明代昆山（今属江苏）人。年近六十岁中进士，授长兴县令，官至南京太仆寺丞。是“唐宋派”代表作家。散文代表作有《项脊轩志》《寒花葬志》《女二二圹志》等。有《震川先生集》等传世。

项脊轩志[1]

项脊轩，旧南阁子也。室仅方丈[2]，可容一人居。百年老屋，尘泥渗漉，雨泽下注[3]；每移案，顾视[4]无可置者。又北向[5]，不能得日，日过午已昏。余稍为修葺[6]，使不上漏。前辟四窗，垣墙周庭，以当南日，日影反照，室始洞然[7]。又杂植兰桂竹木于庭，旧时栏楯，亦遂增胜[8]。借书满架，偃仰啸歌，冥然兀坐，万籁有声[9]；而庭阶寂寂，小鸟时来啄食，人至不去。三五之夜，明月半墙，桂影斑驳，风移影动，珊珊

---

1 ★项脊轩是归有光家书斋名。轩，有窗的廊或小室。志，一种文章体裁，与“记”略同。本篇为作者十八岁时所作。文末“余既为此志”始两段，是作者十五年后补记的。

2 方丈：一丈见方。

3 尘泥渗漉（lù）：指泥土等随水渗漏。雨泽下注：指下雨时屋中漏水。

4 案：桌案。顾视：环看四周。

5 北向：指门户朝北，即所谓南房，终年不见太阳。

6 修葺（qì）：修缮。

7 辟：开。垣（yuán）墙周庭：庭院四周砌上围墙。垣，原指矮墙，这里作动词，意为砌墙。当：正对。洞然：明亮的样子。

8 栏楯（shǔn）：栏杆。增胜：增添光彩。

9 借书：借来的书。偃（yǎn）仰：俯仰。啸歌：吟咏歌呼。冥然：静默玄想的样子。兀坐：端坐。万籁（lài）有声：大自然发出各种声响。籁，本指孔穴里发出的声音，也泛指声响。

可爱[1]。

然余居于此，多可喜，亦多可悲。先是庭中通南北为一。迨诸父异爨，内外多置小门墙，往往而是[2]。东犬西吠，客逾庖而宴，鸡栖于厅[3]。庭中始为篱，已为墙，凡再变矣[4]。

家有老妪[5]，尝居于此。妪，先大母婢也，乳二世，先妣抚之甚厚[6]。室西连于中闺[7]，先妣尝一至。妪每谓余曰："某所，而母立于兹[8]。"妪又曰："汝姊在吾怀，呱呱[9]而泣；娘以指叩门扉[10]曰：'儿寒乎？欲食乎？'吾从板外相为应答。"语未毕，余泣，妪亦泣。

余自束发[11]读书轩中。一日，大母过[12]余曰："吾儿，久不见若影，何竟日默默在此[13]，大类女郎也？"比去，以手阖

---

1 三五之夜：农历每月十五日夜晚。斑驳：错落。珊珊：摇曳的样子。

2 迨：等到。诸父：与父亲同辈的伯伯、叔叔的统称。异爨（cuàn）：分灶做饭，分家。爨，烧火做饭。往往：到处，处处。

3 "东犬"三句：写各立门户后的种种不和谐景象，东家的狗冲着西家叫（喻两家不和），客人穿过（这家的）厨房（到那家）去赴宴，鸡在（原来的）客厅里做窝。庖（páo），厨房。

4 凡再变：一共变了两次。凡，共。

5 老妪（yù）：老妇人。

6 先大母：已故的祖母。下面的"先妣（bǐ）"是已故的母亲。乳二世：哺育了两代人。抚之甚厚：待她很优厚。

7 中闺：内室。

8 而母：你的母亲。兹：这里。

9 呱（gū）呱：形容小儿哭声。

10 扉：门扇。这里指中闺与项脊轩之间的门。

11 束发：古代男孩儿到了成童之年（一说八岁，一说十五岁），将头发盘到头上做髻，称"束发"。

12 过：访，探视。

13 若：你。竟日：整天，一天到晚。

门[1]，自语曰："吾家读书久不效[2]，儿之成，则可待乎！"顷之，持一象笏至[3]，曰："此吾祖太常公[4]宣德间执此以朝，他日汝当用之。"瞻顾遗迹，如在昨日，令人长号不自禁[5]。轩东故尝为厨，人往，从轩前过。余扃牖[6]而居，久之，能以足音辨人。轩凡四遭火，得不焚，殆[7]有神护者。

项脊生[8]曰：蜀清守丹穴，利甲天下，其后秦皇帝筑女怀清台[9]；刘玄德与曹操争天下，诸葛孔明起陇中[10]。方二人之昧昧于一隅也[11]，世何足以知之？余区区处败屋中，方扬眉瞬目[12]，谓有奇景。人知之者，其谓与坎井之蛙何异[13]？

余既为此志，后五年，吾妻来归[14]。时至轩中，从余问古事，或凭几学书[15]。吾妻归宁[16]，述诸小妹语曰："闻姊家有阁子，且何谓阁子也？"其后六年，吾妻死，室坏不修。其后

---

1 比去：临到离开时。比，等到。阖：合上，关上。
2 不效：没有成效，指没有做官。
3 顷之：一会儿。象笏（hù）：象牙制的笏板。笏板为大臣上朝时所用，既是礼器，也可用来记事备忘。官品不同，材质也不同，象笏是四品以上大臣所用。
4 太常公：指夏昶（chǎng），明代正统年间官至太常寺卿，是作者祖母的祖父。
5 瞻顾遗迹：回忆旧日事物。瞻顾，向前后看。长号：放声号哭。
6 扃牖（jiōngyǒu）：关着窗户。
7 殆：恐怕，大概。
8 项脊生：作者自谓。
9 "蜀清"三句：秦时巴蜀有个叫"清"的寡妇，因守丈夫家业，开发丹砂矿而致富，秦始皇特地筑女怀清台以表彰她。（见《史记·货殖列传》）
10 陇中：田野中。陇，同"垄"，田埂。
11 昧昧：默默无闻的样子。隅（yú）：角落。
12 区区：渺小的样子。败屋：破旧的屋子，指项脊轩。瞬目：张眼。
13 其谓：大概会说。坎井之蛙：浅井之蛙，比喻见识浅陋者。典出《庄子·秋水》。
14 归：指女子嫁到夫家。
15 时至：常到。学书：学写字。
16 归宁：回娘家探望父母。

二年，余久卧病无聊，乃使人复葺南阁子，其制[1]稍异于前。然自后余多在外，不常居。

庭有枇杷树，吾妻死之年所手植也，今已亭亭如盖矣[2]。

译文 项脊轩，是我家旧有的南阁子。屋室只有一丈见方，仅可容一人居处。这是一间百年老屋，泥水渗漏，每当下雨时，屋内雨水流注，常常移动书桌躲雨，环着四周竟没有可放的地方。并且屋子门窗朝北，照不到阳光。才过中午，光线已经昏暗。我稍加修缮，让它上面不漏，前面开了四扇窗，小院四周砌上矮墙，正迎着南面射来的日光，日光反射，屋里才亮起来。又在院里随意种上兰花、桂树、竹子等，旧时的围栏，也增添了光彩。借来的书籍摆满书架，我俯仰其间，吟咏歌呼；有时又默然端坐，静听自然界发出的各种声音；而院内阶前安静极了，小鸟不时来觅食，人来了也不飞。每月十五日夜晚，明月照亮半边墙，桂树的影子错落地映在墙上，风吹影动，摇曳的样子十分可爱。

然而我住在这里，经历了不少可喜的事，也有不少可悲的事。早先，大院子是南北相通的整体，等到伯父、叔父们分了家，里里外外所设各自的围墙门户，到处都是。东家的狗朝着西家吠叫，客人穿过这家的厨房，到那家去赴宴，鸡在原来的客厅里做了窝。院子里开始时各家还只是竖起篱笆，后来又砌起墙壁，格局一变再变。

家中有个老婆婆，从前就住在这屋。老婆婆是我已故祖母的婢女，喂养过两代人。我已故的母亲待她特别优厚。这屋的西边连着

1 制：规制，格局。
2 手植：亲手种植。亭亭：直立而优美的样子。盖：伞盖。

内室，母亲从前曾来过这屋一次。老婆婆每每对我讲："这个地方，你母亲（那次来时）就站在这儿。"老婆婆又说："你姐姐在我怀里呱呱地哭，你母亲用手指轻敲门板说：'孩子是冷呢，还是想吃东西？'我就隔着门板回答她。"话没说完，我就哭了，老婆婆也流下眼泪。

我从八岁起就在轩中读书。有一天，祖母来看我，说："我的孩子，好久没有见到你的身影了，为啥整天默默地待在这儿，像个女孩儿呀？"等离开时，她用手关上门，自言自语说："我家读书，很久不见成效，这孩子读书有成，看来是可以指望的！"不一会，她拿着一支象笏再来，说："这是我祖父太常公宣德年间拿着上朝的，将来你应当能用到它！"回顾这些往事陈迹，就像发生在昨天，让人放声大哭，不能自止。

项脊轩的东边，过去曾是厨房，人们到那儿去，要从轩前经过。我关着窗子坐在屋里，时间长了，能凭着脚步声辨别出是谁。项脊轩一共遭过四次火灾，没被烧，大概有神灵在护佑吧。

项脊生评论说：蜀地名清的寡妇守着丈夫的家业丹砂矿，获利极多，富甲天下，后来秦始皇特意为她筑了女怀清台。刘备和曹操争天下，（刘备的谋士）诸葛亮出身于草野。当（清寡妇和诸葛亮）这两位默默无闻地身处偏僻角落时，世上又有谁知道他们呢？我今天待在这间破屋子里，默默无闻，扬眉瞪眼之间，自认为有啥奇妙景色。让人知道了，恐怕会说我跟井底之蛙有啥两样？（其实我内心的愿望，是像清寡妇、诸葛亮那样名扬天下呢！）

我写成这篇《志》，又过了五年，我的妻子嫁到我家来，她不时来轩中，向我求问历史往事，有时也俯在桌边学写字。妻子回娘家探亲，回来转述她妹妹们的话，说："听说姐姐家有个阁子，那么什么叫阁子啊？"那以后又过了六年，我妻子不幸去世，项脊轩破败了，也没再修。后来又过了两年，我因长时间卧病，无所事事，于是让人再次修缮南阁子，格局跟从前稍有不同。但自那以后我多半在外面，不常到这里来。

院子里有一棵枇杷树，还是妻子去世那年亲手栽种的，如今已经亭亭而立，树冠也像伞盖一样了。

寒花葬志[1]

婢，魏孺人媵也[2]。嘉靖丁酉五月四日死，葬虚丘[3]。事我而不卒[4]，命也夫！

婢初媵时，年十岁，垂双鬟，曳深绿布裳[5]。一日，天寒，爇火煮荸荠熟，婢削之盈瓯[6]。予入自外，取食之，婢持去，不与。魏孺人笑之。孺人每令婢倚几旁饭，即饭，目眶冉冉动[7]。孺人又指予以为笑。

回思是时，奄忽[8]便已十年。吁，可悲也已！

---

1 ★寒花，作者使女的名字。葬志，又叫墓志、圹志，是指随棺木下葬的刻有文字的石板，内容多为对逝者生平的描述。本篇是婢女寒花的墓志，文中还时时提到妻子，亲情可感。

2 婢：使女，这里指寒花。魏孺人：作者的原配妻子，姓魏，在《项脊轩志》中曾提到。孺人，明清时七品官员的妻子封孺人。媵（yìng）：陪嫁的使女。

3 嘉靖丁酉：嘉靖十六年，公元1537年。虚丘：在今江苏昆山东南。一说指土山。

4 事：侍奉，服侍。卒：到头。

5 鬟：女子的环形发髻。曳：拖。裳（cháng）：裙衣。

6 爇（ruò）火：烧火。荸荠：即荸荠。盈：满。瓯：瓦盆。

7 即饭：将要吃饭。目眶：眼眶，这里指眼睛。冉冉：徐徐。

8 奄忽：忽然，很快地。

译文 这个使女，是我妻子魏孺人的陪嫁丫鬟。死于嘉靖十六年五月四日，葬在虚丘。她侍奉我没能到头，这也是命吧！

寒花刚到我家时，只有十岁，垂着两个环形发髻，拖着条深绿色的长布裙。有一日，天很冷，点火煮荸荠，荸荠煮熟，寒花削皮，装了一满盆。我从外面回来，拿个荸荠吃，这丫头端走，不给我吃。妻子笑她的举止。——妻子常叫寒花靠着几案吃饭。将要吃时，她的眼珠忽忽悠悠地转动。妻子这次又指给我看，觉得好笑。

回想那时，一晃就是十年。唉，可悲啊！

女二二圹志[1]

女二二，生之年月戊戌戊午，其日时又戊戌戊午[2]，予以为奇。今年予在光福山中，二二不见予，辄常常呼予[3]。一日，予自山中还，见长女能抱其妹，心甚喜。及予出门，二二尚跃入予怀中也。既到山数日，日将晡[4]，予方读《尚书》，举首忽见家奴在前，惊问曰："有事乎？"奴不即言，第[5]言他事。徐却立[6]曰："二二今日四鼓[7]时已死矣。"盖生三百日而死，时为嘉靖己亥三月丁酉[8]。予既归为棺敛，以某

1 ★这是作者为不足周岁的女儿二二所写的墓志。文章虽简短，却饱含亲情，并流露出负疚感。

2 "生之年"二句：这里是用干支法记述年、月、日、时。

3 光福山：在今江苏苏州太湖之滨。辄：总是。

4 晡（bū）：申时，即下午三点至五点。

5 第：但，只。

6 却立：后退站立，退后一步，表郑重。

7 四鼓：四更，凌晨一点至三点。

8 盖：大概，表推测。嘉靖己亥：嘉靖十八年（1539）。

月日，瘗于城武公之墓阴[1]。

呜呼！予自乙未[2]以来，多在外。吾女生既不知，而死又不及见，可哀也已！

译文 女儿二二，出生年月是戊戌年戊午月，出生时日又是戊戌日戊午时，我感到很奇特。今年我在光福山中读书，（听说）二二见不到我，总是不断呼唤我。一天我从山中归来，见大女儿抱着妹妹，我心里很高兴。等我要出门离开，二二还扑进我怀里来。回到山中几天，一天午后，我正在读《尚书》，抬头忽见家里的仆人来到面前。我惊讶地问："有事吗？"仆人并不马上回答，只是说些别的事情。过了一会儿才退后一步站定，说："二二今晨四更时死了。"（算一算）她是生下来三百天死的，死的这天是嘉靖己亥年三月丁酉日。我回去后把她盛殓入棺，在某月某日安葬在曾祖父城武公的墓地北面。

唉！自从乙未年至今，我多数时间在外奔波。女儿落生时我不知道，死时又来不及见一面，实在令人悲痛啊！

1 瘗（yì）：埋葬。城武公：归有光的曾祖父归凤，曾为城武（今山东成武）县令。墓阴：墓北。

2 乙未：指嘉靖十四年（1535）。

李攀龙

李攀龙（1514—1570），字于鳞，号沧溟，明代历城（今属山东）人。嘉靖间进士，官至河南按察使。为“后七子”领袖之一。诗歌代表作有《挽王中丞八首》《于郡城送明卿之江西》等。有《沧溟集》传世。

挽王中丞八首（选一）[1]

司马台前列柏高，风云犹自夹旌旄[2]。属镂不是君王意，莫作胥山万里涛[3]。

1 ★王中丞即王忬，曾任右都御史（故称中丞）兼蓟辽总督，因边防失事，遭奸臣严嵩构陷杀害。作者以诗相吊，一方面表达对王忬的同情，另一方面明显带有斥责奸臣之意。原诗共八首，这是第二首。

2 司马台：指兵部，王忬曾任兵部侍郎。列柏：这里指御史台，汉代御史台柏树成行，因称柏台。旌旄：旌旗。

3 “属镂”二句：是说杀王忬不是皇上的意思（而是奸臣严嵩作祟），希望王忬死后不要学伍子胥，驾怒涛以泄愤。属镂，古剑名，吴王夫差曾以此剑赐伍子胥，迫令自刎。《太平广记》引《钱塘志》载，伍子胥死后尸体装入革囊投入钱塘江，伍子胥的忠魂化作了东海怒涛，形成每年一度的钱塘潮。胥山，在杭州，因有伍子胥祠而得名。

宗 臣

宗臣（1525—1560），字子相，号方城山人。明代兴化（今属江苏）人。嘉靖间进士，官至福建提学副使。是“后七子”之一。散文代表作有《报刘一丈书》《西征记》等。有《宗子相集》。

报刘一丈书（节录）[1]

至以“上下相孚，才德称位”语不才[2]，则不才有深感焉。夫才德不称，固自知之矣；至于不孚之病，则尤不才为甚。

且今之所谓孚者，何哉？日夕策马，候权者之门[3]。门者故不入，则甘言媚词，作妇人状，袖金以私之[4]。即门者持刺[5]入，而主人又不即出见；立厩中仆马之间，恶气袭衣袖[6]，即饥寒毒热不可忍，不去也。抵暮[7]，则前所受赠金者出，报客曰：“相公倦，谢客矣[8]！客请明日来！”即明日，又不敢

---

1 ★本篇为书信体散文，约作于嘉靖三十三年至三十六年之间，宗臣时任吏部郎官。收信人刘一丈是他父亲的朋友。“丈”是对男性长辈的敬称，“一”为排行。此前刘一丈有信来，这是作者的回信，因称“报”。信中对趋炎附势的小人做了入骨三分的刻画，是一篇讽刺佳作。

2 上下相孚，才德称位：上下级相互信任，才德配得上官位。孚，信任。称（chèn），合适，相称。语（yù）：告诉，对……说。不才：是“我”的谦称。

3 策马：打马，骑马。权者：有权势者，高官。这里应指明嘉靖朝奸臣严嵩、严世蕃父子。

4 门者：看门人。故不入：故意不让进。甘言媚词：甜言蜜语，谄媚之词。袖金以私之：拿袖中的银子私下贿赂看门人。

5 刺：名刺，名片。古人谒见时，看门人先拿名片进去通报。

6 厩：马棚。恶气：秽臭之气。袭：沾染。

7 抵暮：到了晚上。

8 相公：对宰相的尊称。谢客：谢绝见客。

不来。夜披衣坐，闻鸡鸣，即起盥栉[1]，走马抵门；门者怒曰："为谁？"则曰："昨日之客来。"则又怒曰："何客之勤也[2]？岂有相公此时出见客乎？"客心耻之[3]，强忍而与言曰："亡奈何矣，姑容我入[4]！"门者又得所赠金，则起而入之；又立向所立厩中。

幸主者出，南面召见，则惊走匍匐阶下[5]。主者曰："进！"则再拜，故迟不起[6]；起则上所上寿金[7]。主者故不受，则固请[8]。主者故固不受，则又固请，然后命吏内[9]之。则又再拜，又故迟不起；起则五六揖[10]始出。出揖门者曰："官人幸顾我[11]，他日来，幸亡阻我也！"门者答揖。大喜奔出，马上遇所交识[12]，即扬鞭语曰："适自相公家来，相公厚我[13]，厚我！"且虚言状[14]。即所交识，亦心畏[15]相公厚之矣。

---

1 盥栉（guànzhì）：洗脸梳头。
2 何客之勤也：你这客人为何来得这么勤。
3 耻之：感到被这样对待蒙受耻辱。
4 亡奈何：没办法。亡，同"无"。姑：暂且。
5 幸：幸而，幸亏。主者：主人。南面：面朝南，古代此为尊位。匍匐（púfú）：在地上爬行，这里指趴伏于地。
6 再拜：拜了又拜。迟：延迟。
7 寿金：祝寿的礼金，实为贿赂。
8 固请：坚持请求（收纳）。
9 内：同"纳"，收下。
10 揖（yī）：作揖，躬身拱手的礼节。
11 官人：这里指主人。幸：幸而。有时也带有请求、希望之意，如下面出现的"幸"字。顾：看顾，关照。亡：同"无"。
12 所交识：朋友，熟人。
13 适：刚才。厚：厚待，看重。
14 虚言状：夸张地描述被相公厚待的情景。
15 畏：敬畏。

相公又稍稍语人曰[1]："某也贤[2]！某也贤！"闻者亦心计交赞之[3]。

此世所谓上下相孚也，长者[4]谓仆能之乎？前所谓权门者，自岁时伏腊，一刺之外，即经年不往也[5]。间道经其门[6]，则亦掩耳闭目，跃马疾走过之，若有所追逐者。斯则仆之褊衷，以此常不见悦于长吏[7]，仆则愈益不顾也。每大言曰："人生有命，吾惟守分尔矣[8]！"长者闻此，得无厌其为迂乎[9]？

译文 至于您在信中拿"上下级要相互信任，才能品德要配得上官位"来教导我，我对此是深有感触的。才德与官位不配，我本已有自知之明；至于不能与上级搞好关系的毛病，在我身上体现得尤其突出。

再说今大人们所说的上下信任，又是怎么一回事呢？某些人一天到晚骑着马，等候在权贵者的家门口。看门人故意刁难，不放他进去。他便甜言媚语，甚至做出妇人的谄媚之态，袖子里带着银钱

1 稍稍：随即，继而。语（yù）：告诉。
2 某也贤：某人（即"客"）贤能。
3 心计交赞：心中盘算着交口称赞。
4 长者：长辈，这里是称呼刘一丈。
5 岁时伏腊：逢年过节。伏腊，伏日和腊日，一在农历六月，一在农历十二月，古时都是祭祀的节日。一刺：这里指前去投递名片，表示拜见之意，并不真的见面。经年：全年。
6 间（jiàn）：间或，偶然。道经：路过。
7 褊（biǎn）衷：褊狭的心胸。不见悦于长（zhǎng）吏：不被上司所喜欢。长吏，上司。
8 "吾惟"句：我只有守我做人的本分罢了。
9 得无：该不会，莫非。迂：迂阔，不通世故。

偷偷塞给看门人。看门人拿了名片进去，而主人又并不马上出来接见，此人就在马棚里等候，站在仆人、马匹中间，听任臭恶之气沾染衣裳，即使饥饿、严寒或酷热难当，也不肯离去。直等到傍晚，先前接受银钱的看门人出来回复说：“相公累了，已谢绝见客，客人请明天再来吧。”到了第二天，他又不敢不来。半夜就披着衣服坐等，听到鸡叫声，马上起来洗脸、梳头，快马跑到权贵门口敲门。看门人怒问：“是谁？”他就回答：“昨天的客人又来了。”看门人又发怒说：“你这客人为何来得这么勤？哪有相公在这时见客的？”客人内心感到屈辱，勉强忍耐着对看门人说：“没办法啊，暂且让我进去吧！”看门人又拿了他的赠银，这才起身放他进去，他又站在原来站过的马棚里。

幸好主人出来了，朝南坐下召见他。他受宠若惊地跑过去，拜伏在台阶下。主人说：“上前来！”他便拜了又拜，故意迟迟不起来，起来后就献上“祝寿”的银钱。主人故意推辞，他就一再请求；主人故意再三推辞，他又再三请求。然后主人命小吏把钱收了。他又拜了再拜，又故意迟迟不起，起来后又作了五六个揖才出来。出来对看门人作揖说：“我有幸得到大官人的看顾！下回再来，请您别再拦我。”看门人作揖答礼。他万分高兴地跑出来。一路在马上遇到相识的朋友，便扬起马鞭指点着对人说：“我刚从相公家来，相公厚待我，厚待我！”并且虚夸地讲述受到厚待的情状。于是他的朋友也都从心底敬畏他能受到相公厚待。相公也随即对人说：“某人贤能，某人贤能。”听到的人也都在心中暗自盘算，并交口称赞。

这就是人们所说的上下信任，您老人家说我能这样做吗？对于前面所说的权贵人家，我除了逢年过节、伏日、腊日投一张名片外，整年不再去。偶然经过他家门前，我也是捂着耳朵，闭着眼睛，鞭打着马飞快地跑过去，如同后面有人追赶一样。这就是我的狭隘胸怀，也因此长期不受长官待见，我也就更加不管不顾了。我常常高谈阔论：“人各有命，我只有守我做人的本分罢了！”您老人家听了，该不会嫌我迂阔不通世故吧？

徐 渭

徐渭（1521—1593），字文长，号天池山人、青藤道士等。明代山阴（今浙江绍兴）人。他才气过人，诗文、书画、戏曲皆精，为人狂傲不羁。然而科举不第，曾给浙直总督胡宗宪做幕僚。撰有杂剧《四声猿》《歌代啸》及戏曲理论著作《南词叙录》。有《徐文长集》传世。

狂鼓史（节录）[1]

〔寄生草〕你狠求贤为自家，让三州直甚么[2]？大缸中去几粒芝麻罢，馋猫哭一会慈悲诈，饥鹰饶半截肝肠挂，凶屠放片刻猪羊假[3]。你如今还要哄谁人，就还魂改不过精油滑！

1 ★《狂鼓史》全称《狂鼓史渔阳三弄》，是徐渭所作杂剧《四声猿》中的一折，演三国名士祢衡在阴间再次“击鼓骂曹”的场景。曹操自表功绩，说当年自己曾下令求贤，还主动把朝廷封赏的三个州县还给朝廷，于是祢衡唱了这支〔寄生草〕来反驳他。

2 狠：这里有努力、用力的意思。直：值得，算得。

3 “大缸”四句：以四个比喻讽刺曹操的虚伪，说他让还三州县，不过是一大缸芝麻拿去几粒，猫哭耗子假慈悲，饿鹰（吃了整只猎物）只少吃半截肠子，屠户给猪羊放片刻假（转眼还要杀掉）。

王世贞

王世贞（1526—1590），字元美，号凤洲，别号弇州山人，明代太仓（今属江苏）人。嘉靖间进士，官至南京刑部尚书。是“后七子”领袖之一。诗文代表作有《戚将军赠宝剑歌》《袁江流钤山冈当庐江小妇行》及《艺苑卮言》等。著有《弇州山人四部稿》等。

戚将军赠宝剑歌（选一）[1]

曾向沧流剸怒鲸，酒阑分手赠书生[2]。芙蓉涩尽鱼鳞老，总为人间事渐平[3]。

1 ★戚将军即明代抗倭英雄戚继光，他追击倭寇到闽地，得到一支古船锚，经过回炉锻造，打了八把刀、三把剑。在一次宴会上，他将其中一把剑赠予作者，作者当场赋诗十首回赠，本篇是第五首。

2 沧流：沧海。这里指东南沿海。剸（tuán）：切割，截断。怒鲸：暴烈的鲸鱼。这里借指倭寇。酒阑：酒罢。书生：作者自指。

3 芙蓉：古代宝剑名。涩尽：这里指因使用日久，剑上的花纹已磨去。鱼鳞老：剑鞘以鲨鱼皮制成，因久用而磨损。人间事渐平：这里指倭寇被剿灭，东南渐归太平。

李　贽

李贽（1527—1602），字宏甫，号卓吾，别号温陵居士，回族。明代晋江（今属福建）人。嘉靖间举人，做过云南姚安知府。晚年著书讲学，为泰州学派的代表人物，有离经叛道的倾向。散文代表作有《童心说》《题孔子像于芝佛院》《赞刘谐》等。有《焚书》《藏书》《初潭集》等。

童心说（节录）[1]

龙洞山农叙《西厢》[2]，末语云："知者勿谓我尚有童心可也。"夫童心者，真心也。若以童心为不可，是以真心为不可也。夫童心者，绝假[3]纯真，最初一念之本心也。若失却童心，便失却真心；失却真心，便失却真人。人而非真，全不复有初矣。

童子者，人之初也；童心者，心之初也。夫心之初，曷可失也？然童心胡然而遽失也[4]？盖方其始也，有闻见从耳目而入，而以为主于其内[5]，而童心失。其长也，有道理从闻见而入，而以为主于其内，而童心失。其久也，道理闻见日

1　★《童心说》是李贽的一篇重要的文艺理论文章，文中对"六经"及宋明理学提出了质疑；在文学上，则抨击复古主义，肯定新兴的戏曲、小说等通俗文艺。究其实，"童心说"仍植根于孔孟的仁爱之说及性善理论。

2　龙洞山农：不详。或说是明代学者颜钧，号山农。叙：作序。《西厢》：指元代王实甫的杂剧《西厢记》。

3　绝假：弃绝虚假，全无虚假。

4　曷：何。胡然：为什么。遽（jù）失：突然失去。

5　闻见：耳所闻目所见。主于其内：（外来的闻见）主宰了内心。

以益多，则所知所觉日以益广，于是焉又知美名之可好也，而务欲以扬之[1]，而童心失。知不美之名之可丑也，而务欲以掩之[2]，而童心失。

夫道理闻见，皆自多读书识义理而来也。古之圣人，曷尝不读书哉！然纵不读书，童心固自在也；纵多读书，亦以护此童心而使之勿失焉耳，非若学者反以多读书识义理而反障[3]之也。夫学者既以多读书识义理障其童心矣，圣人又何用多著书立言以障学人为耶？童心既障，于是发而为言语，则言语不由衷[4]；见而为政事，则政事无根柢；著而为文辞，则文辞不能达[5]。非内含以章美也，非笃实生辉光也，欲求一句有德之言，卒不可得。[6]所以者何？以童心既障，而以从外入者闻见道理为之心也。夫既以闻见道理为心矣，则所言者皆闻见道理之言，非童心自出之言也。言虽工，于我何与[7]？岂非以假人言假言，而事假事、文假文乎？……

天下之至文[8]，未有不出于童心焉者也。苟童心常存，则道理不行，闻见不立，无时不文，无人不文，无一样创制

1 美名之可好：美好的名声是值得羡慕的。务欲以扬之：努力地想要宣扬它。

2 掩之：遮盖它。

3 障：遮蔽，阻塞。

4 不由衷：不是发自真心。衷，内心，真心。

5 见：同“现”，表现。政事：政治事务。这里泛指事务。根柢：根本，基础。达：通达，晓畅。

6 内含以章美：内心蕴含着美质并彰显于外。章，同“彰”，彰显。笃（dǔ）实：忠厚淳朴而实在。卒：终。

7 工：这里指文字漂亮。于我何与（yù）：与我有什么关系？与，关涉。

8 至文：最高明的文章。

体格[1]文字而非文者。诗何必古选，文何必先秦？降而为六朝，变而为近体，又变而为传奇，变而为院本，为杂剧，为《西厢曲》，为《水浒传》，为今之举子业，大贤言圣人之道，皆古今至文，不可得而时势先后论也[2]。故吾因是而有感于童心者之自文也，更说甚么六经，更说甚么《语》《孟》乎[3]？……

然则六经、《语》《孟》，乃道学之口实，假人之渊薮也[4]，断断乎其不可以语于童心之言明矣。呜呼！吾又安得真正大圣人、童心未曾失者而与之一言言[5]哉！

译文 龙洞山农为《西厢记》作序，末尾说："了解我的人，不要说我还有童心就是了。"所谓童心，就是真心。如果对童心不认可，那就是对真心不认可。所谓童心，就是全无虚伪、纯然真实、人生开始思维那一刹那的本真之心。若是失去了童心，也就失去了本真之心；失去了本真之心，也就不再是本真之人。人若不是本真之人，也就全然丧失了做人的基础。

儿童是人生的初始，童心是人心的初始。人心的初始怎么可以

1 创制体格：这里指各种文学体裁。

2 古选：这里专指南朝梁太子萧统编选的《文选》，又称《昭明文选》。近体：指近体诗，是自唐代出现的律诗和绝句的通称。传奇：指唐人传奇小说。院本：金代流行的一种戏曲形式。举子业：指科举考试的文章，即八股文。圣人之道：圣贤的学说。"不可"句：不能因时代的早晚和地位的贵贱来论高下。

3 自文：自然成文。六经：指儒家的经典《诗》《书》《礼》《乐》《易》《春秋》。《语》《孟》：《论语》《孟子》。

4 道学之口实：道学即宋明理学，是儒学在宋明时期的新形态，其发展后期，给人以迂腐、虚伪的印象，因有"假道学"的恶名。口实，经常议论、诵读的内容，挂在嘴边的话语。渊薮（sǒu）：人或物聚集之处。也有根源的意思。

5 言言：讨论童心之言。

丧失呢？然而（在很多人那里）童心又为什么突然丧失了呢？大概在人生之初，（孩子）通过眼耳获得感性的见闻，这些见闻便成了内心的主宰，挤占了童心的位置。等长大了，又有（书本中的）道理从感官进入，这些道理便成了内心的主宰，童心就更没有地位了。时间久了，这些外来的道理、见闻日益增多，外来的知识感悟日益增广，于是人由此知道好名声是值得艳羡的，便千方百计去追求宣扬，童心愈发丧失。又知道不好的名声是丑陋可耻的，便千方百计去掩盖，童心也便丧失殆尽。

（人所获得的）道理、见闻，都是读了许多书、了解了书中的义理而来的。古代的圣人，又何尝不读书呢！但即使不读书，童心本来也天然存在；纵然多读书，也是为了养护这个童心，让它不要丧失罢了，并不像有些学习的人反因多读书、了解义理，倒被蒙蔽了童心。而学习的人既然因多读书、了解义理被蒙蔽了童心，圣人又何必大量著书立说，以蒙蔽学习者呢？一个人的童心既遭蒙蔽，说出来的话，也就是言不由衷的了；表现在行事上，也就失去了纯正的根基；写出文章来，也就不能畅达。没有从内在童心显现于外的美，没有淳朴笃实的童心所自带的光芒，要想从他那儿听到哪怕一句有德的善言，最终也是不可能的。何以是这样的呢？就因为童心被蒙蔽，外来的见闻道理成了他的本心。那么既然以外来的见闻道理为本心，所说出的话自然都是外来的见闻道理之言，不是发自童心的真话。这样的话说得再漂亮，跟我又有什么关系？难道不是假人说假话、做假事、写假文章吗？……

天下最高明的文章，没有不是出于童心的创作。只要童心常存不失，那些外在的道理见闻就不会畅行，也无处立足。那样一来，也就不分时代、无论作者、不局限于文章体裁，全都能成为高明的文字。诗歌何必是《文选》中的最好？文章何必是先秦时的最妙？随后演变出六朝的骈文，再演变出唐朝的近体诗，又演变出传奇小说，演变出金院本、元杂剧，出现《西厢记》《水浒传》，演变为今天的八股时文，以及大贤哲对圣人之道的阐发之言，都可以看作古今最高明的文字，不能因为时代的早晚、文体的尊卑而论其高下。我也由此感悟到有作者的童心自会生成好文章，干吗非要推崇什么“六经”，干吗非要推崇什么《论语》《孟子》？……

至于“六经”、《论语》《孟子》，都是道学先生挂在嘴边的口头语，是伪君子的发源地，绝对不能跟童心文字相提并论，这是再明白不过的事。唉！我又到哪里去找真正的大圣人、那些保持童心不失的人，跟他一同讨论童心之言呢！

汤显祖

汤显祖（1550—1616），字义仍，号海若、清远道人，晚号若士。明代临川（今江西抚州）人。万历间进士，曾在南京礼部任职，因上书言事，被贬至广东徐闻做官，后移浙江遂昌知县。是著名的戏剧家，传奇代表作有《还魂记》(即《牡丹亭》)、《紫钗记》、《南柯记》和《邯郸记》，号称“临川四梦”或“玉茗堂四梦”。另有《玉茗堂全集》等。

牡丹亭（节录）[1]

〔绕池游〕〔旦〕梦回莺啭，乱煞年光遍[2]。人立小庭深院。〔贴〕炷尽沉烟，抛残绣线，恁今春关情似去年[3]？

〔步步娇〕〔旦〕袅晴丝吹来闲庭院，摇漾春如线[4]。停半

1 ★《牡丹亭》全称《牡丹亭还魂记》，是汤显祖的传奇代表作，搬演杜丽娘与柳梦梅的生死恋情，向扼杀人性的封建礼教发起挑战。这里节录《牡丹亭》第十出《惊梦》中的几支曲子。杜丽娘带着丫鬟春香来到花园。大好春光令杜丽娘欣喜，同时也带来青春易逝的惆怅。〔绕池游〕与下面的〔步步娇〕〔醉扶归〕〔皂罗袍〕〔好姐姐〕，都是南曲曲牌名。曲中标有“旦”字的，是杜丽娘的唱词；标有“贴”(即贴旦，旦角的一种)字的，是春香的唱词；标“合”字的，是两人合唱。

2 “梦回”二句：梦被黄莺的鸣啭惊醒，扰乱人心的春光又到了。啭，鸟婉转地鸣叫。乱煞，极端扰乱。年光，春光。遍，周遍，遍及。

3 “炷尽”三句：沉水香燃尽（也懒得管），扔掉做了一半的刺绣活计，为啥今年的春光比去年的还要扰人？炷，燃。沉烟，沉水香（一种贵重香料）燃起的烟。恁（nèn），怎么，表疑问。关情，牵动人心。似，用于比较，表程度更甚。

4 “袅晴丝”二句：晴空里袅袅摇荡的游丝吹到这静静的庭院里来，春天的感召力也像这游丝一样摇曳荡漾。袅，缓缓摇荡的样子。晴丝，晴日空中摇荡的游丝，实为昆虫所吐的丝。“晴”与“情”是谐音双关。

晌、整花钿[1]。没揣菱花，偷人半面，迤逗的彩云偏[2]。（行介）步香闺怎便把全身现！[3]

〔醉扶归〕〔旦〕你道翠生生出落的裙衫儿茜，艳晶晶花簪八宝填，可知我常一生儿爱好是天然[4]。恰三春好处[5]无人见。不提防沉鱼落雁鸟惊喧，则怕的羞花闭月花愁颤。[6]（云）不到园林，怎知春色如许！

〔皂罗袍〕〔旦〕原来姹紫嫣红开遍，似这般都付与断井颓垣[7]。良辰美景奈何天，赏心乐事谁家院[8]！（云）恁般景致，我老爷和奶奶再不提起。〔合〕朝飞暮卷[9]，云霞翠轩；雨丝风片[10]，烟波画船。锦屏人忒看的这韶光贱[11]！

〔好姐姐〕〔旦〕遍青山啼红了杜鹃，荼蘼外烟丝醉软[12]。

1 花钿（diàn）：嵌有金银珠宝的花形首饰。

2 “没揣”三句：不料菱花镜“偷”去我的半边面庞，引逗得发髻都偏斜了。没揣，不料。菱花，指铸着菱花图案的铜镜。迤（tuō）逗，挑逗，招引。彩云，这里指装饰美丽的头发。

3 介：戏曲舞台动作的指示用语。“步香闺”句：人在闺房内，又怎能展现自己美好的身段。香闺，闺房。

4 翠生生：形容色彩鲜艳。出落：显出。茜（qiàn）：红色。艳晶晶：形容光彩鲜艳夺目。八宝填：用各种珠宝镶嵌。一生儿爱好（hǎo）是天然：一生爱美，是出于女孩儿的天然本性。好，美。

5 三春好处：最美的春色。这里暗喻女性的美丽青春。

6 不提防：这里有无意间的意思。沉鱼落雁：古人用来形容女子貌美的成语，出自《庄子·齐物论》。下文的“羞花闭月”用法与此相同。语出《西厢记》。

7 姹紫嫣红：形容花色非常鲜艳。断井颓垣：坏井塌墙，形容庭院破败。

8 “良辰”二句：意谓节令和景色那么美好，可令人心情愉悦的事又在哪儿？

9 朝飞暮卷：用唐王勃《滕王阁》诗“画栋朝飞南浦云，珠帘暮卷西山雨”句意。

10 雨丝风片：形容细雨和风。以“片”形容风，表现一种轻抚之感。

11 “锦屏”句：意谓深闺女子太辜负这美好的春光了。锦屏，锦绣围屏，这里代指闺中。韶光，美好时光，指春光。

12 杜鹃：杜鹃花，在暮春开放。相传是杜鹃鸟啼血染成。荼蘼（túmí）：花名，色白有香气，也是暮春开放。烟丝：即游丝。醉软：形容游丝柔软摇曳。

（云）春香呵！牡丹虽好，他春归怎占的先[1]！（贴云）成对儿莺燕呵，〔合〕闲凝眄，生生燕语明如翦，呖呖莺歌溜的圆[2]。

〔隔尾〕〔旦〕观之不足由他缱，便赏遍了十二亭台是枉然[3]。到不如兴尽回家闲过遣[4]。

1 “牡丹”二句：牡丹虽然美丽，但在春光将尽时开放，又如何与百花争先？这里包含着青春易逝的哀怨。

2 凝眄（miǎn，又读miàn）：凝神看。眄，斜视。生生：形容燕子鸣叫的声音。翦：同“剪”，这里形容燕语的清脆明快。呖呖：形容黄莺的叫声。溜的圆：形容莺声流利圆转。

3 缱（qiǎn）：缠绵，留恋。十二亭台：泛指园中建筑美景。

4 闲过遣：随便打发日子。

袁宏道

袁宏道（1568—1610），字中郎，号石公。明代公安（今属湖北）人。万历间进士，曾为吴县（今江苏苏州）知县，官至吏部郎中。在文学上反对复古，提倡“独抒性灵，不拘格套”，与其兄宗道、弟中道同为公安派代表人物，合称“公安三袁”。诗文代表作有《显灵宫集诸公以城市山林为韵》《闻省城急报》《棹歌行》《五泄》《虎丘》《满井游记》《徐文长传》等。有《袁中郎全集》。

显灵宫集诸公以城市山林为韵（选一）[1]

野花遮眼酒沾涕，塞耳愁听新朝事[2]。邸报束作一筐灰，朝衣典与栽花市[3]。新诗日日千余言，诗中无一忧民字[4]。旁人道我真聩聩[5]，口不能答指山翠。自从老杜得诗名，忧君爱国成儿戏[6]。言既无庸默不可，阮家那得不沉醉[7]？眼底浓浓一杯

1 ★显灵宫，道教宫观，故址在今北京西城区鲜明胡同。万历二十七年（1599）袁宏道与哥哥袁宗道、弟弟袁中道以及黄平倩、江进之等在显灵宫雅集赋诗，与会者以“城市山林”四韵脚写诗。袁宏道写了四首，本篇是第二首。

2 “野花”二句：是说饮酒赏花，不愿听朝中传来的各种坏消息，然而仍不免为国事忧愁，流下涕泪。

3 邸报：朝廷定期发布的布告消息等，相当于官方报纸。束：捆束。“朝衣”句：是说典当朝服，得钱到花市买花。典，典当。

4 “诗中”句：意谓自己的诗中没有片言只语表达对民生艰辛的忧愁。这里说的是反话。

5 聩聩：昏聩糊涂。

6 老杜：指杜甫。“忧君”句：是说后世诗人动不动就说“忧君爱国”，其实并非发自内心，几乎当作儿戏。

7 “言既”二句：是指说话既不管用，沉默又不行，阮籍（当年的处境就是这样，）因此哪能不沉醉在酒中呢？无庸，无用。阮家，晋人阮籍，以纵酒留名。

春，恸于洛阳年少泪[1]。

五泄（选一）[2]

五泄水石俱奇绝，别后三日，梦中犹作飞涛声。但恨无青莲之诗、子瞻之文，描写其高古渍薄之势为缺典耳[3]。石壁青削似绿芙蕖，高百余仞，周回若城，石色如水浣净[4]，插地而生，不容寸土。飞瀑从岩颠挂下，雷奔海立[5]，声闻数里；大若十围[6]之玉，宇宙间一大奇观也。因忆《会稽赋》有所谓“五泄争奇于雁荡”者[7]；果尔[8]，雁荡之奇，当复如何哉？

暮归，各得一诗，余诗先成，石篑[9]次之，静虚、公望、子公又次之。所目既奇，诗亦变幻恍惚，牛鬼蛇神[10]，不知是何等语。时夜已午，魈[11]呼虎号之声如在床几间。彼此谛观，

---

1 一杯春：一杯酒。恸（tòng）：悲痛，大哭。洛阳年少：指西汉贾谊，洛阳人，曾自言为国事痛哭流涕。

2 ★本篇是一篇游记散文。五泄位于今浙江诸暨西的五泄山上，是由五条瀑布上下相连而成，又称五泄溪。万历二十五年（1597），作者与朋友游五泄后，写游记三篇，这是第二篇。

3 青莲：李白号青莲居士。子瞻：苏轼字子瞻。渍（fén）薄：喷涌冲激。缺典：憾事。

4 芙蕖：荷花的别称。周回：周围。浣净：洗净。

5 雷奔海立：形容瀑布的动静和气势，如雷鸣不绝，如海水翻腾。

6 十围：形容瀑布的体量之大。围，有两说，一说两臂环抱为一围，一说两手拇指、食指环合为一围。

7 《会稽赋》：指宋代王十朋所作《会稽风俗赋》。雁荡：即雁荡山，在今浙江东南部，相传大雁北归时多宿于此，故名。

8 果尔：果然如此。

9 石篑（kuì）：即同游者陶望龄，号石篑。以下静虚、公望、子公，分别为同游者王赞化、陶奭（shì）龄、方文僎（zhuàn）的表字。

10 所目：所见到的。恍惚：迷离，难以捉摸。牛鬼蛇神：这里比喻虚幻怪诞。

11 魈（xiāo）：山魈，一种灵长类猴科动物，赤鼻白颊，长相怪异，被人视为山鬼。

须眉毛发，种种皆竖，俱若鬼矣[1]。

译文 五泄的水和石都是极为奇特的，分别后三日，梦中还像有飞瀑的声音。只恨没有李白的诗歌、苏轼的文章，来描写五泄飞瀑的高远古拙、喷涌激荡的态势，不能不说是极大的遗憾。那里的青色石壁如刀削一般，挺立如同绿荷叶，岩壁高有百多仞，四周像是城墙，石头像是被水洗得干干净净，矗立着如同插在地面，石上寸土皆无。瀑布从山岩顶端倒挂下来，但闻雷声滚滚，又像海水倾倒，声音传向几里以外。瀑布如同十围粗的玉柱，真乃宇宙间的一大奇观。因而回想宋人《会稽赋》中有“五泄可与雁荡争奇”的话，若是真的，雁荡山的神奇，又将是什么样子啊？

晚上回到宿处，同游诸人每人作一首诗。我的诗最先吟成，紧接着是陶望龄，王赞化、陶奭龄、方文僎也依次写出。因为所见景观奇特，所作的诗也迷离多变、虚幻怪诞，不知词句从何而出。时间已到午夜，但听四周山魈猛虎的啸叫之声如同发自床铺几案之间，大家面面相觑，只见须眉毛发根根竖起，个个面目如鬼。

1　谛观：细看。种种：一切，个个。这里有根根的意思。

冯梦龙

冯梦龙（1574—1646），字犹龙，又字耳犹、子犹，别号龙子犹、顾曲散人、姑苏词奴、墨憨斋主人等。明代长洲（今江苏苏州）人。崇祯间贡生，曾任福建寿宁知县。后归家全力从事通俗文学的创作及整理工作。编有话本小说集《喻世明言》(初名《古今小说》)、《醒世恒言》《警世通言》，号称“三言”。三部集子共收宋元明话本一百二十篇。冯梦龙还改编章回小说、创作传奇、选辑散曲、收集民歌，还辑有专题笔记多种。

杜十娘怒沉百宝箱[1]

（原文略）

1　★本篇出自《警世通言》。小说讲述京师名妓杜十娘与官宦子弟李甲的爱情悲剧，颂扬了杜十娘对爱情理想的生死追求，并对负心背义、玩弄女性的男性人物予以鞭挞。《警世通言》为话本小说集，全书四十卷（篇），本篇为第三十二卷。今存最早的本子是明天启四年（1624）金陵兼善堂刻本。

凌濛初

凌濛初（1580—1644），又名凌波，字玄房，号初成，别号即空观主人。明代乌程（今浙江湖州）人。崇祯时，以副贡授上海县丞，转徐州通判。勉力从事通俗文学的编撰，著有话本小说多篇，辑为《拍案惊奇》《二刻拍案惊奇》，号称“二拍”，与“三言”齐名。另撰有杂剧、诗文等。有《国门集》《言诗翼》等。

转运汉遇巧洞庭红[1]

（原文略）

1 ★本篇出自《拍案惊奇》，全称为《转运汉遇巧洞庭红，波斯胡指破鼍龙壳》。小说讲述苏州人文若虚到海外游历，在荒岛觅得蕴有宝珠的鼍龙壳，由此转运发财的故事；侧面反映了明代海外贸易的兴盛及其在民间产生的影响。《拍案惊奇》为话本小说集，全书四十卷（篇），本篇为第一卷。初刊本是明崇祯元年（1628）苏州尚友堂刻本。

张 岱

张岱（1597—1689），字宗子、石公，号陶庵、蝶庵。明末山阴（今浙江绍兴）人。他出身世家，不求仕进，一生悠游，爱好广泛，百艺皆精。明亡后避迹深山，从事著述，擅以小品文追忆往昔繁华，被人誉为"小品圣手"。散文代表作有《湖心亭看雪》《金山夜戏》《西湖七月半》等。著有《陶庵梦忆》《西湖梦寻》《琅嬛文集》《石匮书》等。

湖心亭看雪[1]

崇祯五年十二月，余住西湖。大雪三日，湖中人鸟声俱绝。是日更定矣，余拏一小舟，拥毳衣炉火[2]，独往湖心亭看雪。雾凇沆砀[3]，天与云、与山、与水，上下一白。湖上影子，惟长堤一痕，湖心亭一点，与余舟一芥[4]，舟中人两三粒而已。到亭上，有两人铺毡对坐，一童子烧酒，炉正沸。见余大惊喜，曰："湖中焉得更有此人！"拉余同饮。余强饮三大白[5]而别。问其姓氏，是金陵人，客此。及下船，舟子

---

1 ★湖心亭，杭州西湖中部偏北处有一小岛，为西湖三岛之一，上有亭，人称湖心亭。崇祯五年（1632）十二月，杭州罕见下了大雪，作者张岱雪后乘船游湖，写下这篇脍炙人口的小品文。

2 更定：指初更时分，即晚上七时左右。拏（ná）：牵拉。此处有驾船意。毳（cuì）衣：毛皮衣。

3 雾凇：本指天寒时水汽凝结成的冰晶。这里指冰冷的雾气。沆砀（hàngdàng）：形容大雾弥漫，一派混茫的样子。

4 芥：小草。

5 三大白：指三大杯酒。白，古时罚酒用的酒杯，也泛指酒杯。

喃喃曰："莫说相公痴，更有痴似相公者[1]。"

译文 崇祯五年十二月，我住在西湖。连下了三天大雪，湖中人和鸟都销声匿迹。这天初更时刻，我乘了一条小船，身穿毛皮衣，船上生着火炉，独自前往湖心亭赏雪。但见冷雾弥漫，天空、云雾、远山、近水都白茫茫一片。（在这巨大的白色画布上）能辨识的墨影只有湖中一道如痕的长堤，一座像个黑点的湖心亭，还有我这条草叶般的小船，以及船中两三"粒"人而已。到了湖心亭，见有两人铺着毡子坐在亭中，一个小童在旁边烫酒，炉上开水沸腾。两人见到我，格外高兴，说："湖上怎么可能还有这样的同道！"拉着我一块喝酒。我勉力喝了三大杯，告辞离开。分别时我问了他们的姓名，他们是金陵人，在这里客居。等下船，只听船夫喃喃自语说："别说这位相公痴呆，原来还有比相公更痴呆的。"

金山夜戏[2]

崇祯二年中秋后一日，余道镇江往兖[3]。日晡，至北固，舣舟江口[4]。月光倒囊入水，江涛吞吐，露气吸之，噀天为白[5]。余大惊喜。移舟过金山寺，已二鼓矣[6]。经龙王堂，入大

1　相公：是对读书人的称呼。这里指作者。似：用于比较，表程度更甚。

2　★金山在今江苏镇江北长江南岸，山上有金山寺。作者出身世宦之家，酷爱戏剧，家中养有戏班。此文追记作者年轻时的趣事：前往兖（yǎn）州探亲，夜泊金山，忽发奇想，在金山寺大殿张灯演戏，引来寺僧围观。

3　崇祯二年：公元1629年。道镇江：取道镇江。兖：今山东兖州。

4　日晡（bū）：指申时，即下午三点到五点。也泛指下午到黄昏。北固：即北固山，在镇江北长江南岸，与金山相邻。舣（yǐ）舟：使船靠岸。

5　倒囊：（仿佛）从口袋里倒出来。噀（xùn）：喷水，喷吐。

6　过：过访，探访。二鼓：二更，即晚上九点到十一点。

殿，皆漆静[1]。林下漏月光，疏疏如残雪。余呼小仆携戏具，盛张灯火大殿中，唱韩蕲王金山及长江大战诸剧[2]。锣鼓喧填[3]，一寺人皆起看。有老僧以手背摋眼翳，翕然张口[4]，呵欠与笑嚏俱至。徐定睛，视为何许人，以何事何时至，皆不敢问。剧完，将曙，解缆过江。山僧至山脚，目送久之，不知是人、是怪、是鬼。

译文 崇祯二年中秋节的第二天，我经由镇江前往兖州。这天申时，船到北固山下，停靠在江口。到了晚上，月光像是从口袋里倾泻到水中似的，与江涛相互吞吐；露气吸足月光，又喷向天空，满天皆白。我十分惊喜，于是移船去游金山寺，那时已是二更时分。我经过龙王堂，直入大殿。四周漆黑静谧，树林中有月光漏下，照在地上，疏疏落落像是没化尽的雪。我于是喊小优伶带着戏装戏具来，在大殿中大张灯火，演唱韩蕲王击鼓战金山及长江大战金人等戏剧。一时间锣鼓震天，全寺的人都起来观看。有个老和尚，正用手背擦着眼屎，突然张大嘴巴，一面打呵欠，一面笑和喷嚏也夺口而出。他慢慢定睛观看，想看清我们究竟是些什么人，又因何事而来，何时到此，但（见这气势）谁都不敢问。等戏唱完，天也快亮了。我们这才下山解开船缆，渡江而去。金山寺的僧人们全都随到山脚，久久目送着我们，他们大概始终不知：这些不速之客到底是人、是怪还是鬼？

---

1 漆静：漆黑寂静。

2 小仆：小僮仆，这里指家班的小演员。韩蕲（qí）王：两宋之际的名将韩世忠，与张俊、刘光世、岳飞并称“中兴四将”，死后被追封为蕲王，曾在金山及长江大败金人，后人演为戏剧。

3 喧填：同“喧阗（tián）”，形容喧哗热闹。

4 摋（sà）：揉，擦。眼翳（yì）：本指眼角膜上的白斑，这里指眼屎。翕（xī）然：突然。

张 溥

张溥（1602—1641），字天如，号西铭。明代太仓（今属江苏）人。崇祯间进士，改庶吉士。是“复社”发起人之一。散文代表作为《五人墓碑记》。著有《七录斋诗文合集》，并辑有《汉魏六朝百三家集》。

五人墓碑记[1]

五人者，盖当蓼洲周公之被逮，急于义而死焉者也[2]。至于今，郡之贤士大夫请于当道，即除逆阉废祠之址以葬之[3]；且立石于其墓之门，以旌其所为[4]。呜呼，亦盛矣哉！……

然五人之当刑也，意气扬扬，呼中丞之名而詈之[5]，谈笑以死。断头置城上，颜色不少变。有贤士大夫发五十金，买

1 ★明熹宗天启六年（1626），大宦官魏忠贤派人到苏州逮捕东林党人周顺昌，引发苏州市民的反抗，愤怒的市民打死旗尉一人，打伤公差多人。朝廷下令严究此事，市民领袖颜佩韦、杨念如、马杰、沈扬、周文元五人被捕，英勇就义。苏州市民将五人葬于虎丘山旁，称“五人之墓”，并立碑纪念，由张溥撰写碑文。文中歌颂五位市民义士，同时对士大夫的软弱提出了批评。

2 蓼（liǎo）洲周公：即周顺昌，字景文，号蓼洲。他原为朝官，因不满阉党（太监集团）把持朝政，愤而辞官。回家乡苏州后，仍不断向阉党发起挑战。此番他被魏忠贤下令逮捕，最终被害。急：重，重视。

3 至于今：指阉党倒台、作者作记时。郡：指吴郡，苏州的古称。当道：执政者。“即除”句：立即清除魏忠贤生祠的旧址，安葬五义士。除，清除，整顿。逆阉，指魏忠贤。阉是对太监的贬称。魏忠贤专权时，他的党羽在各地为他建“生祠”（人活着时建立的祠堂）。事败后，这些祠堂都被废弃。

4 立石：立石碑。旌（jīng）：旌表，表彰。

5 当刑：临刑。中丞：官名，即都察院副都御史。这里指魏忠贤的爪牙、吴郡巡抚毛一鹭。他是激发苏州民变的祸首之一。詈（lì）：骂。

五人之脰而函之，卒与尸合[1]。故今之墓中全乎为五人也。

嗟乎！大阉之乱，缙绅而能不易其志者，四海之大，有几人欤[2]？而五人生于编伍之间，素不闻《诗》《书》之训，激昂大义，蹈死不顾，亦曷故哉[3]？且矫诏纷出，钩党之捕遍于天下[4]；卒以吾郡之发愤一击，不敢复有株治[5]；大阉亦逡巡畏义，非常之谋，难于猝发[6]；待圣人之出而投环道路[7]：不可谓非五人之力也！

繇是观之，则今之高爵显位，一旦抵罪[8]，或脱身以逃，不能容于远近；而又有翦发杜门、佯狂不知所之者[9]；其辱人贱行，视五人之死，轻重固何如哉[10]？是以蓼洲周公忠义暴于朝廷，赠谥美显[11]，荣于身后；而五人亦得以加其土封，

---

1 五十金：五十两银子。脰（dòu）：本指脖子，这里指头。函之：将头装在匣中。函，匣子，这里指装进匣子。卒：最终。

2 缙绅：即士大夫。欤：表疑问的语气词。

3 编伍：指平民。古代平民五家为一“伍”。激昂大义：被正义所激发。蹈死：赴死。不顾：不回头。曷（hé）：何，什么。

4 矫诏：假托君命颁发的诏令。钩党之捕：因相互牵连、被视为同党而加以逮捕。这里指对东林党人的迫害。钩，牵连。

5 株治：株连惩治。

6 逡（qūn）巡畏义：害怕正义力量而犹豫不决。逡巡，欲进不进貌。非常之谋：这里指篡夺帝位的阴谋。猝（cù）发：贸然发动。

7 圣人之出：这里指崇祯皇帝朱由检登基。投环道路：崇祯即位后，将魏忠贤流放到凤阳，随后又派人去逮捕他。他在路上得知消息后，畏罪上吊自杀。投环，同“投缳”，上吊。

8 繇（yóu）：同“由”，自，从。抵罪：因犯罪而受到相应惩罚。

9 “而又有”句：又有剪掉头发、闭门不出，或假装疯癫不知下落的。这里指阉党人物获罪后的表现。翦，同“剪”。佯狂，装疯。佯，同“佯”。

10 “其辱人”三句：他们（指阉党人物）的可耻人格、卑贱行径，与五人之死相比，哪个更重，哪个更轻？

11 暴于朝廷：在朝廷上彰显。暴（pù），显露。赠谥美显：被（朝廷）授予美好荣显的谥号。按，崇祯皇帝追赠周顺昌“忠介”谥号。

列其姓名于大堤之上[1]；凡四方之士，无不有过而拜且泣者，斯固百世之遇也[2]。不然，令五人者保其首领，以老于户牖之下，则尽其天年，人皆得以隶使之；安能屈豪杰之流，扼腕墓道，发其志士之悲哉[3]！故余与同社[4]诸君子，哀斯墓之徒有其石也，而为之记；亦以明死生之大，匹夫之有重于社稷也[5]。

译文 所谓五人，就是蓼洲周先生被捕时，出于义愤而死于民变的五位。到如今，郡中有声望的士绅们向有关当局请求，即刻清理已废的魏忠贤生祠旧址，来安葬他们；并在墓门竖立碑石，以表彰他们的所作所为。唉，这也足够盛大了！……

然而，当五人临刑时，意气昂扬，呼叫着毛中丞的名字加以痛骂，然后谈笑自若地死去。被砍下的头颅放在城头上，面色如生，毫无改变。有几位有正义感的士绅捐出五十两银子，买下五人的头颅装在匣中，最终与尸身合为一体。因此，现在墓中五人的躯体是完整的。

可叹啊！当大太监魏忠贤乱政时，为官者能不改变自己的节操（不依附阉党的），四海之大，能有几人？然而这五人不过是生活在底

1 加其土封：增高他们的坟墓。封，坟堆。大堤之上：五人墓在虎丘东侧山塘河大堤上。

2 固：的确，实在。百世之遇：百世难得的崇高际遇。

3 首领：这里指头颅。户牖（yǒu）：门窗，这里指家中。尽其天年：指平安地活到老。天年，自然寿命。隶使之：当仆隶一样驱使他。“安能”三句：怎能让豪杰之士屈身下拜，在墓前扼腕痛惜，激起他们志士的悲愤呢。扼腕，以手握腕，表示痛惜。墓道，墓前的甬道。

4 社：这里指复社，是个有鲜明政治倾向的文学社团。

5 “亦以”二句：也是以此来表明死生意义的重大，哪怕是平民，也有重于社稷的时候。《孟子・尽心下》有“民为贵，社稷次之，君为轻”的论断，这里用其义。死生，这里是偏义复指，偏指死（的意义）。匹夫，平民百姓。社稷，本指土神和谷神，后来代指国家、朝廷。

层的平民，从没接受过《诗》《书》等儒家经书的教诲，却能被正义所激励，毅然踏上死路，头也不回，又是什么缘故？而且当时阉党假借皇帝之名不断发出“诏书”，牵三挂四、搜捕东林党人的行动遍于全国，却终因我们吴郡百姓发愤一击，令阉党不敢再株连治罪；魏忠贤也因惧怕正义力量而迟疑徘徊，篡位的阴谋，也不敢贸然实施，直至当今皇上登基，魏忠贤畏罪自缢于流放途中，这一切都不能不说是五人的力量所致！

由此看来，如今这些爵高位显者，一旦因罪受罚，有的虽侥幸逃脱，却无论到哪儿都不被人接纳，又有剪掉头发、闭门不出，或假装疯癫，不知逃往何处的，他们那可耻的人格、卑贱的行径，跟这五人之死相比，轻重究竟如何？正因如此，蓼洲周先生的忠义才得以在朝廷上彰显，被授予美好荣显的谥号，享受身后的荣耀；而五人也被增大坟茔的规格，在大堤上题写了他们的大名，四方豪士没有不经过此处而跪拜流泪的，这实在是百代难得的际遇啊。否则，假令这五人能保全性命，始终生活在家中，尽享天年，（但身为小民）人人都能把他们像奴仆一样驱使，又怎能（像今天这样）令豪杰之士屈身下拜，在墓道上扼腕痛惜，激发出他们心中的悲愤之情呢？基于此，我和同社的先生们有憾于墓前空有碑石，于是写了这篇碑记，也用以说明死生之义的重大，哪怕是平民，也有重于社稷的时候。

张煌言

张煌言（1620—1664），字玄著，号苍水。明末清初鄞县（今浙江宁波）人，抗清义士，曾于南明桂王政权任兵部尚书兼东阁大学士。兵败后隐居海岛，被俘就义。代表诗作有《甲辰八月辞故里二首》《被执过故里》等。有《张苍水集》。

甲辰八月辞故里二首（选一）[1]

国亡家破欲何之？西子湖头有我师。[2]日月双悬于氏墓，乾坤半壁岳家祠[3]。惭将赤手分三席，敢为丹心借一枝[4]。他日素车东浙路，怒涛岂必属鸱夷[5]！

---

1 ★甲辰，即清康熙三年（1664）。此前张煌言坚持抗清，失败后隐居于浙江象山一带，这年七月被俘，先押至家乡鄞县，八月初解往杭州。临出发时，几千人为他送行，他赋诗告别父老。诗共二首，这是第二首。

2 何之：到哪里去。"西子湖"句：是说西湖边上有我的榜样。按，岳飞和于谦的墓都在西湖岸边。

3 "日月"二句：前句写于谦的功绩与日月同辉，日月也暗指明朝，是说于谦挽救了大明王朝；后句说岳飞保住了宋朝的半壁江山。

4 "惭将"二句：意谓惭愧我手无寸功，也想成为（岳飞、于谦之外的）第三位；但怎敢只凭一颗赤心，就在西湖边得到一块安栖之地呢。敢，怎敢，这里又有希望的意思。一枝，作者把自己比作鸟，希望得到栖止的树枝。唐人李义府《咏乌》有"上林如许树，不借一枝栖"诗句。

5 "他日"二句：是说我死后，父老们从浙东（今宁波一带）赶往杭州吊唁，那时驾钱塘潮的人不一定是伍子胥，应该就是我啊。素车，指送丧的白色车子。鸱（chī）夷，革囊，借指伍子胥。伍子胥驾钱塘潮的典故，可参看李攀龙《挽王中丞》诗相关注释。

夏完淳

夏完淳（1631—1647），字存古，号小隐。明末华亭（今上海松江）人。明亡，跟随父亲夏允彝、老师陈子龙起兵抗清，事败被捕，解送南京就义，死时年仅十七岁。诗文代表作有《别云间》《即事三首》及《狱中上母书》等。有《夏完淳集》。

即事三首（选一）[1]

复楚情何极，亡秦气未平[2]。雄风清角劲[3]，落日大旗明。
缟素酬家国，戈船决死生[4]！胡笳[5]千古恨，一片月临城。

别云间[6]

三年羁旅客，今日又南冠[7]。无限河山泪[8]，谁言天地宽。
已知前路[9]近，欲别故乡难。毅魄归来日，灵旗空际看[10]。

---

1 ★本篇约作于顺治三年（1646），夏完淳十六岁，在抗清义军中任参谋。原诗共三首，这是第一首。

2 复楚、亡秦：这里代指恢复明朝、推翻清朝。暗用“楚虽三户，亡秦必楚也”语意。情何极：心情何等急切。极，急。

3 清角劲：角声清越苍劲。

4 “缟素”句：说自己身穿孝服，要报效家族和国家。此前作者的父亲夏允彝兵败投水而死，作者所以这样说。缟素，丧服。戈船：战船。义军曾活动于太湖地区，与清军水战。

5 胡笳：一种北方民族的乐器。这里代指满清势力，故闻胡笳而生恨。

6 ★云间即今上海松江的古称，是作者的家乡。此诗是作者抗清失败被捕后，告别家乡、押往南京时所作。

7 “三年”二句：是说作者在外作客（指从事抗清活动）离家已三年；此日回家乡，却是以囚犯的身份。羁旅客，客居在外不得还乡之人。南冠，囚徒的代称。

8 河山泪：因山河易主而流泪。

9 前路：这里指死。

10 毅魄：不屈的魂魄。灵旗：战旗，古代征伐时打的旗帜。这里代指后继的抗清队伍。

清代文学

吴伟业

吴伟业（1609—1672），字骏公，号梅村，明末清初太仓（今属江苏）人。崇祯间进士，官至左庶子，在南明王朝任少詹事，不久辞官归里。入清后复出仕，为国子监祭酒。诗歌代表作有《圆圆曲》《楚两生行》《捉船行》等。撰有《梅村家藏稿》。

过吴江有感[1]

落日松陵道，堤长欲抱城[2]。塔盘湖势动，桥引月痕生[3]。市静人逃赋，江宽客避兵[4]。廿年交旧散[5]，把酒叹浮名。

---

1 ★本篇约作于康熙初年。吴江，吴江县，即今江苏苏州吴江区，西临太湖。

2 松陵：吴江原为吴县（今江苏苏州）松陵镇。堤：吴江东有长堤，长八十里。

3 “塔盘”句：这里是说塔势很高，在湖边各处都能看到，让人产生塔围着湖盘旋的错觉。塔即华严塔，在吴江东门外的宁境华严讲寺内。“桥引”句：桥即吴江长桥，有八十五孔。本句是说桥很长，暮色中初升的月牙映入水中。引，本义为拉伸，这里形容桥长。月痕，窄窄的月牙。

4 “市静”二句：写吴地战乱后的萧条冷落，人心惶惶。为了躲避征税及掠夺，市上人稀，江中船少。客，指客商。

5 廿年：二十年。交旧：老朋友。

黄宗羲

黄宗羲（1610—1695），字太冲，号南雷，又号梨洲，明末清初余姚（今属浙江）人。明末为复社领袖之一，清初参与抗清活动失败，隐居著书讲学，是著名学者。诗文代表作有《怀金陵旧游寄儿正谊》《宋六陵》《原君》《原臣》《原法》《柳敬亭传》等。著有《南雷文定》《明夷待访录》《宋元学案》《明儒学案》等。

原君（节录）[1]

后之为人君者不然。以为天下利害之权[2]皆出于我，我以天下之利尽归于己，以天下之害尽归于人，亦无不可。使天下之人不敢自私，不敢自利，以我之大私为天下之公。始而惭焉，久而安焉，视天下为莫大之产业，传之子孙，受享无穷。汉高帝所谓"某业所就，孰与仲多"者[3]，其逐利之情，不觉溢之于辞矣。

此无他，古者以天下为主，君为客，凡君之所毕世而经营者，为天下也。今也以君为主，天下为客，凡天下之

1 ★本篇节自《明夷待访录》，文中大胆斥责封建君主把天下视为私产，给天下带来无穷祸害，蕴含着民主思想的萌芽。这里节录文章的中间一段。在前文中，作者认为古代君主"不以一己之利为利，而使天下受其利；不以一己之害为害，而使天下释其害"；本段则分析了"后之为人君者"的所作所为及思想基础，并痛加贬斥。

2 利害之权：决定利害归属的权力。

3 "汉高帝"句：汉高帝即刘邦，他年轻时不务正业，父亲对他不满，更偏爱勤劳务实的二哥。刘邦得天下后，曾问父亲："今某之业所就，孰与仲多？"（现在我所置办的家业，跟二哥〔仲〕比谁的更多？）公然把国家视为自己的家业。（见《史记·高祖本纪》）

无地而得安宁者，为君也。是以其未得之也，屠毒天下之肝脑，离散天下之子女，以博我一人之产业，曾不惨然[1]，曰："我固为子孙创业也。"其既得之也，敲剥天下之骨髓[2]，离散天下之子女，以奉我一人之淫乐，视为当然，曰："此我产业之花息[3]也。"然则为天下之大害者，君而已矣！向使[4]无君，人各得自私也，人各得自利也。呜呼！岂设君之道固如是乎？

译文 后世做君主的却不是这样。他们认为：普天下决定谁得利、谁受害的大权，全掌握在我手里，我要把天下的好处都归于自己，把天下的祸患都加于别人，也没啥不可以的。我可以让天下的人不敢谋私，不敢利己，而把我的大私变成天下人所认为的"公"。开始这样做时，君主还觉得惭愧不安，时间久了也就心安理得了，把天下看作自己无比巨大的产业，还要把它传给子孙，受用无穷。汉高祖（向他父亲）说："我所创制的产业，跟二哥相比谁更多？"他内心对利益的贪求之情，不知不觉已流露于言辞之中了。

（古今君王的表现之所以有这样大的差距）没有别的原因，只因古代把天下人看成主人，把君主看成客，凡君主用一生去努力经营的，都是为了天下人。而今则是把君主看作主人，把天下人看作客，普天下没有一块地方能得到安宁，全是因为有君主存在的缘故。以此

1 "屠毒"句：是说（为了取得政权）而让天下百姓肝脑涂地。屠毒，杀害，残害。肝脑，借指生命。曾（zēng）：竟，仍。惨然：为之悲伤。

2 "敲剥"句：拷打剥削天下百姓，榨出他们的骨髓。敲剥，敲诈剥削。骨髓，这里借指生命。

3 花息：利息。

4 向使：倘使。

之故，当君主没得天下时（他们为了取得政权，驱使百姓为他们征战），令天下百姓肝脑涂地、子女离散，以博取我一个人的产业，竟一点儿不为之悲伤与愧疚，还说："我本来是为了给子孙创业呀。"当他得到天下之后，又去榨干天下人的骨髓，离散他们的子女，以供他一人荒淫享乐，还看作理所当然，说："这些都是我产业所生出的利息呀。"如此可见，成为天下最大祸害的，就是君主罢了！假使没有君主，人人都能为自己谋划，人人都能得到自己的利益（该有多好）！唉！难道设立君主的目的，本来竟是这样的吗？

顾炎武

顾炎武（1613—1682），初名绛，字宁人，自署蒋山佣，人称亭林先生。明末清初昆山（今属江苏）人。早年曾参加复社活动，明亡后参与抗清活动，失败后遍游华北各省，晚年定居山西曲沃。是著名学者。代表作有诗《精卫》《酬王处士九日见怀之作》《京口即事》及文《郡县论》《钱粮论》《与友人论学书》等。著有《日知录》《天下郡国利病书》《顾亭林诗文集》等。

精卫[1]

万事有不平，尔[2]何空自苦。长将一寸身，衔木到终古？我愿平东海，身沉心不改。大海无平期，我心无绝时。呜呼！君不见西山衔木众鸟多，鹊来燕去自成窠[3]。

有亡国，有亡天下[4]

有亡国，有亡天下。亡国与亡天下奚辨[5]？曰：易姓改

1 ★精卫是古代神话中的鸟名。相传炎帝少女名女娃，出游溺死于东海，化为精卫鸟，常衔西山木石来填东海。见《山海经·北山经》及《述异记》。作者在诗中以精卫自喻，表达了“知其不可而为之”的抗清决心。

2 尔：你，这里指精卫。

3 “君不见”二句：燕鹊也到西山衔木，却是为了营造自己的安乐窝。作者以此抨击那些贪图富贵、投降清朝的士大夫。窠（kē），鸟窝。

4 ★本篇节自《日知录》卷十三《正始》。曹魏正始年间（240—249），士人崇尚老、庄，蔑视礼法；作者认为这是“无父无君”、文化溃败的表现，是比“亡国”还可怕的“亡天下”。作者此论，实为借古讽今，对明末士人的离经叛道、玄谈误国提出批评。节录的这段文字，被梁启超总结为“天下兴亡，匹夫有责”的口号。

5 奚（xī）辨：有何区别。奚，疑问代词，何。

号[1]，谓之亡国；仁义充塞，而至于率兽食人，人将相食，谓之亡天下[2]。……是故知保天下，然后知保其国。保国者，其君其臣，肉食者[3]谋之；保天下者，匹夫[4]之贱，与有责焉耳矣。

译文 有亡国的情况，也有亡天下的情况。亡国和亡天下有什么区别呢？换了皇帝、改了国号，这叫亡国；仁义之途被堵塞，由此发展到人驱使野兽吃人，甚至人直接吃人，这就叫“亡天下”。……由此可知，先要保天下，然后保国家。保国是君主、大臣、吃肉拿俸禄者的职责；保天下，则身份微贱的布衣百姓对此也责无旁贷！

1 易姓改号：皇帝换姓，国号变更。
2 “仁义”四句：仁义之途被堵塞，发展到人驱使野兽去吃人，甚至人吃人，这叫“亡天下”。
3 肉食者：指当官吃俸禄的。
4 匹夫：平民百姓。

侯方域

侯方域（1618—1655），字朝宗，号雪苑，明末清初河南商丘人。明末积极参与复社活动，入清后应顺治八年的乡试，在当时人看来，节操有亏。散文代表作有《李姬传》《马伶传》《癸未去金陵日与阮光禄书》等。有《壮悔堂文集》。

李姬传[1]

李姬者名香，母曰贞丽。贞丽有侠气，尝一夜博，输千金立尽。所交接皆当世豪杰，尤与阳羡陈贞慧善也[2]。姬为其养女，亦侠而慧，略知书，能辨别士大夫贤否，张学士溥、夏吏部允彝急称之[3]。少风调皎爽不群[4]。十三岁，从吴人周如松受歌"玉茗堂四传奇"，皆能尽其音节[5]。尤工《琵琶词》，然不轻发也[6]。

雪苑侯生，己卯来金陵[7]，与相识。姬尝邀侯生为诗，而

---

1 ★本篇为人物小传，传主李姬，名香（又名香君），是南京秦淮名妓。她多才艺，且"能辨别士大夫贤否"。作者在小传中称赞她的坚贞，也不讳言她对自己的警示，钦佩之情，溢于言表。孔尚任作传奇《桃花扇》，便以此篇为蓝本。

2 阳羡陈贞慧：即陈定生，阳羡（今江苏宜兴）人，复社领袖之一。

3 "能辨别"句：能辨别士大夫是贤是奸。否（pǐ），恶，奸。张学士溥、夏吏部允彝：张溥、夏允彝，后者曾被任命为吏部主事。急称之：对她十分肯定。急，这里有很、非常意。

4 风调皎爽不群：风韵格调高洁豪爽，不同一般。

5 周如松：即明末清初的昆曲家苏昆生。玉茗堂四传奇：即汤显祖的"临川四梦"传奇。尽其音节：指唱得合于音律节拍。

6 《琵琶词》：元末明初高则诚的南戏作品《琵琶记》。不轻发：不轻易演唱。

7 雪苑侯生：即侯方域，自号"雪苑"。己卯：即崇祯十二年（1639）。

自歌以偿之[1]。初，皖人阮大铖者，以阿附魏忠贤论城旦，屏居金陵，为清议所斥[2]。阳羡陈贞慧、贵池吴应箕实首其事，持之力[3]。大铖不得已，欲侯生为解之，乃假[4]所善王将军，日载酒食与侯生游。姬曰："王将军贫，非结客者，公子盍叩之[5]？"侯生三问，将军乃屏人[6]述大铖意。姬私语侯生曰："妾少从假母识阳羡君，其人有高义，闻吴君尤铮铮[7]；今皆与公子善，奈何以阮公负至交乎[8]！且以公子之世望，安事阮公[9]！公子读万卷书，所见岂后于贱妾[10]耶？"侯生大呼称善，醉而卧。王将军者殊怏怏[11]，因辞去，不复通。

未几，侯生下第[12]。姬置酒桃叶渡[13]，歌《琵琶词》以送之，曰："公子才名文藻，雅不减中郎[14]。中郎学不补行，今《琵

1 偿之：回报他。

2 皖人阮大铖：阮大铖在明天启朝依附阉党魏忠贤，阉党败，被削职为民。后依附权奸马士英，在南明弘光朝任兵部尚书。清兵渡江后又降清。他是怀宁（今属安徽）人，因称"皖人"。阿（ē）附：逢迎依附。论城旦：城旦本指一种筑城四年的刑罚，后指流放或徒刑。这里指阮大铖因依附阉党而被废为民。论，依法判处。屏（bǐng）居：闭门而居。清议：公正的舆论。

3 贵池吴应箕：即吴次尾，贵池（今属安徽）人，也是复社领袖之一。首其事：带头做这事，指排斥阮大铖。持之力：态度坚决，不肯妥协。

4 假：请托。

5 结客：广交朋友。盍（hé）：何不。叩：问。

6 屏（bǐng）人：支开闲人。

7 假母：养母，这里指李贞丽。铮铮：比喻为人刚直有棱角。

8 善：交好。至交：最好的朋友。

9 世望：家世声望。侯方域的父亲侯恂曾在明崇祯间任兵部侍郎、户部尚书，参加东林党，威望很高。事：侍奉，（为人）服务。

10 贱妾：这里是李姬自称。

11 怏怏：不快貌。

12 下第：考试落榜。这里指侯方域应乡试落第。

13 桃叶渡：在南京秦淮河边。

14 文藻：文采，文章。雅不减中郎：一点儿不比中郎差。雅，很，极。中郎，《琵琶记》的男主角蔡邕，曾任中郎将，故后世民间称他蔡中郎。

琶》所传词固妄，然尝昵董卓，不可掩也[1]。公子豪迈不羁，又失意[2]，此去相见未可期，愿终自爱，无忘妾所歌《琵琶词》也，妾亦不复歌矣！”

侯生去后，而故开府田仰者，以金三百锾[3]，邀姬一见。姬固却[4]之。开府慚且怒，且有以中伤[5]姬。姬叹曰：“田公宁[6]异于阮公乎？吾向之所赞于侯公子者谓何？今乃利其金而赴之，是妾卖[7]公子矣！”卒不往。

译文 李姬名香，母亲叫贞丽。贞丽有豪侠气，曾跟人赌博，一夜之间把千两银子输个干净。她所结交的都是当代的杰出人物，尤其跟阳羡陈定生要好。李香是贞丽的养女，同样豪爽聪慧，略通诗书，能辨别士大夫是贤是奸，张溥、夏允彝都极度欣赏她。李香年少时即风韵格调高洁豪爽，不同一般。十三岁开始师从苏州艺人周如松（苏昆生）学唱汤显祖的“玉茗堂四传奇”，居然能字字合于音节。她尤其擅长演唱《琵琶记》，只是轻易不唱。

侯方域号雪苑，于崇祯十二年来金陵，结识了香君。香君曾邀侯生赋诗，自己亲自演唱，作为酬谢。当初，安徽人阮大铖因依附阉党魏忠贤而获罪，罢官后避居金陵，受到正义舆论的斥责，此事为阳

1 “中郎”四句：蔡邕是东汉末年著名的学者，因依附董卓而留下污点，李姬因说他“学不补行”（学问虽好，却不能弥补节操的亏欠），要侯生引以为戒。妄，荒诞，不真实。昵，亲近。

2 豪迈不羁：为人豪放直爽，不受礼教束缚。失意：这里指科举落第。

3 开府：明清两代各省巡抚又称开府。田仰：南明大臣，弘光朝曾为淮扬巡抚。金三百锾（huán）：白银三百两。锾，重量单位，这里代“两”。

4 固却：坚决拒绝。

5 中（zhòng）伤：造谣诬陷。

6 宁：岂，难道。

7 卖：背叛。

羡陈定生、贵池吴次尾带头发难，不肯妥协。阮大铖不得已，想求侯生为他排解，于是请托好友王将军，每天佳肴美酒与侯生交游。香君说：“王将军家中不富裕，不是广交朋友的人，公子何不问问缘故？”侯生于是再三诘问，王将军这才令仆从退下，向侯生转述了阮大铖的用意。香君私下对侯生说：“我从小随养母认识了阳羡陈君，他为人高尚正直；我又听说吴君更是铁骨铮铮。如今两人都跟公子交厚，为什么要为一个阮大铖，辜负了至交好友呢！况且以公子的出身和家族声望，又怎能为他阮大铖效劳！公子读书万卷，难道见识反在我妇人之下吗？”侯生听罢，大声叫好，于是故意借口醉酒卧床（对王将军的请求不予回应）。王将军很是不快，于是告辞，不再来往。

没过多久，侯生乡试落榜，准备回乡。香君在桃叶渡设宴，席间特地唱了《琵琶记》的曲子，为侯生送行。并说：“公子的才名词采，一点儿不比蔡中郎差。然而蔡中郎学问虽好，却难以弥补品行上的缺欠。而今《琵琶记》里所演说的故事固然是虚妄的，但蔡中郎曾依附董卓，却是掩盖不掉的事实。公子性情豪迈，不受羁绊，再加上科场失意，这一去，能否再相见很难逆料。愿您始终自爱，别忘了我为您唱的《琵琶记》。这套曲子，以后我再也不会为别人唱了。”

侯生离开后，有位曾做过淮扬巡抚的官僚田仰，以三百两白银为聘礼，邀香君见面，香君断然拒绝。田仰恼羞成怒，故意对香君造谣中伤。香君叹气说：“田先生（这样做）又跟阮先生有什么不同呢？我此前为什么赞赏侯公子？（还不是因为他的道德节操令人钦佩？）而今如果贪图金钱前往奉承，这就等于我背叛了侯公子啊！”香君最终也没去见田仰。

陈维崧

陈维崧（1625—1682），字其年，号迦陵，明末清初宜兴（今属江苏）人。明末秀才，入清后举博学鸿词科，授翰林院检讨，参与编修《明史》。代表词作有《南乡子·邢州道上作》《醉落魄·咏鹰》《满江红·樊楼》《贺新郎·赠苏昆生》等。著有《陈迦陵文集》《湖海楼诗集》《迦陵词》。

南乡子·邢州道上作[1]

秋色冷并刀，一派酸风卷怒涛[2]。并马三河年少客，粗豪，皂栎林中醉射雕[3]！　　残酒忆荆高[4]，燕赵悲歌事未消。忆昨车声寒易水，今朝，慷慨还过豫让桥[5]！

1　★邢州，今河北邢台。本篇咏赞历史上的燕赵悲歌之士，抒发了作者内心的磊落不平之情。

2　并（bīng）刀：并州（今山西太原一带）出产的快刀。酸风：使人眼酸流泪的风。

3　三河：古时河南、河内、河东的全称。这里泛指北方地区，是出侠客的地方。皂栎（lì）：即皂和栎，是两种树名。

4　荆高：荆轲、高渐离，战国时的勇士，都曾活动于燕赵一带，因刺杀秦王而彪炳史册。

5　车声寒易水：荆轲登车刺秦前，曾高唱“风萧萧兮易水寒”。豫让：春秋时晋国刺客，曾藏在一座桥下预谋刺杀赵襄子。

朱彝尊

朱彝尊（1629—1709），字锡鬯（chàng），号竹垞（chá），又号金风亭长、小长芦钓鱼师，清代秀水（今浙江嘉兴）人。举博学鸿词科得官，曾主持江南省试。词学张炎，是清代浙西词派创始人。代表词作有《解珮令·自题词集》《卖花声·雨花台》等。著有《经义考》《日下旧闻》《曝书亭集》等，编有《词综》《明诗综》等。

解珮令·自题词集[1]

十年磨剑，五陵[2]结客，把平生涕泪都飘尽。老去填词，一半是空中传恨，几曾围燕钗蝉鬓[3]。　　不师秦七，不师黄九，倚新声玉田差近[4]。落拓江湖，且分付歌筵红粉[5]。料封侯白头无分[6]。

1 ★解珮令，词牌名。这是作者朱彝尊为自己词集所写题词，以词的形式评说自家词作，对词风的渊源和特点都有涉及。

2 五陵：本指陕西咸阳附近的五座汉帝陵墓，其附近为汉时豪侠巨富聚集之地。后以五陵年少代指富豪子弟、少年豪侠。

3 “老去”三句：意思是晚年喜欢填词，但不喜欢写吟咏女性的艳词，多半是用来抒发胸中忧愤。燕钗蝉鬓，指妇女的一种发钗、发式。这里借指妖娆女性。

4 “不师”三句：意谓不学北宋的秦观和黄庭坚，只学南宋张炎的词风。师，师法，学习。秦七，指秦观。黄九，指黄庭坚。倚，唱和。玉田，张炎号玉田。差近，相近。

5 落拓：本有豪放不羁、穷困潦倒两重意思，这里兼而有之。分付：同“吩咐”。歌筵红粉：酒席上的歌女。

6 “料封侯”句：是说自己当官无望。

屈大均

屈大均（1630—1696），原名绍隆，字翁山，一字介子。明末清初番禺（今属广东）人。明亡后参加抗清斗争，一度出家为僧。代表诗作有《壬戌清明作》《谒文丞相祠》等。著有《翁山诗外》《翁山文外》《广东新语》等。

壬戌清明作[1]

朝作轻寒暮作阴，愁中不觉已春深。落花有泪因风雨，啼鸟无情自古今[2]。故国江山徒梦寐，中华人物又销沉[3]。龙蛇四海归无所，寒食年年怆客心[4]。

1 ★壬戌为清康熙二十一年（1682），此时大规模抗清运动已结束。眼看复明无望，作者感到深深的悲哀，于清明时节赋诗感怀。

2 “落花”二句：暗用杜甫《春望》诗“感时花溅泪，恨别鸟惊心”句意。自古今，这里指禽鸟无动于衷，一任历史翻覆。

3 中华人物：这里指抗清志士。销沉：即消沉，指衰退没落，凋残乃至消亡。

4 龙蛇：《易经·系辞》有“龙蛇之蛰（蛰伏），以存身也”的话，后因以“龙蛇”比喻隐退。寒食：寒食节，参见韩翃《寒食》诗注释。怆（chuàng）：悲伤。

王士祯

王士祯（1634—1711），原名士禛，字子真，一字贻上，号阮亭，别号渔洋山人。清代新城（今山东桓台）人。顺治间进士，官至刑部尚书。为一时文坛领袖，诗主“神韵”之说。代表诗作有《真州绝句六首》《秦淮杂诗二十首》《题秋江独钓图》《秋柳诗四首》等。有《居易录》《带经堂集》《渔洋诗话》《池北偶谈》等存世。

真州绝句六首（选一）[1]

江干多是钓人居，柳陌菱塘一带疏[2]。好是日斜风定后[3]，半江红树卖鲈鱼。

瓜州渡江（选一）[4]

昨上京江北固楼，微茫风日见瓜州[5]。层层远树浮青荠，叶叶轻帆起白鸥[6]。

1 ★真州即今江苏仪征，位于长江北岸。原诗六首，这是第四首。

2 江干：江岸。柳陌菱塘：栽植柳树的道路及养植菱角的池塘。

3 好是：表赞美，妙在。风定：风停。

4 ★本篇是诗人于顺治十七年（1660）年渡长江时所作，原作二首，选一。瓜州，又作瓜洲，参见王安石《泊船瓜洲》相关注释。

5 京江：长江流经江苏镇江以北的一段，因京口得名。北固楼：即北固亭，参见辛弃疾《永遇乐·京口北固亭怀古》相关注释。微茫：弥漫模糊。

6 青荠：青色的荠菜。“叶叶”句：指江上的众多船只扬起风帆，如一只只白鸥展翅。叶，形容远望舟船如叶，这里做量词用。

蒲松龄

蒲松龄（1640—1715），字留仙，一字剑臣，别号柳泉居士。回族，一说蒙古族。清代山东淄川人。一生科举不第，七十一岁始为贡生。以做幕宾及塾师终其一生。有小说集《聊斋志异》，收文言笔记小说490余篇。另有俚曲《富贵神仙》《磨难曲》《翻魇殃》《慈悲曲》等。后人辑有《蒲松龄集》《聊斋佚文辑注》。

促织[1]

宣德[2]间，宫中尚促织之戏，岁征民间。此物故非西产[3]。有华阴令，欲媚上官，以一头进，试使斗而才[4]，因责常供。令以责之里正[5]。市中游侠儿，得佳者笼养之，昂其直，居为奇货[6]。里胥猾黠，假此科敛丁口，每责一头，辄倾数家之产[7]。

1 ★本篇选自《聊斋志异》卷四。促织，蟋蟀的别称，俗名蛐蛐。民间盛行斗蛐蛐，以赌胜负。本篇叙书生成名因蟋蟀而招祸、得福的传奇故事，背后则是对统治者骄奢淫逸的谴责，对社会不公的揭露。

2 宣德：明宣宗朱瞻基的年号（1426—1435）。

3 西产：指西北诸省所产。

4 华阴：明代属西安府，治所在今陕西华阴。令：县令。才：本指才能，这里指促织勇敢善斗。

5 里正：即里长。明代以一百一十户为一“里”，设里长，负责替官府征收税粮、分派徭役等。充任里长者往往需要自己赔垫欠税，常有因此倾家荡产者。

6 昂其值：抬高它的售价。居为奇货：谓将珍稀之物囤积，待机高价出售。居，囤积。

7 里胥：由官府指派在乡里任职的小吏，地位在里正之上。猾黠（xiá）：狡猾诡诈。科敛丁口：按人头摊派费用。丁口，人口。辄（zhé）：总是。

邑有成名者，操童子业，久不售[1]。为人迂讷[2]，遂为猾胥报充里正役，百计营谋不能脱。不终岁，薄产累尽[3]。会征促织，成不敢敛户口[4]，而又无所赔偿，忧闷欲死。妻曰："死何裨益？不如自行搜觅，冀有万一之得。"成然之。早出暮归，提竹筒铜丝笼，于败堵丛草处探石发穴，靡计不施，迄无济[5]。即捕得三两头，又劣弱不中于款[6]。宰严限追比，旬余，杖至百，两股间脓血流离[7]，并虫亦不能行捉矣。转侧床头，惟思自尽。

时村中来一驼背巫，能以神卜。成妻具赀诣问，见红女白婆[8]，填塞门户。入其舍，则密室垂帘，帘外设香几。问者爇香[9]于鼎，再拜。巫从傍望空代祝，唇吻翕辟，不知何词，各各竦立以听[10]。少间，帘内掷一纸出，即道人意中事，无毫发爽[11]。成妻纳钱案上，焚拜如前人。食顷，帘动，片纸抛落。拾视之，非字而画，中绘殿阁类兰若，后小山下怪石乱

1 操童子业：指读书准备考取秀才。科举时代凡未考取秀才者，称为童生。不售：这里指没有考取。售，实现。

2 迂讷（nè）：迂拙、不善言辞。

3 薄产累尽：意谓微薄的家产因赔垫所剩无几。累，（受）牵累。

4 会：恰遇。敛户口：指按户籍人口敛钱。

5 竹筒、铜丝笼：都是捉蟋蟀的工具。败堵：坏墙。靡计不施：无计不用，指用尽办法。迄（qì）无济：到底还是不行。迄，始终，一直。

6 不中于款：不合标准。

7 宰：这里指县令。严限：制定严格的期限。追比：古代官府限令差役完成某种差使，要定期检查成果，完不成就要打板子，称"追比"。流离：淋漓。

8 具赀（zī）诣（yì）问：准备了银钱前往叩问。赀，同"资"，钱财。诣，前往。红女白婆：指年轻及年老的女性。

9 爇（ruò）香：烧香。

10 傍：旁侧。祝：祝祷，祷告。翕（xī）辟：指嘴一开一合。竦（sǒng）立：恭敬地站立。

11 无毫发爽：没有丝毫差错。爽，差错。

卧，针针丛棘，青麻头伏焉[1]；旁一蟆[2]，若将跳舞。展玩[3]不可晓。然睹促织，隐中胸怀，折藏之，归以示成。

成反复自念："得无教我猎虫所[4]耶？"细瞻景状，与村东大佛阁真逼似。乃强起扶杖，执图诣寺后，有古陵蔚起[5]。循陵而走，见蹲石鳞鳞[6]，俨然类画。遂于蒿莱中侧听徐行，似寻针芥，寻之多时，而心目耳力俱穷，绝无踪响。冥搜[7]未已，一癞头蟆猝然跃去。成益愕，急逐趁之。蟆入草间，蹑迹披求，见有虫伏棘根，遽扑之[8]，入石穴中。掭[9]以尖草不出，以筒水灌之始出。状极俊健，逐而得之。审视：巨身修尾，青项金翅[10]。大喜，笼归，举家庆贺，虽连城拱璧不啻也[11]。于是土于盆而养之，蟹白栗黄[12]，备极护爱。留待限期，以塞官责。

---

1 兰若（rě）：指佛寺。青麻头：一种良种蟋蟀的名称。后文中的"梅花翅""蝴蝶""螳螂""油利挞""青丝额"等，也都是蟋蟀品种名称。

2 蟆（má）：蛤蟆。青蛙和蟾蜍统称蛤蟆。

3 展玩：仔细观看玩味。展，细看。

4 猎虫所：捉蟋蟀的地方。

5 古陵蔚起：指古墓高高隆起貌。蔚，这里有高大的意思。

6 蹲石鳞鳞：乱石重叠，密若鱼鳞。蹲，这里有聚集、叠合的意思。

7 冥搜：尽力搜寻。

8 逐趁：追赶。蹑（niè）迹披求：拨开草丛，跟踪寻觅。蹑，追踪。披，分开。遽（jù）：立刻，立即。

9 掭（tiàn）：轻轻拨动。

10 巨身修尾，青项金翅：形容蟋蟀的模样，身躯壮伟，尾部修长，青色的颈项，金色的翅膀。

11 连城拱璧不啻（chì）：意谓获此虫无异于获得价值连城的大型玉璧。拱璧，大玉璧。不啻，如同，不亚于。

12 土于盆：在盆中垫上土（养蟋蟀）。蟹白栗黄：蟹黄（一说蟹肉）和栗子，都是喂养蟋蟀的好饲料。

成有子九岁，窥父不在，窃发盆，虫跃掷径出，迅不可捉。及扑入手，已股落腹裂，斯须就毙[1]。儿惧，啼告母。母闻之，面色灰死，大骂曰："业根，死期至矣！而翁归，自与汝覆算耳[2]！"儿涕而出。未几成入，闻妻言，如被冰雪。怒索儿，儿渺然不知所往，既得其尸于井。因而化怒为悲，抢呼[3]欲绝。夫妻向隅，茅舍无烟，相对默然，不复聊赖[4]。

日将暮，取儿藁葬，近抚之，气息惙然[5]。喜置榻上，半夜复苏，夫妻心稍慰。但蟋蟀笼虚，顾之则气断声吞，亦不敢复究儿。自昏达曙，目不交睫[6]。东曦既驾[7]，僵卧长愁。忽闻门外虫鸣，惊起觇视[8]，虫宛然尚在，喜而捕之。一鸣辄跃去，行且速。覆之以掌，虚若无物；手裁举，则又超忽而跃[9]。急趁之[10]，折过墙隅，迷其所往。徘徊四顾，见虫伏壁上。审谛之，短小，黑赤色，顿非前物[11]。成以其小，劣之[12]；惟彷徨瞻顾，寻所逐者。壁上小虫，忽跃落衿袖间，视之，形若

---

1 跃掷：跳跃。斯须：片刻。

2 业根：骂人的话，犹言"祸根"。而翁：你的父亲。覆算：复核账目，这里犹言"算账"。

3 抢（qiāng）呼：即呼天抢地。抢，以头撞地。

4 向隅：面对墙角，形容痛苦失意状。茅舍无烟：茅屋中不生火做饭，即无心吃饭。不复聊赖：不再有所指望。聊赖，指精神上的凭借、寄托。

5 藁（gǎo）葬：草草埋葬。惙（chuò）然：这里形容气息若有若无状。

6 目不交睫：指不曾闭眼。

7 东曦既驾：指太阳从东方升起。古代神话认为，每天早晨日神羲和为太阳驾车，从东方出发。曦，日光。

8 觇（chān）视：窥视，探看。

9 裁：同"才"。超忽：迅疾貌。

10 趁：追赶。

11 审谛（dì）：仔细观察。顿：全然，绝然。

12 劣之：认为不佳。

土狗[1]，梅花翅，方首长胫。意似良[2]，喜而收之。将献公堂，惴惴[3]恐不当意，思试之斗以觇之。

村中少年好事者，驯养一虫，自名"蟹壳青"，日与子弟角，无不胜。欲居之以为利，而高其直，亦无售[4]者。径造庐访成。视成所蓄，掩口胡卢[5]而笑。因出己虫，纳比笼[6]中。成视之，庞然修伟，自增惭怍[7]，不敢与较。少年固强之。顾念：蓄劣物终无所用，不如拼博一笑。因合纳斗盆[8]。小虫伏不动，蠢若木鸡[9]。少年又大笑。试以猪鬣毛撩拨虫须，仍不动。少年又笑。屡撩之，虫暴怒，直奔，遂相腾击，振奋作声。俄见小虫跃起，张尾伸须，直龁敌领[10]。少年大骇，解令休止。虫翘然矜鸣[11]，似报主知。成大喜。方共瞻玩，一鸡瞥来[12]，径进以啄。成骇立愕呼。幸啄不中，虫跃去尺有咫[13]。鸡健进，逐逼之，虫已在爪下矣。成仓猝莫知所救，顿足失色。旋见鸡伸颈摆扑；临视，则虫集冠上，力叮

1 土狗：蝼蛄的俗称。

2 意似良：料想似乎不错。意，这里表示揣测。

3 惴（zhuì）惴：忧惧发愁貌。

4 售：买。

5 胡卢：形容忍笑难禁的样子。

6 比笼：赛前放置蟋蟀的笼子。

7 庞然修伟：形容个头大，健壮。自增惭怍（zuò）：自己更加（为自己的蟋蟀）羞愧。怍，愧怍。

8 斗盆：斗蟋蟀的专用陶瓷盆。

9 蠢若木鸡：外表蠢笨呆痴的样子。语出《庄子·达生》。

10 直龁（hé）敌领：直接咬住敌对方的脖子。

11 翘（qiáo）然矜（jīn）鸣：形容昂首而鸣的得意之态。翘然，昂首挺胸貌。矜鸣，得意地鸣叫。

12 瞥来：突然而至。瞥，突然。

13 有：同"又"。咫（zhǐ）：古代长度单位。周代以八寸为一咫。

不释[1]。成益惊喜，掇置笼中。

翼日进宰，宰见其小，怒诃成[2]。成述其异，宰不信。试与他虫斗，虫尽靡[3]；又试之鸡，果如成言。乃赏成，献诸抚军[4]。抚军大悦，以金笼进上，细疏[5]其能。既入宫中，举天下所贡蝴蝶、螳螂、油利挞、青丝额，一切异状，遍试之，无出其右者[6]。每闻琴瑟之声，则应节而舞[7]。益奇之。上大嘉悦[8]，诏赐抚臣名马衣缎。抚军不忘所自，无何，宰以“卓异”闻[9]。宰悦，免成役；又嘱学使，俾入邑庠[10]。后岁余，成子精神复旧。自言身化促织，轻捷善斗，今始苏耳。抚军亦厚赉[11]成。不数岁，田百顷，楼阁万椽，牛羊蹄躈各千计[12]。一出门，裘马过世家[13]焉。

异史氏[14]曰：天子偶用一物，未必不过此已忘；而奉行者

---

1 集：停在。不释：不放。

2 翼日：第二天。翼，同“翌”。进宰：进献给县令。诃（hē）：呵斥。

3 靡：倒下，败退。

4 抚军：明清时巡抚的别称。

5 疏：分条陈述。

6 异状：这里指不同品号的善斗的蟋蟀。无出其右者：没有超过它的。

7 应节而舞：依节拍舞蹈。

8 嘉悦：高兴并赞许。

9 所自：这里指受嘉奖的由来。卓异：这是明清两代考核地方官时所下的最佳评语。

10 学使：即学政，是由朝廷派遣巡视特定地区教育状况并定期考核生员的考官。俾（bǐ）入邑庠（xiáng）：使（成名）进入县学，成为生员（即秀才）。俾，使。邑庠，县学。

11 赉（lài）：赏赐。

12 楼阁万椽：极言房屋之多。椽，本指架在屋梁上用以承瓦的细木棍，有时一椽也指（房屋）一间。牛羊蹄躈（qiào）各千计：躈，口；牛、羊各有四蹄一口，蹄口千计相当于二百头。

13 裘马过世家：谓服饰、车马之豪奢，超过世家富户。裘马，轻裘肥马。

14 异史氏：作者自号异史氏。作品末尾以作者身份加以评论时，即以“异史氏曰”引领。

即为定例。加以官贪吏虐，民日贴妇[1]卖儿，更无休止。故天子一跬步皆关民命，不可忽也[2]。独是成氏子以蠹贫，以促织富，裘马扬扬[3]。当其为里正、受扑责时，岂意其至此哉！天将以酬长厚者，遂使抚臣、令尹并受促织恩荫[4]。闻之：一人飞升，仙及鸡犬。信夫！

译文 明代宣德年间，宫中时兴斗蟋蟀的游戏，每年都从民间征取蟋蟀。这种小东西本来不是西北的特产，但有个华阴县令想要巴结上司，于是进献了一只，宫中拿它试斗，认为它能力很强，于是责令华阴县常年进贡此物。县官于是把差事派给里正。集镇上那些游手好闲的年轻人，逮到了好的蟋蟀，就用笼子装着养起它，抬高它的价格，当作稀罕物待售。县里派到乡间的小吏奸猾刁诈，借机按人头收钱，每摊派一只蟋蟀，总使好几家倾家荡产。

县里有个叫成名的，是个读书人，总考不上秀才。他为人迂拙，不善言辞交际，因而被诡诈的县吏报到县上，让他担任里正。成名千方百计也推辞不掉。结果没一年工夫，他那点儿家产受牵累差不多赔光了。又赶上征缴蟋蟀，成名不敢挨户敛钱，又没钱抵赔，愁得要死。妻子对他说："死有什么用？不如自己去搜寻，还有万分之一的希望。"成名认为这话有理，于是早出晚归，提着捉虫的竹筒和铜丝笼，到坏墙草丛中探石缝、掏洞穴，各种法子都用尽了，

1 贴妇：典质妻子。
2 跬（kuǐ）步：行走时举一足为"跬"，两跬为"步"。这里引申为一举一动。忽：轻视。
3 蠹（dù）：蛀虫。这里用以比喻皇宫"岁征"蟋蟀的弊政。扬扬：得意貌。
4 令尹：县令。恩荫：封建时代，子孙因父祖之功而得到朝廷封赏，叫作"恩荫"。此处谓抚臣、令尹受促织"恩荫"，有明显的讽刺意味。

终归没用。即使逮到三两只，又都是弱小不合标准的。县令严格规定期限，按期追逼，十几天的工夫，成名就挨了上百的板子，两腿之间脓血淋漓，连蟋蟀也不能去捉了。在床上翻来覆去，只想一死了之。

这时村里来了个驼背的巫婆，据说能借助鬼神预卜吉凶。成名的妻子准备了礼钱，前往求问。只见老少妇女堵住了门口。进到屋里，则见密室中挂着帘子，帘子外边摆着香案。求问的人在香炉中燃上香，拜了两番。巫婆在旁边望着空中替他们祷告，嘴唇一张一合，不知说些什么。大家都肃敬地站着听。不一时，从帘内丢出一张纸条，上面写着求问者心中所想的事，竟丝毫不差！成名的妻子把钱放在案上，像前边的人那样烧香拜祷。差不多一顿饭的工夫，帘子一动，一张纸抛落下来。她拾起来看，不是字，是一幅画：上面画着殿阁，像是寺院；殿后的小山下有怪石横躺竖卧，而带刺的荆棘丛中，一只青麻头蟋蟀就趴在那儿；旁边有一只蛤蟆，像要跳起来的样子。成名的妻子看了又看，不知何意。但见上面画着蟋蟀，暗中合了自己的心事，于是折好纸张收起来，拿回去给成名看。

成名反复思忖："该不是指示我逮蟋蟀的处所吧？"又细看画上的景物，很像是村东的大佛阁。于是他强忍着疼痛爬起来，拄着拐杖，拿了图来到寺后，见有座古坟高高隆起。成名沿着古坟向前走，见石头聚集，如同鱼鳞一般，很像是画中的样子。于是在野草中一面侧耳聆听一面慢慢前行，如同寻找针或小草等细物一样，找了很长时间，用尽了心力、视力、听力，却是踪迹声响全无。他仍搜寻未停，突然有只癞蛤蟆一跃而去。成名（因见与画上相同）更加惊奇，急忙去追。癞蛤蟆跳入草丛中，他也跟踪拨草以求，见有只蟋蟀趴在荆棘根部，成名即刻去扑，蟋蟀跳进石洞。成名用细草撩拨，蟋蟀就是不出来；又用竹筒里的水灌进石洞，蟋蟀才出来。看那形状，极其俊美健壮，成名追上去捉住它。再一细看，见它个头儿大，尾巴长，青色的脖项，金色的翅膀。成名高兴极了，把它装在笼中带回家。全家庆贺，就是价值连城的玉璧也比不上似的。于是在盆子里垫了土把它养起来，用蟹、栗子肉喂它，爱护备至，只等到了缴纳之期，拿去到县里交差。

成名有个儿子，年九岁，看爹爹不在家，偷偷打开盆子来看。蟋蟀一下子跳出来跑掉，快得来不及抓。及至用手拍得，蟋蟀已是腿掉肚裂，没一会儿就死了。孩子害怕，哭着告诉娘，娘闻言面如死灰，大骂道："祸根，你死定了！你爹爹回来，自会跟你算账！"孩子哭着出去了。不多时，成名进门，听了妻子的话，像是冰雪披身，大怒去找儿子，儿子却全然不见踪影。最终在井里找到孩子的尸体，于是一腔怒气化作悲痛，呼天抢地，伤心欲绝。夫妻痛苦万分，饭也不吃，两人面面相对，默默无言，没了指望。

天快黑了，搬动孩子准备草草埋葬，走上前一摸，竟然还有微弱的气息。高兴地把他抱到床上，半夜里孩子又活过来。夫妻二人的心稍稍宽慰，但看到蟋蟀笼子空着，也只得忍气吞声，也不敢再去究问儿子。从黄昏到天明，（夫妻俩）连眼睛也没合一下。东方的太阳升起来了，成名还躺在床上发愁。忽听门外有蟋蟀叫，他吃了一惊，起来察看，那只蟋蟀仿佛还在。成名高兴地去捉，蟋蟀叫了一声便一跃而去，跑得飞快。成名用手掌扣住它，手心里好像没东西，手刚一抬，蟋蟀又疾速跳开。成名急忙去追，转过墙角，小东西又不知跑到哪儿去了。四下徘徊张望，忽见蟋蟀就趴在墙上。仔细一看，个头儿短小，颜色黑红，全然不是先前那只。成名嫌它小，看不上它。只是彷徨张望，找刚才追的那只。不料墙上的小蟋蟀忽然跳到了成名的衣服上。仔细再看，那形状像是蝼蛄，又像名种“梅花翅”，方头长腿。成名觉得这只似乎还不错，于是高兴地把它收起，准备献给官府。但心里还很不踏实，怕不合上官的心意，想试着斗一下，看看它到底如何。

村里有个好事的年轻人，驯养着一只蟋蟀，自称“蟹壳青”，每天跟少年们相斗，没有不胜出的。他想着居为奇货，以求高利，高高地要价，却没人买。（年轻人听说成名有意斗蟋蟀）径直上门来访成名。他看到成名养的蟋蟀，不禁掩着口笑起来，于是取出自己的蟋蟀，放进预备比试的笼子里。成名看那蟋蟀，个头儿庞大修长，自己越发羞愧，不敢跟对方较量。年轻人一再坚持，成名转念一想，养着这样低劣的东西终究没啥用，不如让它斗败，博得众人一笑罢了。于是将两只蟋蟀同置斗盆之中。成名的小蟋蟀趴在那里一动不动，呆若木鸡，年轻人又大笑，并试着用猪鬣毛去撩拨小蟋蟀的触须，小蟋蟀仍不动。年轻人又笑，并一再撩拨。小蟋蟀突然暴怒，直冲向前，于是两只蟋蟀相互腾身搏斗，振翅作响。不一时小蟋蟀跳起来，张开尾翼，伸直前须，上前一口咬住对方的脖颈。年轻人见状大惊，急忙分开两蟋蟀，让它们停止搏斗。小蟋蟀此刻昂首振翅、得意地鸣叫，好像向主人报捷似的。成名大喜，正与众人一同观赏，突然跑来一只鸡，冲向前来啄。成名吓得起身惊呼，幸喜没有啄中。小蟋蟀一跳一尺多远。鸡又健步上前，直逼蟋蟀，眼看蟋蟀已在鸡爪之下。因事发突然，成名不知如何救助，急得跺脚变脸。但随即又见鸡伸长脖子在摇摆扑打，近前一看，原来蟋蟀停在鸡冠子上用力叮咬不放。成名越发惊喜，连忙取下蟋蟀收到笼子里。

第二天，成名就把蟋蟀献给县令，县令见它小，怒斥成名。成名讲述了这只蟋蟀的特异之处，县令不相信。试着让它跟别的蟋蟀斗，结果所有的蟋蟀都败下阵去。又拿鸡来试，也跟成名所说的一样。于是县令赏赐了成名，并把蟋蟀献给了巡抚。巡抚非常高兴，拿金笼子装着献到宫中，并且上书细述此虫的特殊本领。蟋蟀入宫后，凡是各地贡献的特异蟋蟀名种，如号称"蝴蝶""螳螂""油利挞""青丝额"的，都试着跟它斗过，没有一只能战胜它的。这只蟋蟀每逢听到琴瑟的乐曲，都能按照节拍跳舞，人们越发觉得它神奇，皇帝也龙颜大悦，下诏赏给巡抚骏马和锦缎。巡抚不忘本，不久，县令便因考核定为"卓异"而名扬天下。县令十分高兴，免了成名的差役，又嘱咐主考官，让成名入学成了秀才。过了一年多，成名的儿子精神复了原。自己说是他化身成了那只矫捷善斗的蟋蟀，现在又还身复苏了。巡抚也重重地赏赐了成名。没过几年，成名已有田地百顷，楼阁无数，牛羊各几百头，一出门，服饰、车马之豪奢，超过世家富户。

异史氏说：皇帝偶尔使用一件东西，未必不是用过就忘记了；然而下面执行的人却把它定为规矩常例，加上官吏贪婪暴虐，闹得百姓典妻卖子，仍旧没完没了。所以说，皇帝的一举一动，都关乎着老百姓的命运，不可轻视啊！唯独成名却因苛政而贫穷，又因蟋蟀而致富，皮裘骏马，得意扬扬。然而当他充当里正，受到责打时，哪里会料到有这样的结局呢！老天要奖励成名这样老实忠厚的人，于是让巡抚、县令也一同沾蟋蟀的光。听说过这样的话：一人得道成仙，鸡狗也都跟着上天。这话确实不假！

劳山道士[1]

邑有王生，行七，故家子[2]。少慕道，闻劳山多仙人，负笈往游[3]。登一顶，有观宇[4]，甚幽。一道士坐蒲团上，素发垂领，而神观爽迈[5]。叩而与语，理甚玄妙[6]。请师之[7]。道士曰："恐娇惰不能作苦[8]。"答言："能之。"其门人甚众，薄暮[9]毕集。王俱与稽首[10]，遂留观中。

凌晨，道士呼王去，授一斧，使随众采樵，王谨受教[11]。过月余，手足重茧，不堪其苦，阴有归志[12]。一夕归，见二人与师共酌，日已暮，尚无灯烛。师乃翦纸如镜，粘壁间。俄顷，月明辉室，光鉴毫芒[13]。诸门人环听奔走[14]。一客曰："良

1 ★本篇选自《聊斋志异》卷一。篇中叙纨绔子弟王七学道"碰壁"的故事，讽刺了世上怕吃苦受累却又好高骛远的人。

2 邑：县。这里指作者的家乡淄川县（今山东淄博淄川区）。行（háng）七：在家族同辈中排序第七。故家子：世家大族的后代。

3 慕道：羡慕道术。负笈：背着书箱。笈，书箱。

4 观宇：道观建筑。

5 蒲团：用蒲草编的圆形坐垫，多为僧人、道士打坐之用。素发垂领：白发垂到衣领上。神观爽迈：神态爽朗脱俗。

6 叩：叩头行礼。玄妙：深奥微妙。

7 师之：拜他为师。

8 娇惰：娇气懒惰。作苦：吃苦。

9 薄暮：傍晚，黄昏。

10 稽（qǐ）首：这里指道士行礼的方式，即举一手于胸前向人点头。

11 采樵：砍柴。谨受教：恭谨地接受教诲。

12 重（chóng）茧：（手足因劳作）茧子摞茧子。阴有归志：暗中有回家的想法。

13 翦：同"剪"。粘：贴。辉：映照。光鉴毫芒：形容月光明亮，连纤细微物都照得很清楚。毫芒，毫毛的尖。比喻极细微之物。

14 环听奔走：围绕着听候差遣，奔走伺候。

宵胜乐，不可不同[1]。”乃于案上取壶酒，分赉诸徒，且嘱尽醉[2]。王自思：七八人，壶酒何能遍给？遂各觅盎盂，竞饮先釂，惟恐樽尽[3]；而往复挹注[4]，竟不少减。心奇之。俄一客曰：“蒙赐月明之照，乃尔寂饮，何不呼嫦娥来[5]？”乃以箸[6]掷月中。见一美人，自光中出。初不盈尺，至地遂与人等[7]。纤腰秀项，翩翩作《霓裳舞》[8]。已而歌曰：“仙仙乎，而还乎！而幽我于广寒乎！[9]”其声清越，烈如箫管[10]。歌毕，盘旋而起，跃登几上，惊顾之间，已复为箸。三人大笑。又一客曰：“今宵最乐，然不胜酒力矣。其饯我于月宫可乎？[11]”三人移席，渐入月中。众视三人，坐月中饮，须眉毕见[12]，如影之在镜中。移时，月渐暗，门人然烛来，则道士独坐而客

1 良宵胜乐：美好的夜晚，极美的乐事。不可不同：不能不跟门徒们共享。

2 分赉（lài）：分赐，分给。尽醉：不醉不休。

3 盎盂（àngyú）：两种容器。这里泛指各种大小不同的容器。竞饮先釂（jiào）：争先干杯。釂，饮尽杯中酒。樽：盛酒器。这里指酒壶。

4 挹（yì）注：这里指把壶中酒倒入杯器中。

5 乃尔寂饮：竟这样默默地饮酒（没有音乐舞蹈助兴）。嫦娥：神话中的月宫神女。

6 箸：筷子。

7 与人等：跟真人一般高。

8 纤腰秀项：纤细的腰肢，秀美的脖颈。《霓裳（nícháng）舞》：即《霓裳羽衣舞》，因《霓裳羽衣曲》得名，是唐代经典的宫廷舞蹈。

9 “仙仙乎”三句：大意是飘飘然我要回去了，仍旧要被幽禁在广寒宫里了。仙仙乎，轻举飞升的样子。语出《庄子·在宥》。幽，幽禁，囚禁。相传月中有广寒宫，是嫦娥的住所。

10 清越：清脆悠扬。烈如箫管：（歌声）嘹亮如同箫管的乐声。箫管，排箫和大管。泛指管乐器。

11 不胜酒力：意思是醉了，不能再喝了。饯：设酒食送行。

12 须眉毕见（xiàn）：眉毛胡须都看得很清楚。

杳矣[1]。几上肴核[2]尚存。壁上月，纸圆如镜而已。道士问众："饮足乎？"曰："足矣。""足宜早寝，勿误樵苏[3]。"众诺而退。王窃忻慕，归念遂息[4]。

又一月，苦不可忍，而道士并不传教一术。心不能待，辞曰："弟子数百里受业仙师，纵不能得长生术，或小有传习[5]，亦可慰求教之心；今阅[6]两三月，不过早樵而暮归。弟子在家，未谙[7]此苦。"道士笑曰："吾固谓不能作苦，今果然。明早当遣汝行。"王曰："弟子操作多日，师略授小技，此来为不负也[8]。"道士问："何术之求？"王曰："每见师行处，墙壁所不能隔，但得此法足矣。"道士笑而允之。乃传一诀，令自咒毕[9]，呼曰："入之！"王面墙不敢入。又曰："试入之。"王果从容入，及墙而阻。道士曰："俯首骤入，勿逡巡[10]！"王果去墙数步，奔而入，及墙，虚若无物，回视，果在墙外矣。大喜，入谢。道士曰："归宜洁持[11]，否则不验。"遂助资斧[12]遣之归。抵家，自诩[13]遇仙，坚壁所不能阻。妻不信。王效其作

1 然：同"燃"。杳（yǎo）：消失不见。
2 肴（yáo）核：菜肴果品。
3 樵苏：砍柴割草。
4 忻（xīn）慕：喜欢羡慕。忻，同"欣"。归念遂息：回家的念头于是打消了。
5 仙师：对师傅的尊称。或：倘若，如果。小有传习：传授一些小法术。
6 阅：经过。
7 谙（ān）：熟悉，习惯。
8 操作：劳作。不负：不辜负。
9 诀：法术的口诀。咒：念诵口诀。
10 俯首骤入：低头猛跑进去。骤，奔驰。逡（qūn）巡：迟疑，犹豫。
11 洁持：心地纯洁地持守法术。持，持守。
12 资斧：指盘缠，旅费。
13 自诩（xǔ）：自我吹嘘。

为，去墙数尺，奔而入；头触硬壁，蓦然而踣[1]。妻扶视之，额上坟起[2]，如巨卵焉。妻揶揄[3]之。王惭忿，骂老道士之无良而已[4]。……[5]

译文 本城有个姓王的书生，在家族同辈中排行第七，是世家子弟，从小就羡慕道术。他听说劳山上有不少得道成仙的，就背上行囊前往云游访道。他登上一座山峰，见峰顶有座道观，环境清幽。有个道士端坐在蒲团上，银发垂到衣领，光彩照人，神态超迈。王生向他叩头行礼，与他聊天，他的话语蕴含着玄妙的哲理。王生请求拜他为师，道士说："只怕你娇气懒惰，不能吃苦。"王生回答："我能吃苦。"道士有不少门人，傍晚时都来集中。王生一一向他们稽首行礼，于是留在了道观中。

第二天天不亮，道士就把王生叫去，交给他一把斧头，让他跟随众人一同去砍柴。王生恭敬地答应了。这样过了一个多月，王生的手脚老茧摞着老茧，他受不了这般苦，暗中想打退堂鼓。一天晚上干活回来，见有两个客人跟师傅共饮。天已经黑了，还没点上灯烛。只见师傅剪了一张镜子样的圆纸片贴在墙上。不一会儿，但见月光照亮屋内，亮得可以看清毫毛。门人都围在师傅身边，听候差遣，奔走伺候。这时一个客人说："值此良宵，饮酒作乐，不能不一块畅饮啊。"于是从案上拿起一壶酒，把酒分赏给众弟子，并嘱咐大家要一醉方休。王生心想：这七八个人，一壶酒哪够分的啊？此刻，众人都

1 蓦（mò）然：猛然。踣（bó）：摔倒。
2 坟（fèn）起：高起，凸起。
3 揶揄（yéyú）：嘲弄讥笑。
4 忿（fèn）：愤怒。无良：不善，不存好心。
5 后有"异史氏曰"数语，略去。

各寻杯碗，抢着先斟，唯恐壶里的酒倒空。然而众人你来我往不断添酒，壶里的酒竟一点儿不见少。王生很好奇。过了一会儿，又一个客人说：“承蒙赐我们这么好的月光，但就这么喝酒，还是太寂寞，何不召唤嫦娥来陪酒呢？”说着把一根筷子往月亮中一扔，只见有个美女，从月光中出来，起初不足一尺长，等飘落到地上，已长到跟常人一样高。但见她腰如柳枝，脖颈秀美，翩翩起舞，跳的是《霓裳羽衣舞》；跳罢唱道：“飘飘然，我该回去啊，依旧幽居在广寒宫啊！”歌声清亮高扬，如同箫管般清脆。歌声才住，嫦娥盘旋而起，一跃上了桌案，大家惊看，哪里有什么嫦娥，依旧是筷子一支！座上三人大笑。又一位客人说：“今晚太高兴了，不过我不能再喝了，能不能到月宫中替我饯行啊？”于是三人移动坐席，渐渐进入月宫。众人看这三位坐在月宫中继续饮酒，眉毛胡子都看得一清二楚，如同镜子里照见的人影。过了一会儿，月光渐渐暗下来，有门人点上蜡烛来，只见道士独自坐在那儿，客人已杳无踪迹。桌案上残羹剩果还在，而墙上的月亮，不过是一张圆镜般的白纸而已。道士问众门人：“喝够了吗？”众人回答：“喝够了。”道士说：“喝够了就早点儿休息，别耽误明天打柴。”众人答应着退下。王生暗中欣喜羡慕，回家的念头也因而打消了。

又过了一个月，王生实在忍受不了这种苦，而道士仍旧一点儿法术也不传授。王生实在等不了，便向师傅辞行，说：“弟子从数百里外前来拜仙师授业，即便不能学得长生之术，如果能学点儿小法术，也可抚慰我诚心求教的一番心意。如今两三个月过去，不过是早出晚归，一味打柴。弟子在家里，可从没吃过这样的苦。”道士笑道：“我本来就说你不能吃苦，如今果然应验了。明天早晨就打发你回去。”王生说：“弟子在这里劳作多日，师傅如果能传授我一点儿小法术，我这一趟也算没白来。”道士问：“你想学什么法术呢？”王生说：“我平常见师傅走到哪里，墙壁不能阻挡，我只要学到这个法术，也就满足了。”道士笑着答应了。于是就传给他要诀，让他自己念罢，道士大声说：“进去！”王生对着墙不敢进。道士又说：“试试看。”王生这才不紧不慢走向墙，等碰到墙时被挡住了。道士说：“低头猛跑进去，别犹豫！”王生离开墙几步，跑着奔着，到了墙跟前，只觉得空虚无物，回头一看，人已在墙外！王生兴奋异常，进去拜谢道士。道士说：“回去后要心地纯洁地持守此术，否则就不灵了。”于是资助他路费，打发他回家。王生回到家里，自夸遇到仙人，学得法术，再硬的墙也挡不住自己。妻子不信。王生就模仿着那天的样子，离墙几尺，猛跑着冲过去，结果一头撞到坚硬的墙壁上，一下子跌倒在地。妻子扶他起来一看，额头上鼓起了大包，像个大鸡蛋！妻子嘲笑他，他又惭愧又愤恨，骂老道士心眼儿不好。

洪　昇

洪昇（1645—1704），字昉思，号稗畦，清代钱塘（今浙江杭州）人。为国子监生，戏曲家，与孔尚任齐名，号称“南洪北孔”。传奇代表作为《长生殿》，另有杂剧《四婵娟》。诗集有《稗畦集》《啸月楼集》等。

长生殿（节录）

〔满江红〕[1]今古情场[2]，问谁个真心到底？但果有精诚不散，终成连理[3]。万里何愁南共北，两心那论生和死[4]。笑人间儿女怅缘悭[5]，无情耳。　　感金石，回天地。昭白日，垂青史。[6]看臣忠子孝，总由情至。先圣不曾删《郑》《卫》，吾侪取义翻宫徵[7]。借太真[8]外传谱新词，情而已。

〔转调货郎儿〕[9]唱不尽兴亡梦幻，弹不尽悲伤感叹。大

1　★洪昇传奇代表作《长生殿》搬演唐明皇与杨贵妃的爱情悲剧。这首〔满江红〕是第一出《传概》的第一支曲子，用以点明全剧主题，突出了一个“情”字。

2　情场：谈情说爱的场合、领域。

3　精诚：至诚，真心实意。连理：本指两株植物的枝叶相交。这里喻夫妻，婚姻。

4　“万里”二句：是说真正的爱情不受空间距离乃至生死的限制。

5　怅缘悭（qiān）：感叹没缘分。怅，怅恨。悭，少。

6　“感金石”四句：是说真情的力量，可以感化金石，挽救命运，辉映太阳，名垂青史。

7　先圣：这里指孔子。《郑》《卫》：《诗经・国风》中的《郑风》《卫风》。郑、卫一带的歌谣多为情歌，然而孔子删《诗》时却予以保留，表达了对真诚的爱情诗歌的肯定。吾侪（chái）：我们，我等。翻宫徵（zhǐ）：谱为戏曲。宫徵，古代五音中的宫音和徵音，泛指乐曲。这里代指戏曲。

8　太真：即杨玉环，字太真。

9　★本曲及下面的〔七转〕节自《长生殿》第三十八出《弹词》，本出演宫廷乐师李龟年流落江南，唱曲谋生，在鹫峰寺大会上手抱琵琶唱了九支〔转调货郎儿〕，演说玄宗当年如何宠幸杨玉环并导致祸乱的情景。这里节录第一支和第七支。

古里[1]凄凉满眼对江山。我只待拨繁弦传幽怨，翻别调写愁烦，慢慢的把天宝[2]当年遗事弹。

〔七转〕破不剌马嵬驿舍，冷清清佛堂倒斜[3]。一代红颜[4]为君绝，千秋遗恨滴罗巾血。半棵树是薄命碑碣，一抔土[5]是断肠墓穴。再无人过荒凉野，莽天涯谁吊梨花谢[6]！可怜那抱幽怨的孤魂，只伴着呜咽咽的望帝悲声啼夜月。[7]

1 大古里：总是。

2 天宝：唐玄宗年号。安史之乱就发生在天宝年间。

3 破不剌（là）：破败的。马嵬（wéi）：地名，在今陕西兴平西二十余里。佛堂：这是当年杨玉环被处死的地方。

4 红颜：这里指杨玉环。

5 一抔（póu）土：一捧土，指坟墓。这里用以形容坟墓微小。

6 “莽天涯”句：在这荒凉偏远的地方，有谁来悼念梨花衰谢。梨花谢，喻杨贵妃死。白居易《长恨歌》描写身居蓬莱、想念玄宗的杨贵妃，有“玉容寂寞泪阑干，梨花一枝春带雨”之句。

7 望帝：蜀王杜宇号望帝，相传死后化为杜鹃鸟，悲啼不止。

孔尚任

孔尚任（1648—1718），字聘之、季重，号东塘、岸堂、云亭山人。清代山东曲阜人。孔子六十四代孙。因在御前讲经，曾任国子监博士、淮扬治河使臣、宝泉局监铸等职。是戏曲家，与洪昇号称“南洪北孔”。传奇代表作为《桃花扇》，另有《小忽雷》等。诗文集有《湖海集》《长留集》等。

桃花扇（节录）

〔哀江南〕[1]〔北新水令〕山松野草带花挑，猛抬头秣陵重到[2]。残军留废垒[3]，瘦马卧空壕，村郭萧条，城对着夕阳道。

〔驻马听〕[4]野火频烧，护墓长楸[5]多半焦。山羊群跑，守陵阿监[6]几时逃。鸽翎蝠粪[7]满堂抛，枯枝败叶当阶罩；谁祭扫？牧儿打碎龙碑帽[8]。

〔沉醉东风〕[9]横白玉八根柱倒，堕红泥半堵墙高[10]。碎琉

1 ★这套〔哀江南〕曲节自《桃花扇》最后一出《余韵》。本出写李香君的两位前辈艺人柳敬亭和苏昆生，入清后分别以打鱼、砍柴为生。苏昆生进城卖柴，见到战后南京城的破败景象，极度感慨，于是编了这套曲子，唱给柳敬亭和老赞礼听。

2 “山松”句：这里苏昆生是说自己挑着柴担进城。秣陵：南京的别称。

3 废垒：战后留下的荒废营垒。

4 ★本曲咏叹明孝陵，即朱元璋陵墓。

5 护墓长楸（qiū）：种在陵墓周围的高大楸树。

6 阿监：太监。

7 鸽翎蝠粪：鸽子的翎毛和蝙蝠的粪便。

8 龙碑帽：御碑的碑额。

9 ★本曲咏叹南明故宫。

10 “横白玉”二句：是倒装句，即八根白玉柱横倒，红泥墙倒掉，只剩半堵。

璃瓦片多，烂翡翠窗棂少，舞丹墀燕雀常朝[1]。直入宫门一路蒿，住几个乞儿饿殍[2]。

〔折桂令〕[3]问秦淮旧日窗寮，破纸迎风，坏槛当潮，目断魂消[4]。当年粉黛[5]，何处笙箫。罢灯船端阳不闹，收酒旗重九无聊[6]。白鸟飘飘，绿水滔滔，嫩黄花有些蝶飞，新红叶无个人瞧。

〔沽美酒〕你记得跨青溪半里桥，旧红板没一条[7]。秋水长天人过少，冷清清的落照[8]，剩一树柳弯腰。

〔太平令〕行到那旧院门，何用轻敲，也不怕小犬哰哰，无非是枯井颓巢，不过些砖苔砌草[9]。手种的花条柳梢，尽意儿采樵；这黑灰是谁家厨灶？

〔离亭宴带歇指煞〕[10]俺曾见金陵玉殿莺啼晓，秦淮水榭花开早，谁知道容易冰消。眼看他起朱楼，眼看他宴宾客，眼看他楼塌了。这青苔碧瓦堆，俺曾睡风流觉。将五十年兴亡

1 窗棂：窗格子。丹墀（chí）：宫殿前的红色台阶及台阶上的空地，是群臣朝拜天子的处所。

2 饿殍（piǎo）：本指饿死的人，这里指乞丐。

3 ★〔折桂令〕〔沽美酒〕〔太平令〕三支曲子咏叹秦淮及长板桥、旧院，那里在明末是妓女聚居的热闹场所，也是苏、柳二人常来常往之地。

4 窗寮（liáo）：窗户。目断：望断。这里有看遍、看尽之意。

5 粉黛：这里指妓女。

6 “罢灯船”二句：这是今昔对比，将旧日热闹的节庆活动跟今天的惨淡寂寥相比较。端阳，五月五日端午节。重九，九月九日重阳节。

7 青溪：连接玄武湖和秦淮河的河流，在桃叶渡入秦淮。半里桥：指长板桥。毁于明末战乱。旧红板：指桥上的木板。

8 落照：夕照，落日余晖。

9 哰（láo）哰：犬吠。砖苔砌草：砖墙石阶（因无人往来）所长的苔藓杂草。砌，台阶。

10 ★〔离亭宴带歇指煞〕是将两支曲子连缀在一起，称为“带过曲”。此曲咏叹南明弘光王朝的覆亡。

看饱。那乌衣巷不姓王，莫愁湖鬼夜哭，凤凰台栖枭鸟[1]。残山梦最真，旧境丢难掉，不信这舆图换稿[2]。诌一套哀江南，放悲声唱到老。

1 乌衣巷：南京地名，在秦淮河南岸，东晋时曾为王、谢两大贵族的聚居处。这里暗用唐刘禹锡《乌衣巷》诗“旧时王谢堂前燕，飞入寻常百姓家”句意。莫愁湖、凤凰台：都是南京名胜。枭（xiāo）鸟：猫头鹰。

2 舆图换稿：喻江山易主。舆图，地图。

纳兰性德

纳兰性德（1655—1685），原名成德，字容若，号楞伽山人，清代满洲正黄旗人。出身贵族，康熙间进士，曾任御前侍卫，擅填词。代表词作有《长相思》（山一程）、《浣溪沙》（谁念西风独自凉）、《画堂春》（一生一代一双人）、《蝶恋花》（辛苦最怜天上月）等。著有《饮水词》《通志堂集》等。

长相思[1]

山一程，水一程，身向榆关[2]那畔行，夜深千帐灯。　　风一更，雪一更，聒[3]碎乡心梦不成，故园无此声。

浣溪沙[4]

身向云山那畔行，北风吹断马嘶声，深秋远塞若为情[5]。　　一抹晚烟荒戍垒，半竿斜日旧关城[6]，古今幽恨几时平。

浣溪沙[7]

谁念西风独自凉，萧萧黄叶闭疏窗[8]，沉思往事立残

1　★“长相思”，唐教坊曲名，用为词牌名。又名“吴山青”“双红豆”等。本篇写纳兰性德随驾到关外巡行的场景及感受。

2　榆关：即山海关。

3　聒（guō）：吵闹，吵扰。

4　★本篇写塞外景色，兼有怀古伤时、期待和平之意。

5　若为情：情何以堪。

6　戍垒：边防堡垒。半竿斜日：指落日接近地平线。

7　★本篇是一首悼亡词，悼念作者的亡妻卢氏。

8　萧萧：形容木叶摇落之声。疏窗：窗棂稀疏的窗子。

阳。　　被酒莫惊春睡重，赌书消得泼茶香[1]。当时只道是寻常[2]。

1 “被酒”句：回忆往事，妻子酒醉酣眠，自己不敢惊动。被酒，醉酒。“赌书”句：仍是回忆往事。典出宋代女词人李清照的《金石录后序》。据《后序》载，李清照与丈夫赵明诚常于饭后赌赛读书的记忆力，赢者先饮茶；然而李清照赢后常因兴奋过度，将茶泼到身上，反而饮不成。这里借指纳兰与妻子当年读书品茗的温馨时刻。

2 “当时”句：是说“被酒”“赌书”等事当时只当寻常琐事，如今回想，倍觉珍贵。

方苞

方苞（1668—1749），字凤九，一字灵皋，晚号望溪。清代安徽桐城人。康熙间贡士，官至礼部右侍郎。是“桐城派”创始人之一，论文以“义”“法”为主。散文代表作有《左忠毅公逸事》《狱中杂记》《田间先生墓表》等。有《方望溪先生全集》。

狱中杂记（节录）[1]

有某姓兄弟，以把持公仓，法应立决，狱具矣[2]。胥某谓曰：“予我千金，吾生若[3]。”叩其术，曰：“是无难，别具本章，狱辞无易，取案末独身无亲戚者二人易汝名，俟封奏时潜易之而已。[4]”其同事者曰：“是可欺死者，而不能欺主谳者[5]；倘复请之，吾辈无生理矣[6]。”胥某笑曰：“复请之，吾辈无生理，而主谳者亦各罢去[7]。彼不能以二人之命易其官，则吾辈终无死道也。”竟行之，案末二人立决。主者口呿舌挢，

1 ★作者于康熙五十年（1711）因受文字之祸牵连入狱，在狱中目睹了种种黑幕，出狱后撰写此文。这里节录一段，揭露胥吏玩法舞弊的手段。

2 把持公仓：指把持官仓的粮食收贮、发放以谋利。立决：斩立决，即不待秋后，立即斩首。狱具：指罪案已判定，不能更改。

3 胥：胥吏，官府中办理文书的小吏。生若：让你活命。若，你。

4 叩：问。本章：奏章。狱辞：指判决内容。案末独身无亲戚者：这里指案卷中附在后面的同案从犯。之所以要用“独身无亲戚者”，是免得亲戚事后追责，戳破舞弊行为。俟：等待。封奏：指判决书加封上奏。潜易：暗中更换。

5 主谳（yàn）者：案件的主审官员。谳，审案判罪。

6 复请：（皇帝批准后，主审者发现错误）再次上奏章请求重审。无生理：没有活命的道理。下文中的“死道”意同。

7 罢去：指罢官。

终不敢诘[1]。余在狱，犹见某姓。狱中人群指曰："是以某某易其首者。"胥某一夕暴卒，众皆以为冥谪云[2]。

译文 有某姓兄弟俩，因为把持官仓，依法应立即处决。案件已经判定。某胥吏对犯人说："给我一千两银子，我让你们活命。"对方问他如何办，他说："这个不难，只要另外准备一份奏章，判决书的词句无须改动，取案卷末尾两个没有亲戚的单身者的名字，来替换你俩的名字，等到加封上奏时，暗中换掉原来的案卷就是了。"胥吏的同事说："这么做固然可以欺骗死者，却不能骗过主审官；假如主审官（发现有误）再次上奏请示，咱们就没活路了。"某胥吏笑着回答："再次上奏请示，我们没有活路，负责主审的诸位也会因此被罢免。他们不可能拿这两条人命换掉自己的乌纱帽，我们也终究没有死的道理。"于是居然就这么干了，列名案卷末尾的两人被立即处死。主审官见到这结果，惊得张口结舌，但始终不敢追究。我在监狱，还亲眼看到兄弟俩，狱中人纷纷指着说："这就是用某某换下他们脑袋的。"传说某胥吏一天夜里突然死去，人们都认为是受了阴间的惩罚。

1 口呿（qù）舌挢（jiǎo）：张口结舌状。诘（jié）：诘问，深究。

2 暴卒：突然死去。冥谪：冥谴，来自阴间的惩罚。

郑　燮

郑燮（xiè）（1693—1765），字克柔，号板桥，清代江苏兴化人。乾隆间进士，曾任范县、潍县（今山东潍坊）知县，后客居扬州。诗书画俱佳，为“扬州八怪”之一。代表作有诗《逃荒行》《还家行》《道情十首》《家书》等。有《郑板桥集》。

道情十首（选五）[1]

老渔翁，一钓竿，靠山崖，傍水湾；扁舟来往无牵绊。沙鸥点点轻波远，荻港萧萧白昼寒[2]；高歌一曲斜阳晚。一霎时波摇金影，蓦抬头月上东山。

老头陀[3]，古庙中，自烧香，自打钟；兔葵燕麦闲斋供[4]。山门破落无关锁，斜日苍黄有乱松；秋星闪烁颓垣缝[5]。黑漆漆蒲团[6]打坐，夜烧茶炉火通红。

1　★道情是一种民间曲艺形式，原为道士演唱的曲子，后来在唐代教坊中发展为道曲，至南宋用渔鼓等伴奏，又称“道情渔鼓”；至清代又与各地民间音乐结合，形式多样，流传颇广。郑燮作《道情十首》，自称“无非唤醒痴聋，销除烦恼。每到山青水绿之处，聊以自遣自歌，若遇争名夺利之场，正好觉人觉世”。十首曲子分别咏老渔翁、老樵夫、老头陀、老道人、老书生、小乞儿、作词者，外加咏史二首及收尾。这里选第一、三、五、六、八共五首。

2　沙鸥：沙滩上的鸥鸟。荻港：芦荻丛中的港湾。萧萧：冷清貌。

3　头陀：四处云游行乞的苦行僧人。这里指僧人。

4　兔葵：一种野菜。斋供：僧道的饭食。

5　“秋星”句：透过破损的墙缝可见秋空闪烁的星星。颓垣，破损的墙。

6　蒲团：参看蒲松龄《劳山道士》相关注释。

老书生，白屋中，说黄虞，道古风[1]；许多后辈高科中[2]。门前仆从雄如虎，陌上旌旗去似龙[3]；一朝势落成春梦。倒不如蓬门僻巷，教几个小小蒙童[4]。

尽风流，小乞儿，数莲花，唱竹枝[5]；千门打鼓沿街市。桥边日出犹酣睡，山外斜阳已早归；残杯冷炙饶滋味[6]。醉倒在回廊古庙，一凭他雨打风吹。

邈唐虞，远夏殷。卷宗周，入暴秦；争雄七国相兼并[7]。文章两汉空陈迹，金粉南朝总废尘；李唐赵宋慌忙尽[8]。最可叹龙盘虎踞，尽销磨《燕子》《春灯》[9]。

---

1 老书生：这里指老塾师。白屋：平民居住的没有彩饰的屋子。黄虞：黄帝、虞舜，都是传说中的远古圣君。古风：这里指古代文化。

2 “许多”句：是说老书生教出的学生许多中举做官。高科，科举高第。

3 “门前”二句：写高官的仪仗排场。

4 蓬门：蓬草编成的门。蒙童：刚刚启蒙识字的书塾学童。

5 风流：这里有无拘无束的意思。莲花、竹枝：即莲花落、竹枝词，是两种自唱自说的曲艺形式，唱时以鼓板伴奏，乞丐往往以这种方式求乞。

6 残杯冷炙（zhì）：这里指讨来的残羹剩饭。饶滋味：多滋味，指吃得很香。

7 邈：远。唐虞：唐尧、虞舜，都是传说中远古时代的圣君。夏殷：夏朝和商朝。宗周：西周都城丰京、镐京（位于今陕西西安西南），这里代指周朝。暴秦：残暴的秦朝。七国：指战国七雄。

8 “文章”三句：是说两汉的文化已成过去，以奢靡著称的南朝也归于尘土，李姓的唐朝、赵姓的宋朝，也稀里糊涂地过去。文章，这里泛指文化。金粉，喻指繁华绮丽的生活。废尘，归于尘土。

9 “最可叹”二句：这是感叹明王朝的覆亡。龙盘虎踞，形容金陵形胜。明代开国以及明末的南明弘光政权，全都以金陵为都。《燕子》《春灯》，即阮大铖所作传奇《燕子笺》和《春灯谜》。这两部剧作曾盛演于南京，甚至在清军虎视江南之际，南明大臣阮大铖还忙着排演他的戏剧，将《燕子笺》进献内廷，以满足弘光帝的观剧享乐之需，终于导致朱明王朝彻底覆灭。

吴敬梓

吴敬梓（1701—1754），字敏轩，号粒民、秦淮寓客、文木老人。清代安徽全椒人。出身世家，二十三岁成秀才，淡薄功名，曾被荐参加博学鸿辞考试，托病不赴。放浪诗酒，贫病以终。撰有章回小说《儒林外史》。另有《文木山房集》等。

周进与范进[1]

始于第二回“申祥甫又说：‘孩子大了，今年要请一个先生……’”，止于第三回“胡屠户忙躲进女儿房里，不敢出来。邻居各自散了”。（原文略）

1 ★本篇节自《儒林外史》第二回“王孝廉村学识同科，周蒙师暮年登上第”、第三回“周学道校士拔真才，胡屠户行凶闹捷报”。这两回书讲述周进、范进两个穷苦读书人白发中举的故事，讥诮了读书人的人性迷失，对科举制弊端有所批判，文字上则体现了吴敬梓嬉笑怒骂的讽刺风格。《儒林外史》全书五十六回，现存最早的本子是清嘉庆八年（1803）卧闲草堂刊本。

曹雪芹

曹雪芹（约1715或1721—约1763），名霑，一说名天祐，字梦阮，号雪芹，又号芹圃、芹溪。祖籍辽阳（今属辽宁）。先世为汉人，后入满洲正白旗为包衣（奴仆）。生于南京，后家世败落，随全家迁往北京。晚岁贫困，移居北京西郊。有章回小说《石头记》八十回。此书后经高鹗、程伟元等续补，成一百二十回《红楼梦》。

抄检大观园[1]

始于第七十四回“一时周瑞家的与吴兴家的、郑华家的、来旺家的、来喜家的现在五家陪房进来”，止于本回：“众人见他如此，要笑又不敢笑，也有趁愿的，也有心中感动报应不爽的”。（原文略）

1　★本篇节自《红楼梦》第七十四回“惑奸谗抄检大观园，避嫌隙杜绝宁国府”。本回写凤姐奉王夫人之命，为整肃风气，带着府中几家陪房家人抄检大观园。邢夫人的陪房王善保家的擅作威福，结果先遭丫鬟晴雯的反抗，又被三小姐探春打了一个嘴巴，恰恰又在她外孙女司棋的箱子里搜出违禁物品——表面上这一切都针对王善保家的，实则表现了大观园众人对封建家长的不满与反抗。虽只一回文字，却写得起伏跌宕，在激烈的冲突中，凸显出晴雯、探春等富于个性的女性形象，是小说最精彩的段落之一。《红楼梦》全书一百二十回，最早的全本是乾隆五十六、五十七年（1791、1792）高鹗、程伟元整理的活字排印本（俗称“程甲本”“程乙本”）。

袁 枚

袁枚（1716—1798），字子才，号简斋、随园，世称随园先生。清代钱塘（今浙江杭州）人。乾隆间进士，授翰林院庶吉士，曾任溧水、江宁、沭阳等县县令，有政声。中年归隐。诗主“性灵”说。代表诗文有《马嵬》《仿元遗山论诗》《苔》《水西亭夜坐》《祭妹文》《黄生借书说》等。有《小仓山房集》《随园诗话》及笔记小说《子不语》等。

马嵬（选一）[1]

莫唱当年《长恨歌》，人间亦自有银河[2]。石壕村里夫妻别，泪比长生殿上多[3]。

仿元遗山论诗（选一）[4]

不相菲薄不相师，公道持论我最知[5]。一代正宗才力薄，

---

1 ★马嵬是地名，位于今陕西兴平西，安史之乱时唐玄宗逃亡至此，遭遇兵变，被迫处死杨玉环。历来文人多以此为题赋诗填词，对李、杨二人表示同情；本篇则从反面设想，认为皇帝后妃的痛苦远轻于民间。原诗共四首，这是第二首。

2 《长恨歌》：唐代白居易所作长诗，咏叹李隆基、杨玉环的离合史事。银河：这里借牛郎织女传说，喻指隔绝男女恋人的悲剧。

3 “石壕”二句：是说杜甫《石壕吏》中的老夫妇，他们的遭遇不是比唐玄宗、杨贵妃还要悲惨吗？长生殿，唐代宫殿名，相传唐玄宗与杨贵妃曾在这里盟誓。

4 ★元遗山即元好问，曾赋《论诗三十首》。袁枚模仿元好问，作《仿元遗山论诗》共三十八首，这是第一首。诗后标“王新城”，即王士禛。

5 “不相”二句：这是作者表明自己的论诗态度，对被评论者，既不刻意菲薄贬低，也不刻意推崇仰视，自己最清楚保持公正不倚的重要性。相师，这里指崇拜，视为老师。

望溪文集阮亭诗[1]。

祭妹文（节录）[2]

乾隆丁亥冬，葬三妹素文于上元之羊山，而奠以文曰[3]：

呜呼！汝生于浙[4]，而葬于斯，离吾乡七百里矣；当时虽觭梦幻想，宁知此为归骨所耶[5]？汝以一念之贞，遇人仳离，致孤危托落[6]，虽命之所存，天实为之；然而累汝至此者，未尝非予之过也。予幼从先生授经，汝差肩而坐[7]，爱听古人节义事；一旦长成，遽躬蹈之[8]。呜呼！使汝不识《诗》《书》，或未必艰贞[9]若是。

余捉蟋蟀，汝奋臂[10]出其间；岁寒虫僵，同临其穴。今予殓汝葬汝，而当日之情形，憬然赴目[11]。予九岁，憩书斋，

1 “一代”二句：是说清代的两位被公认为是文学宗师的人，一位是方苞，以文章著称；一位是王士祯，以诗歌著称。但作者认为他们的共同缺点是才力不足。望溪，方苞的号。阮亭，王士祯的号。

2 ★这是作者为胞妹袁机所写的追悼文字。袁机（1720—1759），字素文，是作者的三妹，自幼与高家指腹为婚。因闻高氏子恶劣无赖，本来有解除婚约的机会；但素文受礼教约束，执意要嫁，婚后备受虐待，只得离异。四十岁时病死。作者与她感情最好，在她正式安葬时，撰文悼念。

3 乾隆丁亥：乾隆三十二年（1767）。这是素文安葬之年，距其死已有八年。上元：县名，今江苏南京主城区。羊山：位于今南京市区东北。奠：祭献。

4 浙：指杭州。

5 觭梦：做奇异的梦。觭，同“奇”。宁知：哪里知道。

6 一念之贞：指素文为保“贞洁”，坚持嫁给已订婚的高家。遇人仳（pǐ）离：遇人不合，终于离异。仳离，离弃。孤危托落：这里指孤独失意。

7 授经：学习儒家经书。差（cī）肩而坐：肩挨着肩坐着。差，次第，依次。

8 遽（jù）躬蹈之：急切地亲身去实践。遽，急迫，急切。躬蹈，亲身实践。

9 艰贞：这里指不惧艰难以履行贞节观念。

10 奋臂：挥着胳膊。这里形容热情参与。

11 虫僵：这里指蟋蟀死。同临（lìn）其穴：一同到蟋蟀的坟墓凭吊，这里指埋掉蟋蟀。临，凭吊死者。殓（liàn）：为死者穿衣入棺。憬（jǐng）然赴目：指往事清楚地浮现于眼前。憬然，本为醒悟貌，这里有清清楚楚的意思。

汝梳双髻，披单缣来，温《缁衣》一章[1]；适先生奓户入[2]，闻两童子音琅琅然，不觉莞尔，连呼“则则”，此七月望日事也[3]。汝在九原[4]，当分明记之。

予弱冠粤行，汝掎裳悲恸[5]。逾三年，予披宫锦还家，汝从东厢扶案出，一家瞠视而笑，不记语从何起，大概说长安登科、函使报信迟早云尔[6]。凡此琐琐[7]，虽为陈迹，然我一日未死，则一日不能忘。旧事填膺，思之凄梗，如影历历，逼取便逝[8]。悔当时不将嫛婗情状，罗缕纪存[9]；然而汝已不在人间，则虽年光倒流，儿时可再，而亦无与为证印者矣。

汝之义绝高氏而归也，堂上阿奶[10]，仗汝扶持；家中文墨，眣汝办治[11]。尝谓女流中最少明经义、谙雅故[12]者。汝嫂非不婉嫕，而于此微缺然[13]。故自汝归后，虽为汝悲，实为予喜。予

1 单缣（jiān）：用细绢做的单衫。《缁衣》：《诗经·郑风》中的一篇。

2 奓（zhà）户：开门。奓，开。

3 琅琅然：形容读书声清脆响亮。莞（wǎn）尔：微笑貌。则则：拟声词，形容赞叹声。望日：农历每月十五满月之日为望日。

4 九原：九泉，地下。

5 弱冠：男子二十岁称弱冠。粤行：指作者到广西探视叔父。掎（jǐ）：用力拉住。恸（tòng）：痛哭。

6 披宫锦：这里指袁枚于乾隆四年（1739）年中进士，选翰林院庶吉士。宫锦，宫锦袍，指称翰林的朝服。扶案出：扶着桌子出来。一说扶案为捧着茶盘的意思。瞠（chēng）视：瞪眼直视。长安：这里借指京城。函使：信使。

7 琐琐：细小琐碎的事。

8 填膺（yīng）：充满胸臆。凄梗：悲凄之情堵塞心头。历历：清晰可数貌。逼取便逝：逼近细想，又都模糊远去。

9 嫛婗（yīní）：婴儿，这里指儿时。罗缕：详尽。纪存：记录保存。纪，同“记”。

10 义绝：依理断绝夫妻关系。阿奶：指作者的母亲。

11 眣（shùn）汝办治：靠你处理。眣，以目示意，意思是一个眼神就知道了。

12 明经义、谙（ān）雅故：明了经书义理、熟悉文章典故。谙，熟悉。雅故，文章典故。

13 汝嫂：这里指作者的妻子。婉嫕（yì）：柔顺。缺：缺少，缺失。

又长汝四岁，或人间长者先亡，可将身后托汝；而不谓汝之先予以去也！

前年予病，汝终宵刺探，减一分则喜，增一分则忧。后虽小差，犹尚殗殜，无所娱遣[1]；汝来床前，为说稗官野史可喜可愕之事，聊资一欢[2]。呜呼！今而后，吾将再病，教从何处呼汝耶？

汝之疾也，予信医言无害，远吊[3]扬州；汝又虑戚吾心[4]，阻人走报；及至绵惙[5]已极，阿奶问："望兄归否？"强应曰："诺[6]。"已予先一日梦汝来诀[7]，心知不祥，飞舟渡江，果予以未时还家，而汝以辰时气绝[8]；四支犹温，一目未瞑[9]，盖犹忍死待予也。呜呼痛哉！早知诀汝，则予岂肯远游？即游，亦尚有几许心中言要汝知闻、共汝筹画也。而今已矣！除吾死外，当无见期。吾又不知何日死，可以见汝；而死后之有知无知，与得见不得见，又卒难明也。然则抱此无涯之憾，天乎人乎！而竟已乎[10]！……

汝死我葬，我死谁埋？汝倘有灵，可能告我？呜呼！身

---

1 小差（chài）：病情稍有好转。差，同"瘥"，病愈。殗殜（yèdié）：病将好未好。娱遣：娱乐消遣。
2 稗（bài）官野史：这里指小说故事。聊资一欢：暂且借此做一时的欢娱。
3 远吊：远游。吊，凭吊。
4 虑戚吾心：怕让我难过。虑，担心。戚，使忧愁。
5 绵惙（chuò）：病势危险。
6 诺：答应之词。
7 诀：诀别。
8 未时：即下午一时至三时。辰时：即上午七时至九时。
9 支：同"肢"。瞑（míng）：闭目。
10 天乎人乎：人在极悲痛时的呼天抢地之词。已：完结。

前既不可想，身后又不可知；哭汝既不闻汝言，奠汝又不见汝食。纸灰飞扬，朔风野大[1]，阿兄归矣，犹屡屡回头望汝也。呜呼哀哉！呜呼哀哉！

译文 乾隆三十二年冬，安葬三妹素文在上元县羊山，并用这篇文章致祭：

唉！你生在浙江，却葬在此地，离咱们家乡七百里远；当生你时，即便做梦幻想，又哪里知道这里是你的埋骨之地呢？你因坚守贞节观念，嫁错人又离异，导致孤单失落，这虽是命该如此，也是天意安排，但拖累你到这个地步的，未尝没有我的过错。我小时跟着先生读经书，你挨肩跟我坐着，最爱听那些古人的节义故事；一旦长大，便急切地身体力行。唉！要是你不读《诗》《书》，或许未必像这样坚守贞节观念。

（回想起小时候）我捉蟋蟀，你也挥着胳膊参与；冬大天冷，蟋蟀冻死了，你又跟我一同埋葬它们。今天我为你棺殓、安葬，当年的情景清晰地来到眼前。我九岁时，在书房里休息，你梳着两个发髻，披单绢衣来书房，我们一同温习《诗经·缁衣》。刚好老师推门进来，听两个孩子读书琅琅，不由得笑了，“啧啧”称赞。这是那年七月十五日的事。你在九泉之下，应当记得很清楚呢。

我二十岁那年去广西，你牵着我的衣裳，伤心痛哭不肯放开。过了三年，我中了进士，衣锦还乡，你从东厢房扶着长案出来，一家人你看我我看你相视而笑，已经不记得当时是从何说起，大概说了些在京城中进士的经过以及信使报信早晚等事吧。所有这些零零碎碎，虽

1 纸灰：祭奠烧纸留下的灰烬。朔风野大：旷野中，北风显得格外大。

然已是陈年旧事，但我一天不死，就一天忘不了。往事堆在胸中，想起来只感到悲哀凄切，堵在心头，像影子一样历历在目，可逼近去想，却又飘忽不见。后悔当时没把这些儿时影像详细记下，如今你已不在人间，那么即使时光倒流，儿时重现，也没有一起印证的人了。

你与高家断绝关系回来，堂上老母亲依仗你照料扶持；家中的文书事务，全仗你去处理。我曾说，女人中很少有通晓经书义理、熟悉文章典故的。你嫂嫂并非不温顺，但在这方面略有欠缺。因而自从你回家后，我虽然替你伤感，却又为我自己高兴。我又比你年长四岁，想着或许像世间常有的那样年长的先死，便可将身后事托付给你；可没想到你倒比我先走了！

前些年我生了病，你整夜都在打探，我的病减一分，你就高兴；增一分，你又担忧。后来虽有起色，仍是将好未好，没啥可娱乐消遣的。你于是来到我床前，讲一些野史小说中可喜可叹的奇闻逸事，暂且令我开心一阵。唉！从今以后，我若再生病，让我从哪里去招唤你啊？

你生了病，我信了医生的话，以为不要紧，于是远游扬州。你又怕我伤心，阻止人跑去给我报信。直到病已垂危，母亲问：“希望哥哥回来吗？”你才勉强答应说：“好。”我已在前一天梦见你来诀别，心知不祥，飞舟渡江赶回家。果然，我是未时到家，你在辰时已经咽气。我到时，你四肢还有余温，一只眼还没闭合，大概你还忍着将死的痛苦等我回来吧。唉，太痛心啦！早知要跟你诀别，那我又怎肯远游呢？即便出游，也还有一些心中的打算要让你知道，跟你一同筹划安排。而今已是不可能了，除非我死，应当再也没有见面的日子了。我又不知何时死，可以见到你；而人死后究竟有没有知觉，以及能不能见到，终究还是难以明了。如此，我将永抱这无穷的遗憾。天哪！人哪！就这样完结了吗！……

你死了有我葬你，我死了又由谁葬埋？你如果死后有灵，能告诉我吗？唉！生前的事既不堪回首，死后的事又不可知；哭你听不到你说话，为你祭献又不见你来享用。纸钱的灰烬飞扬着，北风在旷野里刮得格外猛。哥哥我回去了，还屡屡回头看你，唉，太悲痛啦！唉，太悲痛啦！

姚鼐

姚鼐（nài）（1732—1815），字姬传，一字梦榖，室名惜抱轩。清代安徽桐城人。乾隆间进士，官至刑部郎中。后辞官，主讲南京、扬州等地书院。是“桐城派”代表人物。散文代表作有《登泰山记》《游灵岩记》《游媚笔泉记》《袁随园君墓志铭》等。著有《惜抱轩全集》，并编选有《五七言今体诗钞》《古文辞类纂》。

登泰山记[1]

泰山之阳，汶水西流[2]；其阴，济水东流[3]。阳谷皆入汶，阴谷皆入济。当其南北分者，古长城也。最高日观峰，在长城南十五里。余以乾隆三十九年十二月，自京师乘风雪，历齐河、长清，穿泰山西北谷，越长城之限，至于泰安[4]。是月丁未，与知府朱孝纯子颍由南麓登[5]。四十五里，道皆砌石为磴[6]，其级七千有余。

泰山正南面有三谷。中谷绕泰安城下，郦道元所谓环水

---

1 ★本篇为游记散文。作者姚鼐于乾隆三十九年（1774）末至四十年初游览泰山，撰写此文。文章的语言简洁准确，又不失生动，体现了桐城古文的特点。泰山是五岳之一，在今山东泰安城北。

2 阳：指山的阳面，即南面。汶水：即大汶河，自东向西流经泰山以南。

3 阴：指山的阴面，即北面。济水：流经泰山以北，其河道为黄河所占。

4 齐河、长清：山东县名。限：界限。泰安：今山东泰安，在泰山以南，清代为泰安府的官府所在地。

5 丁未：当月二十八日。朱孝纯：字子颍，作者的好友，时任泰安知府。麓（lù）：山脚。

6 磴（dèng）：台阶。

也[1]。余始循以入，道少半，越中岭，复循西谷，遂至其巅。古时登山，循东谷入，道有天门。东谷者，古谓之天门溪水，余所不至也。今所经中岭及山巅，崖限当道者，世皆谓之天门云。道中迷雾冰滑，磴几不可登。及既上，苍山负雪，明烛天南[2]；望晚日照城郭，汶水、徂徕如画，而半山居雾若带然[3]。

戊申晦，五鼓，与子颍坐日观亭，待日出[4]。大风扬积雪击面。亭东自足下皆云漫。稍见云中白若樗蒱数十立者，山也[5]。极天云一线异色，须臾成五采。日上，正赤如丹，下有红光动摇承之，或曰，此东海也[6]。回视日观以西峰，或得日或否，绛皜驳色，而皆若偻[7]。

亭西有岱祠，又有碧霞元君祠[8]。皇帝行宫在碧霞元君祠东。是日观道中石刻，自唐显庆以来，其远古刻尽漫失[9]。僻不当道[10]者，皆不及往。

1 郦道元：北魏人，《水经注》的作者。环水：即今梳洗河，经泰安城流入大汶河。

2 崖限：像门槛一样的山崖。限，门槛。负雪：顶着雪。烛：这里为动词，照亮。

3 徂徕（cúlái）：山名，在泰安东南。“而半山”句：半山上有雾气停留，像是给山束上腰带一样。

4 戊申：当月二十九日。晦（huì）：农历每月最后一天叫“晦”。五鼓：五更，相当于凌晨三时至五时。日观亭：日观峰上的亭子。

5 樗蒱（chūpú）：一种赌博用具，犹如骰子。

6 丹：丹砂。

7 或得日或否：有的被日光照到，有的没有。绛皜（hào）驳色：红白相杂。绛，大红。皜，白色。驳，驳杂。偻（lǚ）：弯腰驼背。因西边诸峰比日观峰低矮，故这样形容。

8 岱祠：即岱庙，是供奉东岳大帝的庙。碧霞元君：泰山女神。一说是东岳大帝之女。

9 显庆：唐高宗年号（656—661）。漫失：模糊、消失。

10 僻不当道：偏僻不在路边。

山多石，少土；石苍黑色，多平方，少圜[1]。少杂树，多松，生石罅[2]，皆平顶。冰雪，无瀑水，无鸟兽音迹。至日观数里内无树，而雪与人膝齐。

桐城姚鼐记。

译文 泰山的阳面，汶河向西流去。泰山的阴面，济水向东流去。阳面山谷的水都流入汶河，阴面山谷的水都流入济水。在南北分界的山脊上，耸立着古老的长城。泰山最高的日观峰，在古长城以南十五里的地方。我在乾隆三十九年农历十二月从京城冒着风雪启程，路经齐河、长清两县，穿越泰山西北的山谷，跨过长城的界限，到达泰安。这个月的二十八日，我和泰安知府朱孝纯从南边的山脚开始登山。其间四十五里，山路都是石头砌成的台阶，共有七千多级。

泰山的正南面有三条山谷，其中中谷溪流绕泰安城南下，就是郦道元《水经注》所说的环水。我们开始沿着中谷进去，走到一少半，翻过中岭，再沿着西边的山谷，最终到达泰山的顶巅。古时登泰山，是沿着东边的山谷进入，道上有天门。东谷就是古代所说的“天门溪水”，我们没到过那里。今天我们经过的中岭以及山顶路当中像门槛一样的山崖，世人都称为“天门”。一路上大雾弥漫，冰极滑，石台阶几乎无法蹬踏。待到爬上去，只见青山上覆盖着白雪，反照着南面的天空。遥望夕阳映照着泰安城墙，大汶河和徂徕山如同画图，半山腰停留的云雾，如同一条腰带。

第二天是月底，五更天，我和孝纯坐在日观亭，等待太阳升起。

1 圜（yuán）：同“圆”。

2 石罅（xià）：石缝。

大风扬起的积雪打在脸上。亭东面从脚下起全都是云雾弥漫，云雾中依稀可见有几十个白色的物体，像骰子一样立着，那都是山头。天边极远处有一线云彩显得有些特殊，一会儿变成五颜六色。太阳从那里升起，正红色，如同朱砂，下面一片红光晃动着承托着它，有人说，这就是东海。回头再看日观峰以西的山峰，有的照到阳光，有的还没照到，颜色或红或白，错杂斑驳，却都像是弯腰致敬似的。

日观亭西面有东岳大帝庙，还有碧霞元君祠。皇帝的行宫在碧霞元君祠的东面。这一天，看路上的两旁石刻，都是从唐朝显庆年间往后的，那些更老的石刻，全都模糊、缺失了。那些偏远的、不在路边的石刻，都没来得及去看。

山上石头多，泥土少。山石都呈青黑色，大多是平而方的，很少有圆的。杂树很少，多为松树，生长在石头缝里，树冠都是平的。冰天雪地，没有瀑布，也没有鸟声兽迹。日观峰附近几里以内没有树，积雪深没膝盖。

桐城姚鼐记述。

近代文学

林则徐

林则徐（1785—1850），字元抚，一字少穆，晚号竢村老人，清代福建侯官（今福建福州）人。嘉庆间进士，历任湖广总督、两广总督等职。因虎门销烟、抗击英人，被国人尊为民族英雄。曾开设译馆，亲自主持编译《四洲志》，被誉为"睁眼看世界第一人"。诗歌代表作有《赴戍登程口占示家人》等。著有《林文忠公政书》《信及录》《林则徐集》等。

赴戍登程口占示家人（选一）[1]

力微任重久神疲，再竭衰庸定不支[2]。苟利国家生死以，岂因祸福避趋之[3]？谪居正是君恩厚，养拙刚于戍卒宜[4]。戏与山妻谈故事，试吟断送老头皮[5]。

---

1 ★本篇作于道光二十二年（1842），清廷因鸦片战争失利，归罪于林则徐，罚他谪戍伊犁（今新疆伊犁哈萨克自治州），这是作者在离家登程时所作。口占，谓作诗文不打草稿，随口吟成。原诗共二首，这是第二首。诗中第二联传为警句。

2 "力微"二句：是说此前我以微薄的能力承担重要的职务，已经搞得身倦神疲；如果再用尽我衰弱的体力、平庸的能力，肯定不能再支撑了。

3 "苟利"二句：是说只要能有利于国家，自己就是搭上性命也愿意；哪能因个人的福祸而选择进退呢。苟，如果。生死以，据《左传、昭公四年》载，子产为郑相，因推行某项政策遭人诽谤，他却说："何害？苟利社稷，死生以之！"以之，由之，任由其发生。避趋，（见祸）躲避（见福）上前。趋，上前，趋近。

4 "谪居"二句：意思是将我贬谪到边疆（而非处死），显示了皇恩浩荡；让我当个戍卒，刚好适合安养我这愚拙之性。这话里带着反讽。刚，恰好。

5 "戏与"二句：据《蒙斋笔谈》载，宋真宗召见隐士杨朴，问他：你来时，有人写诗送你吗？杨朴回答：我妻子写了一首：更休落魄耽杯酒，且莫猖狂爱咏诗。今日捉将官里去，这回断送老头皮。宋真宗大笑，放杨朴回家。林则徐这两句是说，临别跟妻子说笑话，讲典故，问妻子，你何不试着学杨朴之妻，也吟一首"头皮"诗呢。实则是劝慰妻子不必为自己担心。山妻，山林隐士之妻，这里指诗人的妻子。

龚自珍

龚自珍（1792—1841），字瑟（sè）人，号定盦（ān），清代浙江仁和（今浙江杭州）人。道光间进士，曾任礼部主事等职。诗文代表作有《己亥杂诗》《咏史》及《病梅馆记》《尊隐》等。有《定盦文集》，后人辑有《龚自珍全集》。

己亥杂诗（选二）

其一[1]

浩荡离愁白日斜，吟鞭[2]东指即天涯。落红不是无情物，化作春泥更护花[3]。

其二[4]

九州生气恃风雷，万马齐喑究可哀[5]。我劝天公重抖擞，

---

1 ★己亥为清道光十九年（1839），这一年，作者龚自珍辞官南归，又北上迎取家眷，在往返途中写下短诗三百一十五首，题为《己亥杂诗》，内容丰富，题材广泛。本篇为第五首。

2 吟鞭：诗人的马鞭，在此表示路上行吟。

3 “落红”二句：落花仍有情，化作泥土，保护花株。这里暗喻作者虽然辞官，仍有心报效国家。落红，落花。

4 ★本篇为《己亥杂诗》第一百二十五首。是作者路过镇江时，见成千上万的百姓在祭祀玉皇和风雷之神，于是即景生情，写下这首著名的七绝。

5 “九州”二句：是说（死气沉沉的）华夏大地要获得生机，全靠一场狂风暴雨的洗刷；然而眼下万马不鸣的局面，实在令人悲哀。九州，中国大地。恃，凭借，靠着。喑（yīn），哑，沉默。

不拘一格降人才。[1]

咏史[2]

金粉东南十五州，万重恩怨属名流[3]。牢盆狎客操全算，团扇才人踞上游[4]。避席畏闻文字狱，著书都为稻粱谋[5]。田横五百人安在，难道归来尽列侯[6]？

病梅馆记[7]

江宁之龙蟠，苏州之邓尉，杭州之西溪[8]，皆产梅。或曰："梅以曲为美，直则无姿；以欹[9]为美，正则无景；以疏为美，密则无态。"固[10]也。

1 天公：玉皇。重（chóng）抖擞：重新振作精神。

2 ★本篇作于道光五年（1825），题为咏史，实则讽今。

3 "金粉"二句：是说长江下游地区纸醉金迷，社会名流醉心于声色，沉溺于猜忌恩怨之中。东南十五州，这里泛指长江下游地区。名流，有地位、有名望的人。

4 "牢盆"二句：是说盐商的帮闲及无行文人如鱼得水。牢盆，本指煮盐的盆子，这里代指盐商。狎客，帮闲清客。团扇才人，泛指流连声色的文人。操全算、踞上游，极写其得意。

5 "避席"二句：写士大夫因畏惧文字狱而不敢参加聚会，写书撰文也只是为了谋生吃饭（不是为了研究学问，服务社会）。

6 "田横"二句：田横是秦末狄人，出身战国齐国的王族，不愿归顺汉朝，率五百余人入海岛。刘邦以封王封侯来引诱他投降，他用自刎来回答，所率五百人也全都自刎而死。（见《史记·田儋列传》）诗人这里是反用典故，发问说：为什么今天没有田横五百士呢？是不是这些人都归顺封侯了？实则讽刺当下的士人丧失气节。

7 ★本篇写于道光十九年（1839）作者辞官南归后。文中以梅花喻人，对封建社会作践人才的现象予以痛斥。病梅馆，是作者的斋号。

8 江宁：今江苏南京。龙蟠：龙蟠里，在今南京清凉山下。邓尉：山名，在今江苏苏州西。西溪：地名，在今杭州西湖风景区北。这几处都以养梅闻名。

9 欹（qī）：倾斜。

10 固：久。这里有积久成习的意思。

此文人画士，心知其意，未可明诏大号以绳天下之梅也[1]；又不可以使天下之民斫直，删密，锄正，以夭梅病梅为业以求钱也[2]。梅之欹之疏之曲，又非蠢蠢[3]求钱之民能以其智力为也。有以文人画士孤癖之隐明告鬻梅者，斫其正，养其旁条，删其密，夭其稚枝，锄其直，遏其生气，以求重价，而江浙之梅皆病[4]。文人画士之祸之烈至此哉！

予购三百盆，皆病者，无一完者。既泣之[5]三日，乃誓疗之：纵之顺之，毁其盆，悉埋于地，解其棕缚[6]；以五年为期，必复之全之[7]。予本非文人画士，甘受诟厉，辟病梅之馆以贮之[8]。呜呼！安得使予多暇日，又多闲田，以广贮江宁、杭州、苏州之病梅，穷予生之光阴以疗梅也哉[9]！

译文 江宁的龙蟠里、苏州的邓尉山、杭州的西溪，都盛产梅树。有人说："梅树以枝干弯曲为美，笔直就没有美好的风姿；以枝杈倾斜为美，端正就没有美好的景致；以枝叶稀疏为美，繁密就没有美好的姿态。"（这种审美标准）从来如此。

---

1 明诏大号：公开宣示、大声疾呼。诏，告诉。号，喊叫。绳：这里用作动词，约束，规范。

2 斫（zhuó）直：砍削笔直的枝干。锄正：砍去端正的树枝。"以夭梅"句：靠着让梅弯曲变形、呈现病态为职业来赚钱。夭，使……弯曲。病，使……呈病态。

3 蠢蠢：无知无识貌。

4 孤癖（pǐ）之隐：独特而隐秘的嗜好。孤癖，独特的癖好，带有不正常的意思。鬻（yù）梅者：以卖梅为业的人。稚枝：嫩枝。遏（è）：遏制。重价：高价。

5 泣之：为之哭泣。

6 纵：放纵。顺之：使之顺其自然。悉：全。棕缚：棕绳的绑缚。

7 必复之全之：一定要使它们恢复生机、保全起天然之性。

8 诟（gòu）厉：指责，嘲骂。辟：开辟，设置。贮：安置。

9 暇日：空闲时间。穷：穷尽。

对此，文人画家心中明白这意思，却不便公开宣示、大声号召，用以规范天下的梅树。又不能让天下所有种梅的全都砍伐直干、删减密枝、锄掉端正的枝杈，靠着让梅树枝干曲折、呈现病态为业来赚钱。而梅树枝干的倾斜、稀疏、曲折，又不是那些只知赚钱的无知百姓凭借其智慧、能力所能做到的。于是就有人把文人画家这种隐秘的特殊癖好明白指点给卖梅树的人，让他们砍掉正枝，培养侧枝，除去繁密的，弄弯柔嫩的，锄掉笔直的，故意阻遏梅树的生机，用以谋求大价钱。于是江苏、浙江一带的梅树全都生了病。文人画家造成的祸害，竟然酷烈到这般地步！

我于是买了三百盆梅树，都是病梅，没有一盆完好的。我为它们哭了好几天，于是发誓要为它们治疗。我放开它们，让它们顺其自然，毁掉它们的花盆，把它们全都种到地上，解开捆绑它们的棕绳；并以五年为期，一定要使它们恢复生机、保全天然之性。我本来不是文人画家，我甘心承受指责嘲骂，要设置病梅馆来收养这些梅树。唉！怎么能让我多一些空闲，再多一些闲田，广泛收养南京、杭州、苏州的那些生病梅树，穷尽我的一生来为它们治病呢？

薛福成

薛福成（1838—1894），字叔耘，号庸盦，江苏无锡人。“曾门四弟子”之一。曾作《筹洋刍议》，主张效法西方，革新政治，提倡发展民族企业。历任浙江宁绍道台、湖南按察使。出任驻英、法、意、比四国公使。散文代表作为《观巴黎油画记》等。有《庸盦全集》。

观巴黎油画记[1]

光绪十六年春闰二月甲子[2]，余游巴黎蜡人馆。见所制蜡人，悉仿生人，形体态度，发肤颜色，长短丰瘠，无不毕肖[3]。自王公卿相以至工艺杂流[4]，凡有名者，往往留像于馆。或立或卧，或坐或俯，或笑或哭，或饮或博[5]，骤视之，无不惊为生人者。余亟[6]叹其技之奇妙。译者称：“西人绝技，尤莫逾油画，盍驰往油画院，一观普法交战图乎[7]？”

其法为一大圜室[8]，以巨幅悬之四壁，由屋顶放光明入室。人在室中，极目四望，则见城堡、冈峦、溪涧、树林，森

1 ★薛福成于1890（清光绪十六年）至1894年担任清政府出使英、法、意、比四国大臣。本篇是1890年春，作者在法国巴黎参观蜡人馆和油画院后有感而作。

2 甲子：为当年农历闰二月二十四日。

3 生人：真人，活人。丰瘠：胖瘦。毕肖：完全相像。

4 杂流：指从事各种行业的人。

5 博：弈棋、赌博之类的游戏。

6 亟（qì）：一再，连连。

7 逾：超过。盍（hé）：何不。驰往：赶往，快去。普法交战：指1870年发生的普鲁士和法国之间的战争。其役法国大败，拿破仑三世被俘。战后，法国割地赔款。

8 圜（yuán）室：圆形厅室。圜，同“圆”。

然[1]布列。两军人马杂遝：驰者、伏者、奔者、追者、开枪者、燃炮者、搴大旗者、挽炮车者，络绎相属[2]。每一巨弹堕地，则火光迸裂[3]，烟焰迷漫；其被轰击者，则断壁危楼，或黔其庐，或赭其垣[4]。而军士之折臂断足、血流殷地、偃仰僵仆者[5]，令人目不忍睹。仰视天，则明月斜挂，云霞掩映；俯视地，则绿草如茵，川原无际[6]。几自疑身外即战场，而忘其在一室中者。迨以手扪之[7]，始知其为壁也、画也，皆幻也。

余闻法人好胜，何以自绘败状，令人丧气若此？译者曰："所以昭炯戒，激众愤，图报复也[8]。"则其意深长矣。夫普法之战，迄今虽为陈迹，而其事信而有征[9]。然则此画果真邪、幻邪？幻者而同于真邪？真者而托于幻邪？斯二者盖[10]皆有之。

译文 光绪十六年春闰二月甲子日，我游览巴黎的蜡像馆。见到所制作的蜡像，全都仿照活人的样子，形体神态，头发皮肤的颜色，高矮胖瘦，无不完全一致。从王公大臣到工匠艺人等各种行当的，凡

---

1 森然：繁密貌。
2 杂遝（tà）：即杂沓，纷乱貌。搴（qiān）：拔取。挽：拉。相属（zhǔ）：相连。
3 迸裂：裂开而四处飞溅。
4 危楼：这里指残破有倒塌危险的楼房。黔（qián）其庐：使屋宇被熏黑。赭（zhě）其垣（yuán）：使墙被烧成红色。垣，墙。
5 殷（yān）地：染红地面。偃仰僵仆：仰面倒地、体僵伏卧。
6 掩映：遮映衬托。茵：车上的垫子，泛指垫子、毯子。
7 迨（dài）：等到。扪（mén）：摸。
8 昭炯戒：以明显的警戒昭示众人。昭，昭示。炯戒，醒目的警戒。炯，明亮。图报复：谋求报仇。
9 迄（qì）：到，至。陈迹：旧事，过去的事迹。信而有征：真实而确凿有据。
10 盖：大概。

是有名气的，每每塑了像陈列在馆中。有的站着，有的躺着，有的坐着，有的俯身向前，有的笑有的哭，有的喝酒，有的弈棋，猛然一看，无不因太像活人而令人震惊。我再三赞叹它制作技术的奇妙。翻译的人说："西方人最妙的艺术，没有超越油画的。您何不赶往油画院，去观赏普法交战的图画呢？"

（我于是来到油画院）那里的布置是一间极大的圆形厅堂，有巨大的画幅悬挂在四周墙壁上，从屋顶透进光线照亮室内。人在厅堂内，放眼四望，但见城堡、山冈、溪流、树林，紧密分布排列；普法两军的人马混杂拥挤：骑马的，匍匐的，奔跑的，追赶的，开枪的，点炮的，拔大旗的，拉炮车的，络绎不绝、接连不断。每颗巨大的炮弹落地，就见火光迸射，烟火弥漫；那些遭到炮击的，全成了断墙残楼，有的屋子被熏黑，有的围墙被烧红。而士兵们折臂断腿，血流染地，或仰或伏，全都惨不忍睹。抬头看，天上明月斜挂，云霞掩映；低头看，地上绿草如毯，河流原野一望无际。让我几乎怀疑身旁就是战场，忘记自己是在一间屋子里。等到用手去摸，才知道那原来是墙壁、是油画，都是虚幻的。

我听说法国人好胜，为什么自己要描绘失败的惨状，让人看了如此灰心丧气呢？翻译人员说："这是用来昭示醒目的警戒，激发人们的义愤，以谋求报仇。"如此看来，它的意义是既深且长。那场普法战争，到现在虽然已是陈迹旧事，然而这件事却是真实而确凿有据的。那么这幅画究竟是真的呢，还是虚幻的？是虚幻的画、画得像真的一样，还是真实情况假托于虚幻的画呢？大概真假虚实两者都有吧！

黄遵宪

黄遵宪（1848—1905），字公度，别号人境庐主人，清末嘉应（今广东梅州）人。光绪间举人。曾任驻日、美、英、新加坡外交官。参与百日维新。致力于诗歌革新，代表诗作有《书愤》《纪事》《今别离》等。著有《人境庐诗草》《日本国志》《日本杂事诗》等。

纪事（选一）[1]

众人耳目外，重以甘言诱[2]。浓绿茁芽茶，浅碧酿花酒。斜纹黑普罗，杂俎红氄毭。琐屑到钗钏，取足供媚妇。[3]上谒士雕龙，下访市屠狗。墨屎与侏张，相见辄握手。[4]指此区区物，是某托转授[5]。怀中花名册，出请纪谁某[6]。“知君有

1 ★黄遵宪《纪事》诗共八首，记美国总统选举。诗前小序说：“甲申（1884）十月，为公举总统之期。合众党（即今天的共和党）欲留前任布连，而共和党（即今天的民主党前身，当时称民主共和党）则举姬利扶兰。两党哄争，卒举姬君。诗以纪之。”这一年是清光绪十年，作者时任中国驻美国旧金山总领事。诗中介绍了选举的全过程，有客观描述，也有冷静的批判。本篇是第六首，以讽刺的口吻，记述竞选者用小恩小惠拉拢选民的情景。

2 “众人”二句：《纪事》诗的前五首介绍演说活动及戎装表演，都属于耳目之中的活动，这里写两党在民众中以甜言蜜语、小恩小惠，说服、收买选民，属于“耳目外”的活动，也就是私下的活动。甘言，甜言蜜语。

3 “浓绿”六句：写助选者以茶酒饮料招待选民，并送上衣料首饰等礼物。茁芽茶，嫩芽好茶。酿花酒，带酒花的酒，应指啤酒之类。普罗，即氆氇，是一种较厚实的毛织品。杂俎，指复杂花纹。氄毭（féndòu），一种毛织布。琐屑，细小。钗钏，女人的首饰。取足供媚妇，谓取其可以用来取悦妻子。

4 “上谒”四句：是说游说对象包括上层、底层乃至无赖、黑帮。士雕龙，这里指有才华的士人。雕龙，喻文采。市屠狗，市上杀狗卖肉的人，指下层百姓。墨屎（méichì），无赖。侏张，强梁。

5 “指此”二句：指着说，这小礼物是某人（候选人）托我转赠给你的。区区物，不值一提的东西。

6 “怀中”二句：是说从怀里掏出候选人名单，指点着请对方写上某人的名字。纪，同“记”。

姻族，知君有甥舅，赖君提挈力，吾党定举首[1]。”丁宁复丁宁：“幸勿杂然否。”[2]

1 “知君”四句：这是嘱咐被访选民的话，说了解到你还有妻族，还有亲戚（你也动员他们选这位候选人），靠着您的提携帮助，我们党一定能取胜。姻族，这里指妻族。甥舅，外甥和舅舅，这里泛指亲戚。提挈（qiè），提携，帮助。举首，汉代称被地方官推举的最优秀者为举首，后世也用以称科举考试的第一名。这里指选举胜出。

2 丁宁：叮咛嘱咐。“幸勿”句：千万不要举棋不定。幸，希望。杂然，共同，一起。

康有为

康有为（1858—1927），原名祖诒，字广厦，号长素，又号更甡（shēn），广东南海人，人称“康南海”。光绪间进士。1895年领导公车上书，倡言变法，推动并领导百日维新，失败后逃亡海外。诗文代表作有《马关伤怀》《过昌平城望居庸关》《初游香港睹欧亚各洲俗》及《新学伪经考》《孔子改制考》等。著有《康南海先生诗集》《大同书》等。

过马关[1]

碧海沉沉岛屿环[2]，万家灯火夹青山。有人遥指旌旗处，千古伤心过马关。

1 ★作者康有为于光绪二十五年（1899）自美洲东归香港，途经日本，泊船马关。念及国事，写下此诗。诗有小序：“九月二十四夜至马关，泊船二日，即李相国议和立约遇刺地也。有指相国驻节处者，伤怀久之。”马关是日本本州岛最西端的城市，今名下关。甲午战争失败后，清政府派李鸿章（小序中称“李相国”）前往日本马关谈判，遇日本浪人行刺受伤，所签屈辱条约称《马关条约》。驻节处，指高级官员驻外执行公务之地。诗中的“旌旗处”与此同意。

2 环：环绕。

丘逢甲

丘逢甲（1864—1912），字仙根、仲阏（è），笔名仓海。祖籍广东，生于台湾苗栗。光绪间进士。1895年清廷割让台湾给日本，他组织义军抗日。失败后赴广东，从事教育并参与政治活动。代表诗作有《春愁》《岁暮杂感》等。著有《岭云海日楼诗钞》等。

春愁[1]

春愁难遣强看山，往事惊心泪欲潸[2]。四百万人[3]同一哭，去年今日割台湾！

1 ★本篇作于光绪二十二年农历三月二十三日（1896年5月5日），正是台湾被割给日本一周年的日子。诗人忆及往事，悲痛欲绝，于是写下这首诗。

2 难遣：难以排遣。潸（shān）：流泪貌。

3 四百万人：当时台湾同胞总数为四百万。

谭嗣同

谭嗣同（1865—1898），字复生，号壮飞，清末湖南浏阳人。曾为江苏候补知府，并在军机处任职。他积极参与变法维新，失败后不肯逃走，英勇就义，为“戊戌六君子”之一。诗歌代表作有《狱中题壁》《有感一首》等。有《谭嗣同全集》。

有感一首[1]

世间无物抵春愁，合向苍冥一哭休[2]。四万万人齐下泪，天涯何处是神州[3]！

1 ★本篇写于光绪二十二年（1896）春天，作者三十二岁。两年前爆发了中日甲午战争，中国战败，北洋海军全军覆没。一年前，李鸿章与日本人签署了丧权辱国的《马关条约》，赔款之外，还割让台湾及辽东半岛等地。神州大地已是疮痍满目。时值春日，作者“春愁”满怀，写下此诗。两年后，作者因参与变法被杀害。

2 春愁：原指伤春的情绪，这里指为危机中的国家民族而忧愁。合向：应向。苍冥：苍天。一哭休：一哭而罢。

3 四万万人：当时的中国有四亿人口。“天涯”句：意谓遥望天涯，神州面目全非，已不是我可爱祖国的模样。神州，中国。

狱中题壁[1]

望门投止思张俭，忍死须臾待杜根[2]。我自横刀向天笑，去留肝胆两昆仑[3]！

1 ★本篇是谭嗣同在狱中所写。清光绪二十四年（1898），光绪皇帝实行变法，谭嗣同是积极参与者。同年九月，变法失败，谭嗣同不肯逃走，被捕入狱，于墙壁上题写此诗，表达了视死如归的决心。

2 “望门”二句：前句中的张俭是东汉末年人，因弹劾宦官遭到迫害，被诬为“党人”（结党营私之人）。在逃亡中，人们不畏牵连，争相接纳。（见《后汉书·张俭传》）望门投止，见到人家就前去投宿，寻求庇护。后句中的杜根也是汉末人，因得罪太后，被装入囊中扑杀，他靠装死而得以逃脱。（见《后汉书·杜根传》）这里以张俭比正在逃亡的同道康有为、梁启超；又以杜根比康广仁、刘光第等被捕入狱的同道。忍死，指临死时不肯绝气，仍有所期待。须臾，片刻。

3 “去留”句：指变法失败后，谭嗣同选择“留”而康有为等选择“去”（离开）。诗人认为两者都意义重大。另有解释认为“两昆仑”指康有为和大刀王五，康有为曾劝谭嗣同一起逃走，王五曾设法营救在狱中的谭嗣同。昆仑，这里以昆仑山形容高大。

梁启超

梁启超（1873—1929），字卓如，号任公，又号饮冰室主人。广东新会人。光绪间举人。后追随康有为发动公车上书，变法失败后逃亡日本，并游美国。辛亥革命后曾在政府任职。他力倡诗界、小说界、文界革命，晚年任教于清华，是国学研究院“四大导师”之一。诗文代表作有《读陆放翁集》《太平洋遇雨》及《少年中国说》《戊戌六君子传》等。一生著述甚丰，有《饮冰室合集》，又分《文集》与《专集》，前者收录诗文一千余篇，后者收录专著一百零四种。

读陆放翁集（选一）[1]

诗界千年靡靡风，兵魂销尽国魂空[2]。集中什九从军乐，亘古男儿一放翁[3]。

太平洋遇雨[4]

一雨纵横亘二洲，浪淘天地入东流[5]。却余人物淘难尽，又挟风雷作远游[6]。

---

1 ★本篇是梁启超二十七岁时读陆游诗有感而发所作。当时梁启超因变法失败，避居日本。诗共四首，这是第一首。陆放翁，陆游号放翁。

2 靡靡风：萎靡不振的风气。兵魂：这里指尚武精神。国魂：指国家民族的精神气节。

3 集：这里指陆游的诗集。什九：十分之九。指绝大多数。从军乐（yuè）：这里指抗金主题的诗篇。亘（gèn）古：自古至今。男儿：男子汉，大丈夫。

4 ★光绪二十四年（1898），戊戌变法失败，梁启超流亡海外。1899年，他在前往美洲的轮船上写下此篇。

5 “一雨”二句：是说这场大雨降于亚洲、美洲之间的太平洋上，海浪冲刷天地，让人联想到改革的努力遭扼杀而付之东流。亘，绵亘，横贯。二洲，指太平洋东岸的美洲和西岸的亚洲。后句写雨中海浪淘洗天地之状，喻革新遭到残酷镇压。

6 “却余”二句：写作者是这番政治淘洗的漏网者（也可理解为经淘洗留下的真金），此刻挟风带雨，远游美洲，以图东山再起。

王国维

王国维（1877—1927），字静安、伯隅，号观堂，又号永观。浙江海宁人。清末秀才。曾赴日本留学。1925年任清华国学研究院教授，为“四大导师”之一。代表著作有《人间词话》《宋元戏曲考》《红楼梦评论》《观堂古金文考释五种》《观堂集林》等。有《海宁王忠悫公遗书》。

人间词话（节录）[1]

古今之成大事业、大学问者，罔不经过三种之境界：“昨夜西风凋碧树。独上高楼，望尽天涯路。[2]”此第一境也。“衣带渐宽终不悔，为伊消得人憔悴[3]。”此第二境也。“众里寻他千百度，蓦然回首，那人却在，灯火阑珊处[4]。”此第三境也。

---

1 ★《人间词话》作于1908—1909年，是一部文学批评专著，以词作为评析对象，故称“词话”。本书在体裁上承袭了传统诗话、词话的笔记体，而评论中则显示出西洋美学的影响。本则以古人词句概括治学三境界，尤为中肯。

2 “昨夜”三句：出北宋晏殊《蝶恋花》（槛菊愁烟兰泣露）。此为第一境界，意谓初学者要登高望远。

3 “衣带”二句：出北宋柳永《蝶恋花》（伫倚危楼风细细）。此为第二境界，意谓搞事业、做学问，要能坚持，能吃苦，不怕“掉肉”。

4 “众里”四句：出南宋辛弃疾《青玉案·元夕》。此为第三境界，意谓功夫下到，美好的结果往往会在不经意间显现。

秋　瑾

秋瑾（1875—1907），女，字璇卿，别号竞雄，又号鉴湖女侠。清代浙江山阴（今绍兴）人。曾留学日本，加入光复会、同盟会。归国后创办《中国女报》，并主持绍兴大通学堂。在浙皖起义前夕被捕，不屈而死。诗歌代表作有《宝刀歌》《对酒》《日人石井君索和即用原韵》《黄海舟中日人索句并见日俄战争地图》等。有《秋瑾集》。

日人石井君索和即用原韵[1]

漫云女子不英雄，万里乘风独向东[2]。诗思一帆海空阔，梦魂三岛月玲珑[3]。铜驼已陷悲回首，汗马终惭未有功[4]。如许伤心家国恨，那堪客里度春风[5]。

对酒[6]

不惜千金买宝刀，貂裘换酒也堪豪。一腔热血勤珍重，洒去犹能化碧涛[7]。

1　★本篇是秋瑾留学日本时所作。石井是熟悉汉文化的日本朋友，有诗赠作者，作者以原韵奉和。诗中表达了强烈的社会责任感以及深挚的爱国热情。

2　漫云：不要说。向东：这里指东渡日本。

3　“诗思”二句：是说乘船赴日本，辽阔的大海引人诗思；而身居日本，月光下梦魂牵绕的仍是故乡。三岛，当时日本由本州、四国、九州三岛组成。玲珑，形容月光明彻貌。

4　铜驼：《晋书·索靖传》载，西晋人索靖有远见，预感天下将大乱，曾指着洛阳宫殿前的铜驼说：“会见汝在荆棘中耳（就要看到你被荆棘缠绕了）！”后多以“铜驼荆棘”喻亡国。汗马：骏马，战马。这里诗人以马自喻。

5　如许：像这样。家国恨：家恨国仇。“那堪”句：意谓春日客居在外，乡思令人难以承受。那堪，哪里禁受得了。客里，客居在外。

6　★诗人在日本曾购一倭刀，随身佩带。1905年，她自日本回国，与好友吴芝瑛对饮，酒酣耳热，拔刀起舞，作此篇以言志。

7　勤珍重：尽力珍重。“洒去”句：是说热血洒尽，灵魂也要化作怒涛，表达抗清意志、反抗精神。这里用伍子胥典故，参看明李攀龙《挽王中丞》诗相关注释。

柳亚子

柳亚子（1887—1958），原名慰高，又名弃疾，字安如，又字亚庐、亚子，号稼轩。江苏吴江人，曾参加同盟会，并创办文学团体南社。诗歌代表作有《吊鉴湖秋女士》《孤愤》《题张苍水集》等。有《磨剑室诗集》等。

吊鉴湖秋女士（选一）[1]

漫说天飞六月霜，珠沉玉碎不须伤。已拚侠骨成孤注，赢得英名震万方。[2]碧血摧残酬祖国，怒潮呜咽怨钱塘[3]。于祠岳庙中间路，留取荒坟葬女郎[4]。

孤愤[5]

孤愤真防决地维，忍抬醒眼看群尸[6]？《美新》已见扬雄

1 ★本篇是柳亚子凭吊秋瑾烈士的诗篇。鉴湖秋女士即秋瑾，她积极参加反清活动，于1907年被清政府杀害，葬于杭州西湖。作者亲往凭吊，写了四首凭吊诗，这是第四首。

2 “漫说”四句：意谓不要为秋瑾之死而呼冤，也不必为此悲伤；因为她的英勇行为，赢得了极大的宣传效用。漫说，不要说。六月霜，《初学记》引《淮南子》载，战国时邹衍尽忠于燕惠王，却遭人诬陷下狱，他仰天而哭，以致六月降霜。后以“六月霜”指冤情、冤狱。珠沉玉碎，以珍珠美玉的损毁喻秋瑾之死。拚，舍弃。孤注，孤注一掷，指秋瑾被捕之前，正积极准备起义，事泄后曾与清兵做殊死搏斗。

3 碧血：指烈士的血。语出请参看元关汉卿《窦娥冤》相关注释。“怒潮”句：用典，参看明李攀龙《挽王中丞》诗相关注释。

4 “于祠”二句：于谦和岳飞的祠庙都建在杭州西湖边，秋瑾死后葬在西湖孤山。荒坟，秋瑾刚牺牲时草草安葬，故称“荒坟”。

5 ★“孤愤”原为《韩非子》文章篇名，这里借指对袁世凯复辟称帝的愤怒。

6 决地维：这里用共工怒触不周山“天柱折，地维绝”（见《淮南子·天文训》）的典故，是说愤怒之深，几乎要掀翻大地。群尸：这里指拥护袁氏复辟的丑类。

颂，劝进还传阮籍词[1]。岂有沐猴能作帝？居然腐鼠亦乘时。[2]

宵来忽作亡秦梦，北伐声中起誓师[3]！

1 “《美新》”二句：西汉末王莽篡汉称帝，学者扬雄上《剧秦美新》文，为王莽歌功颂德。三国末期魏帝封司马昭为晋公，司马昭假意辞谢不受，众公卿推举阮籍作《劝进表》。这里以扬雄、阮籍二人之事讽刺杨度、梁士诒等一伙为袁氏“抬轿子”的人。

2 沐猴：即猕猴。据《史记·项羽本纪》载，有人讽刺项羽“楚人沐猴而冠耳”，是假充人样的禽兽。这里用来讽刺袁世凯称帝。腐鼠：《庄子·秋水》把梁国的宰相之位比作腐鼠，表达对官位的蔑视。这里则以“腐鼠乘时”喻小人得势。

3 “宵来”句：是说自己已经预见到袁氏的覆灭。亡秦梦，秦国灭亡之梦，指袁氏失败。北伐：指蔡锷、唐继尧等在云南起义，出兵北上，讨伐袁世凯。